BELVA PLAIN

Née à New York, Belva Plain a fait des études d'histoire à l'université de Barnard. Elle a publié plusieurs best-sellers, parmi lesquels *Les cèdres de Beau-Jardin* (1984), *Les silences du cœur* (1994), *Et soudain le silence* (1996), *Promesse* (1997) et *À force d'oubli* (1998), tous parus aux éditions Belfond. Ses trois derniers romans, chez Belfond également, ont connu le même succès : *Le plus beau des mensonges* (2003), *Les saisons du bonheur* (2004) et *Tous les fleuves vont à la mer* (1982, puis nouvelle édition en 2005). Ses histoires, intenses et vraies, ont conquis un public mondial.
Belva Plain vit dans le New Jersey avec son mari.

LES SAISONS DU BONHEUR

DU MÊME AUTEUR
CHEZ POCKET

LES CÈDRES DE BEAU-JARDIN
À L'AUBE L'ESPOIR SE LÈVE AUSSI
ET SOUDAIN LE SILENCE
À FORCE D'OUBLI
LES DIAMANTS DE L'HIVER
LE SECRET MAGNIFIQUE
LES MIRAGES DU DESTIN
COMME UN FEU SECRET
LA TENTATION DE L'OUBLI
LE COLLIER DE JÉRUSALEM
LES FARREL
PROMESSE

BELVA PLAIN

LES SAISONS DU BONHEUR

Traduit de l'américain
par Franck et Évelyne Jouve

BELFOND

Titre original :
THE SIGHT OF THE STARS
publié par Bantam Dell, a division
of Random House, Inc., New York.

Ce livre est une œuvre de fiction. Les noms, les personnages, les lieux et les événements sont le fruit de l'imagination de l'auteur ou utilisés fictivement. Toute ressemblance avec des personnes réelles, vivantes ou mortes, des événements ou des lieux serait pure coïncidence.

ISBN : 2-266-15957-7

C'est lorsqu'on se trouve confronté à la réalité de l'Autre dans ses plus petites exigences qu'on découvre à quel point il est difficile de cerner celles et ceux qui vivent à nos côtés sous la lumière du soleil et le regard des étoiles.

Joseph CONRAD

PROLOGUE

Il regarda la luxueuse voiture s'éloigner, emportant à son bord la jeune fille aux cheveux de flamme et aux yeux couleur de forêt.

« ... si vous restez ici, évitez de vous faire des idées... », l'avait-on averti. « La petite est gardée sous cloche ! Vacances d'été dans l'Est, pension de bonnes sœurs et voyages incessants jusqu'en Europe !... La vieille carne veille sur elle comme sur le trésor de Fort Knox. Elle n'acceptera de la marier qu'à un lord ou à un crésus ! Alors ne rêvez pas. »

Il comprit alors qu'il n'avait aucune chance.

Parce qu'il n'était personne et ne possédait rien.

1

1900

Il faisait un temps de fin du monde, ce soir-là.

Le déluge avait commencé dès les premières lueurs d'un matin blafard et la pluie n'avait plus cessé de tomber à verse sur la petite ville nichée au bord de l'Atlantique. Tel un immense linceul, le brouillard enveloppait la maison, et les rafales de vent sifflaient comme des sirènes d'alarme en jetant des trombes d'eau contre les carreaux de la cuisine.

On se croirait sur un bateau en détresse..., songea rêveusement Adam – et son imagination l'emporta du côté de *L'Île au trésor*. Il se vit dans la peau du jeune héros, Jim Hawkins, cinglant sur la mer déchaînée parmi une bande de pirates aux trognes impossibles que commandait John Silver, son perroquet sur l'épaule et sa bouteille de rhum à la main. Le pirate frappa le pont de sa jambe de bois et dit :

— Adam, reprends un peu de ragoût.

La voix de Rachel ramena instantanément Adam bien au chaud dans la cuisine, assis devant son dîner, près du poêle à charbon.

— Tu as travaillé tout l'après-midi au magasin avec ton père, reprit Rachel. Tu dois être mort de fatigue.

Pa l'avait épousée en secondes noces. Rachel était très gentille et Adam avait beaucoup d'affection pour elle. Il aimait sa douceur, ses beaux cheveux châtains éternellement noués en chignon, ses yeux sombres un peu tristes mais toujours bienveillants... tout sauf son obstination à le faire manger.

Pa se mit à rire.

— Ah, ces mères juives, toutes les mêmes ! Toujours à vouloir engraisser leur progéniture de peur qu'elle dépérisse... Adam n'est pas fatigué, ma chérie. Mon fils est un solide gaillard, pas vrai mon garçon ? Dans trois jours tu auras treize ans, tu seras presque un homme – un homme du XXe siècle !

Simon Arnring se massa le menton d'un geste qui lui était familier tandis que ses lèvres minces esquissaient un sourire.

— 1900 ! Quel effet ça te fait d'entrer dans une nouvelle ère, mon fils ?

Adam ne voyait pas si loin. Pour l'instant, il était seulement soulagé que la journée soit terminée. Il avait eu son content de cartons, de boîtes et de sacs remplis à ras bord de tout ce qu'un être humain pouvait ingurgiter : café, sucre, whisky, thé, carottes, pommes de terre, biscuits, bonbons... Sans oublier des montagnes d'articles vestimentaires, du pantalon au corset, en passant par les fichus, les cravates, les chapeaux, les tabliers et les sur-chaussures !

S'il y avait une chose dont Adam était sûr, mais alors vraiment sûr, c'est qu'il ne suivrait pas les traces de son père. Pas question de travailler à l'épicerie quand il serait plus grand. Ah non, alors ! Un jour – qui sait ? – un de ses deux frères reprendrait peut-être le flambeau, mais pas lui !

Jonathan, le benjamin de la famille, et Léonard, le cadet, étaient d'étranges petits frères – des demi-frères, en vérité. Tout le contraire de leur aîné, mais en même temps si différents l'un de l'autre qu'Adam en arrivait à s'interroger sur les mystères de l'hérédité.

D'où Jon, quatre ans, tenait-il ce caractère si heureux et accommodant qu'Adam ne voyait jamais l'ombre d'une objection à le garder de temps en temps, malgré leur différence d'âge ?

Et pourquoi Léo, neuf ans, était-il un pareil poison, toujours à lancer des piques et à entrer dans des colères noires, au point qu'Adam se prenait parfois à souhaiter qu'un étranger vienne l'adopter pour l'emmener à l'autre bout du monde ?

Le pauvre gosse n'avait pas de chance, il fallait bien l'admettre. Avec sa tête en forme d'œuf, son front saillant et son menton fuyant, il n'avait pas été gâté par la nature. Trop petit pour son âge, déjà trop gros et l'air sournois, il se retrouvait toujours isolé dans la cour d'école. Son seul ami (et souffre-douleur préféré) était Naito Nishikawa qu'il avait trouvé drôle de baptiser « le Chinetoque » – alors que le gamin était d'origine japonaise, comme en attestait le restaurant nippon, Chez Fugi, que sa famille tenait dans la Grand-Rue.

Ce pauvre Léo, il est complexé, gauche, trop renfermé sur lui-même, se dit Adam. J'ai essayé je ne sais combien de fois de lui apprendre à jouer au base-ball, sans y arriver. Il en avait constamment après moi. Quel tyran ! Pourquoi est-il aussi difficile à vivre ?

Le tyran rompit brusquement le fil de ses pensées :

— Eh, vous savez la meilleure ? Adam est un bâtard ! claironna-t-il. Alors, pauvre cloche, ça te fait quoi d'être un sale bâtard ? Ouh ! le bâtard ! le bâtard !

Les tasses de café de Rachel et Pa heurtèrent leurs soucoupes.

— Léo ! s'écria Rachel, scandalisée. Qu'est-ce que tu racontes ? Où as-tu pris une horreur pareille ?

— Léonard ! Tu vas t'excuser immédiatement auprès de ton frère ! tonna Pa. Les gens bien élevés ne parlent pas de cette façon !

— Justement si, figurez-vous !

Enchanté d'être au centre de l'attention générale, Léo poursuivit d'une voix triomphante :

— Ça s'est passé pendant le match de basket d'Adam, en cours de gymnastique. Il y avait deux hommes assis juste devant moi, des messieurs très chic. Et alors, quand Adam a mis le ballon dans le panier et remporté la partie, j'ai bien entendu l'un d'eux s'exclamer : « Dommage qu'un gamin aussi doué soit un bâtard. » Voilà ce qu'il a dit, Pa ! Je n'invente rien.

— Eh bien, il a menti ! Celui qui a tenu de tels propos devrait avoir honte de lui, quel qu'il soit.

Pétrifié, les yeux baissés, Adam gardait le silence. Il lui semblait être revenu des années en arrière. Avait-il sept ans, ou seulement six, quand un idiot l'avait traité de bâtard devant tout le monde, à l'école ? Cela se passait pendant la récréation, et le garçon en question avait mis ses mains en porte-voix pour annoncer à tue-tête à qui voulait l'entendre qu'Adam Arnring n'était « rien qu'un bâtard ».

À la façon dont il avait prononcé ce mot et à l'expression mi-narquoise, mi-méprisante de ses copains, Adam n'avait pas eu besoin de regarder dans le dictionnaire de Pa pour comprendre que c'était quelque chose de honteux, pire que de pleurer devant les autres comme une fille.

« C'est même pas vrai ! avait-il protesté en serrant les poings.

— Si, c'est vrai ! Nos voisines l'ont dit à ma mère. Je les ai entendues ! »

« Des bêtises, avait affirmé plus tard Pa quand il lui

avait rapporté l'incident. Ces propos sont parfaitement ridicules. Ne t'occupe pas de ce que disent les menteurs ! »

Adam avait obéi. Mais alors, pourquoi s'en souvenait-il très clairement à présent ?

— Léonard, si je t'entends encore prononcer ce mot, tu seras puni, l'avertit sévèrement Rachel.

— Ça m'est égal !

— Tu ferais bien de m'écouter, sinon ça ne te sera pas si égal que ça, crois-moi. Maintenant, sois gentil et donne ces restes à Arthur pour son dîner.

— Un autre bâtard..., grommela Léo en piquant du nez.

Reconnaissant son nom, le vieux chien – de mère colley et de père inconnu – dressa les oreilles. Ses bons yeux bruns semblaient poser une question.

— Je m'en charge, intervint prestement Adam.

Pour une raison qu'il n'aurait su expliquer, il éprouvait une profonde tendresse mêlée de complicité envers cet animal vulnérable qui leur accordait toute sa confiance. Tout en déposant la gamelle de nourriture devant Arthur, Adam lui caressa la tête.

Comme s'il ne s'était rien passé, Pa lui rappela qu'on était samedi.

— J'ai installé le baquet dans la buanderie. La bouilloire sur le fourneau doit être assez chaude pour ton bain, Adam.

— Merci, Pa, mais pas ce soir. Je suis plus fatigué que je ne le pensais. Je vais aller me coucher.

Ni Rachel ni Simon n'émirent le moindre commentaire. Pourtant, il n'était pas dans ses habitudes de monter au lit si tôt. Ils ne se rendaient compte de rien ? Ils auraient tout de même dû se douter qu'il était bouleversé...

Une fois dans le grenier, au toit si pentu qu'on ne

pouvait se tenir debout qu'au milieu de la pièce, Adam retira sa chemise et son pantalon, alluma la lampe à pétrole et s'allongea avec son livre. Mais ce soir, il ne lut pas une seule ligne.

La pluie crépitait contre le vasistas. La mansarde était glacée et, malgré ses sous-vêtements en flanelle et sa grosse couverture, il se sentait non seulement transi, mais nu et terriblement fragile, comme exposé aux regards du monde entier.

Bâtard.

Adam pensait rarement à sa vraie maman, qu'il n'avait pas connue. Elle était au ciel, comme on le lui avait répété dans sa prime enfance. Autrement dit, elle était morte et enterrée. Les gens disparaissaient, un jour ou l'autre, et tout était fini. « C'est la vie... », lui avait-on expliqué d'un air de circonstance. La pauvre Eileen avait succombé très jeune à une épidémie de diphtérie, trois semaines à peine après avoir donné naissance à Adam.

De temps en temps – le moins souvent possible en fait –, il regardait des photographies de gens qu'il n'avait jamais vus et ne verrait jamais : les parents de Pa posant devant une humble maison en bois dans un pays de l'autre côté de l'océan. Pa et une jolie jeune femme souriant à l'objectif devant un mur en pierre, elle toute menue sous son grand chapeau à plumes... La seule trace que sa mère ait laissée de son trop court passage sur terre. Avec lui... Adam avait hérité d'elle ses cheveux noirs et ses beaux yeux myosotis (à en croire Pa, car ça ne se voyait pas sur cet unique cliché sépia). De son père il tenait cette petite fossette qui creusait son menton.

Bâtard. Illégitime...

Ses parents pouvaient-ils avoir fait jadis ce qu'il suspectait aujourd'hui ? Car à treize ans, on est un homme et on connaît la vie. Plusieurs de ses copains d'école avaient des frères plus âgés, qui filaient en douce certains soirs chez Gracie, une horrible matrone toute peinturlurée qui vivait avec une demi-douzaine de jeunes femmes pas horribles du tout. Là-bas, les frères de ses amis faisaient des choses avec elles. Ils « fréquentaient », disait-on. Il fallait avoir un peu d'argent quand on allait chez Gracie. Ça, au moins, c'était clair. Pas comme ce que les maris fabriquaient avec leur épouse...

Les femmes mariées avaient des bébés *parce qu'elles étaient mariées*. Voilà comment ça marchait normalement. Mais si, par malheur, elles en avaient un hors des liens du mariage, alors elles commettaient une sorte de crime. Et il en naissait un bâtard. Mettre au monde un bâtard était un acte honteux, un peu comme sortir du magasin de Pa en cachant un article sous son manteau.

Difficile d'imaginer Pa volant quoi que ce soit ! Il ne sortait jamais du droit chemin. Pa était un juste, comme dans la Bible. Ces messieurs « chic » au match, ils pouvaient débiter plein de sales mensonges, Pa, non. Rigoureusement impossible.

Le pas lourd de Simon Arnring retentit dans l'escalier, faisant craquer les vieilles marches. Il entra dans le grenier et vint directement s'asseoir au pied du lit de son fils comme s'il en avait l'habitude, alors que c'était la première fois.

— Encore avec un livre, fils ? Qu'est-ce que tu lis ?

— *Le Dernier des Mohicans*. Une histoire d'Indiens.

— Tu sais, il y avait encore des Indiens en Géorgie quand je suis arrivé sur la terre d'Amérique. La majorité d'entre eux avaient été chassés de leurs terres, pauvres diables. Je t'ai déjà parlé d'eux ?

Adam aurait pu lui répondre qu'il connaissait l'histoire par cœur. Leur migration vers la côte Est parce que le Sud était si pauvre après la guerre de Sécession ; Crin-Blanc et le chariot que Pa avait achetés dès qu'il avait pu économiser quelques dollars ; son arrivée ici et l'ouverture du premier magasin... Mais il hocha la tête en silence et attendit patiemment.

— *1900*, soupira Pa. Tout va changer dans les années à venir ! Je ne sais pas comment, fils, mais je le sens... Aussi sûr que deux et deux font quatre. Dans quelque temps, je crois bien que je ferai installer un téléphone. Les prix devraient baisser très rapidement, à ce qu'on raconte. Sinon, tant pis, on s'en passera. Un sou est un sou, mon enfant. Les petits ruisseaux font les grandes rivières ! Notre vieille planète tourne depuis des milliers d'années sans toutes ces inventions modernes : le téléphone, les automobiles, l'électricité... et, ma foi, le monde ne s'en porte pas si mal ! Oui, les petits ruisseaux font les grandes rivières...

Pa était très économe, mais pas avare pour un sou ! Charitable avec ses clients les moins fortunés. Et même « généreux au-dessus de ses moyens », voilà ce que l'on disait de Simon Arnring. Adam était parfaitement conscient de tout cela ; mais il se doutait bien aussi que Pa n'était pas monté au grenier juste pour évoquer la guerre civile en Géorgie ou le siècle nouveau. Il hocha de nouveau la tête et attendit la suite.

Pa avait une façon bien à lui de parler par rafales. On le disait peu bavard, ce qui était vrai – sauf dans les rares moments où les phrases s'échappaient subitement de ses lèvres en un flot ininterrompu, avant de se tarir tout aussi soudainement.

— Il me semble entendre Arthur peiner dans l'escalier. Le pauvre, il a de plus en plus de mal à se déplacer. Il se fait vieux...

Pa hocha la tête et baissa les yeux vers le plancher. Il y eut un silence à la fois amer et lourd, presque palpable. Il dura assez longtemps pour permettre à Arthur d'entrer et de se coucher dans son coin habituel, près du mur.

Pa toussota, s'éclaircit la gorge, ouvrit la bouche, la referma aussitôt. Puis se composa une expression dégagée et se décida :

— Je ne t'ai jamais raconté que sans ce toutou tu ne serais pas là aujourd'hui, pas vrai ?

Allons bon ! Adam haussa un sourcil et songea : S'il est monté dans l'espoir de me distraire avec une histoire de chien, je ne veux même pas l'écouter. Il devrait mieux me connaître.

— C'est un récit assez long. Mais si tu es d'accord, j'aimerais te le raconter.

Adam perçut l'indifférence dans sa propre voix quand il se força à répondre :

— Sans Arthur, je ne serais pas là, dis-tu ? Première nouvelle. Je crois que j'ai envie de connaître le fin mot de l'affaire.

— Bon, alors voilà : figure-toi que la veille du jour de l'ouverture de mon premier magasin, j'étais parti effectuer une livraison dans une ferme. C'était le printemps, mais il faisait déjà très chaud. Une température anormale pour la saison. Mon cheval peinait, alors je le menais au pas. C'est ainsi que j'ai découvert un spectacle pitoyable sur le bord de la route : une chienne qui venait de mettre bas dans le fossé. Cinq ou six chiots, à peine plus gros qu'une souris, gisaient à moitié morts à côté d'elle.

» La pauvre bête était trop faible pour bouger, haletant sous le soleil brûlant, la langue pendante, l'œil suppliant... Tu vois le tableau ? Son maître, un sale type qui aurait mérité qu'on lui torde le cou, l'avait abandonnée dans les bois. Dieu sait depuis combien de temps elle était là ; toute la nuit peut-être. Je l'ai hissée dans la charrette avec ses petits. Évidemment, mes vêtements en ont pris un sacré coup, tu imagines, mais qu'importe, je ne pouvais tout de même pas les laisser mourir comme ça !

» Je me suis donc arrêté dans la première ferme que j'ai vue et j'ai demandé de l'eau pour les rafraîchir. Une jeune fille est sortie m'aider. Elle s'appelait Eileen. Eileen Murphy.

Adam s'humecta les lèvres. Eileen était sa mère. On lui avait déjà raconté comment elle lui avait donné naissance dans la pièce attenante au magasin, et comment elle avait été emportée par la diphtérie. Une histoire triste, trop triste pour qu'il eût envie de la réentendre.

— Ensuite, j'ai vite ramené mes protégés à la maison, poursuivit Pa. J'ai appelée la chienne Reine. Tous ses pauvres petits sont morts le lendemain, à l'exception de notre Arthur. Reine devait être très âgée parce qu'elle n'a survécu qu'un an. Mais au moins, elle a fini sa vie dans un bon foyer.

Pa sourit, non pas à Adam, ni même à Arthur, mais à lui-même. Un sourire secret, comme lorsque l'on se souvient de quelque chose que personne d'autre ne sait.

— Eileen est venue au magasin avec un biberon de lait pour le cas où Reine n'en aurait pas assez pour Arthur. C'est elle qui lui a donné son nom. Chester Alan Arthur était l'un de nos présidents, à l'époque. Et ta maman était une ardente patriote.

Il s'interrompit, comme pour rassembler ses souvenirs, et reprit d'une voix altérée :

— Cela semble si loin. Je n'avais jamais rencontré une jeune fille comme Eileen. Si délicate, si douce, si jolie... Elle adorait les fleurs et avait un don pour composer les plus beaux bouquets du monde. Tiens, pour la fête de l'Indépendance, le 4 Juillet, elle disposait des bouquets rouge, blanc et bleu dans ma vitrine. Une âme angélique, trop confiante... je ne sais pas bien en parler...

» Son père était ouvrier dans la ferme où j'avais fait halte. Il travaillait dur, je suppose, mais pas assez pour se tenir éloigné des bars. C'était un homme fruste, sans une once d'humanité. Je me suis toujours demandé comment une pareille brute avait pu donner le jour à une créature aussi délicate. La seule chose que j'aie jamais sue de la famille d'Eileen, c'est qu'elle était la petite dernière.

Il eut derechef ce sourire secret, à la fois triste et mystérieux, dans lequel Adam, du fond de sa détresse mêlée de curiosité, crut déceler de la pitié.

— Nous sommes devenus amis. Elle n'avait jamais quitté la ville et ignorait tout du monde. Je lui ai expliqué d'où je venais, ce petit village d'Europe où nous parlions tous l'allemand. Au fil du temps, Eileen a pris l'habitude de passer plus souvent. Elle racontait à son père qu'elle allait retrouver des camarades pendant qu'il dilapidait sa paie au bar, mais en réalité elle me rejoignait au magasin.

» La boutique restait ouverte presque tous les soirs et c'était un lieu probablement plus animé que sa ferme isolée. Je me disais qu'Eileen venait surtout pour Arthur. Dame, quel plaisir aurait-elle pu trouver à ma compagnie ? J'avais déjà près de trente ans et elle dix-huit... Elle avait l'air si jeune, presque une enfant. Tu te rends compte : elle n'était pas beaucoup plus âgée que toi aujourd'hui. À peine cinq ans de plus. Mais il est vrai que toi, tu parais très mûr.

Ce qu'Adam redoutait et en même temps avait besoin d'entendre, arrivait. Cette fois, il allait savoir ce que Pa était monté lui dire.

Mais Simon Arnring semblait encore hésiter à parler.

— Un soir, alors qu'elle était là, son père a brusquement fait irruption dans le magasin, ivre et fou de rage. Il a insulté sa fille. Levé la main sur elle. Je me suis interposé, mais il l'a giflée avant que j'aie pu le mettre dehors et le hisser dans son buggy. Il était hors de lui, il ne se contrôlait plus.

Pa secoua tristement la tête.

— Mon cœur saignait pour elle. Cette jeune fille sans tache, il venait de la couvrir de honte devant tous les clients du magasin. Je me suis conduit comme n'importe qui en pareil cas : je l'ai réconfortée de mon mieux, puis je lui ai donné ma chambre, à l'étage, et j'ai passé la nuit sur un lit de camp. Le lendemain, comme il fallait s'y attendre, son père est revenu à la charge. Il était ivre, pour ne pas changer. Eileen est restée cachée en haut. Heureusement, j'avais quelques amis dans la police ; ils ont dû se montrer persuasifs car au bout de quelques jours, il a cessé de faire du scandale. Par la suite, j'ai appris que la ferme dans laquelle il travaillait avait été vendue et qu'on l'avait licencié. Puis le bruit a couru qu'il avait quitté la ville pour aller Dieu sait où. Eileen et moi étions libres.

Il regrette déjà de m'en avoir dit autant, devina Adam. Telles celles d'un puzzle, les pièces commençaient à s'assembler dans sa tête.

— Comment t'expliquer, mon petit... En dépit de notre différence d'âge, nous sommes tombés amoureux l'un de l'autre. Ça t'arrivera un jour, à toi aussi. Et peut-être au moment où tu t'y attendras le moins. Il n'y a rien de plus naturel et de plus beau dans la vie.

— Seulement, Maman et toi, vous ne vous êtes jamais mariés, n'est-ce pas ? Voilà pourquoi je suis un bâtard.

— N'emploie pas ce mot ! Que nous nous soyons mariés ou pas ne change rien à ce que tu es. N'oublie jamais ça ! Tu as autant de valeur que n'importe quel autre être humain, et même plus que la plupart.

C'était très joli, mais cela ne constituait pas une réponse.

— Tu m'as menti, alors ?

— Oui, Adam, et je le regrette. J'ai eu tort, mais je voulais te protéger.

— Pourquoi ne vous êtes-vous pas mariés ? Tu as bien épousé Rachel à la synagogue !

Sourire ou soupir, difficile de lire sur son visage...

— Ta mère n'était pas juive, Adam. J'ai fait une demande, mais on me l'a refusée.

— Et pourquoi pas à l'église ? Celle de la Grand-Rue ou celle du front de mer.

— Là, c'est moi dont on ne voulait pas. En plus, son ivrogne de père avait raconté à qui voulait l'entendre des choses épouvantables à mon sujet.

Pa baissa les yeux.

— Il n'avait pas complètement tort, d'ailleurs. C'était sa fille, et je n'aurais pas dû la toucher. Au fond de mon cœur, je n'ai jamais cessé d'éprouver des remords.

— Maman et toi ne pouviez pas vous adresser ailleurs ?

— Si : à un juge de paix, je suppose. Mais nous étions perdus. Ce n'est pas une excuse, je le reconnais. Simplement, nous avions l'impression d'être chassés de partout, comme si personne ne voulait de nous. Nous n'avons pas réfléchi... je ne sais pas, je ne sais plus, tout se mélange dans ma tête.

Quand son père utilisait cette expression, cela signifiait qu'il n'avait rien à ajouter, ou qu'il ne voulait pas en dire davantage. Tant pis, il y avait tout de même une question qu'Adam devait lui poser.

— Est-ce qu'il y a eu un moment où tu as regretté ma naissance ? Tu peux me dire la vérité, Pa. Comme tu l'as remarqué, j'ai treize ans. Je suis un homme.

— Regretter ? Mon Dieu, Adam, tu es ma main droite ! Tu es mon sang et ma fierté ! Si je m'exprimais mieux dans cette langue, je dirais...

Sa voix s'étrangla dans sa gorge.

— Je dirais tout ce que je souhaite pour toi. L'univers tout entier ! Le monde peut être stupide et cruel. Puisses-tu ne jamais être blessé comme tu viens de l'être, Adam. Mais je me devais de te dire la vérité maintenant.

Pa descendit l'escalier, le silence balaya le grenier ; le vent même parut retenir son souffle. Adam éteignit la lampe et resta allongé dans le noir.

« Sentiments mitigés », résuma-t-il. Son professeur de littérature avait employé cette expression la veille pendant son cours. Elle reflétait à la perfection son état d'esprit : on pouvait être en même temps terriblement en colère et épouvantablement triste. Combien de garçons de son âge avaient une histoire personnelle aussi lourde à méditer ?

Bien sûr, il n'était pas le seul bâtard au monde, mais il était bien le seul dans son école, sûr et certain, et probablement le seul aussi dans toute la ville. La preuve ? S'il y en avait eu d'autres, il l'aurait su, tout comme Léo avait entendu parler de lui.

Ainsi, maintenant il savait qu'il était différent.

Son père avait dit que le monde pouvait être stupide et cruel, mais jusqu'ici Adam n'en avait pas encore ressenti la méchanceté. Cela viendrait en son temps, il ne se faisait pas d'illusions.

Une remarque de Rachel lui revint à l'esprit.

Quelques jours plus tôt, elle avait évoqué l'une de ses cousines à qui ses parents avaient refusé la permission de sortir avec un jeune homme parce qu'il n'appartenait pas à... Voyons, que lui reprochait-on déjà ? ah oui : de ne pas appartenir à un milieu « correct », à une famille « fréquentable », ou le contraire. Bref, le pauvre garçon n'était apparemment pas « comme il faut ».

Et moi, alors ? s'inquiéta-t-il. Adam Arnring appartenait-il à une famille fréquentable ? En dehors des quatre êtres chers qui dormaient en bas, il n'avait personne au monde. Sauf, peut-être, un grand-père maternel pilier de bar... Et les Arnring étaient-ils suffisamment corrects ?

Oh, arrête, Adam ! s'admonesta-t-il. Tu es le premier de ta classe. Et le meilleur lanceur de base-ball de toute l'école ! Pa vient de dire que tu étais sa fierté. Il t'a même appelé sa main droite !

Couché en boule entre le lit et le mur, Arthur agitait les pattes en dormant. Il pourchassait probablement en rêve un lièvre ou un écureuil. La lumière tombant du ciel livide éclairait son poil blanchi. Quatorze ans. Pauvre toutou, il ne lui restait plus beaucoup de temps.

Il finit sa vie au moment où je commence la mienne, songea tristement Adam. Mais nous l'avons débutée de la même façon, Arthur : nous n'avons été désirés ni l'un ni l'autre.

2

1907

L'idée de partir ne datait pas d'hier. Elle venait même de très loin. Probablement, comme Adam devait l'analyser beaucoup plus tard, de ses lectures scolaires dans ses livres d'histoire, quand le mot *Ouest* l'avait attiré, évocateur de larges cieux et de hautes plaines, avec ses noms indiens si exotiques : Nebraska, Dakota, Idaho...

À moins que cette idée n'ait germé en lui le soir où son père l'avait rejoint dans le grenier pour lui révéler qu'il était un bâtard. Sept ans avaient passé, mais quand l'envie d'ailleurs vous tient, elle ne vous lâche plus.

Une fois son diplôme de fin d'études secondaires en poche, Adam avait tout naturellement commencé à travailler à temps plein dans l'épicerie paternelle. À cette époque, il avait pris l'habitude de se promener, le soir venu, du côté de l'océan. Il s'asseyait sur un rocher et restait longtemps à fixer dans le lointain le point de jonction entre nuages et vagues. Et le besoin de nouveaux horizons s'était fait sentir : son grenier, l'épicerie, la ville elle-même... tout lui paraissait trop petit, étriqué, étouffant.

C'était probablement ce même besoin de mouvement et d'espace qui l'avait conduit à travailler les dimanches comme caddy dans l'un des tout nouveaux clubs de golf qui avaient fleuri depuis peu dans des champs proches de la ville. « La mode est au green, ma chère », ironisaient Rachel et ses amies. Tant mieux pour l'argent de poche, se félicitait Adam.

Chaque dimanche matin, les beaux jours venus, un riche homme d'affaires du nom de Herman Shipper faisait appel à ses services, et tous deux traversaient les beaux quartiers dans le superbe attelage de Monsieur.

Pendant le trajet, Herman Shipper aimait discuter à bâtons rompus avec Adam. À son vif plaisir, la conversation roulait généralement sur un sujet qu'il n'avait guère l'occasion d'aborder à la maison et qui lui tenait particulièrement à cœur : les voyages.

Shipper s'était beaucoup déplacé à l'étranger pour ses affaires et trouvait en Adam un auditeur captivé tout autant que passionné. Il ne manquait pas d'apprécier sa compagnie à sa juste valeur. Le garçon avait un esprit vif, une curiosité toujours en éveil et une grande soif d'apprendre, qu'il alimentait en dévorant tous les livres qui lui tombaient sous la main.

— Tu es un jeune homme brillant. Tu iras loin ! Rappelle-toi ta réflexion, ce matin, quand nous sommes passés devant cette villa néoclassique : « On dirait le Parthénon »...

— C'est vrai, mais je n'ai pas grand mérite ; avec ses colonnes doriques, elle y ressemble vraiment...

Il se tut, embarrassé par le sourire de son interlocuteur.

— Eh bien, mon garçon, je ne connais pas beaucoup de personnes par ici qui auraient remarqué cela.

— J'aime observer les styles de construction. Mme May, mon professeur d'histoire, me prêtait des livres d'archéologie qui m'en ont donné le goût.

— Tu n'as jamais envisagé de faire des études d'architecture ?

— Pas vraiment, avoua Adam sur un ton qui signifiait plutôt « vraiment pas ».

Herman Shipper s'abstint de tout commentaire, mais il avait senti qu'il venait de mettre le doigt sur une plaie non cicatrisée.

Quelques jours plus tard, Adam recevait par la poste une invitation à déjeuner chez M. Shipper. La demeure de Seaside Drive offrait une vue imprenable sur l'océan. Dès le vaste hall d'entrée – haut plafond à poutres apparentes et murs ornés de tapisseries à motifs médiévaux, parmi lesquels il reconnut une licorne –, Adam fut très impressionné par les superbes lustres en fer forgé, l'escalier monumental en marbre blanc et les somptueux tapis brun et or dans lesquels s'enfonçaient ses pieds tandis que son hôte le conduisait vers la terrasse.

La table y était déjà dressée pour deux, à l'ombre d'un parasol. Le soleil de midi scintillait sur les flots, ainsi que sur une intimidante collection de couverts en argent.

Un peu écrasé par ce luxe, Adam cherchait quelque chose à dire, quand M. Shipper intervint :

— Regarde un peu cet hôtel particulier dont on aperçoit la façade, derrière le rideau d'arbres, Adam. Qu'en penses-tu ?

Le jeune homme tourna la tête dans la direction indiquée et murmura machinalement :

— La maison à colombage de style élisabéthain ? Magnifique.

Herman Shipper lui tapota l'épaule en souriant.

— C'est bien ce que je pensais. Tu as l'œil, mon garçon. Il est vraiment dommage que tu ne veuilles pas étudier l'architecture.

Oh, ce n'était pas l'envie qui lui manquait ! faillit protester Adam. Mais il se contenta de secouer tranquillement la tête.

— Je dois aider mon père au magasin. Et de toute façon, je n'ai pas les moyens d'aller à l'université.

— Ta famille n'est pas en mesure de financer tes études ? Tu sais qu'avec un emprunt, on peut très bien...

— Non, monsieur Shipper. Même si mon père obtenait un prêt, l'argent serait pour mon petit frère.

— Et pourquoi donc ?

— Voyez-vous, commença Adam avec un sourire hésitant, Jonathan est quelqu'un de très spécial, de très particulier. Ce n'est pas un garçon comme les autres. Il n'a que onze ans, mais il fait des étincelles à l'école, où il a déjà sauté deux classes. Il veut devenir médecin, et comme il n'y a pas assez d'argent à la maison pour nous payer des études à tous les trois...

Adam s'était animé en parlant de Jonathan, et Shipper l'observait avec une expression étrange.

— Il est très rare aussi de voir un aîné se sacrifier pour son frère cadet, fût-il un petit génie, commenta-t-il. C'est tout à ton honneur, mon garçon, mais j'appelle ça de l'héroïsme.

Adam haussa modestement les épaules.

— Je n'ai rien d'un héros, je vous assure. Je suis seulement pragmatique.

— Et ton autre frère ?

— Léo ? Il est dans la moyenne, comme moi.

— Mon petit, j'ai appris à te connaître et je peux t'affirmer que tu n'as rien de moyen ! Tu te situes largement au-dessus des gens que je côtoie dans mes affaires. Tu mérites beaucoup mieux que de vivoter derrière le tiroir-caisse d'une petite épicerie de quartier. Tu as de l'avenir, mon garçon. Il faut y penser – sérieusement.

— Mais j'y ai pensé, monsieur. J'ai calculé que peut-être, si je réussissais à trouver un emploi dans une usine, je gagnerais plus qu'en aidant mon père à l'épicerie et alors...

M. Shipper l'interrompit aussitôt de sa main levée.

— Non non non. Je te parle de ton avenir avec un grand A, et non d'un simple gagne-pain... Il te faut une situation, Adam, et ce n'est pas ici que tu la trouveras. La conjoncture économique n'est guère brillante. Sais-tu que trois des plus grands établissements financiers de New York ont fait banqueroute ? Cette ville n'a rien à offrir à un garçon de ton envergure, ni aujourd'hui ni avant longtemps, j'en ai peur. Pars, Adam. Tente ta chance ailleurs. Vole de tes propres ailes !

Partir... ? Adam ne demandait pas mieux. Mais avec quel argent ?

Avant de quitter son hôte, il le remercia pour ses conseils puis rentra chez lui, étonné et ravi qu'un homme aussi important puisse lui trouver « de l'envergure ». Malheureusement, cette qualité ne se lisait pas sur sa figure, et aucun banquier ne lui prêterait de l'argent sur sa bonne mine... Pas question non plus d'en demander à son père – surtout pour aller tenter sa chance ailleurs !

Adam contempla les ravissantes villas aux fenêtres abondamment fleuries qui s'alignaient sur le front de mer. Ces haies impeccablement taillées, ces pelouses bien entretenues, ces élégantes façades... les maisons des familles fortunées. C'était donc là que vivaient les hommes les plus intelligents de la ville, les plus travailleurs, ou simplement les plus heureux ?

Avant de finir en écume sur le rivage, les vagues roulaient en lignes parallèles à perte de vue. Au loin, il reconnut le vapeur de New York ; de temps en temps, il le prenait pour se rendre dans la ville mythique – oh, pas souvent, quand il avait assez de pièces au fond de sa poche pour payer les soixante cents que coûtait l'aller-retour. Un jour, quand je serai vieux, se dit-il, j'évoquerai mes souvenirs de ces voyages comme les anciens qui se souviennent toute leur vie de certains événements marquants...

Lui, par exemple, n'oublierait pas la petite crique qu'il longeait en cet instant. Parce qu'il y avait embrassé Rosie Beck, la plus jolie fille du lycée. Son visage de poupée, sa poitrine moulée par son chandail, son corps si ferme et doux à la fois...

Allongé tout contre elle dans le sable, Adam imaginait ce corps de rêve sans vêtements quand elle avait brusquement refroidi ses ardeurs :

« Je ne pourrai pas aller avec toi au bal, lui avait-elle annoncé tout à trac.

— Mais tu me l'avais promis !

— Possible, mais je vais y aller avec Jake. Il me l'a demandé et j'ai répondu oui.

— Pourquoi lui et pas moi ?

— C'est comme ça. Papa dit que je dois accepter.

— Explique-toi, je ne comprends pas.

— Oh, Adam, je suis désolée, c'est cruel, mais... mes parents estiment que je suis en âge de me marier, et qu'il est temps pour moi de fréquenter des garçons... euh... fréquentables... enfin, que je pourrais épouser un jour.

— Comme Jake, avait conclu Adam d'une voix sourde.

— Eh bien... Sa famille est très convenable, et... Non, ne te mets pas en colère ! J'aurais préféré aller au bal avec toi, je te jure. »

Qu'ils aillent tous au diable, elle, ses parents, Jake et sa famille « convenable » ! Il n'aurait pas voulu d'elle de toute façon !

Adam tourna le dos à la crique et s'éloigna du bord de mer d'un pas décidé, comme pour donner congé à ses souvenirs.

En ce début d'après-midi dominical, les rues désertes du centre-ville semblaient somnoler, offrant un saisissant contraste avec l'agitation qui y régnait en semaine, quand ces mêmes pavés – le cœur économique de la petite cité – étaient encombrés d'attelages et de chariots de livraison. Les enseignes des commerces avaient été fraîchement repeintes, les jardinières des balcons garnies de fleurs. Les ferrures en cuivre de la porte de la banque brillaient comme l'or qui dormait dans ses coffres, ou comme les lettres de feu qui trônaient au fronton du théâtre pour attirer l'attention sur le nouveau film de Méliès : *Les Quatre Cents Farces du diable*.

Adam n'avait encore jamais vu un spectacle de cinématographe, mais une fois, dans cette même salle, il avait assisté à un vaudeville. Quelle histoire à la maison ! Quand Pa avait appris que son fils aîné allait au théâtre, il avait cru bon de le prendre à part pour le mettre en garde – à dix-neuf ans, presque vingt – contre « les mœurs dissolues de ces créatures impudiques qui se pavanent outrageusement sur scène, fardées comme des ribaudes ».

Pauvre Pa. Il était loin de se douter que son garçon avait déjà fait plus d'un tour chez Gracie, et que les jeux de l'amour n'avaient plus de secret pour lui depuis longtemps.

Adam contourna l'église, jetant au passage un regard noir à l'édifice toujours coupable à ses yeux de n'avoir pas jadis consacré le mariage de ses parents. Il longea l'enceinte noirâtre de l'hôpital, dépassa l'arrêt du tramway, l'atelier du forgeron, le relais de poste, et atteignit enfin l'humble maison qui était la sienne.

Malgré le vent humide qui soufflait du large, il faisait chaud dans la cuisine où Rachel gardait en permanence une bouilloire sur le feu. Ça sentait bon – le poulet rôti, évidemment, puisqu'on était dimanche.

Pa siégeait à sa place habituelle, en bout de table. Adam fut frappé par ses traits pâles et las. Pa n'était pas assez vieux pour avoir l'air aussi fatigué. Il filait un mauvais coton...

— Je suis en retard, excusez-moi. M. Shipper m'a gardé à déjeuner, et je suis rentré par le chemin des écoliers.

Il n'avait pas parlé plus tôt de l'invitation de l'homme d'affaires, de peur que sa famille n'en fasse tout un plat. Léo se chargea de justifier ses craintes.

— Après le golf, le déjeuner en ville... À présent que Monsieur fréquente le beau monde, nous n'allons plus le voir souvent. Tu ne rencontres plus que les gens de la haute, hein ?

— Ne sois pas ridicule. Je sais bien que nous n'appartenons pas au même monde et que je n'ai aucune chance de le rejoindre un jour.

— À d'autres ! Tu en crèves d'envie ! persifla Léo.

Toujours vindicatif ! Pas étonnant qu'il se soit mis tout le monde à dos au lycée. Adam ne lui en voulait même pas : peut-on en vouloir au scorpion de piquer ? C'est sa nature. Et la nature n'avait pas gâté Léo...

Quelle injustice tout de même ! La bonne fée qui s'était penchée sur le berceau de Jonathan avait dû vouloir rattraper le travail de la sorcière qui avait soufflé sur celui de Léo. L'un avait tout pour lui, l'autre... rien. Léo ressemblait à un brouillon raté, et cela s'accentuait avec l'adolescence : à seize ans, il perdait déjà ses cheveux et se faisait éconduire par toutes les filles qu'il approchait. Ce bourreau en herbe était au fond une victime-née, un accidenté de la vie. D'où la patience infinie d'Adam à son égard.

— Tu es sorti avec Naito aujourd'hui ? lui demanda-t-il.

— Je ne suis pas sorti avec lui, je suis entré chez lui, nuance ! Si tu veux tout savoir, il m'a montré un journal japonais et j'ai réussi à en lire quelques lignes. Mme Nishikawa n'en revenait pas !

— Il y a de quoi, approuva gentiment Rachel. Tu fais des progrès.

Léo se balança sur sa chaise en se rengorgeant. On ne lui adressait pas souvent des compliments.

— Je crois que j'ai un don pour les langues. De mon côté, j'apprends l'allemand au Chinetoque.

— Ah, parce que tu connais l'allemand ? Première nouvelle ! rétorqua Pa, qui pouvait parfois manquer terriblement de tact.

La chaise de Léo reprit sèchement contact avec le sol.

— Et alors, qu'est-ce que tu crois ? Je t'entends parler avec M'man, pas vrai ? Et puisque je suis doué...

Pa avait horreur de la vantardise. Sa réaction ne se fit pas attendre :

— Ça ne suffit pas pour manier la langue de Goethe. Tu dois savoir vaguement quelques mots, c'est tout. Alors, évite de plastronner devant les gens. Il y a de nouveaux immigrants allemands dans le voisinage, tu n'auras pas l'air très malin s'ils t'entendent !

— Je ne me vante pas ! Je suis plus intelligent que quatre-vingt-quinze pour cent des garçons de mon lycée ! Ces crétins te le diront eux-mêmes !

— Alors ! fit Pa en secouant la tête avec une ironie lasse.

Je suis probablement le seul, avec Jon, réfléchit Adam, à savoir que Léo est loin d'être bête... Il s'exprime encore de façon si puérile ! Et pourquoi est-il toujours dans les derniers de sa classe ? S'il s'en donnait la peine, il pourrait faire tellement mieux !

— Demande-leur, si tu ne me crois pas ! s'entêta Léo, cherchant l'affrontement.

Mais personne n'avait envie de se disputer avec lui, et Rachel s'empressa de changer de sujet.

— Jonathan, tu n'as pas annoncé à ton père que tu vas défiler en tête de la grande parade du 4 Juillet.

— C'est vrai, fils ? C'est formidable !

— Oh, tu sais, toute ma classe est de la partie, répondit modestement Jon.

— Oui, mais c'est quand même toi qui as été choisi pour porter le drapeau, insista Rachel. Mme Ames me l'a appris hier soir. Tu nous fais honneur !

Sa voix vibrait de fierté maternelle. Les joues pâles de Pa rosirent de plaisir, tandis que Léo verdissait.

— Maman, ce n'est pas si important. D'ailleurs, je crois bien que c'est tiré au sort.

Faux, pensa Adam. Jon s'efforçait de ménager Léo qui ne pouvait que souffrir de la comparaison.

Un enfant remarquable. Jonathan est particulièrement intelligent et droit.

Tout récemment, le professeur principal de Jon avait demandé à voir ses parents. Manquant de confiance en eux, Simon et Rachel avaient délégué Adam. Le verdict avait été clair :

« Il faut absolument lui permettre de poursuivre ses études. Ne pas envoyer un garçon aussi brillant à l'université serait un terrible gâchis. Un crime ! »

À vrai dire, Pa et Rachel, à qui Adam avait fidèlement rapporté ces propos, ne voyaient pas trop où était le gâchis, encore moins le crime, mais puisque le corps enseignant était formel... l'option valait la peine d'être considérée. Ce fut ce jour-là que, sans que Jonathan en sache rien, Adam se sacrifia pour lui en renonçant à de possibles études.

À force de travailler au magasin, il était devenu

pragmatique : il fit appel au sens des affaires de son père en l'exhortant à ne pas considérer la future inscription de Jon en faculté de médecine comme un luxe bien au-dessus de leurs moyens, mais comme un investissement à long terme.

Quant à lui... Eh bien, il était assez grand pour prendre son destin en main. Il ne serait peut-être jamais architecte, mais il finirait bien par trouver sa voie !

Ce soir-là, confortablement installés sur la véranda dans leur rocking-chair, Simon et Adam suivaient des yeux Léo et Jon qui partaient se promener sur la plage. À onze ans, le benjamin était déjà plus grand que son frère de seize ans. Pa ne fit aucun commentaire. À quoi bon ? la simple vue de leurs silhouettes disparates était suffisamment éloquente.

Il soupira et finit par livrer le fond de sa pensée.

— Je n'ai pas un caractère patient, je l'admets. Mais Léo... on ne peut pas compter sur lui à l'épicerie. Quand il est dans un bon jour, encore, ça peut aller. Mais ça se produit rarement, et on ne peut jamais prévoir quelle sera son humeur. Il lui arrive même de se montrer désagréable avec les clients, tu te rends compte ! Encore heureux que nous tenions un commerce de proximité. Tout le monde nous connaît dans le quartier ; ils savent bien comment il est...

— Tu ne peux pas lui demander d'avoir toujours le sourire au magasin alors qu'il a horreur de ça.

Pa fronça les sourcils.

— De sourire ou du magasin ?

— Euh... des deux, admit Adam, qui se creusait la tête pour trouver des excuses à son frère.

— C'est si difficile de se montrer aimable avec les

clients ? J'y réussissais bien à son âge – et toi aussi. Mais Léo n'est pas comme nous.

— Il n'a pas encore le sens du commerce, mais...

— Monsieur a surtout un poil dans la main ! Il a pourtant de la chance d'avoir un travail garanti, au moins il ne sera jamais au chômage. À condition de faire tourner la boutique après moi ! Il serait bien inspiré de suivre l'exemple de Naito !

Tout cela était vrai. L'ami de Léo apprenait déjà le métier dans le restaurant japonais de ses parents. Le fils de M. Shipper allait lui aussi entrer dans les affaires de son père pour prendre un jour sa succession.

— Heureusement, tu seras là pour le surveiller, ajouta Pa à voix basse, comme pour lui-même.

La nuit tombait et les rocking-chairs grinçaient doucement dans la pénombre tandis qu'un combat se livrait dans la tête d'Adam. Devait-il lui annoncer maintenant sa décision, ou remettre la discussion à plus tard ?

— Pa, lança-t-il soudain, je ne compte pas continuer à travailler au magasin.

Simon resta étonnamment calme. À peine si son balancement marqua une subite raideur.

— Ah, fit-il seulement.

Il y eut une pause.

— Je m'y attendais, reprit-il. Tu as mis du temps à m'en parler.

Adam coula timidement un regard vers son père. Son visage fatigué ne montrait ni colère ni déception. Il semblait résigné, fataliste.

— Pa... je ne tiens plus en place ici, tu sais. Je n'ai encore jamais quitté cette ville. J'ai envie de découvrir d'autres horizons. Mais il n'y a pas que ça... J'ai le sentiment – peut-être est-ce stupide ou présomptueux de ma part – que je peux accomplir de grandes choses, et aussi gagner assez d'argent pour vous aider.

— Tu as du cœur, mon garçon. Un grand cœur. Mais qu'est-ce qui t'a mis cette idée en tête ? Cette visite chez ton riche M. Shipper t'aurait-elle donné la folie des grandeurs ?

— Je ne sais pas, balbutia Adam en pensant que son père était finalement plus affecté qu'il ne voulait bien le montrer.

Pa avait cessé de tirer sur sa pipe. Il renversa la tête en arrière et contempla les étoiles.

— Que veux-tu que je te dise, fils ? Moi aussi, jadis, j'ai quitté mon foyer et mes parents. Alors comment pourrais-je m'opposer à ta décision ? Pars, si c'est ce que tu veux, mais ôte-moi un doute...

Une note d'appréhension perçait dans sa voix.

— Oui ?

— Ton départ n'a rien à voir avec le fait que ta mère et moi n'étions pas mariés ? Tu y penses encore ?

— Mais non, Papa, il y a des années que cela ne me trouble plus, mentit gentiment Adam.

Simon secoua les cendres de sa pipe éteinte, son fauteuil cessa de gémir. Ni l'un ni l'autre ne parlait. Adam ressentit un mélange de tendresse et de compassion pour cet homme vieillissant qu'il allait abandonner. D'un geste maladroit, il avança la main et tapota l'épaule de son père.

Vint le matin du grand départ, où tout le monde se réunit dans la cuisine. Pour son dernier petit déjeuner à la maison, Rachel avait cuisiné des *pancakes* tout exprès pour Adam. Il n'avait pas le cœur à manger, mais fit mine de se régaler. Entre deux bouchées, il sentait peser sur lui le regard désolé et déjà plein de regret que sa belle-mère posait sur lui.

Pa, quant à lui, avait suspendu à la porte du magasin

la pancarte FERMETURE EXCEPTIONNELLE qui, comme le texte l'indiquait, ne servait qu'en de très rares occasions. Sourd aux protestations d'Adam, il lui avait offert son billet de chemin de fer, un costume chic à dix dollars et lui en avait remis cent cinquante en guise de viatique.

Léo et Jonathan, déstabilisés par la réduction imminente de la cellule familiale et ses conséquences pour eux deux, se tenaient gauchement derrière leur frère aîné, le pressant de questions auxquelles il était bien incapable de répondre.

Jon fondit en larmes au moment de partir pour l'école, mais Léo aussi reniflait et avait les yeux humides. Adam fut particulièrement touché par ce témoignage d'affection, à peu près aussi rare chez lui que la pancarte FERMÉ de Pa. En y réfléchissant, il ne se souvenait même pas de la dernière fois où il avait vu Léo pleurer. Ah, si : le matin où ils avaient enterré le pauvre Arthur au fond de la cour. Tout en le regardant à la dérobée sécher ses yeux d'un revers de manche, Adam se demanda quelles autres surprises pourrait lui réserver ce gosse étrange.

C'était une de ces matinées d'automne où l'air sec et vif vous fouette le sang. Son sac de voyage sur l'épaule, Adam se dirigeait avec son père vers le ferry. Puis il prendrait le train qui l'emporterait enfin vers ces nouveaux horizons tant désirés : Atchison, Topeka, Santa Fe... l'Ouest et ses contrées de légende.

— Maintenant, je comprends ce que mes parents ont dû éprouver le jour où je suis parti, soupira Pa.

— Ils savaient qu'ils ne te reverraient plus jamais. C'est très différent.

Le silence de Pa fit mal à Adam qui reprit :

— Tu sais, j'étais sérieux quand je t'ai dit que je voulais t'aider à financer les études de médecine de

Jonathan. C'est un peu prématuré pour l'instant, mais dès que j'aurai trouvé du travail... Il n'est pas question que tu te tues à la tâche pour tes enfants. Quant à Léo... eh bien, j'ai l'intention de faire quelque chose pour lui aussi.

— Tu es un bon fils, et un bon frère. Mais pense d'abord à toi, mon grand. Et surtout, ne fais rien que tu puisses regretter.

Ils avaient pris du retard et Adam dut courir pour ne pas rater le bateau. Ce n'était pas plus mal : des adieux prolongés auraient achevé de les bouleverser.

— Prends bien soin de toi, surtout ! J'aurais tant voulu...

La voix de Pa se perdit dans la sirène du ferry qui larguait déjà les amarres. Adam sauta d'un bond sur le pont et se retourna pour voir son passé s'éloigner.

Il ne saurait jamais ce que son père aurait tant voulu. Mais peu importait : Adam s'efforcerait de lui faire honneur. En cette minute où il mettait le cap sur l'inconnu, rien ne semblait impossible. Il ne pouvait échouer. Il leur montrerait à tous de quoi il était capable.

3

Adam ne comptait plus les heures, les jours de voyage. Après avoir traversé la Géorgie, l'Alabama, le Mississippi, puis l'Arkansas, l'Oklahoma et un petit bout de l'immense Texas, il allait arriver au Nouveau-Mexique.

— Prochain arrêt : Santa Fe, lui confirma un voyageur bedonnant. Eh bien, ce n'est pas trop tôt !

L'homme n'était monté dans son compartiment qu'à Oklahoma City, mais en avait déjà assez et ne se privait pas de le faire savoir. Il se plaignait sans cesse d'être secoué comme au temps des diligences. Mais Adam n'en avait cure ; le Far West, il en avait rêvé et il y était enfin. Ce triste personnage ne lui gâcherait pas son plaisir.

Seule ombre au tableau : son billet n'allait pas plus loin que Santa Fe. Faute d'argent, le Nouveau-Mexique serait donc son terminus provisoire. Le temps qu'il trouve un travail et qu'il économise de quoi poursuivre sa route vers l'Arizona, et surtout la Californie. Bah, il avait déjà fait les deux tiers du voyage depuis la côte Est. Le reste viendrait en temps et heure.

Le train ralentit puis s'arrêta dans un long grincement strident à hauteur d'une énorme citerne.

L'obèse râleur en profita pour lever les bras au ciel et clamer son mécontentement.

— Ce n'est pas possible ! Encore un ravitaillement en eau ! Nous n'arriverons jamais... Oh, mais je me plaindrai à la compagnie !

Adam le planta là pour imiter les autres passagers qui profitaient de cette halte pour se dégourdir les jambes et se désaltérer.

Il fit quelques pas sur le terre-plein d'où l'on pouvait contempler l'horizon gris-bleu. Au loin, une étroite rivière serpentait autour d'une agglomération. Le conducteur de la locomotive était descendu lui aussi, et Adam lui demanda le nom de la localité.

— Chattahoochee. Un nom à coucher dehors, mais un sacré bon coin.

— Chattahoochee, répéta Adam, les yeux brillants.

C'était un de ces noms indiens qui l'avaient tant fasciné dans son enfance, un nom qui fleurait bon *Le Dernier des Mohicans*...

— Ouais, il doit y avoir pas mal d'argent là-bas, reprit le mécanicien en se méprenant sur l'intérêt du jeune voyageur. Je vois souvent des gens descendre de ce train pour emprunter l'interurbain jusqu'à Chattahoochee.

— L'endroit paraît tout petit. D'où vient sa richesse ?

— Ben, des ranches, des fermes, lui répondit l'homme comme si c'était évident.

— Depuis quand les fermiers gagnent-ils de l'argent ?

— On voit que vous venez de l'Est ! Rien à voir ici : la région est fertile. De la bonne terre grasse, excellente pour les moutons, plus le coton, plus le bois de construction... enfin, tout – ou presque.

L'élevage ? Adam n'y connaissait rien. Qu'était-il

venu chercher par ici ? Il aurait dû rester avec Pa. Continuer à travailler à l'épicerie, l'aider à s'agrandir...

Non. Pa était gentil, mais trop rigide. Lui vivant, rien ne changerait jamais dans son magasin. Même l'air y était immobile ! Ça n'aurait pas marché. On ne bâtit pas du neuf avec de l'ancien.

Tandis que Chattahoochee... Cela sonnait comme un monde nouveau. Après tout, l'étape était peut-être providentielle... Pourquoi ne pas tenter sa chance dans cette ville, y chercher un emploi, n'importe lequel, le temps de mettre un peu d'argent de côté pour gagner la Californie ?

Après avoir traversé un pont enjambant la rivière qui continuait ses méandres à travers champs, le petit train s'immobilisa. Terminus.

Son sac à l'épaule, Adam sauta sur le quai inondé de soleil et regarda autour de lui en clignant des yeux. La chaleur étant étouffante, il entra dans un bar pour boire une bière fraîche.

Le barman lui posa l'incontournable question :

— Vous êtes étranger, ici ?

— Je viens d'arriver. La ville a l'air plutôt agréable, ajouta Adam pour se montrer amical, mais aussi parce qu'il le pensait.

Des chevaux passaient au pas dans la grand-rue, et une brise bienfaisante agitait les feuilles des arbres – des cotonniers, reconnut-il, grâce aux illustrations de *La Case de l'oncle Tom*, qui l'avait fait pleurer dans son enfance.

Décidé à ne pas perdre de temps, il alla droit au but :

— Il y a du travail dans le coin ?

— Comme ça, je ne peux pas vous répondre. Mais repassez en fin de journée, il y aura plus de monde et vous demanderez. Ou alors promenez-vous dans les rues. Qui sait ? Vous tomberez peut-être sur un panneau demandant un ouvrier.

Adam suivit son conseil et marcha au hasard pendant ce qui lui parut une éternité, tournant à droite, à gauche, sans but. Pas l'ombre d'une annonce en vue, et pas beaucoup d'ombre tout court. Il était bien le seul à s'aventurer sous ce soleil sans chapeau.

Le front en sueur, le crâne en ébullition, il vit des maréchaux-ferrants, des vendeurs de bétail, une scierie, une laiterie, une distillerie, et un panneau proposant des meubles faits main et des cercueils... Mais pas d'offres de travail. Et quand bien même il en aurait vu, rien ne disait qu'il aurait eu les qualifications requises.

En vérité, je ne sais pas moi-même à quoi je suis bon, analysa-t-il avec une inquiétude subite. À part travailler dans une épicerie...

Soudain, le décor changea : il déboucha sur une place proche de son point de départ – preuve qu'il avait dû tourner en rond – et pénétra dans un autre monde. Ici, les maisons bien alignées abritaient des cabinets de médecins, d'avocats, des compagnies d'assurances. Il longea l'église de style gothique, le bureau de poste, le lycée, la Banque nationale de Chattahoochee, et plusieurs boutiques de luxe, dont une orfèvrerie présentant en vitrine un extravagant service de couverts en argent.

Adam s'arrêta devant un magasin de vêtements à l'enseigne Le Comptoir de L'Élégance. Au-dessous était écrit en plus petit : *Aaron Rothirsch* – quel drôle de nom, songea Adam. Ça signifie daim rouge en allemand. Se rappelant que ses deux seules chemises étaient tachées, il décida de jeter un œil à l'intérieur.

Personne ne remarqua son entrée. Et pour cause : il tombait en pleine altercation. À l'autre bout du magasin, une dispute bruyante opposait une vieille dame corpulente à un homme ventripotent encore plus furieux, qu'une toute jeune fille tentait en vain de ramener à la raison.

— Tante Sabine ! Tante Sabine ! suppliait-elle en tirant la manche de la femme. S'il te plaît, calme-toi. C'est mauvais pour ton cœur...

— Quel cœur ? explosa l'homme, le visage rubicond. Elle n'en a pas ! Quand M. Rothirsch était en vie, travailler ici était un plaisir. Il était humain, lui, alors que votre tante est... elle est...

— Attention à ce que vous allez dire, Reilly ! siffla l'intéressée. Vous pourriez le regretter !

Elle agita sous son nez un doigt menaçant.

— Ce magasin est en train de couler et j'en ai pardessus la tête de payer un fainéant à ne rien faire !

Il poussa un rugissement.

— Parce que vous croyez peut-être que moi, je n'en ai pas assez de vous ? Vous n'êtes jamais contente ! Aussi injuste que radine, et ce n'est pas peu dire !

Les joues déjà dodues de la vieille dame se gonflèrent d'indignation.

— Espèce de malotru ! Comment osez-vous parler sur ce ton à une faible femme !

— Une faible femme ? où ça ? osa ricaner l'individu.

— Vous êtes un... un chacal ! Une hyène !

— Tante Sabine, balbutia la jeune fille en continuant à la tirer par la manche. S'il te plaît, ne t'énerve pas comme ça. Arrête.

— Lâche-moi, Emma. Tu ne vois pas que j'ai affaire à une hyène !

La querelle ne regardait pas Adam, mais il lui était difficile de ne pas intervenir d'une façon ou d'une autre. D'autant qu'on ne pouvait pas savoir comment cela risquait de tourner. Il se décida, s'éclaircit la voix et avança d'un pas afin de détourner l'attention sur lui.

— Hum. Bonjour. J'aurais voulu acheter une chemise, annonça-t-il d'une voix paisible.

La vieille dame réagit au quart de tour.

— Mais certainement, cher monsieur. Laissez, Reilly ! Je vais m'occuper moi-même de ce gentleman, articula-t-elle d'un ton sans réplique.

Son visage joufflu était cramoisi. Adam eut la vision d'un déferlement de soie et de bijoux tandis qu'elle se précipitait vers lui et commençait à chercher sur des étagères encombrées d'un fouillis de chemisiers, de jupons et de combinaisons.

— Où sont passés... mais où... ? Pour l'amour du ciel, ce désordre est proprement inimaginable !

— Vous cherchez du mauvais côté, ricana la hyène. Monsieur n'a pas besoin d'un corsage garni de dentelles !

— Comme si je ne le savais pas ! Une chatte ne retrouverait pas ses petits au milieu d'un tel capharnaüm ! Sabre de bois ! C'est un scandale !

Manifestement atteint dans son honneur, l'autre bomba le torse et y appliqua la main en un geste théâtral.

— S'il y a du désordre, c'est parce que vous avez voulu mettre votre grain de sel, madame Rothirsch.

— Surveillez vos propos, saboteur, vous entendez ?

Drapé dans sa dignité, l'homme amorça une sortie théâtrale :

— Je vais faire mieux que ça : je vous quitte. Trouvez un autre esclave pour me remplacer !

Peine perdue, elle ne l'écoutait pas, occupée à provoquer un séisme dans ce qui lui tombait sous la main.

— Sabre de bois, je n'en crois pas mes yeux ! Qu'est-ce que c'est que cette pagaille ?

De l'indescriptible mélange d'articles masculins et féminins qu'elle ramenait à la surface pour les envoyer voltiger ici et là – bottes, cravates, corsets à baleine, stetsons... –, elle finit par extirper une chemise blanche.

— Ah. Enfin ! Et elle est à votre taille, cher monsieur. Ce sera un dollar. Vous encaissez, Reilly ?

Adam sortit un billet tandis que le nommé Reilly gagnait ostensiblement la porte.

— Où allez-vous ? lança la vieille dame d'un air outré. Depuis quand le magasin ferme-t-il à quatorze heures ?

— Vous n'avez pas compris, je vous quitte, madame. J'en ai soupé de votre tyrannie.

— Comment ? Vous travaillez ici depuis douze ans et vous partez sans préavis ? Oh, mais vous n'avez pas le droit, mon petit bonhomme !

— Je le prends, tonna Reilly, grandiose.

La voix subitement chevrotante de sa patronne l'arrêta sur le seuil.

— Mais... que vais-je devenir ? Trahie, abandonnée... Comment veut-on que je trouve un autre employé du jour au lendemain ? Je suis malade, fatiguée...

— Mais non, ma tante, protesta la jeune fille. Tu es simplement hors de toi, et c'est très mauvais pour ta santé.

En même temps, elle coula un regard vers Adam qui crut y lire un appel au secours.

Son billet de un dollar toujours à la main, il s'avança d'un pas et les mots s'échappèrent de sa bouche avant même qu'il puisse les retenir.

— Je suis peut-être en mesure de vous aider...

La vieille dame cessa comme par enchantement de se tordre les mains de désespoir et pivota vers lui, les lèvres pincées.

— M'aider ? Qui êtes-vous, d'abord ? Et qu'est-ce que vous racontez ?

— J'ai travaillé des années dans un magasin. Si vous le souhaitez, je peux remplacer votre employé au moins quelques jours, le temps pour vous de prendre des dispositions.

— Remplacer Reilly ? Comme ça ? Au pied levé ?

Elle devait le prendre pour un fou. Voilà ce qui arrivait quand on avait un caractère impulsif, songea-t-il.

— Je m'appelle Adam Arnring. Je viens d'arriver dans votre ville, je n'y ai donc aucune référence. Mais si mon travail ne vous donne pas satisfaction ou si mon comportement vous paraît suspect, vous aurez toujours la possibilité d'appeler la police.

Mme Rothirsch était si abasourdie qu'elle affichait une expression comique.

— Vous avez travaillé dans un magasin, dites-vous ? Quel genre ?

— Une boutique de mode, sur la côte Est.

C'était un pieux mensonge, mais quoi ? il n'y avait pas mort d'homme. Et puis, entre ses conserves, Pa vendait vraiment des vêtements...

— Je pourrais même vous faire quelques suggestions pertinentes.

Cette fois, il l'avait bien ferrée car elle le défia, les bras croisés sur son ample poitrine :

— Oh, vraiment ? Et lesquelles ?

— Eh bien, pour commencer, vous devriez décider si vous préférez vendre des articles pour hommes ou pour femmes. Vous manquez d'espace pour les deux.

— Oh vraiment ? répéta-t-elle. Dites tout de suite que mon Comptoir de l'Élégance est un mouchoir de poche ! Sabre de bois ! Alors, d'après vous, comment se fait-il que nous ayons aussi bien réussi par le passé ? Expliquez-moi ça, jeune homme.

— Tante Sabine, intervint la jeune fille, tu oublies que tout l'arrière du magasin a brûlé et qu'il n'a pas encore été reconstruit. Il a raison.

Reilly en profita pour rentrer dans le jeu :

— Ces jeunes gens ont tous les deux de la jugeote. Quand je vous dis que vous devriez plus souvent écouter Emma, madame Rothirsch. Elle n'est pas la nièce de son oncle pour rien !

— Non, non, protesta vivement Emma pour ménager la susceptibilité de la vieille dame. Ma tante sait déjà tout cela, je voulais juste le lui rappeler.

Adam perçut une tension latente aussi forte qu'à la maison quand Léo était d'une humeur massacrante au dîner et que Rachel s'ingéniait à empêcher Pa d'éclater.

En observant la jeune fille, Adam fut surpris de croiser le regard direct de ses yeux verts. Il les trouva empreints d'une gravité étonnante pour son âge. Apparemment, ils étaient bien les deux seules personnes ici à se contrôler – et à se comprendre.

Rassemblant ses idées, Adam résuma :

— Faute de pouvoir vous agrandir dans l'immédiat, il vous appartient de choisir votre cible : femmes ou hommes. Je vous conseillerais plutôt d'opter pour la clientèle féminine.

— Voyez-vous ça !

La propriétaire le toisa de la tête aux pieds avec une ironie condescendante.

— Et peut-on savoir pourquoi ?

— Parce que les dames dépensent plus pour s'habiller que les messieurs, tout simplement, répondit Adam sans se démonter.

Elle le regarda fixement en silence. Sa main potelée égrenait comme un chapelet le triple rang de perles enfoui au creux d'un bouillonnement de rubans rose pâle. Adam s'obligea à ne pas broncher. Il ne savait que trop ce qu'elle voyait : un garçon arrogant de tout juste vingt ans, si grand qu'elle devait renverser la tête en arrière pour le dévisager, aux cheveux noirs probablement ébouriffés par le voyage et aux yeux clairs et têtus.

— Quel âge avez-vous ? demanda-t-elle enfin.

— Vingt-six ans, improvisa Adam avec aplomb.

— On ne le dirait pas !

— Je le prends comme un compliment.

Ce n'en était pas un, mais qu'importe ?

— Hum. Je gage que vous avez fait des études, n'est-ce pas ? Vous vous exprimez comme un garçon cultivé.

Adam répondit sans mentir :

— Merci, madame. Je n'ai malheureusement pas pu pousser mes études aussi loin que je l'aurais souhaité, mais il est vrai que je me suis intéressé à de nombreux sujets.

— Vous avez un accent très pur, distingué... *so british* – et je m'y connais !

— Merci, répéta-t-il en se gardant de partager l'hilarité muette de Reilly.

À côté de son accent à couper au couteau venu tout droit d'Europe de l'Est, même l'anglais pourtant approximatif de Pa aurait sonné *so british !* Et la prononciation ridiculement maniérée de cette Mme Rothirsch n'arrangeait rien.

Adam la soupçonnait d'être épouvantablement snob. Il se souvint des taches de ketchup sur sa chemise, ferma plus étroitement sa veste pour les dissimuler, et décida de compenser la carence de sa tenue par un ton et un vocabulaire susceptibles de l'impressionner favorablement.

— Mmm... si vous m'en croyez, chère madame, vous auriez sans nul doute intérêt à vous défaire prestement de la marchandise superflue qui nuit à l'image de marque de votre négoce. Je me flatte d'être suffisamment compétent pour affirmer que nombre de vos articles sont terriblement passés de mode – soit dit sans vous offenser.

Il y eut un long silence, pendant lequel la vieille dame regarda par la fenêtre crasseuse de l'arrière-boutique de son « négoce » d'un air absent. Emma guettait sa réaction avec intérêt. Reilly, lui, dansait d'un pied sur l'autre, semblant trouver le temps long.

Adam avait toujours été un garçon méticuleux, le plus ordonné de la famille, même si Rachel veillait à ce que chaque pièce soit impeccable. Depuis son plus jeune âge, sa chambre aménagée dans le grenier était parfaitement rangée, son lit fait à la perfection, ses vêtements soigneusement suspendus dans son placard, ses livres alignés par ordre alphabétique sur les étagères. Tout en observant les lieux, il se dit que ce serait presque un plaisir de réorganiser de fond en comble le magasin tout en gagnant quelques dollars – d'ici qu'il trouve un meilleur emploi, bien sûr.

— Très bien, dit finalement la propriétaire d'une voix cassante. À l'évidence, vous êtes un jeune homme doué et prometteur. Mais attention, il faudra les tenir, ces promesses ! Dieu sait que je ne peux rien espérer de tel d'un Reilly. Aucune initiative, aucune envergure... Tss, je suis peut-être folle, mais qu'ai-je à perdre ? Je vous donnerai trois dollars demain si vous arrivez à remettre cet endroit en ordre. Cela vous convient-il ?

— Vous voulez un travail de premier ordre, madame ?

— Naturellement !

— Alors j'ai besoin de deux jours. Et que vous me laissiez carte blanche.

Son ton péremptoire lui valut un regard médusé.

— Qu'est-ce que cela veut dire ?

— J'agirai à ma guise. J'ai travaillé dans des magasins très chic, madame Rothirsch. Je sais comment arranger au mieux cet endroit. Vous verrez.

— En ce cas... six dollars pour deux jours pleins. C'est mon dernier mot. J'ai probablement perdu la tête, mais je prends le risque.

Ses lèvres se pincèrent.

— N'essayez pas de me rouler cependant. Je suis très connue dans cette ville. J'ai des relations à la mairie et à la police, vous savez !

— Oh, je n'en doute pas, mais n'ayez crainte, madame Rothirsch.

— Donc, c'est entendu. Voici la clef. Nous ouvrons à neuf heures précises. Et maintenant, je rentre chez moi. Viens, Emma. Je suis épuisée.

C'était fait. Adam n'en revenait pas. Il était entré ici dix minutes plus tôt pour s'acheter une chemise et voici qu'on lui remettait la clef du magasin. En dix minutes !

Une petite voiture électrique était garée le long du trottoir, juste devant la vitrine du Comptoir de l'Élégance. Les dames qui en avaient les moyens s'offraient ce moyen de transport moderne, silencieux, pratique et rapide (quinze kilomètres à l'heure !) pour se déplacer en ville et faire leurs emplettes.

Le soleil éblouissant au sortir de la quasi-pénombre qui régnait dans la boutique fit étinceler la carrosserie de la voiture et le collier de perles rutilant de sa propriétaire. Mais Adam ne voyait que la robe rose d'Emma, son joli chapeau de paille puis, comme elle montait légèrement à bord, son gracieux visage.

Des yeux émeraude, songea-t-il rêveusement. Étrange. Il avait déjà vu de jolies filles avec des yeux aussi verts, ou presque, et pourtant il avait l'impression que c'était la première fois.

— Votre nouvelle patronne possède aussi une Stanley Steamer, l'informa Reilly comme la voiture démarrait sans bruit. Son mari l'a payée près de mille dollars, à ce qu'on dit ! Mais la plupart du temps, elle reste au garage – la Stanley, pas la vieille sorcière, ce serait trop beau !

Il s'esclaffa et regagna machinalement le magasin avec Adam tout en poursuivant :

— Quand Madame a envie de se pavaner en ville, c'est Rudy – son homme à tout faire (quel courage !) – qui lui sert de chauffeur. Lui et sa femme Rhéa sont à son service depuis je ne sais plus combien d'années, les malheureux ! Difficile de croire que le vieux Rothirsch ait pu épouser une virago pareille. Le jour et la nuit, ces deux-là. Il avait du cœur, lui. Un homme généreux, un mécène. Il donnait de l'argent à tout le monde – œuvres de charité, églises...

— Que lui est-il arrivé ?

— Une attaque qui l'a rendu hémiplégique... et qui a laissé la moitié de la ville orpheline. Le pauvre a vécu quatre ans sans parler ni marcher, avec le dragon à son chevet. Au magasin, il n'y avait plus personne pour passer les commandes et le Comptoir s'est écroulé peu à peu. Peu après son décès, un incendie a ravagé la moitié de la boutique et les affaires sont allées de mal en pis. Je ne sais même pas pourquoi cette vieille chouette me garde : ce commerce est mort. Bah ! je suis content de rester, même si elle me rend fou. Elle me paie une misère, mais ça me suffit pour vivre.

Adam haussa un sourcil surpris.

— Vous n'avez pas l'intention de partir, alors ?

— Bien sûr que non. Nous avons ces disputes tous les mois. Ça ne veut rien dire.

Reilly s'interrompit, puis, d'humeur visiblement bavarde, il reprit :

— Sa nièce est charmante, en tout cas. Et elle a oublié d'être sotte !

— Elle est très jeune, non ? Quel âge a-t-elle ?

Reilly haussa les épaules.

— Dans les quinze-seize ans, je crois. Vous aimez ses cheveux rouges ?

— Euh... je n'y ai pas prêté attention. J'ai seulement remarqué ses yeux.

— Vous n'avez pas regardé sa chevelure ?

— Franchement, non. Juste son visage.

— Oui... eh bien, si vous restez ici, évitez de vous faire des idées... La petite est gardée sous cloche ! Vacances d'été dans l'Est, pension de bonnes sœurs et voyages incessants jusqu'en Europe ! Elle joue merveilleusement du piano, à ce qu'il paraît. La vieille carne veille sur elle comme sur le trésor de Fort Knox. Elle n'acceptera de la marier qu'à un lord ou à un crésus ! Alors ne rêvez pas.

— Qu'allez-vous imaginer ? C'est encore une enfant !

— Et vous êtes encore un gamin vous-même, non ? Quel âge avez-vous, en réalité ?

— Pas tout à fait vingt ans, confessa Adam après une hésitation.

Reilly partit d'un rire homérique.

— Oh, bon sang ! Vous avez un sacré culot ! Ha ! vous l'avez bien eue, la vieille bique ! Mais dites, vous pensez vraiment arriver à tirer quelque chose de cette boutique ?

Vieille bique, vieille carne, sorcière, dragon, virago... Pa et Rachel auraient été horrifiés... et Léo mort de rire.

— Je vais faire de mon mieux, en tout cas. Rendez-moi un service : vous connaissez un endroit où je pourrais dormir cette nuit ?

— Descendez la Seizième Rue et tournez à droite à l'angle de l'avenue. La femme qui habite la maison fleurie dirige une pension pour les professeurs du lycée. Elle aura peut-être une chambre libre. Sur ce, je vous laisse. Je vous verrai probablement demain, dans la matinée. Et ensuite, je prendrai le reste de ma journée. Amusez-vous bien à nettoyer, encore que je ne voie pas très bien ce que vous pourrez tirer de tout ce fatras. Bon courage !

Cher Pa et chers vous tous,

Je vous écris de l'autre bout du continent, depuis une ville appelée Chattahoochee, dans la région de Santa Fe. J'y ai pris une chambre dans une pension très respectable où ne logent que des professeurs. Ne vous faites pas de souci pour moi : tout va bien. Je crois que je vais rester ici quelques semaines, plus peut-être, le temps de trouver un travail et de gagner assez d'argent pour continuer ma route vers l'ouest, jusqu'en Californie.

Chattahoochee est une ville très intéressante et même attrayante. Je m'y suis promené en arrivant et j'ai déjà vu des choses étonnantes. Comme cette grange aménagée en agence de services avec cette pancarte : BRAS ET MULES À LOUER – EFFICACITÉ GARANTIE *!*

Vous voyez, on trouve ici toutes sortes de journaliers pour travailler dans les champs ! Il faut dire qu'il y a des fermes à perte de vue, et même un ranch de cent mille hectares aux portes de la ville.

J'ai aussi repéré une maison très vieille, puisqu'elle remonte au temps des premiers pionniers. Elle a été construite tout en rond pour mieux résister aux attaques des Indiens... Vous vous rendez compte ! Je nage en pleine épopée !

Adam faillit ajouter qu'il s'était noyé dans les yeux de forêt d'une radieuse jeune fille, mais s'en abstint. Il n'avait envie de partager l'image d'Emma avec personne. Un fin sourire aux lèvres, il acheva rapidement sa lettre :

Je vous écrirai à nouveau dès que j'aurai du neuf à raconter. En attendant, je vous embrasse tous comme je vous aime : très fort.

Votre Adam.

4

Le lendemain aux aurores, Adam se posta face au Comptoir de l'Élégance pour observer la devanture.

La vieille bâtisse avait été bien conçue. Construite en pierre blonde, elle était remarquablement proportionnée, avec un fronton classique au-dessus de l'entrée et une mince frise sculptée autour de ses deux vitrines jumelles. On aurait dit une banque, et peut-être en avait-elle abrité une jadis. Mais en ce moment, avec le soleil qui illuminait sans pitié les articles décrépits qui végétaient derrière les vitres sales, elle semblait crier aux passants : « Faillite ! Liquidation ! Circulez, il n'y a rien à voir ! »

Adam se frotta le menton – un geste hérité de son père. Les idées commençaient déjà à tourbillonner dans sa tête. D'abord, écarter tous les articles pour hommes, mettre de côté ce qui était encore vendable – mais ne pas jeter le reste. Le distribuer à des personnes qui en avaient besoin ou envie. Voilà qui serait la meilleure des publicités. Ensuite, choisir les vêtements les plus attrayants et les présenter artistiquement en vitrine avec une affichette alléchante : 60 % DE REMISE.

Il retroussa ses manches et se mit au travail. Quand ce fut fait, il ressortit dans la rue pour examiner à nouveau la façade et s'estima satisfait du résultat. Et encore, ce n'était que la première étape de son plan. Après-demain, Mme Rothirsch lui verserait les six dollars convenus. Mais ce serait son salaire. Quid des frais qu'il engagerait pour rafraîchir le magasin ? Évidemment, il pouvait toujours puiser dans ses propres deniers. Ce serait un risque. Bah, après tout, n'avait-il pas déjà forcé le destin en quittant sa maison ? On n'a rien sans rien, et la fortune sourit aux audacieux, non ?

Selon Adam, il y avait besoin d'un auvent au-dessus des vitrines – il le voyait bien vert foncé. Et puis, il faudrait repeindre les contours de fenêtre dans une teinte assortie ; la couleur trancherait avec la pierre pâle. Et pourquoi pas des jardinières ? À cette époque de l'année, il pourrait les garnir de chrysanthèmes – jaune vif ou orange, pas foncés.

Tandis qu'il parcourait les rues pour trouver des auvents, un peintre et un fleuriste, Adam fut étonné de constater qu'il prenait plaisir à ce qu'il faisait. Oh, bien sûr, ce n'était pas de l'architecture, mais il donnait quand même forme à quelque chose. Peut-être n'avait-il pas détesté autant que ça le travail de magasin, le commerce. C'était simplement la perspective de passer sa vie dans l'épicerie de son père qui l'avait tant rebuté.

Plus tard cet après-midi-là, comme il aidait la fleuriste à remplir les jardinières de chrysanthèmes jaune d'or, un jeune homme s'approcha et tomba en arrêt devant la vitrine.

— Ça alors ! La boutique a changé de propriétaire ?

— Pas du tout. Nous procédons seulement à quelques transformations, répondit Adam en souriant.

— Et l'affichette ? Ce qui est écrit est exact ? On peut vraiment se servir ?

— Mais oui. Entrez et regardez par vous-même. Vous pouvez prendre ce que vous voulez dans la pile de droite. Celle où il y a marqué GRATUIT. Ce sont des articles un peu passés de mode, mais en parfait état : ils n'ont jamais servi.

— Hein ? Je n'ai jamais entendu une chose pareille ! C'est la première fois que je vois distribuer des vêtements neufs !

— Eh bien, profitez-en. Choisissez ce qui vous plaît.

— Ma foi, j'aimerais bien une salopette pour jardiner à mes moments perdus. Vous auriez ça dans votre hotte de Père Noël ?

— Vous la voulez bleue ? sourit Adam en lui désignant l'article.

Son premier client lui serra la main, conquis.

— Vous alors ! Je m'appelle Jeff Horace, journaliste à *L'Écho de Chattahoochee.* Faites-moi confiance : je parlerai de votre opération dans l'édition de demain !

— Merci.

— C'est moi qui vous remercie. Je suis toujours à l'affût de nouvelles intéressantes. Quel est votre nom ?

Adam hésita. Si ce journaliste devait mentionner un nom dans son journal, ce devait être celui de la propriétaire, pas le sien.

— Le Comptoir appartient à Mme Rothirsch, répondit-il très vite.

— Ça, tout le monde le sait. J'aimerais connaître votre nom à vous pour mon article. Je vous citerai dans ma rubrique sur les nouvelles locales.

— Je m'appelle Adam Arnring. Ça s'écrit comme ça se prononce.

— Vous êtes nouveau ici, non ? Et qu'est-il arrivé à ce vieux Reilly ? C'est un bon copain à moi.

— Il travaille toujours ici, mais pas aujourd'hui.

— Ce magasin était l'un des plus importants de la

ville à l'époque du vieux Rothirsch. Je me demande pourquoi sa veuve ne l'a pas maintenu à flot, ou alors vendu.

— Aucune idée.

— En tout cas, c'est agréable de le voir requinqué.

Adam plantait le dernier chrysanthème quand le journaliste ressortit avec sa salopette, une paire de bottes et un compliment :

— Dites, vous avez vraiment fait le grand ménage ! Ce n'était pas du luxe. À présent, il n'y a plus qu'à remplir les rayons !

— C'est prévu, mais chaque chose en son temps.

Vers dix-sept heures, au moment où Adam et l'ouvrier qui l'aidait venaient de donner leur dernier coup de pinceau, Reilly fit une apparition.

— Bon sang, qu'est-ce que vous avez fait ? s'écria-t-il.

— Ça ne vous plaît pas ?

— Comment voulez-vous que ça ne me plaise pas ! Des fleurs, de la peinture neuve – où diable avez-vous pris l'argent ?

— J'avais quelques dollars en poche. Je suppose que Mme Rothirsch me remboursera quand elle me versera ma paie.

— Vous *rembourser* ?

Reilly s'esclaffa.

— Vous aurez de la chance si elle ne vous fait pas payer les dégâts... Mais non, je plaisante ! ajouta-t-il en riant de la mine déconfite d'Adam. S'il y a une chose dont vous pouvez être sûr, c'est qu'elle est honnête. Et rien qu'à voir ce que vous avez fait pour son cher Comptoir... Sabre-de-bois vous remboursera.

L'œil rond d'Adam aiguisa son esprit moqueur.

— *Sâââbrrreudeubois !* Vous avez eu droit à son cri de guerre, hier. Et avec la prononciation ! Plus elle est en rogne, plus elle roule les *r* c'est irrrrrésistible ! Hé hé ! « Sabre de bois », ça ne s'invente pas. C'est si délicat, si féminin, si... Rothirsch ! Bref, je l'appelle comme ça. Vous aussi, vous vous y mettrez, vous verrez.

Quelques minutes plus tard, un autre homme poussa la porte du magasin. De haute taille et maigre à faire peur, le visage pâle mangé par ses lunettes à monture d'acier, sa moustache et sa barbiche poivre et sel, il était tout le contraire du ventripotent, glabre et rougeaud Reilly, qui le présenta à Adam :

— Et voici le grand Archer, Raymond-les-belles-bacchantes pour les dames.

— C'est malin, protesta l'intéressé en lissant l'objet du litige. Je m'appelle Ray Archer. Heureux de vous connaître, monsieur...

— Arnring. Adam Arnring.

— Ray travaillait ici à temps plein quand les affaires marchaient. Cette fouine n'a pas pu attendre pour voir ce qui se passait ici, glissa Reilly à l'oreille du jeune homme.

— J'ai appris la nouvelle chez le barbier, commença Ray Archer, avec avidité. C'est vrai ce qu'on raconte : Horace va en parler dans le journal ?

Adam hocha la tête.

— Oui. Et avant peu, les articles exceptionnels auront droit à un encart publicitaire. En attendant, j'expose les plus chic en vitrine. Évidemment, ils auraient plus fière allure sur des mannequins...

— Ça, n'y comptez pas trop, opina Ray Archer : la vieille grigou n'acceptera pas facilement de dilapider ses dollars de cette façon !

Adam réprima un sourire. C'était la première fois qu'il entendait employer « grigou » au féminin ; en tout cas, quel que soit le sobriquet dont on l'affublait,

Mme Rothirsch restait invariablement « la vieille ». Avec ça et « Sabre-de-bois », la pauvre devait avoir les oreilles qui sifflaient !

— Elle aurait grand tort, décréta-t-il avec sérieux. Pour gagner de l'argent, il faut d'abord investir.

Les deux hommes lui accordaient toute leur attention. Ils formaient un duo cocasse. Archer avait une bonne tête de plus que Reilly, qui pesait quasiment le double. On aurait dit des personnages de bande dessinée. Et pourtant, en les observant, Adam fut inexplicablement envahi par un sentiment de malaise mêlé de tristesse.

Le lendemain, l'affluence dépassa toutes les espérances d'Adam.

Le journaliste avait tenu parole. À croire que tout le monde avait lu sa chronique Nouvelles locales dans *L'Écho de Chattahoochee*. Et pour ceux qui seraient passés à côté, le bouche-à-oreille avait parfaitement fonctionné. Bref, chacun était curieux de juger par lui-même « l'opération Sauvetage » *(sic)* accomplie par le « Joker inopiné » (re*sic*) que Mme veuve Rothirsch avait « tiré de sa manche tel un *deus ex machina* » (*dixit* Jeff Horace dans son envolée finale).

Les vêtements gratuits partirent comme des petits pains ; dans la foulée, bon nombre de clients achetèrent d'autres articles. La plupart d'entre eux repartirent avec des compliments aux lèvres. Peu furent déçus.

— C'est tout ? Il n'y a pas grand-chose, protestèrent ces derniers. À part des invendus de l'été dernier...

— Vous avez parfaitement raison, acquiesça Adam. Il se trouve que nous sommes en plein réaménagement, de sorte que nous avons pris du retard dans le renouvellement de la collection.

Ce disant, il les couvait d'un sourire chaleureux.

— Soyez indulgents avec nous, vous voulez bien ? Dès que les travaux seront finis, Le Comptoir de l'Élégance ne manquera pas de vous proposer...

Il parlait avec toujours plus d'aisance. Dans ce qu'il restait des articles pour hommes, il avait « emprunté » une veste et une cravate. Assorties à sa chemise neuve d'un blanc éclatant, elles correspondaient tout à fait à ce que Mme Rothirsch avait appelé son « style distingué ».

Quand le dernier client s'en alla, il pouvait dire que, sauvetage ou pas – l'avenir seul en déciderait –, son opération séduction était un succès.

Reilly et Archer étaient apparemment du même avis. Beaux joueurs, ils le félicitèrent sincèrement, après quoi le premier ajouta :

— Je suppose que si la vieille toupie apprécie votre travail, ce sera la fin pour Ray et moi. Quel avenir aurions-nous dans les fanfreluches ? Les gaines et les jupons, très peu pour nous. Douze ans de bons et loyaux services – et voilà. Je crois que c'est le bout du chemin.

Ray Archer exhala un soupir à fendre l'âme.

— Neuf années seulement pour moi. À mi-temps les deux derniers mois. Trois gosses et une femme... et plus de travail.

Adam eut subitement la vision des employés que Pa avait dû mettre au chômage quand les temps étaient trop difficiles. C'est alors qu'il comprit pourquoi, la veille, Reilly et Archer l'avaient rendu triste.

— Sabre-de-bois est passée dans l'après-midi, juste après votre départ, lui annonça Reilly le troisième jour.

On lui a remis votre liste. Madame veut vous voir dans son manoir.

— Quand ?

— Tout de suite.

— Bon.

Adam rectifia son nœud de cravate et demanda :

— Elle avait l'air contente ou furieuse ?

— Contente ? répéta Reilly en levant les bras au ciel. La vieille harpie ne daigne jamais se montrer satisfaite, mais... elle n'était pas furieuse non plus. Ou alors, juste un peu... En tout cas, vous feriez mieux de filer. Madame a horreur d'attendre. Le « Manoir Rothirsch » se trouve au bout de la Quatrième Rue, au numéro 17. Vous ne pouvez pas vous tromper : c'est la grande maison avec un portail en fer forgé.

Tout en se hâtant, Adam se remémora l'expression : « Les dés sont jetés. » Dans son cas, ils pouvaient rouler dans trois directions, selon qu'on lui remettrait la somme convenue en l'accompagnant d'un simple « au revoir et merci » ; qu'on l'accablerait de reproches à n'en plus finir pour avoir dépensé autant ; qu'on lui prodiguerait des compliments éventuellement agrémentés d'un sourire. Il serait fixé dans une minute mais, de toute façon, sa résolution était prise, il ne resterait que dans le troisième cas de figure.

Le fameux « manoir », d'un style victorien très chargé, avec un lourd porche en bois sculpté, était de loin la plus imposante construction de la rue. Deux tourelles rondes, crénelées comme celles d'un château de l'Europe médiévale, se dressaient au-dessus du toit ; la porte à double battant bâillait comme une bouche grimaçante.

Adam trouva l'ensemble de mauvais goût. Horriblement prétentieux et nouveau riche. Tout simplement hideux.

Une seule fois jusqu'ici – lorsqu'il s'était rendu à l'invitation de M. Shipper –, il était entré dans ce que l'on appelait un hôtel particulier. Il avait été frappé par le luxe et la classe qui y régnaient ; c'était comme si on lui avait ouvert une porte sur le monde lumineux des splendeurs et du raffinement.

Au manoir, il fut accueilli par des teintes crépusculaires et les boiseries sombres tapissant le hall et le salon, où une fenêtre en verre teinté laissait passer une lumière d'un mauve sinistre.

Raide comme un sphinx sur son piédestal et l'air à peu près aussi aimable, Mme Rothirsch l'attendait dans un fauteuil de velours rouge en forme de trône.

Sans se lever, elle lui fit signe de s'asseoir sur un tabouret bas en face d'elle. Son visage n'arborait pas l'ombre du sourire escompté. Sans même se donner la peine de respecter les civilités d'usage, elle alla droit au but d'une voix pincée.

— Vous ne manquez pas de ressources et avez même quelques bonnes idées. Mais parlons un peu de l'arrière-boutique. Quand elle a été ravagée par cet incendie, j'ai touché l'argent de l'assurance, mais je ne l'ai pas utilisé, préférant le mettre simplement à la banque. Je me vante d'être une femme très économe, on a dû vous le dire, et j'avoue que j'avais perdu toute ambition pour ce magasin. Mais – à cause de cet article dans le journal, je suppose... un article très élogieux, je dois le reconnaître –, mon intérêt s'est pour ainsi dire réveillé. Aaron, mon feu mari, a bâti ce commerce à partir de rien, vous savez, et je me dois de faire un effort pour honorer sa mémoire...

Posé sur son tabouret, Adam écoutait sans broncher sa tirade. Oui, sans aucun doute, c'était *L'Écho de Chattahoochee* qui avait fait revivre en elle les souvenirs d'un passé révolu, de cet âge d'or qui avait vu son cher disparu la couvrir de bijoux, construire ce manoir et s'offrir sa belle automobile dernier modèle.

— Je suis décidée à vous verser quinze dollars par semaine, annonça-t-elle. C'est plus que ce que j'ai payé mes deux employés. Mais ni Archer ni Reilly n'ont jamais fait preuve de la moindre initiative. En fait, puisque la boutique s'adressera désormais à une clientèle féminine, je n'ai même plus besoin d'eux...

Pardon ? Elle allait beaucoup trop vite ! Bien sûr, c'était son magasin, mais...

— Si vous permettez, madame...

— Oui ? fit-elle, fronçant déjà les sourcils, contrariée qu'on la coupe dans son monologue.

Adam évita de croiser son regard perçant. Où ces deux malheureux allaient-ils finir à cause de lui ?

— M. Reilly m'a confié que votre mari appréciait son travail, autrefois, ainsi que celui de M. Archer.

— Possible, mais quel rapport ?

— S'il était encore de ce monde, il ne les congédierait probablement pas.

— Oh, vraiment ? C'est ça qui vous contrarie ?

Il hocha la tête.

— Oui, madame. Beaucoup. Je suis désolé.

— Vous voulez dire que... vous *refusez* mon offre ? articula-t-elle en ouvrant des yeux ronds comme des soucoupes.

— Dans ces conditions, j'y suis obligé.

Derrière elle, sur une étagère, s'alignait une collection de bibelots plus affreux les uns que les autres : cupidons et bergères en porcelaine, coffrets en coquillages multicolores, fleurs en perles fichées dans des pots tape-à-l'œil... Navrant. Adam les chassa de sa vue, comme la vieille chouette qui le fixait, sidérée et outrée.

— Je vous trouve bien insolent pour un jeune

homme de votre âge ! Vous êtes très indépendant, monsieur Arnring.

Il la gratifia de son sourire le plus aimable.

— À mon âge, justement, je puis me le permettre, répondit-il calmement. Vos deux employés, non. Ils n'ont plus vingt ans et ont charge d'âmes.

— Sabre de bois ! J'ai vu bien des choses dans ma vie, mais je n'ai jamais rencontré quelqu'un comme vous ! Vous croyez sans doute que votre physique avenant, votre jeunesse, votre éducation vous autorisent à obtenir tout ce que vous voulez ? Que le monde vous appartient, monsieur Arnring ?

« Le monde peut être très cruel », l'avait averti Pa. Il avait aussi insisté : *« Surtout, ne fais jamais rien que tu puisses regretter ! »*

Adam se leva.

— Je suis désolé, répéta-t-il. J'aurais aimé rester, vraiment. Mais si c'est au prix du renvoi de vos deux employés, alors non, je ne peux pas.

Et il tourna les talons avec l'impression pénible de jouer son destin. La voix stridente de Mme Rothirsch l'arrêta sur le seuil du salon.

— Que diable, attendez au moins une minute !

Elle s'était dressée de son fauteuil et l'invita d'un geste à revenir.

— Très bien, vous avez gagné ! Vous êtes satisfait ? J'ai besoin de vos idées et de votre énergie. Je le reconnais, même si cela me coûte. À présent, nous ferions aussi bien de nous serrer la main.

Sabre-de-bois avait capitulé ! Ses bagues s'enfoncèrent douloureusement dans la paume du jeune homme, mais il rayonnait.

— Soyez au magasin demain à dix heures précises, monsieur Arnring. Vous avez du pain sur la planche. Et ne vous avisez pas d'arriver en retard. Je déteste les gens incapables d'être à l'heure !

— Moi de même, chère madame.

— Au fait, reprit-elle du bout des lèvres comme il ouvrait la porte, vous me direz combien je vous dois pour les jardinières et la peinture. Ce n'est pas mal.

Adam dut se retenir de sourire jusqu'aux oreilles. S'il avait porté un chapeau, il l'aurait lancé en l'air. Nouvel essai : nouveau succès !

Sabre-de-bois aboyait beaucoup, mais ne mordait pas. Qui aurait pu imaginer une telle victoire ? Bien sûr, le mérite en revenait surtout à la publicité dans le journal. Il lui faudrait remercier Jeff Horace. Il lui devait une fière chandelle !

Adam en était là de ses réflexions quand, en dévalant le perron, il faillit percuter la jeune fille assise en bas des marches.

Elle... Rougissant, il recula et s'excusa.

— Ce n'est pas votre faute, dit-elle en riant. Je ne suis pas censée m'asseoir ici. Mais j'aime lire en regardant passer les voitures. Quand il y en a, tout au moins.

En dehors de la charrette tirée par un cheval qui tournait l'angle, il n'y avait pas la moindre circulation en ce moment.

— Vous vous sentez seule, mademoiselle ?

Il ne fut pas surpris de la voir hocher la tête.

— C'est une maison très silencieuse, et je suis habituée à l'animation de mon pensionnat.

— Vous devez avoir hâte de repartir, en ce cas ?

— Oh oui, seulement je fais attention à n'en rien laisser paraître devant ma tante. La pauvre en serait terriblement blessée ! Vous savez comment sont les personnes âgées...

Elle paraissait très sage dans sa robe vichy bleu et blanc, ses bottines lacées, les chevilles croisées. Et pourtant, il avait pu se rendre compte qu'elle avait du caractère.

L'une de ses mains reposait sur sa cuisse, les ongles en amande lui rappelant les petits coquillages nacrés qu'il ramassait, enfant, sur la plage. Ce joli tableau évoquait un dessin ou une aquarelle qu'Adam avait peut-être vus dans un livre, ou tout simplement imaginés.

— Vous restez, alors ? demanda Emma.

— Pour quelque temps, en tout cas. Comment avez-vous deviné ?

— Ce n'était pas bien difficile. La peinture fraîche, les fleurs, l'article dans le journal... Vous avez accompli des miracles en deux jours.

Il s'adossa au mur et déchiffra le titre de ses livres. *Le Dernier des Mohicans* et *Les Aventures de Tom Sawyer*. Le silence s'installa entre eux, mais Adam n'avait aucune envie de partir, et il chercha un sujet de conversation sans danger.

— *Le Dernier des Mohicans...* J'aime beaucoup le héros de ce roman.

— Natty ? Je l'adore ! répondit-elle avec feu. Si tous les hommes étaient comme lui...

Il ne put s'empêcher de sourire. À son âge, elle ne devait pas connaître grand-chose des hommes ni de la vie. Mais elle n'avait pas tort : Natty Bumppo incarnait les plus hautes vertus d'une civilisation respectueuse de la nature et des autres. Une sorte d'idéal.

— C'est sa noblesse et sa pureté qui vous séduisent ?

— Plutôt son côté sauvage, indomptable et indompté !

Il rit.

— Vous êtes une authentique habitante de l'Ouest !

— Pourtant, j'ai passé presque toute ma vie dans l'Est, vous savez.

— Par obligation ?

— Oui. Mon existence est programmée. À présent,

l'été, je pars dans une école de musique et j'apprends le piano. Je suis censée passer l'année prochaine en France afin de perfectionner mon jeu. Ne croyez pas que je m'en plains. Qui pourrait être contrarié à l'idée de vivre un an à Paris ? Mais ma tante s'imagine que je suis une sorte de Chopin en jupons. Elle se trompe. J'en suis loin. J'aime le piano et j'y suis plutôt bonne, c'est vrai, mais pas au point de devenir une virtuose. J'appréhende le jour où elle découvrira la vérité.

Adam hocha la tête. Il avait eu la même appréhension de désillusionner Pa.

— Pourquoi ne pas le lui avouer maintenant et en finir une fois pour toutes ?

Il vit les jolies lèvres d'Emma ébaucher une petite grimace.

— Vous l'avez vue au magasin l'autre jour, et vous me posez cette question ? Tante Sabine peut se changer en vrai dragon !

Adam se tint coi. Ne t'en mêle pas, s'admonesta-t-il. Occupe-toi de tes affaires ! Ne prononce pas un mot qui pourrait être répété au dragon. Et puis, cette jeune fille ne donnait vraiment pas l'impression d'être en détresse. Mais comment savoir ? Qui était au juste Emma Rothirsch ? Une orpheline ? Sinon, pourquoi vivait-elle avec sa vieille tante ?

Il allait poursuivre son chemin quand la fenêtre s'ouvrit au-dessus de leurs têtes. La voix de Sabre-de-bois claqua dans le silence :

— Qu'est-ce que tu fais, Emma ? Tu n'es pas censée finir ces livres pendant tes vacances ?

— J'en suis à la seconde partie du deuxième, Tante Sabine, ne t'inquiète pas.

— Si, je m'inquiète ! Car tu dois aussi travailler tes mathématiques !

Dix secondes plus tard, Mme Rothirsch arriva sur le

perron et descendit quelques marches, ce qui l'amena au niveau d'Adam.

— Ces jeunes ! pesta-t-elle à son intention. Il faut surveiller leurs faits et gestes à longueur de journée. Ils croient tout savoir. De la vie, du monde, de ce qui est possible ou ne l'est pas. Ils imaginent pouvoir s'affranchir des règles de la société... ou se passer des conseils avertis de leur vieille tante, n'est-ce pas, Emma ?

— Mais non. Pas du tout.

— Je vous laisse, glissa rapidement Adam. Au revoir, mademoiselle. À demain matin, madame. Et merci pour tout.

Message reçu, songea-t-il : *Ma nièce n'appartient pas au même monde que vous, monsieur Arnring. Alors ce n'est même pas la peine de lier conversation.* Mais de quoi avait-elle peur ? Pour le moment, en tout cas, les jeunes filles – même avec des yeux verts à se noyer dedans – étaient le cadet de ses soucis. L'important, c'était qu'il ait trouvé un travail intéressant et bien payé. Le reste...

Il s'éloigna d'un pas vif, pressé d'annoncer la nouvelle à sa famille. Pa l'avertirait comme d'habitude de ne pas vendre la peau de l'ours avant de l'avoir tué. Ou plutôt, comme il aimait à le répéter en termes plus imagés, de « ne jamais mettre la poule au pot avant qu'elle ait fini de pondre son dernier œuf ».

Parvenu à la grille, il se retourna malgré lui.

Le livre ouvert sur ses genoux, Emma avait repris sa lecture sur la dernière marche du perron. Sa duègne avait disparu, et il ne put s'empêcher de l'observer à la dérobée. La lumière du soleil parait sa gracieuse silhouette d'un halo doré. Il n'avait pas vraiment prêté attention à ses cheveux jusqu'à présent. Probablement parce qu'ils étaient tirés en arrière et noués sur sa nuque par un petit nœud presque enfantin.

Ils étaient d'un roux... indéfinissable, nota-t-il. Cuivré, peut-être. Une couleur rare, en tout cas. Non, pas cuivré, c'était encore trop commun. D'une teinte plus chaude, comme celle de la braise ardente. Ou de la flamme. Voilà le mot : elle avait des cheveux de flamme. Une flamme dévorante.

Cher Pa et chers vous tous,

J'ai attendu deux semaines pour vous écrire parce que je voulais être sûr de mon fait. Cette fois, je le suis. Vous n'allez pas me croire : j'ai déjà trouvé un travail ! Et je gagne quinze dollars par semaine !

Une vieille dame, veuve, excentrique et capricieuse, possède un magasin de vêtements qui était sur le point de faire faillite. Je suis incapable de dire ce qui m'est passé par la tête parce que vous savez aussi bien que moi que je n'y connais strictement rien en mode, surtout féminine, mais, brusquement, j'y ai vu une mine d'or ! Il suffisait d'une pioche et d'une pelle... J'ai donc improvisé quelques aménagements... et figurez-vous que la dame en question a apprécié mes idées, au point de m'engager. Qu'est-ce que vous dites de ça ?

Je compte déjà rester un mois ou deux, le temps de voir comment cela se passe. Si elle souhaite me garder, j'aviserai. Je pourrai louer un petit deux-pièces dans le centre, près du magasin. Si tout va bien, je suppose que je serai en mesure de mettre régulièrement un peu d'argent de côté pour vous aider à envoyer Jon à l'université. Et plus par la suite. Je vous aime.

Votre Adam.

Cher Pa,

Cette lettre s'adresse à toi seul.

Sais-tu que Léo m'a déjà écrit ? Je ne te cache pas qu'il est très amer au sujet de sa vie, en particulier de son travail avec toi au magasin. Je sais pourtant qu'il ne s'agit que de quelques heures par semaine parce que tu ne veux pas perturber sa scolarité. Mais que faire ? Je ne cesse de réfléchir au meilleur moyen de l'aider.

Pour l'instant, je n'ai pas trouvé la solution miracle. Le fait est qu'on ne pourra jamais le rendre aussi sympathique et populaire que notre Jonathan...

À présent, ce pauvre Léo s'est mis en tête que je suis sur le sentier de la gloire, qu'il suffit de partir pour l'Ouest à l'aventure avec son baluchon sur l'épaule pour faire fortune... C'est très, très loin de la réalité ! J'ai simplement eu la chance de trouver une opportunité et de la saisir.

Alors, s'il te plaît, évite de trop lui parler de moi. Il est tellement... susceptible. Je ne trouve pas le mot adéquat. Disons que toute forme de comparaison le fait souffrir, surtout en ce moment. Encore une fois, sois patient avec lui, et ne désespère pas : il finira bien par trouver sa voie quand il sera un peu plus âgé. Tu verras !

Affectueusement,
Ton fils.

P.-S. J'envoie aujourd'hui même quelques dollars à Léo pour qu'il puisse s'acheter quelque chose qui lui fait envie. Tu n'es pas au courant !

P.-P.-S. Embrasse Rachel, qui doit se faire un sang d'encre pour lui...

5

1910

Jim Reilly comptait sur ses doigts.

— Plus besoin de calendrier ! Depuis qu'Adam a pris le magasin en main, il y a trois ans, je sais quel mois nous sommes rien qu'à voir les décorations des vitrines. Des citrouilles en octobre, des dindes en novembre, du houx en décembre, des cœurs à la Saint-Valentin, des cloches à Pâques, Lincoln en long, en large et en travers pour son anniversaire, rebelote avec le portrait de Washington en perruque blanche, les petits drapeaux le jour de l'Indépendance, pour la fête nationale...

— Tu as oublié Halloween, remarqua Ray Archer.

— Mais non. Pour quoi crois-tu que nous avons besoin de citrouilles ?

Le soir tombait au terme d'une journée bien remplie. Adam ferma le magasin et rejoignit les deux hommes sur le trottoir, face aux vitrines. Avec leurs coquets volants en soie et leurs capelines ornées de roses et de coquelicots, les quatre mannequins avaient irrésistiblement attiré une foule de clientes. Les affaires marchaient bien, très bien même. Adam jugeait le moment venu de passer les commandes pour le printemps suivant. Il fallait avoir deux saisons – voire trois – d'avance ! C'était le secret du succès...

— Je me suis laissé dire que nous avions détourné bon nombre d'habituées des Galeries Cace, souffla Ray Archer d'une voix satisfaite. J'ai comme l'impression qu'ils perdent beaucoup de clientes à cause de nous.

Adam haussa les épaules avec désinvolture.

— Et alors ? Nous ne volons personne, que je sache. Si ces dames peuvent trouver ici des articles de même qualité sans avoir à effectuer le trajet jusqu'à la capitale, eh bien, tant mieux pour elles... et pour nous.

— Et pour cette vieille toupie ! ajouta Reilly avec une moue éloquente. Elle va toucher le gros lot rien qu'en se tournant les pouces.

— C'est son magasin, son argent qu'elle a investi, répondit Adam. Il ne sert à rien de l'envier.

— Moi, envier cette momie ? Écoute-le, Ray ! C'est un drôle de garçon, non ? Même Sabre-de-bois a peur de lui ! La preuve : elle nous donne du « monsieur », à toi et à moi, depuis qu'il le lui a demandé.

— Il faut un minimum de distinction, expliqua Adam. Avec tous ces nouveaux clients qui nous arrivent des environs, nous nous devons de donner l'image d'efficacité et de respectabilité qu'on est en droit d'attendre de nous.

Les deux autres eurent le même mouvement de menton approbateur.

Ils respectaient son jugement alors qu'ils auraient eu des raisons de lui en vouloir. Après tout, se répétait souvent Adam, il était largement plus jeune qu'eux, il avait surgi de nulle part, et voilà que, sans vraies références, sans la moindre ancienneté dans la maison, il leur donnait des ordres.

Car c'était lui, et lui seul, qui décidait de la prochaine collection, choisissait les articles-vedettes, passait les commandes ; lui aussi qui faisait chaque mois son rapport à Théodore Brown, le comptable ; lui encore qui déterminait toute la politique de vente du Comptoir de l'Élégance ; lui toujours qui se chargeait des relations – quasi diplomatiques – avec Mme Rothirsch, et de Dieu sait combien d'autres choses encore... Et il en allait ainsi pratiquement depuis le premier jour, quand il avait poussé cette porte pour s'acheter une chemise. Incroyable !

« Vous, vous avez le sens des affaires », lui avait déclaré un jour M. Shipper.

C'est vrai, songea Adam tandis qu'ils descendaient la rue tous les trois. Lui qui n'avait jamais porté un intérêt particulier à la mode féminine avait appris le métier tout seul et à toute vitesse. Il aurait aussi bien pu se spécialiser dans le commerce des inventions nouvelles : les moteurs delco ou les phonographes !

Parfois, il se reprochait de se montrer peut-être un peu trop sûr de lui, surtout en présence d'Archer et de Reilly. Sa plus grande crainte était de leur donner – à tort ! – l'impression qu'il était arrogant.

Les deux hommes n'avaient pas sa détermination. Ils n'étaient pas davantage obnubilés par leur paie de la semaine, leurs dépenses hebdomadaires, ni par le peu d'argent qu'ils pouvaient mettre de côté. Peut-être se révélaient-ils en cela plus « humains » que lui ? Il espérait que non.

— Tout à l'heure, lorsque vous étiez chez le comptable, notre bien-aimée propriétaire est passée avec sa nièce, déclara brusquement Reilly.

— Plus ravissante que jamais. Je parle de la petite, crut bon de préciser Ray en lissant sa moustache. Vous l'avez manquée, comme chaque fois. Tss, ce n'est pas de chance...

Reilly décocha à Adam un sourire mi-goguenard, mi-malicieux.

— Vous avez remarqué que ces dames se présentent comme par hasard quand l'oiseau n'est pas au nid ? Pas folle, la guêpe ! Elle protège sa blanche colombe du trop séduisant rapace !

— Jim, ne soyez pas ridicule. Sa « colombe », comme vous dites, n'est qu'une enfant.

— Une enfant qui va sur ses dix-huit ans, et belle à damner un saint...

Ce que ces deux-là pouvaient être lourds avec leurs insinuations ! Adam n'était pas tombé de la dernière pluie. Il était parfaitement conscient que la meilleure façon de perdre sa situation en or aurait été de nouer des relations, même amicales, avec la nièce de la patronne.

— J'ai entendu dire que sa tante l'emmenait en Angleterre cet été, ou peut-être l'année prochaine, révéla Ray, toujours très informé.

— Oh oh ! Avec son piquant minois et sa dot, Emma va probablement nous revenir mariée à un banquier ou un lord !

— À moins qu'elle ne vous mettre le grappin dessus avant ! Vous aussi, vous êtes un gibier de choix, mon cher Adam !

Tout le monde, y compris Adam, dont le père n'avait pourtant jamais fait une plaisanterie de sa vie, était habitué aux taquineries des deux compères. Néanmoins, leurs allusions à Emma Rothirsch l'agaçaient. D'autant qu'il ne la voyait pour ainsi dire jamais. Il ne l'aurait probablement même pas reconnue s'il l'avait croisée dans la rue ! Une gamine vêtue de bleue assise au soleil sur le perron, un livre sur les genoux... voilà à peu près tout ce qu'il visualisait quand on prononçait son nom.

À part ses yeux de jade. Et ses cheveux de flamme.

— Il faudrait accorder vos violons, messieurs, ironisa-t-il avec un temps de retard pour répondre quelque chose : je suis un rapace ou un gibier ?

Le grand maigre et le gros costaud gloussèrent comme si c'était prodigieusement drôle. Ils avaient presque atteint l'angle de la rue où Adam tournait pour rentrer chez lui, mais continuaient leurs plaisanteries.

— Dénichez-vous une amoureuse, Adam, gronda Jim. Et cessez de vous défiler comme vous le faites. Un beau garçon fougueux comme vous ! Plein d'avenir ! La moitié des filles de cette ville vous font les yeux doux.

— Eh ! qu'est-ce qui vous fait croire que je n'ai pas une amoureuse ?

— Ma foi, si c'était le cas, vous nous en parleriez de temps en temps !

Sur le même ton désinvolte, puisque c'était ce qu'ils attendaient, Adam rétorqua :

— Mes amis, j'attends de pouvoir m'offrir un costume élégant et une fringante jument pour l'emmener se promener le dimanche après-midi. Le style, messieurs. Le style !

— J'ai une idée encore plus stylée ! rétorqua Reilly. Gardez l'argent du canasson et attendez cinq ans : vous piloterez alors votre automobile, un de ces modèles T que Ford vient de sortir. Ça, c'est la classe !

— Oui, mais qu'est-ce qui vous fait penser que je serai encore ici dans cinq ans ?

Sans se concerter, les deux employés éludèrent la question du même geste de la main.

— Oh ! vous serez là, décréta Archer.

— Et je parierais que le magasin vous appartiendra, ajouta Reilly avec un clin d'œil appuyé.

6

1912

La boîte aux lettres se trouvait juste devant le porche et c'était toujours le premier arrêt d'Adam quand il rentrait du travail à la fin de la journée. Le plus souvent elle était vide, mais de temps à autre il y trouvait une lettre de Pa ou de Jonathan. Si d'aventure il y en avait une de Léo, il pouvait être sûr qu'elle contenait l'habituelle litanie de ses jérémiades...

Un escalier en colimaçon conduisait à son logis, au dernier étage d'une charmante maison appartenant à un couple de professeurs à la retraite. Aujourd'hui encore, cinq ans après son installation à Chattahoochee, Adam n'entrait jamais chez lui sans promener son regard sur les lieux et savourer le changement par rapport à ses deux chambres précédentes.

Pour la première fois de sa vie, il ne couchait pas dans un grenier où il risquait à tout instant de se cogner la tête contre le plafond mansardé. Ici au moins, il avait de la place pour ses livres, mais aussi pour cette merveille de la technique moderne qu'il avait réussi à s'offrir : un phonographe en acajou avec son pavillon orange qui, dès qu'il remontait le mécanisme à la manivelle, diffusait la voix du grand Caruso chantant les deux airs de *Rigoletto*. Pour l'heure, il ne possédait que ce disque soixante-dix-huit tours, mais il comptait bien se monter peu à peu une collection. Caruso n'arrêtait pas d'enregistrer pour la compagnie Grammophon !

Il s'approcha de la fenêtre. En bas s'étendait le jardin d'agrément que les propriétaires soignaient avec amour, comme en témoignaient les mangeoires à oiseaux et les buissons en fleurs. Et partout alentour, ces verts pâturages à perte de vue. Tout est si grand dans l'Ouest..., songea Adam avec toujours autant d'étonnement.

Quand il fut rassasié de la vue, il regarda son courrier : une lettre seulement, dont l'adresse était rédigée de l'écriture familière de son père.

Cher Adam,

Tu ne peux imaginer combien j'ai été fier en contemplant les photos, les publicités et les articles de journaux que tu t'es finalement décidé à m'envoyer. Je sais que tu ne voulais pas me les faire parvenir et je ne comprends que trop pourquoi. Tu as toujours peur d'attiser la jalousie de Léo, mais ton frère est comme il est, et je me refuse à lui cacher la vérité sous prétexte de ménager sa susceptibilité, comme Rachel et Jonathan en ont l'habitude. J'ai donc punaisé tes documents au mur de la cuisine...

Catastrophe ! songea Adam. Léo va me maudire !

Léonard n'a qu'à en prendre de la graine et te prendre, toi, pour modèle ! Je suis tellement impressionné que tu aies été nommé directeur d'un magnifique magasin, surtout à ton âge. Mon propre fils, directeur !

Où est-ce que Pa a été chercher ça ? s'étonna Adam. Je ne lui ai jamais rien dit de tel.

... Quelle merveilleuse idée de créer des scènes de la vie en vitrine avec ces mannequins ! Rachel a adoré la maman poussant un landau, avec sa fille aînée vêtue d'une robe du même modèle. Tu es vraiment très, très doué et je me fais l'effet d'être si dépassé à côté de toi...

J'ai horreur qu'il dise ça ! Je déteste qu'il le pense.

Merci pour l'argent que tu m'envoies régulièrement. Je me sens honteux de l'accepter... Je le fais pour Jonathan, trop heureux que tu l'épaules ainsi. Il n'a pas encore dix-sept ans, mais sa maman et moi lui trouvons la maturité d'un homme de trente. Grâce à ton aide, il réalisera de grandes choses, j'en suis sûr. D'ailleurs, il se comporte déjà comme un docteur. C'est le seul à savoir s'y prendre avec Léonard, qui ne se met jamais en colère contre lui. Un miracle !

Parfois, l'exaspération me gagne quand je vois Léo se comporter en sale gosse au magasin et parler aux clients comme à des chiens. J'en arrive à souhaiter qu'il trouve du travail ailleurs, mais évidemment, personne ne veut l'engager. J'en suis désolé pour lui, mais qu'y puis-je ? Dieu seul sait comment cela tournera. Toi, tu nous manques toujours autant à tous. Continue sur la voie que tu t'es tracée.

Avec toute notre affection
Pa, ton père si fier de toi.

Adam reposa la lettre, dîna rapidement, puis s'installa à son bureau où, après avoir longuement réfléchi, il commença à écrire.

Cher Pa,

Je t'en prie, ne dis plus jamais que tu te sens « honteux » ! Je sais qu'accepter de l'argent de ton fils te gêne. Mais tu as tort ! Tu as toujours subvenu à nos besoins, et il est bien normal que je prenne un peu la relève même si, j'en suis sûr, tu n'as pas besoin de mon argent. Mettons que nous faisons tous les deux notre devoir vis-à-vis de Jonathan.

Je sais que lui aussi est embarrassé. Il m'a écrit à ce sujet, plusieurs fois, me promettant qu'il prendrait soin de nous tous quand il serait « un homme ». Je suis d'accord avec Rachel et toi pour trouver qu'il se comporte comme un adulte, du haut de ses seize ans. S'il te plaît, rassure-le : je ne me « saigne pas aux quatre veines » pour l'aider, comme il me l'a déclaré un jour. Je m'en sors très bien.

Je suis consterné de lire que notre Léo se montre aussi difficile. Tu vas me dire que ça n'a rien de nouveau (ce qui est encore plus affligeant !), mais ce que tu racontes dans tes dernières lettres m'a irrité au plus haut point. Dans la mesure où Léo se montre incapable de dénicher un travail qui lui plaise, il devrait s'estimer heureux de celui que tu lui offres au magasin ! Je ne cesse de le lui répéter.

Je donnerais cher pour pouvoir vous rendre enfin visite, mais c'est un très long voyage et je ne pense pas que ma patronne accepterait de me laisser partir en ce moment. Elle vient juste de m'augmenter et je ne veux pas demander une faveur si vite. Mais je le ferai sous peu, promis ! Je vous aime tous.

Fidèlement,
Votre Adam.

Sa lettre achevée, Adam s'approcha de nouveau de la fenêtre et contempla les premières étoiles. D'autres lumières se mirent à briller dans le soir tombant : des maisons qui n'existaient pas un an plus tôt... La ville poussait comme un champignon. Dans quelques années, les automobiles seraient probablement plus nombreuses que les attelages ! Aujourd'hui déjà, le lycée se transformait peu à peu en université. Un jour, Chattahoochee deviendrait une ville de premier plan, à l'instar des grandes métropoles...

Cela signifierait de nouveaux magasins, d'une nouvelle génération. Il faudrait tout repenser, anticiper et grandir au rythme de la ville. Pour l'heure, il aurait déjà fallu doubler la surface du Comptoir de l'Élégance.

Ces pensées poursuivirent Adam pendant qu'il tirait les rideaux et se couchait. Elles continuèrent à le tarauder tandis qu'il se tournait et se retournait dans son lit sans trouver le sommeil, puis finirent par le réveiller en pleine nuit.

Ces publicités sur papier glacé dans les magazines de mode... il y avait là des pistes à explorer. S'il pouvait se rendre à New York et consulter l'une des entreprises qui importaient des vêtements... Oui, ce serait peut-être une idée d'en reparler à Théo Brown. Quoique... Non, prématuré. Sabre-de-bois n'accepterait jamais d'investir autant d'argent sur une simple intuition. D'un autre côté, elle était contente de lui... Lui, le jeune rien du tout, sorti de nulle part !

Tu te rends compte ? se dit Adam.

« Vous devriez faire des études pour devenir comptable, vous avez des dispositions ! », lui avait affirmé Théo Brown. Le sympathique comptable de Sabine Rothirsch lui rappelait M. Shipper, en plus jeune. Ils s'appréciaient mutuellement. Bon pour l'avenir, ça.

Incroyable, leur première rencontre chez Francine ! Comment aurait-il pu se douter qu'il le trouverait là-bas ? Et en compagnie d'une autre de ses connaissances, par-dessus le marché : Jeff Horace, le journaliste. Lui-même escorté d'un politicien ! Les hommes les plus respectables se rendaient donc à ces soirées frivoles ? Des gens en vue, des brasseurs d'affaires, des notables, des avocats, les tenants de la bonne société... On y parlait de ce qui se passait en ville et dans le monde. Ah ! le luxe des salons de Francine, ses jardins et ses filles superbes... En fin de compte, ce n'était pas si différent de chez Gracie – mais nettement plus huppé quand même.

Jim Reilly prenait plaisir à taquiner Adam sous prétexte que ce n'était pas un milieu pour lui... Qu'est-ce qu'il croyait ? Il aurait été fichtrement étonné d'apprendre que cela n'était pas nouveau pour lui. Comme l'était Adam d'y croiser autant d'hommes mariés... Théo, pour commencer. Et Jeff. Et Me Spencer Lawrence, l'avocat de Mme Rothirsch. Monsieur Justice en personne ! Mais c'était peut-être courant, après tout ? Adam devait être naïf, comme son père.

D'après Théo Brown, Mme Rothirsch était « plus que contente » de ses services. Je veux bien le croire, mais elle pourrait le montrer un peu plus, non ? se dit-il. Je t'en fiche : Sabre-de-bois préférerait mourir plutôt que de me donner cette satisfaction ! Elle n'avait jamais un vrai sourire ni un mot aimable – ou alors du bout des lèvres, quand elle ne pouvait pas faire autrement. Quant à un simple « merci », il ne fallait pas rêver ! Rien que son « bonjour » était aussi chaleureux qu'un bloc de glace qui vous aurait coulé dans le dos !

Seigneur, comment un homme avait-il pu survivre toutes ces années marié à une créature pareille ? L'hiver précédent, elle était venue au magasin emmitouflée dans son manteau de vison : Adam avait cru voir un grizzly s'avancer vers lui pour le dévorer tout cru ! Pas étonnante, l'attaque de son pauvre Aaron. Un jour où sa harpie lui hurlait dessus, il avait dû décider de se carapater dans l'autre monde !

Adam s'esclaffa dans le noir et se réveilla pour de bon. *« Rien de plus difficile que de se choisir une bonne épouse ! Faites bien attention avant de commettre l'irréparable ! »*, lui avait dit Ray, lui-même enchaîné à une femme acariâtre. *« Mais commencez à prospecter... »*

Il regardait. Il cherchait.

Il y avait bien Fanny. Elle habitait à quelques minutes d'ici par l'interurbain, et adorait faire la fête. Elle ne ratait aucun film nouveau depuis la sortie des *Aventures de Dolly* en 1908, se rendait à tous les bals, jouait aux cartes, avait des amis amusants et un caractère enjoué. Et aussi Géraldine. Jolie bouche et corsage plein de promesses. Quand il se promenait avec elle, Adam remarquait bien que les hommes se retournaient sur son passage. Et puis Mabel, si douce et si sérieuse. Elle s'occupait du jardin d'enfants, près du boulevard. Elle ferait une bonne épouse, aucun doute là-dessus.

Seulement voilà : Adam ne se sentait pas prêt à se fixer pour toute la vie. Le serait-il un jour ? Je resterai peut-être célibataire, éternellement en quête de l'âme sœur..., se dit-il.

Son vœu le plus cher était de connaître le véritable amour, celui que les poètes écrivaient avec un grand A. Je n'ai pas envie de m'enchaîner à une femme avec qui je me sentirais incapable de partager le reste de mon existence. Me marier pour me marier ne m'intéresse pas, conclut-il. J'ai besoin d'un... d'un choc, d'un élan... d'être bouleversé. Comme cela m'arrive au concert ou quand je lis de la poésie. Est-ce trop demander ?

Adam espérait que non.

Quand le jeune homme se réveilla, le jour était déjà levé. Il se rappela vaguement avoir eu des pensées bizarres avant de réussir à se rendormir. Puis son esprit s'éclaircit et il se souvint qu'on devait livrer à la première heure des tissus importés de France. Seigneur ! il risquait d'être en retard pour la première fois de sa carrière.

Il nouait hâtivement sa cravate quand on frappa à sa porte.

— Un télégramme pour vous, Adam ! fit la voix de sa logeuse, tout essoufflée d'avoir monté les marches quatre à quatre. J'espère que ce n'est pas une mauvaise nouvelle...

Il ouvrit en toute hâte à Mme Buckley qui lui tendit un papier bleu.

C'était un message de Pa, plus laconique que jamais. La gorge nouée, Adam lut et relut les quatre petits mots : *Rachel décédée. Crise cardiaque.*

7

De temps à autre, Adam somnolait sur la banquette, puis il se secouait, lisait une page de son livre et le reposait pour regarder par la fenêtre.

Après avoir traversé de part en part l'Oklahoma et l'Arkansas, le train de Santa Fe s'arrêtait aux points d'approvisionnement en eau qui jalonnaient les étendues du Mississippi, aux deux tiers de son immense trajet. Bientôt, ils entreraient en Alabama, puis en Géorgie, et au bout du voyage, ce serait l'océan Atlantique.

Trois ans qu'Adam n'avait pas vu la mer. Mais c'était à une autre mère qu'il pensait jour et nuit depuis qu'il avait reçu ce funèbre télégramme. Des images flottaient devant ses yeux : le doux visage de Rachel qui ne s'attendait sûrement pas à mourir si subitement, ni si tôt... les veines gonflées sur les tempes de Pa... le regard attentif et grave de Jonathan... la silhouette de Léo recroquevillée dans un coin d'ombre...

— Monsieur Arnring ! Quelle surprise ! Que faites-vous si loin de Chattahoochee ?

Cette voix... Adam tourna vivement la tête et bondit de son siège, électrisé par l'apparition soudaine d'Emma.

— Du calme. Ce n'est que moi, fit-elle en riant de son air stupéfait.

— Mademoiselle Rothirsch, murmura-t-il platement. Si je m'attendais...

Ah ça ! elle se rendait donc sur la côte Est, elle aussi ? Et à bord de ce train, même si elle voyageait sans doute dans une voiture Pullman. Incroyable. Il fallait qu'ils se retrouvent ici, au beau milieu du Mississippi, alors qu'il ne la croisait même pas à Chattahoochee... Le hasard jouait de ces tours !

C'est notre chère Sabre-de-bois qui serait contente de cette rencontre ! songea Adam avec humour en sortant de son hébétude.

— Eh bien ? Et le magasin ? insista gaiement la jeune fille. Surpris en flagrant délit d'abandon de poste ! C'est du propre !

Il lui révéla les raisons de son brusque départ, et elle se mordit la lèvre, toute gênée.

— Oh, je suis désolée, murmura-t-elle. J'aimerais trouver des paroles de réconfort, mais je ne sais jamais que dire face à la mort.

Le train oscilla, et eux avec. Ils se rattrapèrent maladroitement, lui à sa banquette, elle à la rampe du couloir. Persuadé qu'elle allait en profiter pour regagner son compartiment, Adam attendit qu'elle prenne congé. Mais Emma le surprit encore :

— Je m'apprêtais à aller dîner au wagon-restaurant. Voulez-vous vous joindre à moi ?

— Avec le plus grand plaisir, mademoiselle Rothirsch.

Avec le plus grand plaisir... et le plus grand embarras, rectifia-t-il intérieurement. Certaines personnes avaient le don de bavarder comme de vieilles connaissances, même si elles débarquaient de coins aussi diamétralement opposés que Paris et Tombouctou, ou qu'elles venaient de se rencontrer cinq minutes plus tôt. Adam maîtrisait plutôt bien l'art de la conversation, mais il ne se sentait pas à l'aise en compagnie de la nièce de Sabine Rothirsch – sa patronne –, et elle aurait dû le comprendre.

Difficile pour autant de décliner son aimable invitation... Aussi suivit-il Emma dans le wagon-restaurant, un endroit où il n'avait jamais mis les pieds. Où chaque table était recouverte d'une nappe neigeuse et décorée d'un petit bouquet de fleurs. Adam se rappelait sa nervosité le jour où il était entré pour la première fois dans un restaurant, sa crainte de commettre un impair, de dilapider ses maigres dollars...

Ils s'assirent l'un en face de l'autre et – chose rarissime chez lui – Adam ne trouva rien à dire. Strictement rien. En dehors des quelques formules de politesse qu'ils échangeaient lorsqu'elle venait au magasin avec sa tante pour les fêtes de fin d'année, leur seule et unique conversation remontait à cinq ans, lorsqu'ils avaient parlé du *Dernier des Mohicans* sur des marches d'escalier.

Le soleil couchant, boule de feu écarlate, éclairait de plein fouet son joli visage. En la voyant lever la main, s'apprêtant à baisser le store, Adam se pencha pour l'aider, mais elle n'avait pas besoin de lui.

— J'ai de longs doigts, dit-elle avec un sourire.

Une réplique lui vint à l'esprit :

— Parce que vous jouez du piano ?

Elle rit.

— En général, c'est plutôt l'inverse. Quand on voit un enfant avec des doigts comme les miens, on s'exclame : « Oh, on va lui faire prendre des cours de piano ! »

Il lui rendit son sourire.

— C'est ce qui s'est passé avec vous ?

— Mon Dieu, oui. Ma tante a cru bon de m'offrir un splendide piano de concert. Un Steinway qui occupe la moitié d'une pièce.

Adam répondant qu'elle avait eu beaucoup de chance, elle esquissa une moue.

— Il est magnifique, bien sûr, mais franchement, c'est ridicule.

Elle commençait à piquer sa curiosité, voire à l'amuser.

— Pourquoi cela ?

Emma plissa le nez d'un air espiègle.

— Comment ! Je vous ai confié mon secret il y a cinq ans, et vous l'avez oublié...

Il n'en était rien, mais Adam feignit que si, tâchant de ne pas montrer son étonnement. Ainsi, elle se souvenait aussi bien de leur seul échange, alors qu'à l'époque elle était encore une gamine ?

— Tante Sabine demeure persuadée que je vais devenir une grande concertiste, voyager dans le monde entier pour donner des récitals, avec mon nom en grosses lettres en haut de l'affiche, reprit Emma avec un soupir. Elle me voit déjà à Carnegie Hall ! Je suis vraiment triste à la pensée de sa déception, le jour tout proche où elle découvrira que tout ça n'est qu'un rêve. Le sien. Car moi, j'ai toujours su que cela n'arriverait jamais.

— Comment pouvez-vous en être certaine ? « Jamais » est un mot terriblement définitif, non ?

Elle secoua la tête, son rire envolé.

— Vous avez entendu parler du jeune prodige Wilhelm Kempff, monsieur Arnring ? Moi, je l'ai entendu jouer à Berlin quand il avait quatorze ans. Et depuis, j'ai honte de toucher un clavier. Si vous m'écoutiez après lui, vous comprendriez ce que je veux dire. Du moins, si vous avez l'oreille tant soit peu musicale.

— J'aime la musique, mais je n'y connais rien, avoua-t-il. Je ne serais pas bon juge... Je vous accorde tout de même le bénéfice du doute !

Les merveilleux yeux verts de la jeune fille l'effleurèrent d'un regard très doux, puis se posèrent sur le menu.

— Tiens, ils ont de la bisque de homard ! Je n'aurais jamais imaginé en trouver dans un train... Vous aimez la bisque de homard ?

Adam n'osait pas relever le nez de la carte. Il ne savait rien des Steinway de concert, de ce virtuose en culottes courtes... ni de ce à quoi pouvait ressembler une bisque. Malédiction ! Emma allait le prendre pour un ignare, c'est sûr. Un barbare irrécupérable !

— Je n'en ai jamais mangé, confessa-t-il, consterné, comme si c'était subitement la pire tare au monde.

— Vous devriez essayer. Vous ne le regretterez pas. Enfin, j'espère !

Il vit avec soulagement qu'elle le regardait sans un brin de dédain, avec gentillesse, même, et se sentit mieux.

Décidément, Emma Rothirsch était différente. Il n'aurait su dire exactement en quoi, mais le fait s'imposait.

Tout en dégustant cette soupe rouge qu'on lui avait servie, il lança des regards furtifs aux mains de la perle rare qui lui faisait face et aperçut un fin bracelet en or dépassant de la manche de son chemisier en soie grège – une simplicité probablement pas du goût de sa tante, laquelle n'en avait aucun.

Le visage ovale de la jeune fille, d'une pâleur délicate, ne présentait – Dieu soit loué ! – aucune ressemblance, même infime, avec celui de sa grosse baleine de Tante Sabine, pas plus qu'avec les traits taillés à la serpe de l'Oncle Aaron, dont le portrait sévère trônait au-dessus de la grande cheminée du salon.

Adam n'avait été convié qu'une seule fois à pénétrer dans le saint des saints (le jour où la baleine l'avait engagé pour de bon), mais il conservait le souvenir d'une maison encombrée d'un fouillis de bibelots hideux baignés par la lumière mauve que diffusaient les vitres teintées de la fenêtre.

L'exquise créature assise en ce moment en face de lui ne cadrait pas du tout avec cette image. Il paraissait impossible qu'elle eût un quelconque lien de parenté avec Sabre-de-bois. D'un autre côté, on aurait pu dire la même chose de Jonathan par rapport à Léo...

— J'espère que vous aimez la bisque, puisque c'est moi qui vous l'ai conseillée.

— Vous avez très bien fait : c'est délicieux.

— Il y a du cognac dans la recette. Moi, j'ajoute toujours un peu de crème fraîche.

— Vous cuisinez ?

— À l'université, je partage un logement avec trois autres étudiantes. Et comme la nourriture servie au réfectoire est détestable, nous préparons nos repas nous-mêmes.

— Votre université se trouve dans l'État de New York, c'est bien ça ?

— Mais non, dans le Massachusetts, juste à la sortie de Boston. Je change de train à New York. Mon Dieu, vous ne savez même pas où je fais mes études ? Parfois j'ai l'impression que personne à Chattahoochee ne sait que j'existe !

— Ne croyez pas ça, protesta gentiment Adam. Mais vous êtes très souvent absente. Vous m'avez dit un jour que vous aviez passé presque toute votre vie dans l'Est. Comment les gens pourraient-ils savoir quoi que ce soit à votre sujet ?

Elle pencha la tête de côté.

— Alors, vous vous souvenez de notre conversation, finalement ?

Il se figea imperceptiblement, puis esquissa un sourire teinté d'amusement.

— Vous dévoriez *Le Dernier des Mohicans*, acquiesça-t-il d'une voix douce.

— Oui, je suis un vrai petit rat de bibliothèque lors de mes séjours à la maison. Quand je ne travaille pas mon piano, je plonge dans les romans. Heureusement que j'aime lire, soit dit en passant, car je n'ai guère d'autre distraction et aucune amie...

« La vieille carne veille sur sa nièce comme sur le trésor de Fort Knox ! », aimait à répéter Reilly.

Adam aurait voulu en savoir davantage, mais il garda un silence poli. Cela ne le regardait pas. Cependant, il ne put s'empêcher de lui poser une question.

— Vous aimez ces voyages incessants ?

— Oui, répondit-elle sans hésiter. Je peux suivre des cours de cuisine si j'en ai envie, acheter des vêtements en fonction de mes propres goûts, participer aux défilés de suffragettes...

— Vous avez fait ça ? s'exclama-t-il.

— Oui. Pourquoi ? Vous êtes choqué ?

— Pas du tout. Racontez-moi.

Elle attendit que le garçon leur ait servi leur poulet rôti au maïs pour s'exécuter avec entrain :

— Eh bien, ça remonte à quatre ans. Le 21 juin 1908 – oh, je m'en souviens comme si c'était hier ! Je me trouvais à Londres pour passer une audition quand les suffragettes ont organisé un grand défilé. Elles étaient deux cent cinquante mille ! Du moins, c'est ce que j'ai lu dans le journal le lendemain. Elles manifestaient à Hyde Park en brandissant des banderoles : LE DROIT DE VOTE POUR LES FEMMES ! et portaient des écharpes autour du cou avec la même revendication. Évidemment, je me suis jointe à elles...

— « Évidemment » ! répéta Adam, amusé. Mais... vous n'aviez que...

— Seize ans. Pourquoi ? L'ennui, c'est que je n'avais pas d'écharpe, alors une adorable vieille dame m'a tendu un drapeau. Elle souriait et me faisait des clins d'œil, il y avait une ambiance formidable ! Et des policiers à cheval dans tous les coins ! J'ai toujours eu envie d'en avoir un à moi...

— Un policier ? plaisanta-t-il.

— Un cheval ! Mais avec mes cours de piano, je n'ai jamais trouvé le temps de pratiquer l'équitation, alors ce n'est pas plus mal. La pauvre bête se serait morfondue pendant mes gammes...

Ils mangèrent un instant en silence, Adam assimilant ce qu'il venait d'apprendre.

— Vous estimez donc, reprit-il, en servant à Emma un verre de l'eau pétillante qu'elle avait commandée, que les femmes devraient avoir le droit de voter ?

— Mais... bien sûr ! Le cerveau est un organe comme un autre, au même titre que le cœur ou les reins, et il est identique chez la femme et chez l'homme. Cela n'a rien à voir avec le...

Après une seconde d'hésitation, elle conclut :

— ... avec l'appareil reproducteur.

Adam était fasciné. Les jeunes femmes qu'il fréquentait ne parlaient pas d'appareil reproducteur ! Pas devant lui, en tout cas. Pas davantage de cerveau, ni de Carnegie Hall, ni de droit de vote...

— Oui, c'était une belle aventure, conclut-elle avec un soupir. Un jour, on verra probablement des clichés de ce 21 juin 1908 dans les livres d'histoire. Il y avait des photographes partout. Une belle aventure, répéta-t-elle en hochant la tête. Qui n'est pas terminée, car je compte bien participer au prochain défilé à New York !

Aucune chance si Sabre-de-bois en entend parler, songea Adam, se gardant de le lui dire. Emma aurait à peine achevé ses études ou renoncé à une carrière de virtuose que sa tante se mettrait en tête de lui chercher un mari... Si elle ne l'avait pas déjà choisi toute seule en secret ! Quoiqu'on pût se demander qui avait la plus petite chance de trouver grâce aux yeux de cette virago ? Sans compter que l'oiseau rare devrait aussi et surtout plaire à la demoiselle ! Donc être intelligent, cultivé, d'un bon milieu, comme elle, et aussi capable de respecter son esprit d'indépendance et ses idées modernes...

Adam lui demanda si, parallèlement à ses études à l'université, elle suivait toujours des cours de piano.

— Oui, et j'adore ça. Même si je ne peux avoir aucune ambition dans ce domaine. Il faut se connaître soi-même, voyez-vous, et c'est mon cas. Je suis réaliste, conclut-elle gravement.

Quand elle avait parlé du défilé des suffragettes, elle avait paru très jeune, enjouée, espiègle même. À présent, il découvrait une facette plus mature de sa personnalité. Elle n'avait pourtant que vingt ans. Se connaissait-il lui-même à cet âge-là, quand il était monté à bord de ce train en direction de l'ouest, sans savoir exactement où il allait ni ce qui l'attendait « là-bas » ?

— Que regardez-vous de si intéressant par la fenêtre ? demanda-t-elle.

— Je repensais à mon premier voyage, quand je suis parti à l'aventure pour atterrir par hasard à Chattahoochee, une ville dont je n'avais jamais entendu parler.

Elle éclata de rire.

— Vous n'êtes pas le seul ! Ce fameux jour où nous nous sommes rencontrés dans la boutique était celui de votre arrivée, m'a-t-on dit ?

— Premier jour, première heure – ou presque.

— Mon pauvre monsieur Arnring ! Nous avons dû vous donner une impression désastreuse, n'est-ce pas ?

Attention, Adam ! Ce n'était pas ton affaire à l'époque, ça ne l'est pas plus aujourd'hui !

— J'étais simplement... navré. C'est tout.

— Navré ? Pour quoi ?

— Eh bien, pour le... la dispute. Et pour vous qui étiez au milieu.

— Pour moi ? C'est surtout Tante Sabine qui était à plaindre, vous ne trouvez pas ?

Terrain glissant ! Il ne devait pas prendre parti. Surtout ne pas prononcer un mot qui pourrait se retourner contre lui. Ah non ! il n'avait pas travaillé aussi dur depuis trois ans pour tout compromettre maintenant !

— Franchement, je ne sais que répondre. Tout ce que je puis dire, c'est qu'on s'est montré très gentil avec moi. Je n'ai entendu que des éloges sur votre famille, votre oncle en particulier. On me l'a dépeint comme un homme remarquable, généreux et...

— Vous plaisantez ? C'était un monstre ! l'interrompit sèchement la jeune fille.

— Je vous demande pardon ?

— Vous avez parfaitement entendu.

Elle se pencha en avant et poursuivit d'une voix âpre.

— Ça tient véritablement du miracle que ma pauvre tante ne soit pas devenue complètement folle à cause de lui. Oncle Aaron la méprisait. Il l'a détruite. Il lui arrivait même de la battre ! C'est affreux à dire, mais elle a commencé à vivre le jour où il est mort.

Adam avait l'impression que son siège lui brûlait le dos.

— Vous ne devriez peut-être pas évoquer devant moi ces secrets de famille, murmura-t-il d'un ton gêné. C'est très personnel, vous pourriez regretter demain de vous être confiée à moi.

— Je suis tellement en colère que je me sens près

d'exploser, ça me soulage d'en parler. Et puis je suis sûre que vous ne le répéterez pas. Je ne vous connais presque pas, Adam Arnring, mais j'ai confiance en vous.

Il cilla et se décrispa tandis qu'elle continuait en jouant machinalement avec son rond de serviette en argent.

— Je suis folle de rage quand j'apprends ce que les gens disent de ma tante. Ne niez pas, je sais qu'ils racontent des horreurs et qu'ils se moquent d'elle. C'est cruel. Et si injuste ! Je souffre de la savoir isolée dans cet horrible « manoir », toute seule à longueur de journée, sauf quand elle vient me rendre visite à Boston ou qu'elle m'accompagne en Europe. Elle n'a que deux ou trois amies, des vieilles dames, veuves et esseulées comme elle, qui se mettent sur leur trente et un pour prendre le thé...

Le train traversait une forêt de sapins, noirs et sinistres dans le crépuscule. Emma frissonna, tandis qu'un flot de mots amers continuait à se déverser de ses lèvres.

— J'ignore ce que vous allez penser de moi, monsieur Arnring. Sans doute que je ne me comporte pas comme une jeune fille bien élevée ou une « dame ». Je ne dois pas non plus vous donner l'impression d'être très tendre. Mais c'est à cause de ce que j'ai entendu chez le coiffeur, hier encore. Rien que des mensonges – si honteux que je devais déverser ma colère et me confier à quelqu'un. Et quand vous avez fait allusion à mon oncle... c'est tombé sur vous. Je suis désolée.

Il la regarda dans les yeux et vit des larmes trembler à ses cils.

— Ne vous excusez pas, mademoiselle..., murmura-t-il, troublé. Je me sens au contraire flatté. Vous pouvez vous livrer en toute franchise...

— Oncle Aaron ne lui a pas adressé un mot gentil de toute sa vie, reprit-elle sans se faire prier. Trente ans de mariage et jamais la moindre attention, vous imaginez ? Vous avez entendu parler de la guerre de 1870 ?

— Entre la France et la Prusse ? Bien sûr, répondit-il, subitement très reconnaissant à l'égard de Mme May, son vieux professeur d'histoire.

— Eh bien, mon oncle et ma tante ont dû fuir l'Europe en ces temps troublés, et c'est en débarquant ici, en Amérique, sans le sou, qu'elle a eu la bonne idée de tomber enceinte. On ne pouvait trouver moment plus mal choisi. Ils n'avaient rien, pas même un toit digne de ce nom pour mettre au monde un enfant. Elle est donc allée voir une « faiseuse d'anges », comme on dit, pour avorter... Après, elle n'a jamais pu avoir d'enfants, ce que son mari ne lui a jamais pardonné.

Elle secoua la tête, les lèvres pincées.

— Tante Sabine a pris du poids et n'a plus voulu sortir. Ça lui était égal – tout lui était égal. Finalement, quand elle s'est retrouvée veuve, elle disposait d'assez d'argent pour faire tourner l'affaire, mais cela aussi lui était indifférent. Je suis bien la seule personne au monde dont elle se préoccupe, monsieur Arnring.

Emma l'enveloppa d'un regard indéfinissable, puis se mit à dessiner du doigt des arabesques sur la nappe.

— Même si elle est très contente de tout ce que vous avez accompli au magasin, cela va sans dire. Et de l'argent qui rentre grâce à vous. Elle met tout de côté pour moi, alors que je ne n'en ai que faire. Je compte bien subvenir à mes propres besoins – mais c'est une autre histoire. C'est ma tante qui importe. Vous comprenez : elle projette sur moi la femme qu'elle aurait voulu être. La pauvre, elle veut que je profite de tout ce dont elle a été privée et dont on parle dans les journaux...

Quand elle se tut, Adam garda le silence.

Emma releva le nez et rencontra le regard observateur qu'il posait sur elle.

— Vous trouvez que quelque chose cloche chez moi, monsieur Arnring ? Vous pouvez me parler franchement, je comprendrai.

Ses yeux magnifiques plongèrent hardiment au fond des siens. *Allons, jugez-moi, dites ce que vous pensez. Me trouvez-vous bizarre ?* semblaient-ils demander.

— Oh non ! répondit-il avec sincérité. Pas du tout. Je me disais seulement que je serais très honoré si vous m'accordiez votre amitié.

Elle sourit. Il se souvint subitement d'elle assise sur les marches, son livre sur les genoux. Et de lui s'éloignant à regret en s'efforçant de définir la couleur de ses cheveux. Une flamme dévorante...

— Regardez, déclara-t-elle au même instant. Il fait nuit noire. Nous devrions regagner nos compartiments. La journée sera longue pour vous, demain... Mais j'espère que ce ne sera pas trop dur. Je penserai à vous.

Adam mit deux, trois secondes à comprendre qu'elle évoquait l'enterrement de Rachel. Il la remercia pour ce témoignage de sympathie.

Polie et à nouveau parfaitement maîtresse d'elle-même, Emma se leva de table en lui disant combien elle avait apprécié ce dîner en sa compagnie.

— Tout le plaisir était pour moi, mademoiselle.

— Nous avons parlé de tant de sujets différents, n'est-ce pas ? Je veux dire... en dehors de mon éclat. Le piano, le droit de vote des femmes...

— Et la recette de la bisque de homard, ajouta-t-il en souriant.

Ils se serrèrent la main dans le couloir et il la regarda s'éloigner, soulevant d'une main sa longue jupe noire étroite juste assez pour qu'elle ne traîne pas par terre.

8

Pa recevait les condoléances dans la cuisine, la pièce où il s'était toujours senti le plus à l'aise. Son visage las s'éclaira à l'arrivée d'Adam qu'il pressa contre son cœur. Ses premiers mots furent pour exprimer un regret :

— Je tenais absolument à attendre ton arrivée... Rachel t'aimait tant, mon petit. Mais le rabbin a dit... enfin, on ne m'y a pas autorisé. Elle aurait pourtant souhaité que tu sois présent quand on l'a mise en terre...

Non, songea Adam tout en hochant la tête. Rachel était très pieuse et respectait la tradition juive voulant que les morts soient enterrés le deuxième jour, alors que Pa, en dépit de sa kippa, était libre penseur.

Rachel aura été pour moi une vraie mère, la seule que j'aie jamais eue, se dit-il en apercevant son tablier à carreaux toujours pendu à la poignée de la porte, près de la glacière. Et comme si elle était toujours assise au bout de la table, à sa place habituelle, il revit ses yeux emplis d'inquiétude et son bon sourire apaisant.

La maison était pleine de monde, toutes les chaises occupées, et chaque meuble couvert de victuailles. Des voisins continuaient à franchir le seuil, apportant des salades, des poulets rôtis, des fruits et des tartes. Pa ne semblait guère entendre les paroles de réconfort que chacun lui adressait et marmonnait des bribes de phrases presque inaudibles, où Adam reconnut son : « Je ne sais pas, je ne sais plus, tout se mélange dans ma tête... »

Brusquement, ses épaules se voûtèrent, il enfouit son visage dans ses mains et éclata en sanglots :

— Rachel était toute ma vie, la seule femme que j'aie jamais aimée ! Tout est fini à présent...

Il y eut un mouvement de gêne dans l'assistance. Tous détournèrent les yeux sans savoir que répondre.

Adam sentit un poids dans sa poitrine et cilla nerveusement. La seule femme qu'il ait jamais aimée ? Et ma mère, alors ? Elle ne comptait donc pas ? Il l'avait oubliée ? Hormis son fils unique, qui ne l'avait pas connue, qui se souvenait encore de la pauvre Eileen ?

Il en était là de ses réflexions quand une femme s'approcha pour lui dire combien elle était triste pour Léonard et Jonathan.

— Pauvres garçons... c'est terrible pour eux. Ils doivent éprouver un tel chagrin !

Parce que moi, je n'ai pas de peine ? Moi aussi, je l'aimais. Moi aussi, j'ai grandi sous ce toit avec elle. Est-ce que ça ne compte pas ?

Ils ont raison, rectifia-t-il aussitôt. Rachel était leur mère, pas la sienne, même si elle l'avait élevé. La gorge nouée, il quitta la cuisine et parcourut les pièces bondées, à la recherche de ses frères.

Comme ils restaient l'un et l'autre introuvables, il finit par sortir dans la cour – et c'est là qu'il aperçut Jonathan. Il se tenait adossé au mur du fond, les yeux levés vers la chambre de ses parents. Était-ce là que Rachel s'était éteinte ?

— Jon ?

Son frère sursauta, et ils tombèrent dans les bras l'un de l'autre.

Longtemps ils s'étreignirent sans un mot, tandis qu'un flot d'émotions et de souvenirs s'engouffrait dans le cœur d'Adam, l'emplissant de regrets et de désarroi : les années écoulées à jamais révolues, le passé enfui, l'avenir incertain.

Jonathan était devenu un grand beau garçon aux yeux graves et aux cheveux châtain clair ondulés... qui s'était laissé pousser la moustache ! constata Adam avec attendrissement. Et pourtant, malgré tout le temps les séparant de leur enfance, Jon restait et resterait toujours son petit frère.

— Adam... comme tu as changé, murmura Jonathan en se forçant à sourire. Ça vient de cette cravate rayée ou de ton chapeau de paille ?

Ses yeux étaient humides, mais il faisait l'effort de plaisanter, aussi Adam lui répondit-il sur le même ton :

— Pour ta gouverne, ce chapeau s'appelle un canotier. Tous les vrais gentlemen en portent, mon vieux. Tu ne sais donc pas reconnaître un gentleman quand tu en vois un ?

— J'ai des lacunes à combler, je l'avoue. Mais je prendrai des cours de rattrapage à l'université !

Adam recula d'un pas pour mieux l'admirer.

— Mon petit frère à la faculté ! Je n'arrive pas à le croire. Laisse-moi te regarder. Fichtre ! Te voilà devenu un vrai séducteur ! Quand je suis parti, tu mesurais quinze centimètres de moins et tu étais nettement moins velu...

— Tu me trouves ridicule ? murmura le jeune homme en effleurant sa moustache d'un geste gauche.

— Tu plaisantes ? Tu es superbe ! Maintenant, raconte : dans quelle faculté comptes-tu t'inscrire, le jour venu ?

— Une bonne, mais pas trop loin surtout, parce que, à présent... sans Maman à la maison...

Il se mordit la lèvre et termina en passant nerveusement une main dans ses cheveux.

— Il va falloir que je veille sur Pa et Léo de temps à autre. J'ignore ce que ça va donner quand ils se retrouveront face à face...

Adam connaissait bien le problème. Rachel s'était toujours efforcée d'apaiser les tensions entre eux. Elle n'y avait pas réussi chaque fois, malgré son acharnement.

— À propos, où est Léo ? Je ne l'ai pas encore vu.

— Il s'est plus ou moins effondré, hier, après le service religieux.

— Où se cache-t-il ?

— Chez les Nishikawa.

— Tu crois qu'il s'y trouve encore ?

— Sûrement. Naito est son seul ami. Je suis passé là-bas hier soir pour parler à Léo, mais il a refusé de rentrer avec moi. Il a dit qu'il ne pourrait pas supporter cette maison sans Maman. Elle ne s'emportait jamais contre lui. Tandis que Pa... enfin, tu sais bien comme il est...

Adam exhala un soupir. Pa avait bon cœur, mais il ne pouvait s'empêcher de rappeler constamment Léo à l'ordre, comme un gamin de sept ans.

— Dis, ça se passe aussi mal que ça ?

— Pire. Pa a beaucoup vieilli. Il est exténué à la fin de la journée, alors il supporte de moins en moins qu'on le contrarie. Et comme c'est la spécialité de Léo...

— Bon sang, pesta Adam, ce gosse ne changera-t-il donc jamais ? Qu'est-ce qu'il a dans la tête ?

— Si on le savait ! Peut-être est-il né comme ça, tout simplement. Mais je te signale que ce n'est plus un gamin, il a vingt ans.

Vingt ans... Normalement, le printemps de la vie.

Malheureusement, l'avenir de Léo s'annonçait aussi sombre que cette petite maison dans laquelle il était cloué, médita Adam en frissonnant. Sombre, vide, sinistre, lugubre. Quand il pleut, quand le brouillard de l'hiver se referme sur elle, tout devient gris et humide comme un caveau...

Il baissa la tête.

Que faire ? Je peux envoyer de l'argent pour améliorer le quotidien, mais pas changer le destin. Quand il partira d'ici, Jonathan, où qu'il aille, aura une vie lumineuse. La mienne est déjà pleine de promesses, et si la chance continue à me sourire, tous les espoirs me sont permis. Mais Léo ? Et Pa ? Que puis-je faire pour eux deux qui vont rester ici ?

Des larmes lui brûlèrent les yeux et il se raidit pour se dominer.

— Les gens commencent à partir. Nous ferions mieux de rentrer...

Ils allaient passer la porte quand Léo les bouscula pour entrer à toute vitesse dans la maison comme... un voleur. Oui, il n'y avait pas d'autre mot, songea Adam en l'observant avec stupeur. Léo fonçait, courbé en deux comme s'il voulait passer inaperçu.

— Regarde-le, Jon. On dirait qu'il se cache... C'est à cause de moi ? Parce que je suis de retour ?

— Possible. Il entend tellement d'éloges à ton sujet... C'est dur pour lui.

— Pa continue à parler de moi ? Je lui ai envoyé au moins six lettres pour lui demander de s'abstenir !

Jonathan haussa les épaules.

— Notre père est si fier. Rien de plus naturel, Adam.

— Fier de quoi ? J'ai un poste intéressant dans un très beau magasin, mais c'est tout. Il n'y a pas de quoi tirer un feu d'artifice ! Quand tu feras ta médecine, là, il aura des raisons de pavoiser. Viens, rentrons.

Pa était toujours assis dans la cuisine à présent déserte, à l'exception de Léo immobile dans l'embrasure de la fenêtre. Le cœur d'Adam se serra, car l'image de son frère qu'il avait gardée depuis son départ n'avait pas grand-chose en commun avec ce qu'il découvrait aujourd'hui.

Pauvre garçon. Il ne devait pas dépasser le mètre soixante, et sa calvitie précoce n'était pas pour arranger son visage déjà ingrat avec ce front proéminent. Vingt ans, et presque chauve...

— Comment vas-tu, Léo ? C'est bon de te revoir, tu sais. J'eusse préféré que ce soit dans des circonstances moins douloureuses, mais...

Il allait le serrer dans ses bras quand son frère l'arrêta d'un haussement d'épaules.

— En quoi est-ce douloureux pour toi ? Elle n'était pas ta mère.

Pa sortit brusquement de sa torpeur pour exploser comme jamais :

— Bonté divine ! Même aujourd'hui, petit misérable ! Même en un jour comme aujourd'hui, tu ne peux pas t'empêcher de te montrer odieux ! Tu ne crois pas que nous avons suffisamment de chagrin comme ça ? Mais tu n'as donc aucun cœur ? Ta mère est morte, ma tendre épouse est morte et enterrée, la seule femme que j'aie jamais aimée !

Il se remit à sangloter.

— Mon Dieu, mon Dieu...

Derechef, la même douleur vrilla la poitrine d'Adam. Et ma mère, Pa ? Elle est morte aussi en te laissant un enfant. Tu ne l'aimais donc pas ?

Il aurait voulu lui poser la question, mais ne dit rien et un silence pesant et glacial, comme si l'air s'était subitement figé, descendit sur eux quatre.

Jonathan fut le premier à réagir. Il s'empara des

assiettes, des plats, des saladiers qui jonchaient les meubles – il y avait là de la nourriture pour un mois –, ouvrit la glacière et en remplit les rayonnages.

— Lève-toi, Pa, commanda-t-il quand ce fut terminé. Tu es resté sur cette chaise toute la journée. C'est mauvais pour ta circulation. Tu devrais marcher un peu. Tu as faim, Léo ? Il y a du poulet pour un régiment.

— J'ai mangé chez le Chinetoque. Je vais me coucher.

— Comme tu veux. Si tu as besoin de nous, nous serons sous le porche. Il faut que Pa prenne un peu l'air.

— Je n'ai besoin de personne, répondit Léo en quittant la pièce.

— Tu as tort de le traiter comme un enfant, grommela Pa.

— Parfois, c'est ce qu'il veut. Enfin, je crois. On n'a pas encore appris à lire dans le cerveau des gens.

Il faisait encore jour dehors. Deux gamins montés sur des patins à roulettes effectuaient des sauts et des figures en boucle, ravis d'entendre Jonathan les applaudir.

— Formidables, vos arabesques ! Recommencez ! Oh, bravo, vous êtes doués !

— Des « j'eusse préféré » et maintenant des... *arabesques* ? releva Pa en reniflant. Mes fils ont une drôle de façon de parler ! Je parie que ces gosses n'ont jamais entendu pareils mots savants.

Des mots magiques, surtout, songea Adam en se réjouissant de voir un premier sourire naître sur le visage défait de son père.

Un couple âgé apparut dans la rue. Pa les observa avec envie et se parla tout bas à lui-même. Tandis que la nuit tombait peu à peu, seul le craquement régulier de son rocking-chair troublait le silence. Adam et Jon s'étaient assis sur le sol de part et d'autre du fauteuil, comme lorsqu'ils étaient enfants.

Au bout d'un long moment, la voix de Pa résonna dans la pénombre.

— Le calme, enfin... Tout le monde n'a cessé de parler aujourd'hui... quand j'avais tant besoin de silence. Mais je tiens à vous dire quelque chose à présent : heureusement que je vous ai, tous les deux.

— Tous les trois, rectifia posément Jonathan. Léo est révolté par la mort de Maman, il en veut à la terre entière. Mais nous ne savons jamais ce que l'avenir nous réserve, n'est-ce pas ?

Quel avenir ? se demanda Adam. Ce qui nous arrivera dans cinquante ans ? Il y a déjà tant d'incertitudes d'ici là ! Ne serait-ce ce que nous réserve demain matin, sans parler du futur départ de Jon pour l'université... Qu'adviendra-t-il de Pa et de Léo ? Je n'ai pas les moyens de les faire venir vivre avec moi dans l'Ouest.

— Tu dois être fatigué après ce long voyage, dit Pa en se tournant vers lui. Monte vite te coucher, mon grand. Cela te fait sûrement un drôle d'effet de te retrouver ici après tout ce temps.

Oui... un effet sinistre, songea Adam en frissonnant dans la nuit. Cette maison était un cimetière.

Adam éprouvait une impression bizarre, qui l'empêchait de trouver le sommeil. Pourtant il avait dû somnoler quelques minutes parce que, en rouvrant les yeux, il lui était revenu des bribes de rêves décousus, incohérents. Rachel ôtant son tablier de tous les jours pour mettre sa robe de soie et son collier de perles d'ambre parce qu'on était samedi, jour de la synagogue. Lui-même emmenant ses petits frères au manège. Jon serrant très fort sa main dans la sienne, le regard grave, et Léo, surexcité, défiguré par un rire hideux qui emplissait Adam d'une angoisse inexplicable. Emma abandonnant son drapeau de suffragette pour tenter de consoler deux personnes en pleurs : sa tante Sabine battue par son mari et encore Léo, le visage barbouillé de larmes et qui ne savait pas pourquoi il sanglotait...

À présent, Adam était bien réveillé. Ces images sans queue ni tête s'expliquaient sûrement par l'épuisement. Il avait lu quelque part qu'à Vienne, un certain Freud avait récemment publié un livre sur l'interprétation des rêves. Ils signifieraient toujours quelque chose, paraît-il. Pour trouver leur sens, il fallait rassembler les morceaux éparpillés et les remettre en ordre, un peu comme un puzzle. Qui sait ce que ce Freud aurait conclu du rire et des larmes de Léo...

Ses pensées se tournèrent vers Emma. Une jeune fille éprise de justice et débordante de compassion. Sa colère dans le train avait été causée par une injustice commise non envers elle-même, mais envers sa vieille tante. Il ne se demanda même pas si sa version des faits était la bonne. Bien sûr que oui. Emma Rothirsch n'était pas femme à lancer des accusations au hasard. Elle disait toujours la vérité et se montrait d'une lucidité rare, sur ses talents de pianiste, par exemple. Et puis, quel intérêt aurait-elle eu à inventer une histoire aussi sordide sur son oncle ? Non, non, Emma était au-dessus de tout soupçon. Elle était même au-dessus de tout le monde dans bien des domaines !

Et elle avait raison sur plusieurs points : les femmes devraient effectivement obtenir le droit de vote. Comme il devrait y avoir de la crème fraîche dans toute bisque de homard qui se respecte !

Il sourit dans l'obscurité. Elle avait un très joli rire qui entrouvrait ses lèvres ravissantes sur des quenottes d'une blancheur non moins ravissante. Selon Ray Archer (cette précieuse mine de renseignements), elle parlait un français parfait. Et d'après Reilly (autre mine inestimable), elle récitait la poésie à merveille. Et puis, il y avait son « extraordinaire toucher » au piano, à en croire tous ceux qui avaient eu la chance de l'entendre au moins une fois. Peut-être Emma péchait-elle par excès de modestie en s'autocritiquant ? Peut-être était-ce l'impitoyable Tante Sabine qui voyait juste sur son talent et son avenir de virtuose internationale ? Peut-être...

Du calme, Adam. Que sais-tu vraiment de cette fille, d'abord ? Elle a piqué ta curiosité, bon. Mais c'est tout. Au fond, elle n'est pas si différente d'une autre. Tiens, qu'est-ce qu'elle a de plus que Fanny, Géraldine et compagnie ? Plus d'instruction, d'accord. Mais il n'y a pas de quoi être fasciné à ce point ! Cela n'a pas de sens.

Un rayon de lune pointa à travers les nuages – à moins que ce ne fût l'un des nouveaux réverbères, au coin de la rue – et éclaira une tache humide au plafond. Adam comprenait mieux la raison d'être du seau posé par terre, près de la fenêtre. Demain, il devrait discuter avec Pa du prix d'une nouvelle toiture.

Le halo lumineux se déplaça et éclaira un autre endroit du sol où une forme étendue ressemblait à un chien endormi. Le cœur d'Adam se serra. De son lit, il aurait juré que c'était son brave Arthur, assoupi dans son coin habituel, comme autrefois...

Je suis resté trop longtemps absent de cette maison. Ce n'est plus mon foyer. Mes pensées tournent en rond. Il faut que je retourne travailler. Que je rentre chez moi, à Chattahoochee.

— Tu as passé deux journées parmi nous, alors ne t'excuse pas de devoir déjà repartir, déclara Pa. Tu ne peux malheureusement rien faire de plus pour moi, Adam. Personne, jamais, ne me rendra ma Rachel. Et tu ne dois pas compromettre ta carrière.

Comme toujours, ils étaient tous réunis dans la cuisine. Et quatre paires d'yeux fixaient la chaise vide de Rachel. Adam s'éclaircit la gorge.

— Je sais qu'elle voudrait que vous vous serriez les coudes, tous les trois, affirma-t-il. Que vous continuiez à vivre en vous aimant les uns les autres, et que vous travailliez à être heureux...

Comme il aurait aimé témoigner mieux sa profonde tendresse ! Il débordait d'affection pour eux, mais avait bien peur de ne prononcer que des paroles pompeuses et banales.

Léo hocha lugubrement la tête, le menton tremblant. Adam crut revoir un petit enfant qui s'était perdu un jour dans la foule et poursuivit pour meubler le silence douloureux :

— Tu apportes une aide précieuse au magasin, Léo. Pa me le répète à longueur de lettres. Nous te sommes tous reconnaissants de...

— Le magasin ! le coupa Pa en portant à son front une main égarée. Je vais m'accorder encore jusqu'à la fin de la semaine, puis je rouvrirai. Sinon nos clients prendront l'habitude d'aller ailleurs. Je dois me ressaisir, mes enfants, il le faut.

Il a l'air d'un vieillard, remarqua Adam, contemplant avec anxiété ses cheveux grisonnants et ses traits creusés. Et pourtant il n'a pas soixante ans.

— Pa, tu devrais lever le pied. Depuis quand n'as-tu pas pris de repos ? Laisse Jon et Léo s'occuper un temps de l'épicerie. Jon peut très bien y passer après ses cours et Léo s'en charger le reste de la journée.

Mais Jonathan n'était pas de cet avis et le fit savoir.

— Pas d'accord. Il vaudrait mieux que Pa se remette à l'ouvrage le plus vite possible. Rester assis ici à ruminer ses pensées n'est pas une solution. Rien de tel que le magasin pour lui occuper l'esprit. Je crois que dans son cas, le travail peut avoir sur lui un effet bénéfique, aussi bien physiquement que moralement, agir en quelque sorte comme un antalgique. Un antidote aux idées noires...

« Un antalgique », « un antidote »... Tu parles déjà comme un médecin, Jon, se dit Adam, tout en trouvant l'ordonnance un peu prématurée.

— Ne t'en fais pas : Léo et moi, nous l'épaulerons de notre mieux. Léo plus que moi, comme d'habitude, ajouta Jonathan en lançant un regard affectueux à son frère.

Un pâle sourire effleura le visage morne de Léo tandis qu'il acquiesçait de la tête, et Adam faillit passer son bras autour de ses épaules, lui affirmer sa confiance en lui pour aider leur père dans cette période difficile.

— Maman serait heureuse que tu secondes Pa, Léo. Elle nous aimait tous très fort et tenait plus que tout à ce que nous nous soutenions les uns les autres.

— Tu l'as déjà dit.

— À quelle heure est ton train ? Quand dois-tu partir ? enchaîna Pa.

— Il y a une montagne de nourriture au garde-manger, rappela Jon. Ça te tenterait, un pique-nique avant de nous quitter ?

À l'évidence, Jonathan était celui qui soudait la famille. Que se passerait-il quand il serait parti lui aussi ?

Adam se massa la nuque puis respira un grand coup. À chaque jour suffit sa peine... La matinée était fraîche et ensoleillée. Ils pique-niquèrent donc sous le porche. Il y avait même de la crème glacée préparée par Rachel. Pa se troubla à l'idée de manger ce dessert sans elle, mais se dit qu'elle aurait été contente de voir « ses quatre hommes » le partager.

Les voisins, en les voyant dehors, se joignirent à eux par amitié. Le repas terminé, ce furent eux qui conduisirent Adam au ferry, ce qui abrégea des adieux forcément douloureux.

Comme la première fois, Adam resta longtemps sur le pont à regarder la ville rapetisser à l'horizon. À l'époque, il était animé par une excitation formidable, mêlée d'espoir et d'attente. Tout lui paraissait si facile, alors.

Aujourd'hui, il se sentait las et vieux – il avait l'impression d'avoir cent ans. Et il ne pensait qu'à sa famille qu'il abandonnait derrière lui, au travail qui l'attendait à Chattahoochee, à tout l'argent qu'il lui faudrait économiser sou par sou pour sa famille, à Sabre-de-bois qu'il ne fallait pas contrarier, à Emma...

Plus rien désormais n'était facile.

9

1914

« Attention : tous les reçus et factures doivent être conservés pendant trois ans », l'avait maintes fois informé Théo Brown, en comptable consciencieux.

En ce début d'été qui amorçait une période de travail un peu plus calme au magasin, Adam ouvrit donc le premier tiroir de son bureau pour opérer un tri. Contrairement à sa petite chambre, il régnait là une certaine pagaille. Il découvrit avec surprise, au milieu des piles de documents qu'il avait mis de côté, quelques papiers personnels. De vieilles lettres déjà lues. Curieux de savoir pourquoi il les avait gardées, il rouvrit les enveloppes.

La première était de Pa. Elle remontait à deux ans.

Cher Adam,

J'ai trouvé ton chèque sur mon lit après ton départ. Il suffit que je fasse allusion à un problème pour qu'immédiatement, tu prennes tout en charge ! Je m'étais bien gardé de te parler du trou dans le toit, mais je n'ai pas pensé aux seaux posés dans le grenier... Quoi qu'il en soit, je te remercie. Encore et encore. Dieu m'est témoin que ce serait pourtant plutôt à moi de t'aider...

Ici, nous avons vécu deux semaines épouvantables, mais je commence à me ressaisir. Et, tu sais, ma Rachel me parle. Elle me dit de tenir bon et de continuer à travailler comme avant. C'est la volonté de Dieu, me souffle-t-elle. Il n'y a pas à discuter. Rachel savait toujours tout de Sa volonté, mais pas moi. Je l'écoute, et j'ouvre notre magasin tous les jours.

Léo m'aide, mais dès que nous fermons, il se précipite chez les Nishikawa. Il est heureux là-bas, c'est l'essentiel. Jonathan, lui, reste égal à lui-même : que demander de mieux ? Nous dînons ensemble tous les deux (nos voisines nous aident pour la cuisine). Jonathan est en pleine révision de ses examens et t'écrira bientôt. Prends bien soin de toi. Tu es un bon fils.

Ton vieux Pa reconnaissant.

Adam se souvint qu'il avait conservé cette lettre parce que sa résignation et son courage l'avaient ému.

Incapable de la jeter, il la rangea soigneusement dans le tiroir et passa à la suivante. Celle-ci lui avait été envoyée par Jonathan, il n'y avait pas si longtemps, tout juste quelques mois en fait – en mars. Le ton, cette fois, était totalement dénué de mélancolie.

Cher Adam,

Je t'écris entre deux examens, ce matin en biochimie et demain en physique. C'est très dur, mais je crois que, pour le moment en tout cas, je ne m'en sors pas trop mal. Je n'arrive pas encore à croire que j'en suis presque à la fin de ma première année dans l'une des grandes universités des États-Unis. Et c'est bien grâce à toi ! Sans ton aide financière... Je sais que tu n'aimes pas les remerciements, mais de temps à autre, c'est plus fort que moi, alors ne m'en veux pas !

Je retourne à la maison deux dimanches par mois, parce que c'est très important pour Pa. D'après ce que j'ai pu constater, Léo et lui ont conclu une sorte de trêve. Pourvu que ça dure !

Les soirs où Léo ne dîne pas avec « sa famille japonaise », comme il l'appelle, il s'installe à la cuisine avec un livre et Pa lit le journal en face de lui.

Pa m'a confirmé qu'ils se disputent moins souvent, et surtout moins violemment. Léo se contente de claquer la porte et de monter dans sa chambre avec son bouquin. Pa a l'impression qu'il ne lit pas pour se distraire, mais pour étudier quelque chose. Quoi ? mystère ! Comme Léo enferme ses livres à clef dans une malle, je n'ai aucune idée de ce qu'il mijote...

Si ses nouvelles lectures pouvaient lui apporter quelque chose et transformer sa morne existence ! Je suis si triste de le voir végéter au magasin, à l'âge des rêves et des ambitions... et je suis bien certain qu'au fond, Pa l'est aussi – sauf quand il pique une crise contre « ce roi des fainéants » !

Parlons un peu de toi, à présent : toutes ces rumeurs au sujet d'une fusion de ton magasin avec les Galeries Cace sont-elles toujours dans l'air ? J'espère que ce n'est pas une mauvaise chose... Tout allait si bien pour toi ! Tu garderais ton poste, au moins ? Tiens-moi au courant, surtout.

En ce qui me concerne, j'envisage de suivre des cours d'été. S'ils me permettent de perfectionner mes connaissances et de décrocher mon diplôme plus vite, tu penses bien que je suis prêt à essayer. C'est assez compliqué (je te passe les détails), mais il faut que je mette toutes les chances de mon côté.

Tu me manques terriblement, Adam. Je me suis fait

des amis, certains sont vraiment bien (ils te plairaient !), mais... rien ne remplace un frère comme toi !

Affectueusement,

Jon.

Cette lettre-là, il l'avait gardée pour ce « rien ne remplace un frère comme toi », comprit Adam en se mordillant la lèvre avec émotion. Et un frère comme Jonathan, alors ? Il n'y en avait pas deux comme lui. Il était... unique, spécial. Voilà : spécial. Il était intelligent, sérieux, gai, pragmatique, quoi d'autre ? Humain. Oui, c'était le mot qui définissait le mieux Jon : profondément *humain*.

Adam ne s'attendait vraiment pas à retrouver, sous la pile, une lettre contemporaine de celle de Pa mais postée d'une petite ville du Massachusetts. Rédigée sur un beau papier toilé d'une écriture féminine et hardie à la fois, elle était signée Emma Rothirsch.

Cher monsieur Arnring,

J'ai repensé à notre conversation dans le train la semaine dernière. Je suis si confuse d'avoir osé vous faire de telles confidences sur la vie de ma tante (mon Dieu, si elle savait !) que j'éprouve le besoin de vous écrire pour me justifier.

Vous savez sans doute qu'il est souvent plus facile de parler librement à un étranger ou à une personne qu'on connaît peu qu'à quelqu'un que l'on voit tous les jours. Néanmoins, j'aurais pu me dispenser de vous faire subir les conséquences de ma colère. Mais il y a quelque chose en vous qui m'a poussée à vous révéler ce que je n'ai jamais dit à personne... et que je ne dirai plus jamais.

Quelle opinion allez-vous avoir de moi ! Ce n'est pas dans mes habitudes, je vous assure. Je me sens affreusement gênée et je vous présente mes excuses.

Je sais que votre retour chez vous a dû être très pénible dans le deuil qui vous frappe. On prétend que le temps guérit toutes les blessures, j'espère qu'il en ira de même pour vous.

Sincèrement,
Emma Rothirsch.

Adam replia la lettre, la regarda, se demanda pourquoi il l'avait conservée, puis la rouvrit et la lut à nouveau. Il se souvenait avoir écrit à l'époque un mot de remerciement, mais il n'avait pas eu de nouvelles depuis, ni même revu la jeune fille.

C'était du passé. Il déchira la lettre. Comme il jetait les morceaux à la corbeille, il éprouva une sensation étrange, indéfinissable. Une sorte de regret.

Mais en ce beau matin de juillet, il y avait mieux à faire que s'introspecter.

Du jour où il s'était offert la Ford T de ses rêves et avait appris à la piloter, Adam profitait de chaque moment de liberté pour foncer à l'aventure à trente kilomètres à l'heure !

Il aimait sentir le vent lui fouetter les joues et entendre le rugissement du moteur. Un plaisir très différent du *clip-clop* paisible des attelages à chevaux qui le réjouissait tant auparavant. On ne peut arrêter le progrès. Chaque fois qu'il stationnait pour faire le plein d'essence, Adam se rappelait les haltes pour abreuver les pauvres bêtes qui tiraient calèches et charrettes et les laisser se reposer à l'ombre en chassant les mouches qui s'agglutinaient sur leur dos. Non ! n'en déplaise aux esprits chagrins, le « bon vieux temps » méritait mal son nom.

Des sassafras poussaient en rangs serrés de chaque côté de la route. Les enfants d'ici lui avaient appris à mâchonner leurs tiges parfumées. D'ailleurs, il en avait deux dans sa poche. Voilà le genre de petits riens qui lui donnaient l'impression d'être du pays. Il s'était mis à aimer les spécialités régionales, et même surpris à utiliser des expressions locales.

Depuis sept ans qu'il vivait ici, il avait noté pas mal de changements. Les tracteurs, par exemple : ils avaient peu à peu remplacé les mules dans les champs. Et chaque mois qui passait voyait fleurir davantage d'automobiles dans les rues et des maisons neuves sortir de terre à la lisière de la ville, rapprochant peu à peu la banlieue de la capitale voisine.

Adam se sentait bien à Chattahoochee. Mieux : il s'y sentait chez lui, à sa place.

Et la journée est à moi ! Pas de travail, pas de souci particulier à me faire pour Léo et Pa, rien. Je n'ai qu'à me laisser vivre en savourant le moment présent. *« Carpe diem »*, comme aimait à dire le journaliste Jeff Horace, plagiant sans vergogne un autre Horace.

Adam gara son automobile au bord de la rivière, coupa le moteur et emporta ses affaires – déjeuner, couverture et livre – jusqu'à son endroit favori. Il étendit le plaid dans la mousse et cala son dos contre le tronc d'un arbre. Ah ! qu'on était bien !

En contrebas, des enfants se baignaient dans une crique tandis que, sur la rive opposée, un homme dessinait de grands moulinets avec sa canne à pêche. L'eau devait être bonne. S'il n'avait pas pris froid, il serait bien allé se baigner, lui aussi. Mais difficile d'arriver lundi au magasin le nez rouge et la gorge prise.

Il éternua fort et un couple de foulques s'éloigna de la berge dans un grand battement d'ailes apeuré.

Tiens, la première fois qu'il en avait vu, il se trouvait en compagnie de Fanny. Comme il les avait pris pour des canards, elle s'était moquée de lui : « Tu as vu beaucoup de canards avec des échasses ? » Ils s'étaient disputés pour rire jusqu'à ce que le garde champêtre donne raison à la demoiselle.

Fanny était toujours amusante et prête à rire de tout. Une autre de ses qualités : elle n'attendait rien de lui, sauf de la distraction. Jamais la moindre allusion à un mariage, seulement du bon temps. Il avait eu bien de la chance de tomber sur une fille comme elle.

Allez, installe-toi, Adam, grignote un morceau et finis *Barry Lyndon*. Après, tu iras boire une bonne bière. Et pour finir en beauté cette journée parfaite, tu inviteras Fanny à danser, ou bien tu l'emmèneras au cinéma voir *Le Roman comique de Charlot et Lolotte*, le dernier film de ce petit acteur qui monte, Charlie Chaplin.

En fin d'après-midi, Adam dégustait paisiblement une bière fraîche à la terrasse de la buvette surplombant la rivière, quand Jeff Horace le héla.

— Où étiez-vous caché ? Je vous ai cherché partout !

— J'ai fainéanté, pourquoi ?

— Vous ne savez donc pas la nouvelle ? s'étonna Jeff en approchant.

Adam vit au premier coup d'œil qu'il n'avait pas du tout sa tête de *Carpe diem* et fronça les sourcils.

— Que se passe-t-il ?

— Il se passe qu'il y a la guerre !

— *Quoi ?*

Comme tout le monde, il avait lu dans les journaux qu'un étudiant avait assassiné à Sarajevo l'archiduc héritier d'Autriche et sa femme, mais de là à supposer que le kaiser...

— La France, l'Angleterre et la Russie sont en conflit ouvert avec l'Allemagne et l'Autriche-Hongrie. Guillaume Il voulait la guerre depuis longtemps, il l'a !

— Mon Dieu... tous ces hommes jeunes qui vont mourir, murmura Adam, le cœur étreint par un noir pressentiment. Et nous ? Nous sommes concernés ?

— Là, aucun risque, décréta le journaliste. En quoi ce conflit nous regarde-t-il ? Ce n'est pas une guerre mondiale ! Non, non, le président Wilson saura rester neutre. Il nous laissera à l'écart de tout ça. Et tant mieux, parce que l'Europe va devenir une boucherie...

Adam hocha la tête, saisi. Une nappe de brouillard s'étendait sur la rivière, comme une haleine sur un miroir. À l'ouest, le ciel devenait livide.

Au moment de partir, Jeff se rappela quelque chose.

— À propos d'Europe, votre chère patronne a envoyé un câble de France. Sa nièce et elle embarquent demain sur un paquebot pour rentrer avant le déclenchement des hostilités

10

Trois semaines plus tard, Adam reçut au magasin un appel au secours du domestique-majordome-chauffeur (il n'était pas sûr du titre exact que portait cet homme à tout faire) de Mme Rothirsch. Très énervé, Rudy parlait à toute vitesse et Adam ne comprit d'abord pas ce qui se passait. Sauf le principal : Emma était de retour.

Rudy devait aller les chercher, elle et sa tante, à la gare de Santa Fe dans l'après-midi. Malheureusement, il s'était démis le poignet et son bandage l'empêchait de conduire. Il fallait trouver une personne de confiance pour le remplacer, mais qui ? Madame verrait d'un très mauvais œil un inconnu aux commandes de son automobile !

C'est alors que sa femme, Rhéa, avait suggéré le nom du « toujours si courtois M. Arnring » (Adam apprit ainsi qu'il lui avait fait forte impression, comme à toutes ces dames, au moment des fêtes de Noël), qui ne refuserait sûrement pas de lui venir en aide.

— Je ne demande pas mieux que de vous rendre ce service, commença Adam, mais je n'ai jamais conduit de Stanley Steamer...

— Aucune importance : c'est une Pierce-Arrow.

— Mme Rothirsch a changé de voiture ?

— Il y a longtemps. Les Stanley Steamer sont passées de mode, d'après Madame. La Pierce-Arrow est moderne, sportive et luxueuse à la fois, assemblée à la main et... équipée d'un moteur six cylindres lubrifié sous pression ! Un bijou, monsieur, vous allez voir !

Adam était flatté, mais l'heureux propriétaire d'une Ford T 1910 saurait-il piloter un modèle dernier cri 1914 ? Rudy le rassura : il lui montrerait ; c'était très simple, en vérité.

Ainsi, Adam se retrouva trois heures plus tard assis à l'extérieur – avec, à sa disposition, une bâche en toile imperméable facile à installer en cas d'intempéries – au volant d'une fabuleuse voiture grise, tandis que sa patronne était confortablement installée à l'arrière.

En manteau et voilette, Mme Rothirsch occupait la moitié de la banquette, le reste étant dévolu à une montagne de bagages bardés d'étiquettes internationales. Emma s'était calée à côté du chauffeur, au grand dam de sa tante, outrée d'une aussi inconvenante promiscuité. La jeune fille portait également un manteau, mais ni chapeau ni voilette, Adam s'en réjouissait. Ç'aurait été un crime de cacher d'aussi beaux yeux et une chevelure pareille !

Sur la route de Sante Fe à Chattahoochee, Emma laissa flotter ses cheveux flamboyants, dénoués par le vent. Adam, sur un petit nuage, se sentait aussi léger qu'eux.

De temps en temps, il apercevait dans le rétroviseur le visage tout rouge de Sabre-de-bois qui s'égosillait derrière la vitre de séparation sans parvenir à se faire entendre. Ce moteur six-cylindres-lubrifié-sous-pression avait décidément tout pour lui !

— Emma... cheveux !

— Mmm ? Tu veux dire quelque chose, Tante Sabine ?

— Tes cheveux ! s'époumona Mme Rothirsch. De quoi... l'air... à côté du... ffeur... sans chapeau ! Je t'en ai acheté un pour le..., que je sache ! Où... passé ?

Emma se retourna.

— Je l'ai perdu ! cria-t-elle. En-vo-lé !

Adam l'entendit ajouter pour elle-même – et peut-être aussi pour lui :

— Je n'ai pas vraiment essayé de le retrouver. Beurk ! il était vraiment trop laid...

— Emma !... tes cheveux ! Oh, cette petite me... folle ! Si encore... accepté cette permanente dont... le plus grand bien ! Mais non, il a fallu que...

Sa voix se perdit à nouveau. Ouf ! firent les sourcils de la petite. Bon débarras ! opina en écho le menton d'Adam.

— Pour le cas où vous auriez un peu de mal à suivre, expliqua Emma en se tournant vers lui, ma tante parle d'une technique de coiffure qui maintient les cheveux bouclés pendant des semaines. Les Français ont inventé la permanente il y a des années, mais c'est la grande mode à Paris en ce moment. Tante Sabine pense que je serais plus à mon avantage avec les cheveux frisés comme un mouton...

Adam lui lança un regard en coin et surprit son sourire malicieux. Elle avait changé, constata-t-il. Pas fondamentalement, et la transformation était subtile. Bien sûr, elle avait deux ans de plus, ce qui lui en faisait maintenant... vingt-deux. Il se passait beaucoup de choses en deux ans, et Emma était devenue plus... femme. Encore plus attirante.

Tout en surveillant la route devant et leur chaperon derrière, il l'observait à la dérobée.

Ses longs doigts de pianiste serraient un sac à main et un gros livre, masquant presque tout son titre. Il tordit le cou pour déchiffrer le début : *La*... Suivait un F majuscule. *La Foi*... quelque chose.

Emma écarta subitement sa main et regarda l'espion en plissant le nez.

— Voilà, je vais vous épargner un torticolis : il s'agit de *La Foire aux vanités*. Satisfait ?

Il sentit une rougeur brûlante remonter de sa nuque et envahir ses joues. De sa vie il n'avait eu le visage aussi chaud.

— Euh... oui. Vous avez des yeux derrière la tête ?

— Pas besoin : je sais que vous aimez la littérature, et je me doutais que mon livre vous intriguerait. Vous avez déjà lu des romans de Thackeray ?

— Le croirez-vous ? je viens de terminer *Barry Lyndon*, répondit-il avec soulagement.

— Celui-ci est encore meilleur. Un chef-d'œuvre ! Et vous savez, j'en ai rencontré, dans la vraie vie, des Becky Sharp !

— Ah oui ?

Sans avoir la moindre idée de ce qu'elle entendait par là, Adam avait subitement envie d'en rencontrer aussi, de ces Becky, ne serait-ce que pour pouvoir en discuter avec Emma.

— Très bien, je vais l'acheter tout de suite.

Il loucha vers elle au moment où elle tournait la tête de son côté. Vite, ils se détournèrent pour fixer la route, droit devant. Mais Adam se demanda un moment s'ils auraient prolongé cet échange de regards sans la vieille dame postée aux aguets derrière eux...

Il était déjà loin, ce jour où ils avaient dîné face à face dans un wagon-restaurant. Emma avait éveillé sa curiosité alors, et c'était à nouveau le cas aujourd'hui. Encore plus, même. Sa spontanéité, sa vivacité d'esprit, son humour... tout en elle le fascinait.

Jouait-elle toujours du piano ? Jolie comme elle était, elle devait avoir de nombreux soupirants. Et pourtant – il avait vérifié – elle ne portait pas de bague de fiançailles. Pas le moindre bijou, en fait, à part deux petits diamants qui scintillaient à ses oreilles. Et quand son manteau s'entrouvrait, il apercevait un chemisier en coton bleu ciel tout simple, qui paraissait sortir du rayon premiers prix de leur magasin. Décidément, elle le stupéfiait. Et en même temps, il se sentait embarrassé en sa présence.

En les voyant côte à côte, on devait le prendre pour le chauffeur, même s'il ne portait ni livrée ni casquette. Il n'y voyait aucun inconvénient, loin de là. En fait, il se serait senti beaucoup plus à l'aise dans le rôle d'un domestique. Pas besoin alors de se creuser la cervelle pour meubler le silence. Saperlipopette, il devait sûrement pouvoir trouver un sujet de conversation...

En vérifiant dans le rétroviseur, il constata qu'à l'arrière, le dragon s'était assoupi. C'était le moment ou jamais... Vite, l'inspiration !

— Quel est l'état d'esprit en France et en Angleterre ?

Il parlait de la guerre, bien entendu, la jeune fille comprit aussitôt.

— La portée de l'événement n'est pas perçue de la même façon par tous. « On les aura ! », clament les Français, et beaucoup de jeunes gens piaffent d'impatience à l'idée de partir en découdre. Mais d'autres redoutent une guerre longue et terrible, un carnage comme on n'en a jamais vu. « Les lumières vont s'éteindre dans toute l'Europe... », a prophétisé lord Grey, ajoutant qu'on ne les verrait jamais briller de nouveau – je cite de mémoire.

— Mademoiselle Rothirsch, reprit Adam, très impressionné, pensez-vous que nous allons entrer en guerre, nous aussi ? Ici, la plupart des gens auxquels j'en ai parlé affirment que non.

— Je crains qu'ils ne se trompent... Tôt ou tard,

nous y serons obligés, je crois. L'Allemagne est une formidable puissance. Je m'y suis rendue deux fois, ainsi qu'en Autriche, pour écouter jouer Schnabel et Kempff. Là-bas, on se prépare à la guerre depuis des années, pour une question d'« espace vital ». Et maintenant, elle est là et va mettre toute l'Europe à feu et à sang.

Elle hocha la tête et acheva d'une voix sourde :

— Combien de pauvres gens vont disparaître dans cette horreur ? Perdre leurs deux jambes. Avoir le visage emporté par un éclat d'obus. Combien de veuves avec des bébés à charge... Je pleure déjà sur eux.

Plus encore que ses paroles, ce fut le ton de certitude sur lequel elle les prononça qui frappa Adam. Les femmes qu'il connaissait ne s'exprimaient pas de cette façon.

Ils approchaient de Chattahoochee. Le soleil brillait toujours, mais les propos d'Emma avaient jeté un froid glacial dans l'esprit d'Adam. Il se secoua mentalement et jeta un coup d'œil à sa jolie voisine. Elle regardait le paysage, un pli amer au coin des lèvres. Il éprouva tout à coup le besoin de la voir sourire de nouveau et se força à relancer la conversation d'un ton léger.

— Quels sont vos projets, maintenant que vous êtes de retour au pays ?

— Je vais préparer une maîtrise de musicologie et d'enseignement.

Il se rassura d'un coup d'œil dans le rétroviseur et lâcha les trois mots qui lui brûlaient les lèvres :

— ...

— Et le piano ?

— Vous ne vous inscrivez pas au conservatoire, c'est ça ?

— Eh non. Je n'ai pas le niveau requis. Je vous en ai déjà parlé, vous vous en souvenez ?

— Je me rappelle que vous aviez terriblement peur de décevoir votre tante.

— Je suis toujours navrée pour elle. Ou du moins, je le serai quand cette adorable tête de mule comprendra la différence entre la maîtrise que je veux obtenir et la carrière de prodige dont elle rêve encore pour moi.

— Emma ! cria subitement derrière eux la tête de mule. Comment veux-tu qu'il... la route si... jacasser comme une pie ! Je... tourner une seule page de ton livre !

— Hum, je crois que vous feriez mieux de retrouver votre Becky Sharp, murmura Adam à mi-voix. Sinon, vous risquez d'être privée de dessert ce soir.

Emma lui adressa un sourire qui illumina son regard, puis ouvrit son roman d'un geste théâtral et s'y plongea avec un rire étouffé.

Rudy les accueillit à la grille en s'excusant d'avoir le bras en écharpe. Il avait finalement réussi à obtenir l'aide du jardinier qui se chargerait des bagages dès qu'il...

— Inutile, trancha Adam. Je m'en occupe tout de suite.

— Mais voyons, c'est beaucoup trop lourd, protesta Mme Rothirsch.

Si elle savait combien de cageots de pommes de terre et de kilos de conserves il soulevait autrefois en une seule journée ! Il lui fit signe en riant de ne pas s'inquiéter.

C'est ainsi que, pour la deuxième fois depuis qu'il la connaissait, Adam pénétra dans la vaste propriété de sa patronne. L'entrée baignait dans la même semi-pénombre mauve que dans ses souvenirs. Il déposa les bagages là où on le lui indiquait, puis accepta de s'asseoir pour boire une citronnade fraîche préparée par Rhéa.

Emma suggéra qu'ils s'installent sous le porche.

— Il fait trop chaud à l'intérieur, et les pièces sentent le renfermé.

Sabre-de-bois la reprit aussitôt.

— Il fait chaud parce que c'est l'été, mais la maison ne sent pas le renfermé ! Jamais.

Elle s'assit lourdement dans un fauteuil à bascule et se plaignit.

— Je n'aurais jamais imaginé être obligée d'abréger nos vacances de la sorte. Déclarer la guerre ! Sabre de bois ! C'est absurde ! Moi qui avais prévu une divine surprise pour mon ange !

— Tante Sabine...

— Un concert de gala donné au Palais-Garnier par quelques-uns des plus grands musiciens de notre temps ! Il y avait... euh... et puis aussi... enfin, rien que du beau monde ! Un jour, monsieur Arnring, des foules entières se presseront pour assister aux concerts d'Emma. C'est moi qui vous le dis. Elle sera l'invitée-vedette des festivals les plus cotés. « Emma Rothirsch, la petite fée du clavier » !

— Tante Sabine !

— Chut. Je ne pense pas que les gens ici s'en rendent compte, mais ma nièce a un talent fou. Même si elle n'en a pas conscience, moi je le sais. Un talent inouï ! Et une grande carrière devant elle.

Adam répondit avec ardeur qu'il l'espérait de tout cœur. Mais apparemment, ce n'était pas la chose à dire car la réplique de la vieille dame fusa, légèrement acide :

— Vous l'*espérez* ? Mais je sais ce que je dis. Tous ceux qui l'ont entendue au piano – je parle de spécialistes, de professionnels, d'artistes – le savent aussi.

— Bien sûr. Je n'en doute pas, s'excusa-t-il.

— C'est pour ça que rien ne doit la détourner de sa carrière ! Et j'y veillerai. Elle est toute ma vie.

— Qui ça ? moi ou ma carrière ? murmura Emma, les mains crispées sur ses genoux.

Sa tante ne l'entendit pas, mais Adam, si. Elle prend sur elle pour ne pas exploser, devina-t-il en lui lançant un regard compatissant. Et il comprit que les relations sous ce toit pouvaient être aussi complexes et difficiles qu'à la maison entre Pa et Léo.

Ils burent tous trois leur citronnade en se regardant en silence, puis Mme Rothirsch réenfourcha son cheval de bataille.

— Si l'on veut acquérir une formation musicale digne de ce nom, il n'y a que l'Europe ! L'année prochaine, nous aurons besoin de passer un autre été à l'étranger. Nous irons à Covent Garden, naturellement, et... eh bien, nous ne manquerons aucune des représentations qui comptent. Cette stupide guerre sera terminée d'ici là. Probablement à Noël, à ce que l'on dit. Voulez-vous encore un peu de citronnade, monsieur Arnring ?

— Non, je vous remercie.

Il aurait volontiers bu un autre verre, mais son envie de s'éclipser l'emportait sur sa soif – et même sur le plaisir que lui procurait la présence d'Emma.

— Je vais me retirer...

Comme personne ne cherchait à le retenir, il se leva, prit poliment congé et partit.

Adam descendit rapidement la rue jusqu'à l'endroit où il avait garé sa propre automobile en début d'après-midi. Il actionna la manivelle puis, comme il se glissait derrière le volant, il vit Emma sortir de la maison.

Elle était debout devant la grille et regardait à droite et à gauche, comme si elle cherchait quelqu'un. Lui peut-être ?

Il se recroquevilla machinalement dans son siège. Un curieux sentiment d'oppression lui vrilla la poitrine. Le même que lorsqu'il s'était débarrassé de la lettre d'Emma. Mais il serra les dents, écrasa l'accélérateur et, feignant de ne pas voir la jeune fille qui le hélait au passage, s'éloigna à toute vitesse.

Pas question de s'encombrer l'esprit avec des relations complexes et difficiles ! Il avait son compte avec Pa et Léo.

Et en plus, il était presque en retard à son rendez-vous avec Fanny !

11

1915

— Il doit y avoir un an que je vous ai parlé pour la première fois des Galeries Cace, non ? lança Théo Brown.

Adam acquiesça.

— À peu près, oui. Mais jusqu'ici rien n'a bougé.

Sur le bureau du comptable s'empilaient les habituelles chemises cartonnées contenant les reçus, les factures et le calcul des dépenses diverses qu'Adam lui apportait une fois par mois.

— Mme Rothirsch n'était pas intéressée – et pour cause : l'affaire lui avait été mal présentée et on avait omis d'y mettre les formes. Vous vous souvenez ?

Adam ne put réprimer un sourire. Il n'était pas près d'oublier cette scène mémorable. Sabre-de-bois avait traité Dan Cace de malotru, de vampire, et autres mots doux, avant de claquer la porte des négociations au nez des avocats médusés.

— Erreur fatale, acquiesça-t-il d'un ton amusé. Avec elle, il faut toujours respecter les formes. Et même prendre des gants !

En huit ans de bons et loyaux services, j'ai eu largement le temps d'étudier le mode d'emploi, compléta mentalement Adam. Règle numéro un : ne jamais caresser le dragon à rebrousse-poil en lui demandant de l'argent. Apparemment, les avocats de Dan Cace ignoraient ce détail...

— Précisément, acquiesça Brown. Eh bien, aujourd'hui, il semblerait que les Galeries Cace soient prêtes à sortir le grand jeu pour enterrer la hache de guerre.

— Ça ne m'étonne pas. Nous sommes devenus de sérieux concurrents pour eux.

— Et grâce à qui ? Vous faites du bon travail, Adam ! Vos tableaux vivants dans les vitrines, vos décorations de saison, vos prix cassés, la publicité... que d'excellentes idées ! Et chaque fois que Jeff Horace pond un article sur vous dans son journal, vous marquez des points. Tenez, pas plus tard que la semaine dernière, son papier intitulé L'ÉTÉ VIENT D'ARRIVER CHEZ ROTHIRSCH a attiré un monde fou. Encore une initiative à votre actif, je parie !

Adam ne le nia pas, mais voulut rendre à César ce qui était à César.

— Jeff est un ami. Pour être honnête, c'est probablement grâce à lui que j'ai décroché cet emploi. C'est son article initial dans *L'Écho de Chattahoochee* qui a tout déclenché.

— D'accord, ç'a été le déclic, mais c'est votre excellence, et rien d'autre, qui vous a maintenu à ce poste. Le chiffre d'affaires était très mauvais, un malade anémié, maigre à faire peur, et vous l'avez couvé, dorloté, remis sur pied, dopé ! Depuis, il fait des bonds grâce aux bons soins du docteur Arnring.

Adam était touché par ces compliments, naturellement. Théo Brown l'appréciait, il le savait, et l'estime était réciproque. Il s'était toujours senti à l'aise dans ce bureau. Son goût pour l'ordre était comblé par la précision du comptable, ses dossiers bien classés et ses chiffres invariablement exacts à la virgule près.

À en croire les diplômes accrochés au mur, Théo avait presque l'âge de Pa, mais il paraissait vingt ans de moins. Son expression, contrairement à celle de Simon Arnring, qui reflétait constamment la fatigue et les soucis, affichait une chaleureuse convivialité.

Théo recula son siège, croisa les jambes et se mit à jouer avec son coupe-papier.

— Revenons à nos moutons. Vous avez déjà rencontré Spencer Lawrence, l'avocat de Mme Rothirsch ?

Oui... et non. Comment un modeste employé de magasin de condition moyenne – très moyenne – aurait-il pu être présenté à un homme comme Lawrence, le conseiller des hommes politiques et des millionnaires ? Mais Adam le connaissait de vue et avait souvent entendu parler de lui lors des fameuses soirées chez Francine.

Lawrence était un vrai gentleman, il en avait la digne élégance et la froideur. La culture et la souveraine assurance, aussi. Même chez Francine, où l'on allait plutôt pour se détendre, il attirait des cercles d'auditeurs avides de l'entendre parler de la guerre en Europe et de l'impôt fédéral, deux catastrophes qu'il avait prédites de longue date. Plus d'une fois, Adam s'était mêlé à ce public pour écouter ses propos.

— Non, je ne l'ai jamais rencontré, répondit-il.

Théo Brown hocha la tête d'un air entendu.

— Lawrence m'a réclamé les dossiers financiers relatifs à la période où Mme Rothirsch était seule à la tête du Comptoir de l'Élégance. Les Galeries Cace parlent de vous délocaliser pour vous réimplanter sur le même site qu'elles, dans la capitale, afin de réunir les deux enseignes. Évidemment, cela implique une totale reconstruction, donc des travaux coûteux. Autre solution envisagée : racheter le vieux bâtiment à l'angle du vôtre, le démolir et rebâtir du neuf sur le terrain. Ce qui représenterait également un gros investissement. Laquelle des deux solutions est la meilleure, je l'ignore, mais vous saisissez l'idée : créer au final le magasin le plus important, le plus prestigieux de tout l'État.

— Qu'en pense Mme Rothirsch ?

Le comptable s'autorisa un haussement d'épaules.

— Elle est incapable de prendre une décision. Vous la connaissez...

— Pas tant que ça. En fait, nos relations se limitent à « bonjour, au revoir » quand elle passe au magasin.

— C'est une opération financièrement très lourde et la mise de fonds l'effraie, même si elle en a largement les moyens. Vous savez ce que c'est : les personnes âgées n'aiment pas dépenser. Pour elles, chaque cent économisé est un cent gagné...

« Un sou est un sou... Les petits ruisseaux font les grandes rivières ! », ajouta mentalement Adam, entendant la voix de Pa.

— Je suppose que Mme Rothirsch n'éprouve pas le besoin de s'enrichir davantage, poursuivit Théo. Elle a plus d'argent qu'il ne lui en faut pour assurer son train de vie et payer tous ces voyages, ces cours particuliers... Sa nièce est ravissante, vous ne trouvez pas ?

— Elle sort de l'ordinaire, résuma brièvement Adam, peu désireux de parler d'Emma Rothirsch.

— Quoi qu'il en soit, avec cet impôt fédéral, enchaîna pensivement Brown, on ne peut parier sur l'avenir. Tout nouvel impôt est appelé à augmenter. À mon avis, et c'est le conseiller financier qui vous parle, une fusion avec les Galeries Cace s'avérerait non seulement une bonne solution, mais aussi...

— Une excellente affaire ?

— Une chance, tout simplement. À ne pas laisser passer !

Adam se demandait dans quelle mesure son travail en serait affecté quand Théo reprit :

— Si je vous dis ça, c'est parce que je ne veux pas que vous vous inquiétiez si vous entendez parler de tractations, de projets... Tant que je serai là, personne ne vous prendra votre poste, j'y veillerai.

Il eut un petit rire complice.

— J'ai eu votre âge, moi aussi, Adam, j'ai commencé en bas de l'échelle, et j'avais toujours peur que quelqu'un essaie de m'éjecter... alors je comprends.

Adam fut touché, comme un fils peut l'être quand son père se tourmente pour lui.

— Merci, Théo, répondit-il simplement. Vous ne pouvez pas savoir à quel point votre soutien m'est précieux.

— Ma foi, je vous connais depuis un bon moment, et je vous apprécie, Adam. Si j'avais eu un fils, j'aurais aimé qu'il vous ressemble – intelligent, travailleur, honnête.

Brown reposa son coupe-papier et se leva. Il ajouta dans un soupir, interrompant le fil des pensées d'Adam :

— Espérons seulement que Mme Rothirsch ne passera pas l'été à se promener d'un coin à l'autre de la Nouvelle-Angleterre...

— Elle part rendre visite à sa nièce, je suppose ? demanda Adam en se levant à son tour.

— À qui d'autre ? La petite est la seule raison de tous ses voyages.

— Je n'ai pas vu Emma depuis son retour d'Europe, l'année dernière.

— Le moment approche où vous ne la verrez plus du tout. Dès qu'elle aura obtenu son diplôme, elle rencontrera un bon parti, l'épousera et s'installera à New

York, Londres ou Paris – du moins si la guerre est terminée. C'est clair comme de l'eau de roche. D'ailleurs, l'autre jour, sa tante a fait incidemment allusion devant moi à un « homme de qualité » rencontré à Londres... Bon, sur ce, je file déjeuner. Portez-vous bien.

Dehors, c'était indiscutablement le joli mois de mai. Les lilas en fleur, les tulipes multicolores, les chapeaux de paille des femmes élégantes et les enfants jouant au base-ball dans la cour de l'école, tout chantait le printemps et riait à la vie. Mais, Dieu sait pourquoi, Adam n'avait pas le cœur à rire.

Il se força cependant à arpenter d'un pas vif les rues familières, saluant les passants qui lui répondaient. Ce soir, il emmenait dîner pour la première fois une jolie brune au charme exotique prénommée Mabel. À moitié espagnole par son père, elle apprécierait sans doute la cuisine mexicaine pimentée. Quoique... Sa mère étant yankee, elle n'avait peut-être pas trop l'habitude des plats épicés... Bah, on verrait bien ! L'important était qu'elle soit elle-même piquante.

Ils se rendraient dans la capitale en voiture. Avec ses horaires et ses contraintes, le vieil interurbain n'était plus du tout pratique. L'automobile donnait tellement plus d'autonomie. Oui, avoir son véhicule personnel, il n'y avait que ça !

Adam en était là de ses pensées quand, après s'être arrêté un instant pour étudier les jardinières des vitrines concurrentes, souvent fleuries de tulipes importées de Hollande, il franchit la porte à double battant du Comptoir de l'Élégance. Les teintes feutrées du magasin et la vue des vêtements de qualité disposés avec goût lui procurèrent un profond sentiment de fierté.

Il n'aurait pas besoin d'organiser trop de journées de soldes cette année. Les articles de saison se vendaient déjà comme des petits pains.

— Hello, monsieur Arnring ! l'apostropha Emma d'une voix enjouée. Vous vous souvenez de moi ?

— Bien sûr, mademoiselle Rothirsch. Quelqu'un s'occupe de vous ? demanda hâtivement Adam en la voyant les bras chargés de vêtements.

— Oh, je préfère me servir seule.

Il évalua en un éclair les articles qu'elle avait choisis. Tous venaient des rayons bon marché, où les jupes de bicyclette ne coûtaient que trois dollars, celles en lin quatre, et les gants pour enfant quatre-vingt-dix cents la paire. Étrange, songea-t-il en la comparant à sa tante qui n'hésitait pas à acheter un rouleau entier de satin importé de Paris pour une robe d'après-midi qu'elle se ferait faire par sa propre couturière.

Lorsque Emma paya ses achats en liquide et que le tube pneumatique traversa le plafond en direction du caissier, à l'étage au-dessus, Adam fut encore plus surpris : en sa qualité de propriétaire, Mme Rothirsch avait évidemment un compte à part.

— Vous regardez mes emplettes, je vois, nota Emma. Vous vous dites que ce n'est pas avec une cliente comme moi que vous allez faire des affaires, n'est-ce pas ?

— Je ne me le permettrais pas, mademoiselle. Le client est roi.

— Je trouve que c'est une excellente initiative d'avoir créé un rayon à petits prix. Je me souviens que je me sentais très mal à l'aise à l'école parce que je portais des vêtements élégants quand les autres élèves étaient modestement habillées. L'idée vient de vous, n'est-ce pas ?

— Euh... oui.

La brise avait dû décoiffer ses cheveux, quelques mèches flottaient librement sur sa nuque. Il lui sembla – peut-être à cause de leur couleur ? – qu'ils seraient chauds au toucher. À peine s'était-il fait cette réflexion qu'il se sentit ridicule.

— Avez-vous déjà déjeuné ? Nous pourrions continuer notre conversation à table, proposa Emma en souriant. J'ai entendu dire qu'un excellent restaurant venait d'ouvrir derrière le palais de justice. Tous les avocats y prennent leurs repas.

Eh bien, elle n'a pas froid aux yeux, songea Adam, un peu suffoqué par son audace, avant de rectifier in petto : Non, ce n'est pas de la hardiesse. Elle est seulement inexpérimentée – ou faut-il dire naïve ? Elle ne voit pas de mal à déjeuner en tête à tête avec moi, au vu et au su de tout le monde, pas plus qu'elle n'en a vu à s'installer à côté du siège du chauffeur, dans la voiture.

Pour gagner du temps, il jeta un coup d'œil à sa montre de gousset en réfléchissant à toute allure.

La dernière fois qu'il l'avait aperçue, Emma se tenait sur le seuil de sa maison et elle le cherchait des yeux, lui. Et qu'avait-il fait ? Il lui avait filé sous le nez en feignant de ne pas la remarquer. Pourquoi ? Par peur de se compliquer la vie. Il tremblait à cause de sa vieille tante, voilà la vérité ! N'avait-il donc aucune fierté ?

Cette jeune fille était absolument délicieuse. N'importe quel homme normal aurait été enchanté d'une telle invitation. Emma Rothirsch avait tout pour elle. Il avait été frappé par son charme à la minute où il l'avait vue. Quel mal y avait-il à accepter de déjeuner avec elle, en tout bien tout honneur ?

— Il est midi et demi. Je dois passer un coup de téléphone. Si cela ne vous ennuie pas de patienter cinq...

Il n'avait pas terminé sa phrase que Reilly surgit derrière eux comme un diable de sa boîte.

— Monsieur Arnring, vous avez rendez-vous à treize heures avec des représentants, pour les chaussures. Oh ! comment allez-vous, mademoiselle Rothirsch ? De retour parmi nous pour quelque temps ? Quel plaisir de vous revoir.

Adam fronça les sourcils d'un air impatient.

— Vous faites erreur, monsieur Reilly. Le rendez-vous est fixé à mardi prochain, pas celui-ci.

Jim Reilly eut une petite moue candide.

— Je suis désolé de vous détromper, mais c'est bel et bien aujourd'hui. Le 7.

— Vous en êtes sûr ? J'ai pourtant une excellente mémoire.

— Absolument sûr, monsieur Arnring.

Ah ça ! qu'est-ce que cela signifiait ? Son regard le fixait avec une telle insistance qu'Adam hocha la tête à regret, fulminant intérieurement.

— Eh bien, en ce cas, notre déjeuner semble compromis, mademoiselle Rothirsch. Je vous prie de bien vouloir m'excuser.

Elle sourit sereinement.

— Ce sera pour une autre fois.

Elle souleva ses paquets et pivota sur ses talons. Reilly bondit pour lui tenir la porte puis revint lentement vers le comptoir.

— Qu'est-ce qui vous a pris ? lança Adam d'un ton sec. Vous savez pertinemment que ce rendez-vous a lieu la semaine prochaine.

— Chut. Pas ici.

C'est au fond de la boutique, dans la section des chaussures, au milieu des étagères et des piles de boîtes, que Reilly entama son sermon :

— Adam, vous ne pouvez pas jouer les jolis cœurs

avec cette fille. C'est une chance que je sois arrivé juste à temps pour vous empêcher de commettre une bêtise !

— Pardon ? articula Adam d'un ton incrédule.

Reilly secoua la tête, la mine sévère.

— Comment pouvez-vous envisager, ne serait-ce qu'une seconde, d'être aperçu en compagnie de la nièce de votre patronne ? Dans un lieu où tout le monde – y compris son avocat, ce Lawrence – va déjeuner ! Pas plus tard qu'hier, j'ai encore lu quelques lignes dans la rubrique Vie mondaine...

Une saine colère, comme il en avait rarement éprouvé, envahit Adam.

— Je me moque éperdument de ce que...

— ... à propos d'une réunion qui avait eu lieu dans ce restaurant, en présence de quelqu'un du bureau du gouverneur ou de je ne sais plus qui d'important. « Oh ! j'ai vu Adam Arnring, l'autre jour, qui déjeunait avec votre Emma, ma chère... Oui, ça m'a surprise, moi aussi. C'est bien l'un de vos employés ? » Vous voyez le tableau ? Sacrebleu, vous n'auriez plus qu'à démissionner avant que Sabre-de-bois vous flanque dehors à coups de balai !

Cette fois, la rage d'Adam explosa.

— Le fait que nous soyons amis ne vous autorise pas à vous mêler de ma vie privée et à me faire la leçon ! Vous vous prenez pour qui ? Je suis le gérant de ce magasin, et votre supérieur hiérarchique. Vous feriez bien de ne pas l'oublier !

Reilly croisa les bras sur sa poitrine.

— Oh, je ne l'oublie pas, monsieur Arnring, répliqua-t-il calmement. Et je sais ce que je vous dois.

Adam était blanc comme un linge. Reilly se radoucit.

— Si je me permets de vous parler de cette façon,

c'est parce que vous n'avez pas trente ans et que je pourrais être votre père. Je ne voudrais pas que vous perdiez tout ce que vous avez construit simplement parce que la trop jolie nièce de votre patronne vous a tapé dans l'œil.

— Trop aimable, mais il n'a jamais été question de ça, riposta Adam avec raideur.

Reilly secoua la tête d'un air désabusé.

— Les gens n'ont jamais l'intention de tomber amoureux. Ces choses-là arrivent toutes seules. À moins d'éviter de succomber à la tentation et de suivre mon conseil. Cette jeune personne a le béguin pour vous. Ça se voit comme le nez au milieu de la figure.

Adam cilla, interdit, avant de se ressaisir.

— C'est ridicule. Elle me connaît à peine.

— Pas besoin de connaître quelqu'un pour en tomber amoureux. Il suffit parfois de dix minutes ou de dix secondes. Et c'est bien ce qui est tragique. Regardez le cauchemar que vit ce pauvre Archer avec la mégère qu'il a épousée ! Une seconde d'égarement, et c'est trop tard. Imaginez une minute que je suis votre père et écoutez-moi. S'il était ici, je suis sûr qu'il vous dirait exactement la même chose.

C'est possible. C'est peut-être bien ce qui lui est arrivé autrefois avec Maman... et j'en suis le résultat.

— Je n'ai aucunement l'intention d'épouser Mlle Rothirsch, seulement de déjeuner avec elle, rectifia Adam d'une voix cassante.

— Adam, ne vous entêtez pas. Sabre-de-bois nourrit de grands projets pour Emma. Et vous avez besoin de ce travail ! Il y a des milliers de jeunes femmes séduisantes de par le monde. Quand McKinley a été assassiné, un autre président lui a succédé dans les cinq minutes, non ? Vous trouverez une autre jolie fille, croyez-moi. Ne gâchez pas tout sur un coup de tête, ce serait trop bête.

Adam resta silencieux. Il s'en voulait déjà de son éclat. Il avait été blessé dans sa fierté de se faire gronder comme un collégien. Et pourtant... en dévisageant Jim Reilly qui dansait d'un pied sur l'autre en le scrutant d'un air soucieux, il eut honte de s'être emporté contre lui et d'avoir brandi sa position hiérarchique comme un épouvantail. Qu'est-ce qui m'a pris ? J'ai obtenu un ou deux succès, oui, mais je suis loin d'avoir gravi les échelons. Et quand bien même : ce n'était pas une raison pour m'emporter contre un brave homme dont le seul tort est de s'inquiéter pour moi.

— Je suis désolé, Jim, dit-il avec remords. J'ai perdu mon sang-froid et c'était stupide de ma part. Je sais que vous ne pensez qu'à mon intérêt. Comme toujours.

— Tout comme vous, Adam. Vous passez votre temps à vous soucier des autres.

— Merci de m'avoir rappelé mes devoirs. Je dois songer à mon père... sa santé faiblit... aux longues études de mon frère... Oui, j'ai besoin de ce travail.

Reilly soupira.

— Nous en sommes tous là. Mais vous, vous avez de lourdes responsabilités, Adam.

— C'est la vie.

— Beaucoup de garçons de votre âge seraient moins généreux.

Pendant un long moment ils regardèrent en silence les clientes déambuler au milieu des rayonnages, puis ils partirent travailler chacun de son côté.

12

Quand on se retourne ou qu'on fait halte un instant pour regarder le chemin parcouru, lors d'un voyage comme sur le chemin d'une vie, on peut identifier le carrefour, dater le moment clef où la route s'est brusquement mise à bifurquer, entraînant à son insu le voyageur dans une direction inattendue.

Pour Adam Arnring, ce virage eut lieu à l'automne 1915. Au même moment, de l'autre côté de l'océan, des centaines de milliers d'hommes souffraient et mouraient lors des combats acharnés de Champagne. Mais dans la petite ville paisible et ensoleillée de Chattahoochee, une telle horreur était difficile à imaginer.

Ce jour-là, une petite pluie fine et persistante mouillait les trottoirs. Adam rentrait chez lui tout en songeant à l'augmentation de salaire qui lui avait été accordée récemment et à Doris Buckley, la jeune femme qu'il fréquentait depuis maintenant six mois – la relation la plus longue qu'il ait entretenue à ce jour. Ils s'étaient rencontrés par hasard au cinéma, pour la sortie du film-événement de l'année, *Naissance d'une nation*, de Griffith. Un monument de près de trois heures, le plus long film jamais tourné !

Douce, jolie, intelligente, Doris avait quitté depuis peu sa campagne natale pour la ville, où elle travaillait comme secrétaire dans un cabinet médical, elle l'avait expliqué à Adam à l'entracte. Avant qu'il découvre en la raccompagnant, après la projection, qu'elle logeait dans la même maison que lui, les propriétaires n'étant autres que ses grands-parents.

Adam s'entendait à merveille avec les Buckley, et ce depuis le premier jour. De fait, le vieux couple le considérait plus comme un ami de la famille que comme un simple locataire. Ils l'invitaient à partager leur table le dimanche aussi souvent qu'il le souhaitait.

« Il y aura toujours un couvert pour vous », affirmait Mme Buckley.

L'arrivée de Doris n'avait rien changé. Au contraire, leurs relations étaient devenues plus chaleureuses encore.

Tout en remontant rapidement le boulevard sous la pluie qui tombait maintenant à verse, Adam songeait aux soirées passées au cinéma avec Doris, à leurs promenades en automobile dans la campagne environnante, aux crèmes glacées qu'ils dégustaient dans un salon de thé, aux discussions paisibles sous le porche de la maison avec ses grands-parents.

À coup sûr, les Buckley s'attendaient que tôt ou tard il demande la main de leur petite-fille. Ils ne devaient même attendre que ça, étonnés et inquiets que ce ne soit déjà fait. Leur espoir était bien compréhensible : Doris avait vingt-trois ans, bientôt vingt-quatre, et quand une jeune femme passait le cap fatidique des vingt-cinq ans sans bague au doigt, son cas était jugé préoccupant...

« Quand vas-tu te décider à te marier ? lui écrivait Pa. *Tu ne fais jamais allusion à une relation sérieuse, dans tes lettres. À vingt-huit ans, il est temps de t'établir, mon fils. Jonathan n'est qu'à mi-parcours de ses études, mais il a déjà une douce amie. Une jeune fille*

délicieuse qui s'appelle Blanche Berman (elle est parente du tailleur Berman dont tu dois te souvenir). Et un ange, tu verras ! Je ne serais pas étonné si nos amoureux convolaient sous peu. En fait, c'est le contraire qui me surprendrait. Mais je ne t'ai rien dit : je préfère que ce soit ton frère qui t'annonce la bonne nouvelle. »

Le mariage..., songea Adam. Ma foi, pourquoi pas ? Doris est charmante, et elle me manque, indéniablement, quand elle s'absente quelques jours pour rendre visite à ses parents. J'aime apercevoir sa silhouette de loin quand je tourne l'angle de la rue. Tantôt elle s'occupe à soigner les fleurs du petit jardin, devant la maison ; tantôt elle s'installe sous le porche avec le journal. Je sais très bien qu'elle fait semblant de lire ou de jardiner : elle m'attend, même si elle ne veut pas le montrer parce qu'une jeune fille convenable ne laisse pas paraître ses sentiments...

Adam sourit, et reconnut en lui-même que Doris était vraiment charmante. Elle partageait tous ses goûts, ce qui ne gâtait rien. Elle aimait Caruso, adorait flâner dans la campagne et lisait des ouvrages dont ils pouvaient ensuite discuter ensemble.

Pa a raison, réfléchit-il. Qu'est-ce que j'attends pour m'établir ? La pauvre Doris doit se poser la même question et se demander pourquoi je suis aussi long à me décider...

Il résolut de se déclarer la semaine suivante. Peut-être dimanche... Tiens, pourquoi pas au dessert ? C'était une idée. Doris en pleurerait de joie. Sa grand-mère se changerait en fontaine et au milieu des grandes eaux, le vieux Beckley s'approcherait de lui pour lui broyer l'épaule en répétant : « Ah, mon garçon ! mon garçon ! »

Mais toi, Adam ? Eh bien, je serais comblé, naturellement. Qui ne le serait à ma place ? Ce n'est peut-être pas la grande passion, comme Jonathan pour Blanche, mais Doris fera une épouse parfaite, tendre et patiente. Une excellente maîtresse de maison, et surtout une bonne mère. Il fallait aussi penser à ces choses-là.

Une bourrasque de pluie lui fouetta le visage comme il quittait le trottoir pour traverser le boulevard. Un klaxon retentit et une automobile s'arrêta dans un crissement de pneus à deux centimètres à peine de lui tandis qu'une voix s'exclamait :

— Cette fois, j'ai bien failli ne pas vous rater !

Certes, la petite voiture électrique ne faisait aucun bruit mais il était en tort : il n'avait pas regardé avant de s'engager sur la chaussée. Rouge d'embarras, il s'apprêtait à s'excuser quand la portière s'ouvrit sur le visage amusé d'Emma Rothirsch.

— Dans la lune, monsieur Arnring ?

Elle lui fit signe de la rejoindre.

— Il pleut à verse. Montez, vite !

Une chance que sa tante n'ait pas été au volant, se félicita-t-il en obtempérant. Elle l'aurait probablement écrasé comme une crêpe. À la réflexion, il ne l'avait pas vue aux commandes de sa petite automobile depuis un bon moment. Il en fit la remarque à voix haute.

— Tante Sabine devient trop âgée pour conduire, expliqua Emma. Sa vue a baissé. La voiture reste au garage quand je ne suis pas là. Où puis-je vous déposer ?

— Je rentrais chez moi, tout au bout du boulevard. Mais je ne voudrais pas vous imposer un si long détour, mademoiselle Rothirsch.

Elle sourit et Adam eut l'impression que tout son visage s'illuminait – pas seulement ses yeux, mais aussi son teint de porcelaine et ses pommettes. Elle resplendissait.

— Vous êtes si cérémonieux ! Ne croyez-vous pas

qu'à notre âge nous pourrions arrêter de nous donner du « monsieur » et du « mademoiselle » ? Vous vous appelez Adam, et moi Emma.

Adam se sentit très mal à l'aise. Il ne voulait surtout pas d'une telle familiarité dans leurs relations, et regrettait déjà d'avoir accepté de monter.

Comme il gardait le silence, Emma pencha la tête de côté en l'observant de profil.

— Allons bon. Qu'est-ce qui vous gêne ? Vous avez peur de contrarier ma tante et de perdre votre travail ? demanda-t-elle.

Devant son mutisme prolongé, elle poursuivit :

— Mmm, c'est bien ce que je pensais. Si ça peut vous rassurer, je garderai le secret. Mais vous savez, elle aboie plus qu'elle ne mord !

Adam n'avait jamais éprouvé un tel embarras, ni au wagon-restaurant, ni même le jour où il l'avait ramenée de la gare avec sa tante.

— Si vous voulez bien, déposez-moi au bout de la rue. Je n'aurai plus qu'une centaine de mètres à parcourir.

— Pas question de vous laisser sous ce déluge ! De quoi avez-vous si peur ? Nous nous sommes rencontrés à plusieurs reprises, quatre pour être exacte – en comptant l'époque où j'étais encore gamine. Chaque fois, j'ai eu le sentiment que nous pourrions devenir amis. J'avais envie de vous connaître mieux, et je sais que c'était réciproque.

Il tressaillit.

— Vraiment ? Qu'est-ce qui a pu vous donner cette impression ?

— Votre façon de me regarder, tout simplement. Le jour où j'ai voulu vous inviter à déjeuner au restaurant, vous étiez prêt à accepter, jusqu'à ce que M. Reilly vienne vous raconter des bobards à propos d'un pseudo-rendez-vous...

— Pas du tout, il...

— Il croyait agir pour le mieux et je ne lui en veux pas. Je connais Jim Reilly depuis que je suis toute petite. Il avait toujours une sucette au chocolat pour moi.

Adam se mordilla la lèvre. Il avait la sensation d'être sur une luge dévalant une pente verglacée et d'essayer par tous les moyens de sauter avant de s'écraser contre un arbre...

— Vous aviez envie de venir déjeuner avec moi ce jour-là, n'est-ce pas ? Je me trompe ? Si vous pensez que c'était inconvenant de ma part de vous inviter, dites-le.

Elle arrêta la voiture et se tourna vers lui, ne lui laissant pas d'autre choix que de répondre.

— Eh bien... pas exactement inconvenant, mais...

— Mais déplacé, c'est ça ? Je suppose que ça l'était. Mais si les rôles avaient été inversés, si j'étais, moi, l'employée du magasin et vous, le fils ou le neveu de la propriétaire, vous penseriez différemment. Vous ne m'auriez probablement pas invitée devant témoin comme je l'ai fait, voilà tout. C'est une prérogative réservée aux hommes. Un jour, peut-être, cela changera. Mais pas avant un bout de temps, j'en ai bien peur. Je serai trop vieille pour inviter qui que ce soit !

Sa remarque n'était pas dénuée de fondement, ni d'humour, et Adam ne put s'empêcher de sourire.

— Je ne suis pas censée m'exprimer de la sorte, n'est-ce pas ? Les femmes ne parlent pas aussi librement d'habitude ? Avouez.

Avec une certaine réticence, il dut bien répondre par l'affirmative.

— Oh, Adam, je n'attends rien de vous ! Je vous offre mon amitié en toute innocence. Si vous me croyez en quête d'un fiancé, vous vous trompez complètement ! Je ne suis pas en peine pour trouver un cavalier, croyez-moi. Beaucoup de jeunes gens charmants et très courtois me demandent de sortir avec eux. Si je voulais, je n'aurais que l'embarras du choix ! Mais je souhaite seulement devenir votre amie. J'en ai eu envie depuis le premier jour.

— Comment est-ce possible ? Vous ne me connaissez pas.

Comme elle esquissait un geste désinvolte de la main, il reconnut le fin bracelet en or à son poignet. Le souvenir de leur conversation au wagon-restaurant lui revint, ainsi que l'image de sa fine silhouette s'éloignant dans le couloir du train, sa longue jupe effleurant le sol. Il se revit la suivant des yeux jusqu'à ce qu'elle ait disparu.

— Quelle importance ? Nul besoin de « connaître » quelqu'un pour l'apprécier. Vous savez, parfois on entre dans une pièce remplie d'inconnus et brusquement, au milieu de la foule, on aperçoit un visage et il se passe quelque chose. Vous avez déjà ressenti cela, j'en suis sûre.

Une giboulée s'abattit sur le toit de la voiture, formant un rideau opaque sur le pare-brise. Descendre sous un tel déluge aurait été absurde. Adam resta donc à sa place, assez près d'Emma pour sentir son parfum – une eau de toilette fleurie, associée, dans les réclames des magazines, à la déesse Aphrodite.

Il ferma les yeux un instant, imaginant la jeune fille sortant de l'onde dans le plus simple appareil, telle la Vénus de Botticelli qui ornait le salon chez Francine. Il rouvrit les paupières instantanément, irrité contre lui-même de mêler Emma à ce lieu.

Il devait dire quelque chose et décida de prendre un risque.

— Que faites-vous dimanche, Emma ?

La réponse fusa, tranquille, enjouée :
— Je suis libre, si c'est ce que vous voulez savoir. Ensuite, je repars dans l'Est. Où voulez-vous que nous nous retrouvions ?
L'espace d'un instant, Adam eut la vision de son coin de rivière préféré, du sable d'or et des rochers de la petite crique, et d'Emma assise sur l'herbe près de lui au pied de son arbre favori, ses yeux couleur de feuillage levés vers lui et... Non, trop dangereux.
— Pourquoi pas dans le square, en face de l'école ?
— Parfait. Disons à quinze heures ? Tante Sabine fait la sieste après le déjeuner, je n'aurai donc pas à lui fournir d'explication.
L'averse s'était arrêtée aussi subitement qu'elle avait commencé. Arrivé à hauteur de son immeuble, Adam descendit de voiture, remercia Emma, puis entra chez lui, en proie à un étrange sentiment d'exaltation.

Adam s'engageait dans l'escalier quand Doris l'appela depuis le rez-de-chaussée.
— Vous n'êtes pas trop mouillé ?
— Non, quelqu'un m'a déposé en voiture.
Il redescendit les marches. Elle arborait un sourire si enjoué et lumineux qu'il ne put s'empêcher d'y répondre.
— Vous avez l'air aussi joyeuse qu'un matin de Noël.
— Ce doit être à cause de ma robe neuve. Je l'ai achetée chez vous. Elle vous plaît ?
C'était un joli modèle en coton bleu, avec un petit col en dentelle. Du même bleu que ses yeux, remarqua-t-il, ce qui ne manqua pas de lui faire plaisir.
— J'étais sûre que vous l'aimeriez. Maintenant, je

vais l'enlever et la mettre de côté pour dimanche. Je voulais juste vous la montrer.

— Doris, vous n'avez pas à vous soucier de mon opinion ni de celle de qui que ce soit. Portez ce qui vous plaît à vous !

— Mais je veux votre approbation. Quand une jeune fille sort avec un jeune homme, elle tient à lui faire honneur. C'est normal.

Non, c'est juste une convention, songea-t-il. Ou peut-être pas... Il ne savait plus. En voyant Doris debout devant lui, son joli minois désolé et deux petits plis entre ses sourcils, il fut navré pour elle et essaya de la consoler.

— Vous êtes ravissante. Comme toujours.

Une ride creusa subitement son front et il s'exclama :

— Dimanche ? Vous avez bien dit dimanche ?

— Bien sûr. C'est l'anniversaire de mes cousins Bob et Lucy. Ne me dites pas que vous avez oublié ?

Le remords l'envahit et il dut lui présenter ses excuses.

— Ça m'est complètement sorti de la tête. Ma patronne a demandé à me voir ce dimanche, et je n'ai pas pu refuser. Il m'est impossible de revenir sur ma promesse. Je suis... consterné, Doris. J'espère que vous ne m'en voulez pas trop ?

— Eh bien, si c'est fait, c'est fait, murmura-t-elle, l'air abattu. Lucy et Bob seront très déçus. Ils vous aiment beaucoup.

Ainsi, elle parlait de lui avec ses cousins... Fêter un anniversaire dans la famille de Doris ne le transportait pas d'enthousiasme, mais il était sincèrement ennuyé de lui causer de la peine. D'un autre côté, il avait encore moins envie d'annuler son rendez-vous avec

Emma. Cette fois, pas question de la laisser filer. Simplement, il aurait préféré ne pas se sentir aussi coupable.

— Pour me faire pardonner : qu'est-ce que vous avez envie de faire ce soir ? demanda-t-il d'un ton enjoué.

— Ce que vous voulez, répondit-elle avec tout autant d'entrain.

— Non, choisissez, vous.

— Alors, nous pourrions peut-être aller au cinéma ?

— Parfait. On donne justement *Charlot joue « Carmen »* au Colonne, en ce moment. Il paraît que c'est excellent. Du moins, c'est ce que j'ai entendu dire.

Doris sourit, aux anges.

— Vous êtes toujours si bien informé, Adam. Vous savez tout sur tout.

Cette réflexion l'amusa. Elle avait dû lire quelque part qu'une femme devait multiplier ce genre de compliments pour gagner le cœur d'un homme...

— Je passerai vous prendre de bonne heure, que l'on puisse dîner avant le film.

Une fois dans sa chambre, il se frictionna rapidement les cheveux avec une serviette de toilette, puis s'approcha de la fenêtre et regarda le jardin d'un air absent. Tout heureux que la pluie ait cessé, des oiseaux voletaient autour de leur mangeoire, sous l'œil indifférent du chien des Buckley – un splendide colley à la fourrure noir et blanc du nom de Prince, occupé à ronger un os dans sa niche.

Le spectacle était apaisant et pourtant Adam se sentait inexplicablement mal à l'aise. En bas, Doris choisissait la rose qu'elle couperait pour en éparpiller les pétales sur la table, ainsi qu'elle le faisait chaque soir. C'était réglé comme du papier à musique. Pareil pour la tisane digestive qu'elle préparait à ses grands-parents. Seule variante, le choix : verveine ou camomille. Doris s'était déjà changée afin de ne pas risquer d'abîmer sa robe neuve avant la fête d'anniversaire. Ses gestes étaient pleins de grâce et de vivacité, comme toujours. En rentrant chez lui, il l'entendait souvent fredonner en s'activant dans la maison ou à la cuisine.

Elle leva la tête, l'aperçut à la fenêtre et agita gaiement le bras en souriant jusqu'aux oreilles. Adam lui rendit son sourire et fit signe qu'il descendait bientôt. Mais à la voir si joyeuse et insouciante, un sentiment de remords l'envahit. Parce qu'il lui avait menti à propos de dimanche ? Parce qu'il redoutait d'être appelé à lui mentir encore ?

Mais non. Son rendez-vous avec Emma ne signifiait rien. La perspective de la retrouver l'excitait, d'accord, mais au fond, pas plus qu'un homme admirant de loin une star de cinéma ou guettant l'apparition d'une danseuse étoile à la sortie d'un ballet...

Oh, et puis assez avec ça ! Je vais chasser ces idées bizarres de mon esprit, enfiler des vêtements secs et emmener Doris dîner.

Au moment où il allait la rejoindre, son regard se tourna de nouveau vers la fenêtre et le ciel gris, et il se surprit à penser : Pourvu qu'il ne pleuve pas dimanche ! avec un petit frisson d'excitation anticipée.

13

Sa prière fut entendue, car il faisait un temps magnifique lorsqu'il partit de chez lui ce dimanche-là. La journée était même étonnamment chaude pour la saison, de sorte que, les gens ayant préféré rester au frais chez eux, le square était presque désert en ce début d'après-midi.

Adam arriva très en avance, choisit un banc sous un tilleul et attendit, aussi nerveux qu'à son premier rendez-vous galant. Toutes les deux minutes, il consultait sa montre de gousset, espérant et redoutant à la fois de voir apparaître Emma.

À quinze heures sept, sa silhouette de rêve se dessina dans l'allée.

Elle portait une jupe blanche qui effleurait le sol et un chapeau de paille orné d'une rose incarnate. Inexplicablement intimidé, Adam se remémora certaines toiles impressionnistes qu'il avait admirées dans un livre d'art feuilleté chez le libraire du centre-ville.

Il se leva, épousseta le banc avec son mouchoir et se rassit à côté d'Emma. Ils restèrent un court moment silencieux l'un et l'autre, sans trop savoir quoi se dire. Puis ils furent pris en même temps d'un fou rire.

— Vous ne trouvez pas que nous sommes ridicules,

Adam ? Nous nous donnons rendez-vous... et nous voilà muets comme des carpes !

— Oui, pourtant cela ne me ressemble pas. Je suis plutôt bavard d'habitude. Trop même, parfois. Mais pour l'heure, je ne trouve rien à dire, sauf que vous êtes divinement belle. La jeune fille en fleur d'un tableau de Renoir !

Son rire léger et musical lui fit penser à une cascade dans une forêt.

— Merci, Adam. Mais le professionnel de la mode que vous êtes a dû remarquer que ma tenue n'était guère en harmonie avec la saison. On ne doit plus porter de blanc ni de chapeau de paille après le premier septembre.

— Soyez sans crainte, je ne le répéterai à personne. À propos, comment êtes-vous venue ? Pas à pied, tout de même ?

— Bien sûr que si. Si j'avais pris la voiture, j'aurais eu à répondre à des questions à n'en plus finir. Même Rudy et Rhéa me surveillent. J'avais deux ans quand ils sont entrés au service de mon oncle, et ils continuent à me traiter comme un bébé. Mais c'est par pure gentillesse, alors je ne leur en veux pas.

— Et si nous prenions ma voiture pour nous promener ? Je l'ai garée juste à l'entrée du square.

— Oh ! ce serait merveilleux ! Nous pourrions aller jusqu'à la rivière ? J'adore cet endroit mais je n'ai jamais l'occasion de m'y rendre. Ça ne vous ennuie pas ?

Adam songea avec une résignation amusée que ce serait elle qui l'aurait voulu, et ce que femme veut...

— Au contraire, répondit-il avec un bref sourire. J'y ai un coin favori, là où la rivière dessine une boucle, près de la petite crique. Le dimanche, je m'y installe souvent avec un sandwich et un bon livre.

— Ma foi, je ne pourrai pas me baigner, mais j'en profiterai pour m'asseoir et enlever ces maudits souliers. Ils sont neufs et me font souffrir le martyre, soupira Emma avec une petite moue adorable.

Il se leva et lui offrit galamment son bras, qu'elle saisit avec grâce. Il la dominait de toute sa taille, mais elle de toute son assurance et c'était certainement lui le plus intimidé, s'avoua-t-il.

La Ford T remonta le boulevard en ronronnant avant d'emprunter une route poussiéreuse où les cotonniers formaient une voûte au-dessus de leurs têtes. Emma avait posé son chapeau sur ses genoux, de sorte que des mèches folles s'échappaient de son chignon, comme le jour où elle était venue au Comptoir.

— Expliquez-moi comment un homme aussi passionné de lecture peut se retrouver vendeur dans un magasin de vêtements ?

— En quoi est-ce incompatible ?

— Le commerce ne fait pas bon ménage avec la littérature. Je crois bien que le seul livre que mon oncle ait jamais lu est celui de ses comptes et de ses livraisons !

— Eh bien... il était lui, et je suis moi.

— Dieu soit loué ! Je suis bien contente que vous ne lui ressembliez pas !

— Qu'il repose en paix, murmura Adam, reprenant une formule chère à Pa.

Il adorait discuter à bâtons rompus avec elle. Emma était si vive et si attendrissante à la fois. Si originale et... authentique, aussi.

— Votre travail au magasin vous satisfait vraiment, Adam ? Sincèrement ?

Elle avait l'air si étonnée qu'il ne put s'empêcher de rire. En quelques mots, il lui raconta le hasard qui l'avait arrêté dans sa course vers l'Ouest. Son intention de rester à Chattahoochee juste le temps nécessaire pour s'acheter un aller simple pour la Californie. Le destin qui en avait décidé autrement sans qu'il s'en rende vraiment compte. Et finalement, à sa propre surprise, l'intérêt que l'expérience avait éveillé en lui.

— En fait, c'est la notion d'échange qui me passionne dans le commerce, poursuivit-il. J'aime rendre service aux gens en leur fournissant ce dont ils ont besoin. Quel mal y a-t-il à gagner de l'argent en retour ?

— Aucun, mais... toutes ces fanfreluches qui coûtent une fortune... Est-ce bien indispensable ?

La voiture brinquebalait sur la route caillouteuse. Ils approchaient de la crique.

— Si les clientes y trouvent leur bonheur, pourquoi pas ?

— Vous avez raison, je suppose. Vous avez été très pauvre, Adam ?

La spontanéité est l'un de ses plus grands charmes, se dit-il. Mais elle a des façons déconcertantes de sauter du coq à l'âne !

— Nous n'avions pas beaucoup d'argent, mais nous n'avons jamais connu la misère, la vraie. Mon père possédait – et possède toujours – une petite épicerie de quartier sur la côte Est. En tant qu'immigrant, il a dû travailler dur pour monter son commerce. Moi, j'ai préféré chercher la porte de l'Ouest...

— La porte de l'Ouest..., répéta rêveusement Emma. Celle de l'aventure ou de la fortune ?

— Les deux. La porte du bonheur aussi.

Adam ralentit, s'arrêta à l'endroit habituel et ils mirent pied à terre. Il n'y avait pas âme qui vive, quelle chance !

Il n'avait pas envie de parler de l'épicerie de son père ni de quoi que ce soit de déprimant.

— Vous ne pouvez pas imaginer ce que c'est que la pauvreté, dit-il brièvement. Quand on ne l'a pas vécue, ce n'est pas facile à comprendre... ni à expliquer, d'ailleurs.

— Vous vous trompez. J'étais très pauvre quand mon oncle et ma tante m'ont recueillie. Je n'avais rien. Mais inutile d'assombrir cette radieuse journée. Et pour commencer, je vais retirer ces maudits souliers.

Elle se pencha et releva le bas de sa jupe, offrant à Adam la vision troublante de son genou. Avait-elle conscience de l'audace de son geste ? se demanda-t-il en se forçant à détourner les yeux. Probablement pas. En fait, il n'y avait rien de provocant dans son attitude.

Comme ils s'asseyaient dans l'herbe, Emma poussa un soupir de bien-être.

— Quelle merveille ! On se croirait au paradis. Il ne manque qu'un peu de musique.

— Du piano ?

— Ou du violon, ou de la flûte, n'importe quel instrument ferait l'affaire ! Mais bien sûr, ma préférence va au piano. Le mien me manque quand je suis au loin. On n'en trouve pas d'aussi bon dans les universités. C'est drôle. J'étais consternée quand Tante Sabine me l'a offert !

Des nuages blancs, si légers que le soleil les transperçait, flottaient au-dessus de la rivière. Des foulques nageaient sur l'eau. Oui, une vision paradisiaque.

Ils contemplèrent la scène en silence pendant un long moment, puis Emma murmura :

— Il n'y a rien ici que l'homme ait conçu de sa main, à part votre voiture. La nature à l'état pur. Connaissez-vous ce joli poème d'Emily Dickinson :
Il faut pour faire une prairie
Un trèfle et une abeille... ?

Les vers qu'Adam n'avait pas lus ni entendus depuis l'école jaillirent de sa mémoire.

— *Un seul trèfle, une abeille*, cita-t-il,
Et quelque rêverie.
— *La rêverie suffit*
Si vous êtes à court d'abeilles, conclut Emma.

Ils se sourirent, puis elle ajouta avec une petite moue :

— Vous ne devez pas souvent être à court d'abeilles, Adam...

Il tiqua. Aurait-elle entendu parler de ses conquêtes féminines ? Il savait que c'était le jeu préféré de ces idiots de Reilly et d'Archer de deviner avec qui il sortait. Mais peut-être n'était-ce pas un jeu si innocent ? Peut-être s'ingéniaient-ils à lui faire une réputation de Don Juan pour effaroucher la nièce de la patronne...

— Vous voilà bien songeur... À quoi pensez-vous ? Ou à qui ? Laissez parler votre cœur.

Il s'en tira par une pirouette.

— *Mon cœur refuse de se taire*
Car c'est un nid d'oiseaux chanteurs.
Quand le dernier s'envolera...
À vous !

Elle releva le menton et le défia :

— *Quand le dernier s'envolera,*
Un triste hiver le remplira
De feuilles mortes et de neige.
Il n'est pas gai, votre poème. Brrr !

Adam se mit à rire.

— C'est l'hiver de la vie qui vous fait frissonner ?

— Il ne me fait pas peur... à condition de ne pas arriver avant très, très longtemps ! Il y a bien trop de choses que je veux faire dans l'intervalle.

— Par exemple ?

— Avoir des enfants. C'est mon vœu le plus cher. Et transmettre mon amour de la musique, aussi.

— Quand vous aurez obtenu votre diplôme ?

— Oui, ce ne sera plus très long, maintenant. Encore un an.

Elle jeta un coup d'œil à sa montre puis soupira :

— Nous ferions mieux de rentrer, ou ils vont s'inquiéter pour moi...

Sur le chemin du retour, il semblait que leur bel entrain du début d'après-midi fût tombé. Ils ne parlèrent quasiment pas, jusqu'à ce qu'ils atteignent la rue où habitait Emma.

Elle se tourna vers lui, embarrassée.

— Déposez-moi derrière la maison, s'il vous plaît.

Elle ne voulait pas qu'on les voie ensemble, comprit-il. C'était probablement mieux ainsi. Mais il ne put s'empêcher de lui poser une question :

— Vous avez tellement peur de votre tante ?

— Moi ? Pas du tout. Je ne veux pas la bouleverser inutilement, c'est tout. Et puis, il faut que je passe par l'office pour donner à boire à cette pauvre bête.

Elle lui montra un petit chien blanc qui haletait, couché sur le trottoir, au pied de la vigne vierge rouge qui tapissait le mur.

— Pauvre Tony... Il appartient aux voisins, mais ils le traitent d'une façon qui me scandalise. Ils le laissent dehors par tous les temps, été comme hiver. Je vais le faire entrer dans la cuisine et le garder caché quelques heures.

— Pourquoi le cacher ?

— Tante Sabine ne veut pas d'un animal à la maison. Elle a peur qu'il casse ses bibelots.

Elle se mordilla la lèvre, puis éclata d'un rire léger et malicieux qui fit aussi pouffer Adam.

— À mon avis, ce serait un service qu'il nous rendrait !

— Alors... vous repartez demain ? murmura Adam, reprenant son sérieux.

— Oui. À la première heure. Merci pour ce délicieux après-midi, Adam. Je vous proposerais bien d'entrer un moment, mais...

— Je sais.

Il ne put cependant se résoudre à la laisser s'éloigner sans lui poser une dernière question :

— Votre tante va-t-elle elle-même choisir votre futur mari, Emma ?

Elle lui lança un regard qu'il qualifia en lui-même d'indigné et leva les mains.

— Vous me connaissez si mal, Adam ? Je ne ferai jamais un mariage de raison. Même « arrangé » par quelqu'un qui ne veut que mon bonheur ! Non, j'épouserai un homme que j'aime. Personne d'autre. *Personne.*

Quelques jours plus tard, Adam reçut une lettre d'Emma. Cette écriture douce et ferme, élégante sans affectation, était bien à son image. Son nom gravé en lettres bleu nuit sur l'en-tête du papier ivoire dansa devant ses yeux. Il la déchiffra avidement :

Me voici à nouveau à pied d'œuvre, ravie de m'être remise au travail, mais aussi bien mélancolique d'être partie. Ce dimanche après-midi fut un tel enchantement ! Je n'avais pas remarqué à quel point la rivière était belle à cet endroit. Je m'y étais déjà promenée par le passé, mais je n'avais jamais ressenti cette émotion. La prochaine fois, ne pourrions-nous pas louer une barque ? Qu'en pensez-vous ?

Le cœur d'Adam manqua un battement. « La prochaine fois » ? Elle voulait qu'il y ait une prochaine fois !

Il dévora les deux feuillets écrits recto verso. Après avoir évoqué ses cours et le temps froid qui régnait sur la Nouvelle-Angleterre, elle lui racontait qu'elle allait jouer en public le samedi suivant, dans le grand amphithéâtre de la faculté, la partie de piano de *La Truite* de Schubert. Elle avait un peu le trac parce que ce quintette était difficile, et lui demandait de penser fort à elle à vingt heures, quand elle attaquerait les premières notes de l'*Allegro vivace*. Elle signait : *Bien amicalement, Emma.*

Adam reprit la lettre en l'analysant mot à mot. *Un tel enchantement... jamais ressenti cette émotion.* C'était vrai pour lui aussi. Mais en quoi était-ce différent ? Il y avait aussi cette allusion à une future promenade en barque qui sonnait à ses oreilles comme la plus belle des promesses. La formule de politesse, en revanche, était terriblement formelle : *Bien amicalement.* Mais que pouvait-il espérer d'autre ? « Bien tendrement » ?

À ce point de sa réflexion, Adam analysa son propre comportement. Après avoir subitement décidé de demander la main de Doris, il avait tout aussi abruptement résolu de n'en rien faire. Une vraie girouette. Franchement, il ne se reconnaissait plus. Lui qui pesait toujours chacune de ses décisions et ne faisait jamais rien sur un coup de tête, il lui suffisait de penser à son prochain rendez-vous avec Emma pour que sa raison s'éparpille comme des feuilles mortes dans le vent d'automne... À croire qu'elle l'avait ensorcelé !

Toc toc !

En entendant les deux petits coups discrets, Adam sut dans l'instant qui lui rendait visite : Doris. Elle venait probablement écouter des disques sur son phonographe.

— Je ne vous dérange pas, au moins ?

Doris marqua un temps d'arrêt sur le seuil tandis qu'il s'effaçait pour la faire entrer.

— Je viens trop tôt, peut-être ? Grand-mère a prévu un rôti et il ne sera pas cuit avant sept heures et demie. Nous avons donc un peu de temps devant nous...

Seigneur, le dîner ! Il avait complètement oublié ! Décidément, il n'avait plus tous ses esprits.

— Non, non, c'est parfait. Installez-vous et écoutez de la musique pendant que j'en termine avec mon courrier. J'ai reçu des lettres de chez moi et je dois y répondre.

Doris hocha docilement la tête et se dirigea vers la pile de soixante-dix-huit tours.

— Caruso dans *Tosca*, ça vous convient ?

— Mmm ?

— Je mets *Tosca*. L'air « Le ciel luisait d'étoiles ».

— Parfait, répondit distraitement Adam.

Tandis que Doris remontait la manivelle et posait prudemment l'aiguille sur le sillon, il retourna s'asseoir à son bureau, prit une feuille de papier et un porte-plume dans son tiroir.

La voix prodigieuse de Caruso résonna dans la pièce, mais Adam n'écoutait pas. Il était très loin d'ici, dans une chambre d'étudiante du Massachusetts.

Chère Emma,

Tout comme vous, j'ai trouvé ce dimanche après-midi féerique et je suis heureux que nous partagions ce sentiment. Nous pourrions effectivement louer une barque la prochaine fois et, pourquoi pas, prolonger ce charmant tête-à-tête près du kiosque à musique...

Il reposa sa plume, découragé. Ses mots lui paraissaient à la fois affreusement banals et... un peu hardis. Attention à ne pas se montrer trop empressé, voire entreprenant ! Tu la connais à peine. Mais ne pas avoir l'air trop désinvolte non plus, elle pourrait s'en offenser...

« Les femmes... ce n'est pas simple ! », l'avait prévenu Pa le jour de ses quinze ans, lors de leur seule et unique conversation sur ce délicat sujet. « Il faut faire très attention, fils, car elles sont bien plus fines que nous et devinent même ce qu'on ne dit pas ! Alors... » Et Pa ne connaissait pas Emma Rothirsch, qui savait sûrement lire entre les lignes comme personne...

Écris-lui donc une formule du genre : « Je me félicite de nos relations nouvelles... », elle décodera ce qu'il y a derrière et... Impossible, ça ressemble à un courrier d'affaires pour fournisseurs ! Tu veux qu'elle te prenne pour un gratte-papier ? Sapristi, mais pourquoi est-elle si difficile à tourner, cette lettre ?

Il ne releva pas même la tête quand Doris retourna le disque et mit l'air de *Manon* : « Ah ! fuyez, douce image. » C'était Emma qui avait fui loin d'ici, emportant avec elle une bonne part de sa joie de vivre...

Oh ! et puis dis-lui ce que tu penses, tout simplement, sans fioritures ni mystères :

J'attends avec impatience votre retour pour les vacances de Thanksgiving. Je suppose que vous les passerez chez votre tante. Je l'espère, en tout cas.

Et maintenant, la phrase de conclusion. Voyons, comment m'y prendre ? Euh... et si je me contentais simplement de signer ?

La voix de Caruso mourut lentement, et Doris se

leva d'un bond pour la ressusciter d'un tour de manivelle.

— Grand-père a promis de m'offrir un phonographe puisque ça me plaît tant, déclara-t-elle. J'en suis bien contente, car cela m'évitera de vous déranger chaque fois que j'ai envie d'un peu de musique.

Elle espérait manifestement une protestation, et Adam lui donna satisfaction.

En réalité, il aimait bien écouter des disques avec Doris et elle était toujours la bienvenue. Sauf ce soir, où elle le dérangeait. Il aurait voulu qu'elle le laisse seul et, surtout, il se serait volontiers passé de dîner avec elle et ses grands-parents.

Comme par un fait exprès, la pendule sonna la demie.

— Il est l'heure, chantonna Doris en rangeant soigneusement le soixante-dix-huit tours dans sa pochette. J'ai une de ces faims ! Pas vous ?

— Si. Une faim de loup.

Faux. En réalité, s'aperçut Adam en fronçant les sourcils, il n'avait plus goût à rien. Se pouvait-il que ce soit à cause du départ d'Emma ? Parce qu'elle était loin et qu'elle lui manquait comme personne, jamais, ne lui avait manqué ?

Quelle idée ! Bien sûr que non.

— Vous paraissez soucieux, mon garçon, remarqua M. Buckley dès le début du repas.

— C'est vrai, admit Adam. Ce sera bientôt les fêtes de Thanksgiving, puis Noël et le Jour de l'an : la période la plus chargée au Comptoir.

— Je comprends bien, mais n'oubliez pas de vivre, tout de même ! On n'est jeune qu'une fois. Je le répète sans cesse à Doris ? N'est-ce pas, chérie ?

Le message était on ne peut plus clair, et tandis qu'il

partageait le dîner de ces gens charmants et attentionnés, Adam eut tout à coup le sentiment désagréable d'être le traître de l'histoire.

Ou tout au moins un intrus qui s'était introduit chez eux sous un fallacieux prétexte. Jusqu'à la semaine précédente, ce n'était pas le cas. Mais à présent, comme il contemplait la jeune femme assise en face de lui qui, le visage confiant, semblait attendre quelque chose qui ne venait pas – qui ne viendrait plus –, il se sentait horriblement mal à l'aise.

— ... tout le monde a regretté votre absence à la fête d'anniversaire, continuait Mme Buckley. Vous avez fait la conquête de la famille ! Ils ont tous demandé de vos nouvelles.

Adam renouvela ses regrets de ne pas avoir pu se libérer. Pendant le reste du repas, tandis qu'il s'efforçait de participer à la conversation, les pensées ne cessaient de tourbillonner dans sa tête. Peut-être devrait-il emménager dans un autre appartement, afin de ne pas les croiser quotidiennement, chaque fois qu'il partait et rentrait ? Un lieu assez éloigné pour que, peu à peu, la relation s'éteigne d'elle-même... Il regarda le ravissant minois de Doris et ne parvint pas à croire à ce qui lui arrivait.

Les vacances étaient trop courtes, le voyage trop long : finalement, Emma ne viendrait pas pour Thanksgiving.

Ni pour les fêtes de fin d'année.

Sa tante la rejoindrait sur place, elles passeraient quelques jours à Boston, où Emma avait des amis, et la vieille dame en profiterait pour faire des emplettes dans les boutiques chic de Newbury Street.

Adam était furieux, atterré. Il avait tellement désiré son retour ! Et maintenant, il lui faudrait attendre encore six mois avant de la revoir aux beaux jours... si elle venait ! Six mois... Autant dire l'éternité ! Il ne tiendrait jamais.

— *Adam, vous m'écoutez ?*

Ainsi, Emma avait des amis à Boston, songeait-il, les sourcils froncés. Il devait fatalement y avoir un soupirant sous roche, sinon sa tante ne se rendrait pas là-bas en plein hiver. Elle voulait rencontrer l'heureux élu, lui donner sa bénédiction – à moins qu'elle ne le connaisse déjà et qu'ils en soient à célébrer les fiançailles... Oh, bon sang !

— Adam, vous n'avez plus la tête à ce que vous faites, lui reprocha Reilly en haussant le ton. Vous n'avez pas téléphoné à New York pour cette livraison de pantoufles dont nous avions parlé.

— Quoi ? Quelles pantoufles ?

Reilly leva les bras au ciel.

— Et les chocolats ? Vous avez oublié de commander les boîtes de chocolats pour Noël ! Nos concurrents des Galeries Cace en proposent tous les ans à leurs clients, eux. Que vous arrive-t-il, mon garçon ?

Emma occupait toutes ses pensées, jour et nuit, voilà ce qui lui arrivait.

La cascade joyeuse et musicale de son rire, la grâce de sa démarche lorsqu'elle s'était avancée vers lui dans le square, et même la façon attendrissante dont elle avait pris le petit chien blanc dans ses bras pour le cacher chez elle... les souvenirs remontaient de sa mémoire et chassaient de son esprit tout ce qui n'était pas elle.

14

1916

Une atmosphère de fièvre et d'incertitude flottait dans l'air. Le temps semblait s'être subitement accéléré et déréglé. Trop de questions restaient en suspens, trop d'indicateurs étaient au rouge. Et ce qui se passait depuis février en France, à Verdun, avait repoussé les limites de l'horreur.

De ce côté-ci de l'Atlantique, depuis qu'un sous-marin allemand avait torpillé le paquebot britannique *Lusitania*, provoquant la mort de mille deux cents civils, dont plus d'une centaine de passagers américains, les manifestations antiallemandes se multipliaient à travers les États-Unis. Le président Wilson avait énergiquement protesté et il devenait de plus en plus clair que l'Amérique finirait par entrer en guerre.

À Chattahoochee, le spectre d'une guerre mondiale, la première du genre, grandissait comme ailleurs, mais restait encore si lointain, si peu imaginable... On en parlait beaucoup, bien sûr, mais comme d'une fiction détachée de la réalité, ou d'un cauchemar dont on va forcément se réveiller.

Tous les matins, Adam passait au journal de Jeff lire en avant-première les dernières nouvelles du front à

Verdun, la plus terrible bataille qu'on ait jamais livrée. On se massacrait pour gagner quelques mètres d'un terrain jonché d'obus et de cadavres, qu'on reperdait le lendemain, pour le reconquérir le surlendemain... Il ressortait des bureaux du quotidien l'esprit en déroute.

Comme sa vie privée – toutes proportions gardées – n'était pas moins confuse, il ne faisait pas de projets d'avenir. Il correspondait régulièrement avec Emma, aussi atterrée que lui par cette année noire. D'un commun accord, ils avaient décidé de s'entretenir de choses positives afin de ne pas sombrer dans le pessimisme ambiant. Tantôt avec sérieux, tantôt avec humour, elle lui parlait des cours particuliers qu'elle donnait, évoquant une fillette adorable, mais si peu douée qu'on aurait dit qu'elle jouait avec des moufles. Il répondit qu'il ne ferait pas mieux sans gants.

Une fois, elle mentionna une coupure de presse que lui avait envoyée sa tante, demandant à Adam s'il était exact que la fusion entre « notre magasin » et les Galeries Cace qu'évoquait ce journal d'économie allait vraiment avoir lieu. Elle ajoutait que Théodore Brown en était un partisan convaincu. Adam lui confirma que Théo lui avait bien tenu de tels propos, et qu'on pouvait se fier à lui comme au lever du soleil.

Mais cette correspondance polie restait superficielle et ne faisait jamais allusion à leur relation, déplorait-il en se traitant tout bas de pauvre fou. Comment aurait-il pu en être autrement ? Emma était à peine plus qu'une simple connaissance ! Alors pourquoi ne parvenait-il toujours pas à la chasser de son esprit ?

— Vous paraissez si préoccupé..., se désolait Doris. Est-ce à cause de cet article dans le journal sur une fusion avec les Galeries Cace ?

— Ma foi, si mon poste est en jeu, j'ai des raisons de me sentir quelque peu nerveux, vous ne trouvez pas ? La direction de Cace emploie déjà un bataillon de vendeurs et comme elle n'a pas l'intention de s'en séparer, on ne peut savoir ce que l'avenir me réserve.

— Mais vous n'êtes pas que vendeur ! Il faudrait être fou pour se passer de vos services !

— C'est gentil, Doris, mais on n'est jamais sûr de rien.

En réalité, il ne courait aucun risque de perdre son emploi. Théo Brown, bien placé pour le savoir, le lui avait dit et répété. Mais mieux valait laisser Doris imaginer le pire : avec un peu de chance, elle se mettrait peut-être alors en quête d'un meilleur parti, plus apte à lui apporter la sécurité...

C'était bien calculé... mais c'était aussi compter sans la confiance aveugle que la tendre jeune fille avait en lui... Comme toujours, elle s'employa à le rassurer gentiment :

— Même si cela arrivait, ce dont je doute, vous trouveriez un autre emploi. Très facilement, Adam. Vous êtes si doué !

Charmante Doris... qui ne le charmait plus. Adorable Doris... qu'il n'adorait décidément pas.

Même s'il ne lui avait jamais déclaré sa flamme ni manifesté l'intention de passer le reste de sa vie avec elle, Adam se trouvait aux prises avec un vrai problème de conscience. Par sa seule compagnie, il le lui avait lâchement laissé croire. Belle hypocrisie !

Autre source de soucis : les lettres qu'il recevait de sa famille. Elles l'inondaient d'un flot de bonnes et mauvaises nouvelles, souvent dans le même courrier.

Les bonnes nouvelles venaient de Jonathan, pour ne pas changer.

... tu ne peux même pas imaginer à quel point ma douce Blanche est merveilleuse ! Je pourrais te parler d'elle sans tarir d'éloges pendant des pages entières, mais il me faudrait la plume d'un de tes chers poètes.

Je voudrais être capable de te dépeindre sa beauté – un visage lumineux à la Botticelli, des yeux pétillants, de splendides cheveux d'ébène bouclés... mais comment décrire la pureté de son âme et la finesse de son esprit ? Il faut que tu la rencontres. Tu comprendras tout de suite mieux ce que je veux dire.

Blanche parle si bien notre langue que personne ne pourrait imaginer qu'il s'agit d'une immigrante fraîchement arrivée. Je lui trouve beaucoup trop de talent pour le gaspiller chez le tailleur Berman, alors qu'elle a l'étoffe d'une grande couturière ! Elle confectionne elle-même ses robes et elle est si élégante que Pa lui en fait compliment. Ah, si nous vivions à Paris et que la France n'était pas à feu et à sang, je suis sûr que cette jeune Coco Chanel dont on parle tellement lui donnerait sa chance dans la maison de couture qu'elle vient de fonder !

Nous sommes tellement épris l'un de l'autre ! Je ne sais comment t'expliquer, c'est si profond... mais peut-être me comprends-tu si tu connais toi aussi ce grand bonheur d'aimer et d'être aimé en retour. Tu ne dis rien sur toi, mais c'est tout le bien que je te souhaite !

J'essaie de me libérer le plus souvent possible le week-end pour passer un peu temps avec elle. Évidemment, c'est au détriment de Pa et de Léo... mais qu'y puis-je ? Blanche et moi projetons de nous marier aussitôt que j'aurai obtenu mon diplôme. Dès que je serai interne, elle cherchera un emploi plus gratifiant. Je commencerai par travailler dans un laboratoire plusieurs soirs par semaine, et avec l'argent que tu continues à nous envoyer si généreusement et dont je te serai éternellement reconnaissant, nous nous en sortirons très bien.

J'espère que tu pourras nous rendre visite très bientôt. Le voyage coûte une petite fortune et tes responsabilités ne te laissent que très peu de loisirs, je sais tout cela, mais attention, grand frère : le jour des noces, pas question que tu ne sois pas là !

Les mauvaises nouvelles avaient pris la forme d'un long post-scriptum dans une lettre par ailleurs très affectueuse de Pa.

Le docteur me trouve le cœur fatigué. Il faut que je me ménage, à ce qu'il paraît... Facile à dire ! Tu sais que mon métier ne me le permet pas vraiment. Quoi qu'il en soit, je refuse de me comporter en malade ou en retraité ! J'aime m'activer au magasin, où je connais tous nos clients. Je ne veux pas mourir dans mon lit. Pas tout de suite, en tout cas ! J'ai soixante-quatre ans, ce qui n'est pas jeune, mais mes cousins sur le vieux continent sont plus âgés que moi et continuent à travailler. Alors, il n'y a pas de raison.

Léonard m'aide de son mieux au magasin, mais hélas ! il ne m'adresse quasiment plus la parole... sauf pour se mettre en colère. Depuis quelque temps, à peine notre dîner expédié en silence, monsieur file s'enfermer dans sa chambre avec ses livres. Sachant qu'il n'a jamais fait le moindre effort à l'école, je m'explique mal cette nouvelle lubie. Mais ça ne me regarde pas. Qu'il lise tant qu'il veut si ça lui chante. Ça ne peut pas lui faire de mal et pendant ce temps, au moins, j'ai la paix.

J'aimerais tant que tu sois là, mon Adam, comme au bon vieux temps ! Déjà quatre ans que je ne t'ai vu... Et quatre longues années sans ma pauvre Rachel.

Peut-être pourras-tu bientôt nous rendre une petite visite ? Mais je me doute que tu dois être très occupé... Tu fais tellement déjà pour nous...

Avec toute mon affection,
Ton Pa qui ne rajeunit pas.

Une autre lettre de Jonathan avait apporté des nouvelles plus fâcheuses encore.

Je déteste étaler mes griefs par écrit et je suis désolé de te causer du souci, mais il me semble que tu dois être au courant : Léo empoisonne littéralement la vie de ce pauvre Pa en ce moment. Qui aurait pu se douter que depuis des années il avait le béguin pour Koji, la sœur de Naito Nishikawa ? Tu le savais, toi ? Moi, je suis tombé des nues, et Pa aussi ! Mais il semble que l'affaire ait pris un tour très sérieux et que Koji lui ait signifié clairement qu'elle ne voulait pas de lui. Ils ont eu une violente dispute, et Léo était dans un état épouvantable quand il est rentré à la maison avec Naito, qui essayait de le consoler.

À présent, Léo jure ses grands dieux qu'il n'approchera plus jamais de la maison des Nishikawa, qu'il ne mettra même plus un pied dans leur rue... Tu sais combien il peut se montrer excessif. Par bonheur, Naito n'a pas l'intention de couper les ponts avec lui. Heureusement : c'est le seul ami que notre frère ait jamais eu.

Manifestement, la famille de Koji ne veut pas qu'elle noue des liens avec Léo. Bien sûr, il y a déjà à la base un problème de race et de culture, mais tu devines comme moi que c'est surtout la personnalité de Léo qui est en cause. D'ailleurs, Naito m'a confié que ses parents ne voudraient pas de lui pour gendre même s'il était japonais – et Léo en est parfaitement conscient. À bientôt vingt-six ans, le pauvre garçon n'a jamais eu d'amoureuse, une tendre amie à chérir et qui éprouve les mêmes sentiments envers lui... Je suis navré pour lui, tu t'en doutes. Ce doit être une telle frustration...

Léo a l'art de se montrer parfois odieux, mais il faut dire que les gens d'ici le lui rendent bien. Ils ne lui accordent pas une chance : même quand il est de bonne humeur (oui, ça arrive !), ils se détournent de lui et passent leur chemin, comme on ignore un inconnu qui vous sourit sur le trottoir d'en face. Je l'ai vu de mes yeux, et je t'assure que ce n'est pas drôle !

Le plus triste, c'est que je dois reconnaître que si Léo n'était pas mon frère, je me comporterais probablement de la même façon. Il est infernal ! J'essaie de me montrer conciliant et compréhensif, mais il y a des moments où je ne peux m'empêcher de perdre patience. J'ai envie de le secouer quand il n'a que le sarcasme à la bouche. Et je me retiens de le démolir quand il s'en prend à Pa, qui vieillit très vite et ne se remet pas de la mort de Maman, même s'il s'efforce de ne pas le montrer. Tout ça va mal finir.

De telles nouvelles jetaient un voile sombre sur la vie d'Adam.

Heureusement, peu de jours après ce courrier, il reçut un coup de téléphone chaleureux de Théo Brown l'informant qu'à la requête de Mme Rothirsch, « l'opération Fusion » était désormais entre les mains de son avocat.

— À sa requête ? s'étonna Adam.

— À l'idée de devenir bientôt riche comme Crésus, la dame s'est senti pousser des ailes, répondit le comptable d'une voix souriante.

Spencer Lawrence avait entamé des pourparlers avec

les avocats de Dan Cace. Un accord semblait sur le point d'être conclu.

— Naturellement, vous n'avez rien à craindre pour votre emploi, conclut Théo avant de raccrocher.

Le même jour, Adam trouva un paquet dans sa boîte aux lettres. Il contenait un recueil de poèmes d'un certain Edwin Arlington Robinson, accompagné d'un petit mot :

Cher Adam,

J'ai découvert cet ouvrage et l'ai trouvé merveilleux. Je n'ai pu résister au plaisir d'en acheter un deuxième exemplaire pour vous, car je crois – j'espère ! – que vous serez du même avis. Si vous l'avez déjà, vous le donnerez à quelqu'un qui vous ressemble et saura déceler combien ces poèmes sont beaux et profonds.

Bien amicalement,
Emma.

P.-S. : Je rentre à Chattahoochee pour les vacances de fin d'année. Je resterai trois semaines, jusqu'au Nouvel An.

Le cœur en fête, Adam effleura rêveusement le mince volume relié qui s'ouvrit tout seul à la page marquée par un signet. Sur un rectangle de papier, Emma avait écrit :

J'aime tout particulièrement ce poème, « Luke Havergal ». Il a quelque chose de magique : si l'on remplace ce nom par « Adam Arnring », cela sonne aussi bien... Essayez !

Il essaya :

Va-t'en à la porte de l'Ouest, Adam Arnring,
Là où la vigne cramoisie s'accroche au mur,
Et dans le crépuscule attends ce qui viendra.
Les feuilles chuchoteuses te parleront d'elle et quelques-unes,
Telles des paroles volantes, t'atteindront dans leur chute ;
Mais va et, si tu doutes, elle appellera.
Va-t'en à la porte de l'Ouest, Adam Arnring...

Adam leva les yeux de la page. Les vers s'attardèrent dans sa mémoire, tandis que son regard rêveur se perdait parmi les ombres naissantes de la nuit, derrière la fenêtre. *Et dans le crépuscule attends ce qui viendra...*

Un sourire flotta sur ses lèvres.

— Je n'attends plus que toi, murmura-t-il tout bas.

15

— Bon appétit ! Il y a là de quoi nourrir au moins deux personnes, commenta malicieusement Rhéa.

Emma lui répondit par un clin d'œil. Le panier contenait des sandwiches au poulet, des beignets faits maison et une Thermos de café chaud.

Sabine se matérialisa sur le seuil de la cuisine. Avait-elle des antennes ? Toujours est-il qu'elle fronça les sourcils en découvrant la tenue de sa nièce : chandail vert émeraude, béret assorti et... jupe de bicyclette.

— Cinq jours de suite ! s'exclama-t-elle. Sabre de bois ! Je ne vois pas quel plaisir tu peux trouver à pédaler seule sur ces routes désertes ! En plein hiver !

— Il fait très beau, Tante Sabine. D'ailleurs, regarde : j'emporte une écharpe. Et puis je ne suis pas seule. Susan – tu sais bien, l'institutrice dont je t'ai parlé – m'attend au village des Trois Fourches. Nous parlons de toutes sortes de choses en cheminant. C'est très agréable et très instructif.

— Mouais, bon, bougonna la vieille dame en pinçant les lèvres. Mais sois prudente !

— Mais oui. Ne t'inquiète pas.

Son panier au bras, Emma lui plaqua un baiser sur la joue et s'envola.

À une rue de là, adossé à un sycomore au feuillage

tombant, Adam l'attendait devant sa bicyclette. Il se trouvait trop loin pour qu'Emma puisse distinguer son beau visage, mais quelle importance ? Elle aurait pu le dessiner de mémoire tant ses traits étaient gravés dans son cœur. Ses yeux myosotis, attentifs et caressants, ses cheveux si noirs, son sourire tendre et moqueur, sa petite fossette au menton... Elle aimait tout en lui : sa douceur et sa force, ses baisers de feu... même ses silences la chaviraient.

Certains esprits chagrins auraient pu objecter qu'ils se connaissaient à peine. Mais ces rabat-joie se trompaient, Emma le savait. Je me rappelle le jour où Tante Sabine et moi sommes rentrées d'Europe, songea-t-elle. Je n'en ai pas cru mes yeux en le trouvant à la gare. J'avais tellement, tellement envie de le revoir ! Je n'étais peut-être pas encore amoureuse, mais je devais sentir au fond de moi que tôt ou tard, cela finirait par arriver. Et c'est arrivé. Comment exprimer ce que j'éprouve avec des mots ? Seuls les poètes parviennent à exprimer l'indicible émotion de l'amour...

Adam l'aperçut, et enfourcha son vélo pour la rejoindre plus vite. Il se pencha par-dessus le guidon pour effleurer ses lèvres d'un baiser.

— Oh, Emma, quand je pense que c'est notre dernier jour, soupira-t-il. Dès demain matin, je retourne travailler...

— Oui, c'est affreux. Et dire qu'il me reste encore toute une semaine de vacances sans toi... Quand auras-tu à nouveau un congé ?

— Cet été, huit jours. J'ai droit à deux semaines par an.

— C'est tout ? Tu crois que si la fusion avec Cace se concrétise, tu auras davantage de loisirs ?

— Tout dépend du poste que l'on me confiera. Plus on gravit les échelons, plus on dispose de temps libre...

à ce qu'on prétend. Mais plus dure est la chute ! ajouta-t-il avec un sourire.

— Ne plaisante pas avec ça. À ton avis, l'affaire va se conclure ?

— D'après les avocats et les comptables, oui. Mais parlons d'autre chose, veux-tu ? Raconte-moi ce que tu as prévu de faire avec ton amie Susan aujourd'hui. Que je sois au courant !

La jeune fille lui lança un regard malicieux.

— Eh bien, en ce moment même, nous traversons la prairie, jusqu'en bas de la colline. Ensuite, nous nous dirigerons vers la rivière, nous nous assiérons sur un tronc d'arbre et nous pique-niquerons. Rhéa nous a préparé des beignets. C'est un amour.

Elle éclata de rire.

— Elle est au courant pour Susan.

— Je n'aime pas ça, murmura Adam. Je déteste ces mensonges.

— Moi aussi, mais comment faire ? N'y pense plus. La journée est trop belle ! Profitons-en...

Elle parlait d'or. La chaleur, inhabituelle pour un mois de décembre, semblait exalter le parfum des pins. Ils pédalèrent gaiement côte à côte sous les nuages d'un blanc duveteux, longeant des champs en friche et des cultures de seigle, croisant des troupeaux de vaches paissant dans les pâturages.

Ils s'arrêtèrent près d'un bosquet qui leur parut une véritable oasis au milieu du paysage hivernal.

Adam rompit le premier le silence.

— Nous avons passé tous ces derniers jours ensemble, plus ces soirées où tu étais censée aller au cinéma avec Susan. Et maintenant tu vas repartir au loin, me quitter... Je ne sais pas comment je vais supporter la vie sans toi.

Elle se haussa sur la pointe des pieds pour l'embrasser.

— Il y a le téléphone. Et puis nous nous écrirons. Nous resterons tout le temps unis par la pensée. Ne sois pas si triste...

— Je n'y peux rien, c'est plus fort que moi.

— Mais si, tu peux ! Allez, viens : on fait la course sur deux kilomètres, et après on ira s'installer au bord de la rivière.

Ils s'assirent sur la couverture qu'Adam avait apportée et dévorèrent le déjeuner préparé par Rhéa. Puis ils s'allongèrent et restèrent un long moment blottis l'un contre l'autre, savourant le bonheur simple d'être ensemble dans ce petit paradis de verdure et de calme.

Même à travers l'épaisseur de ses vêtements, Emma perçut les battements sourds de son cœur tandis qu'il pressait ses lèvres sur les siennes.

Cela ne me suffit plus, songea-t-elle douloureusement. Je veux davantage. Passer tous mes jours, toutes mes nuits avec lui. L'éternité.

— Il vaut mieux que nous nous arrêtions, murmura-t-il en desserrant son étreinte.

Il détourna la tête et respira lentement.

— La résistance d'un homme a ses limites.

— Adam, ton désir est le mien, tu sais, chuchota-t-elle.

— Non. Non, je ne veux pas exiger ça de toi.

— Pourquoi ? Qui le saurait ?

— Que tu es innocente ! Que se passerait-il si... si tu tombais enceinte et...

— Nous nous marierions, voilà tout. C'est ce que les gens font dans ce genre de situation, non ?

Elle s'exprimait d'un ton léger, mais en réalité elle essayait de tester ses intentions. Elle en prit conscience et en eut immédiatement honte.

— Ne t'inquiète quand même pas trop, si le mariage n'entre pas dans tes projets, je te promets que nous divorcerons tout de suite après la naissance du bébé, enchaîna-t-elle du même air désinvolte.

Il sourit.

— Ce ne serait pas convenable. Une mariée enceinte en robe blanche et couronne de fleurs d'oranger...

Il n'acheva pas, et elle fut bouleversée par la soudaine amertume qui assombrissait son visage. Elle se rappela ce qu'il lui avait confié au sujet de sa propre naissance et posa sa main sur la sienne.

— Tu songes à ta mère, n'est-ce pas ? demanda-t-elle d'une voix douce. Tu penses souvent à elle ?

— Non.

— Tu possèdes des photos d'elle ?

— Seulement une, et pas très bonne.

Emma s'humecta les lèvres. Une force irrépressible la poussait à lui avouer ce que personne au monde, excepté Sabine, ne savait à son sujet.

— C'est mieux que rien. Moi, je n'ai pas cette chance. Vois-tu, je... « Tante Sabine »... n'est pas ma vraie tante. En réalité, je suis une enfant adoptée.

Le nœud qui l'oppressait parfois – oh, très rarement, elle s'efforçait de lutter contre son emprise – lui enserra la gorge. Et sa voix perdit son assurance habituelle.

— Je suis même une enfant abandonnée. On m'a trouvée un matin sous le porche d'une église, à New York, sans un mot, sans même un prénom. Rien.

Cette fois, ce fut Adam qui chercha sa main tandis qu'elle poursuivait :

— Tu es le premier à qui j'ose en parler. À quoi bon ? Ça servirait seulement à alimenter les commérages. Qui était ma mère ? Une jeune femme terrifiée à l'idée d'être reniée par sa famille, chassée peut-être. Ou alors une fille de joie, perdue, sans repères, sans avenir... Et mon père ? Mystère. Petite, je regardais les gens que je croisais dans la rue, surtout ceux qui avaient des cheveux roux comme les miens, et je me demandais : Est-ce que c'est elle ? Et si c'était lui ? J'étais tellement triste, tu ne peux pas savoir... Et puis un jour, il y a longtemps, j'ai décidé que c'était indigne de moi. Je suis moi, peu importe qui ils étaient.

Elle esquissa un pâle sourire.

— Maintenant, tu comprends pourquoi j'éprouve une telle gratitude envers Tante Sabine. Elle a lu dans la presse l'histoire de ce bébé abandonné et m'a adoptée pour m'élever comme une princesse. Me choyer, me couvrir de cadeaux, c'est devenu sa raison de vivre. Si l'argent a tant d'importance à ses yeux, c'est qu'elle se souvient du temps où elle manquait de tout. Elle tremble à l'idée que je connaisse le même sort et rêve me voir épouser un homme riche, distingué et influent qui me mettra pour toujours à l'abri du besoin.

— Tu as déjà rencontré un homme comme celui-là ?

— Oh oui ! À l'université, il y a un tas de familles très riches. Celles qui font des dons pour la construction d'une école ou d'un hôpital qui portera ensuite leur nom.

Adam se tint coi, et elle devina ses pensées : aux yeux de la seule parente d'Emma, il n'était personne et n'avait aucune des qualifications requises pour entrer dans la famille. Il n'a rien... à part son amour pour moi et sa fierté, qui ne pliera jamais, se dit-elle.

L'humeur légère de la journée avait changé, le froid tombait, il était temps de rentrer. Comme le soleil poursuivait sa route vers l'ouest, indifférent à leurs états d'âme, la lumière déclina peu à peu, et quand ils atteignirent la ville, le ciel avait viré au gris.

Planté devant le miroir de sa petite chambre, Adam contemplait son reflet avec amertume. De sa vie, il n'avait ressenti une telle impression de vide et d'impuissance. Emma était sa force, son but. Sans elle, son existence n'avait aucun intérêt.

Son cœur saignait. Jusqu'ici, il avait rencontré cette expression dans les livres, et voilà qu'aujourd'hui il en comprenait tout le sens. Il s'approcha de la fenêtre et scruta les ombres comme si le vent pouvait lui souffler une réponse.

Mme Rothirsch avait toutes les raisons du monde de vouloir marier Emma à un homme digne d'elle. Que pouvait-il lui apporter, lui, à elle qui possédait tout : la beauté, l'intelligence, le talent, l'instruction, un avenir prometteur... Sans parler de sa fortune. Tout cet argent qui lui reviendrait à la mort de sa « tante adoptive » et qu'Adam n'accepterait jamais – Dieu lui en était témoin !

Il resta immobile de longues minutes, tandis que ses émotions se livraient un âpre combat. Un sentiment de fierté, de colère et de honte mêlées faisait étinceler ses yeux. Être obligé de mentir à cette vieille dame, la craindre, se cacher comme s'il avait quelque chose à se reprocher, attendre Emma dans la rue de derrière, tel un vulgaire rôdeur... Non, cela ne pouvait plus durer.

Tout à coup, il sut ce qui lui restait à faire.

La demeure, imposante et sinistre dans cet éclairage crépusculaire, ressemblait à la maison de la sorcière d'un conte de fées, songea Adam avec un petit frisson tout en tirant le cordon de la sonnette.

Rudy vint lui ouvrir en le dévisageant d'un air ébahi.

— Madame et Mademoiselle viennent juste de finir de dîner. Vous êtes attendu ?

— Non. Voulez-vous m'annoncer, s'il vous plaît ?

D'autorité, il entra et referma la porte derrière lui.

Pendant que le serviteur s'exécutait, Adam interrogea son reflet dans la grande psyché de l'entrée. Il ne serait pas dit qu'il n'aurait pas essayé de donner la meilleure image de lui-même. Dans son plus beau costume, sa chemise neuve et avec sa cravate en soie à fines rayures, il se présentait devant Mme Rothirsch en gentleman, comme un de ces jeunes hommes « si distingués » qui avaient l'heur de la séduire.

— Madame va vous recevoir au salon, revint lui annoncer Rudy.

C'est en lui emboîtant le pas qu'Adam se rendit compte qu'il n'avait même pas préparé ce qu'il allait dire. Il s'était laissé emporter par ses émotions, et maintenant il se retrouvait face à face avec l'ogresse – et Emma, qui, ayant perçu des voix, venait aux nouvelles.

Le front de l'ogresse se plissa à sa vue.

— Eh bien, que se passe-t-il ? s'écria-t-elle d'une voix haut perchée. Il y a le feu au magasin ?

— Non, madame. Il n'est rien arrivé de fâcheux. Mais je... je dois vous parler d'une chose importante, balbutia-t-il.

— Me *parler*, monsieur Arnring ? Ça ne pouvait pas attendre à demain ?

— Il ne s'agit pas d'une discussion professionnelle, madame Rothirsch, mais d'une affaire personnelle.

— Raison de plus. On ne dérange pas les gens chez eux à une heure indue simplement parce que...

Emma secoua la tête, toute pâle.

— Pas maintenant, Adam. Je t'en prie...

La vieille dame en eut un haut-le-corps. Emma l'appelait par son prénom ? Et ils se tutoyaient ? Sabre de bois ! Qu'est-ce que cela signifiait ?

— Que diable se passe-t-il ici ? tonna-t-elle.

Dans le silence qui suivit, elle pivota vers Emma, puis revint à Adam et émit une sorte de râle qui lui rappela celui d'un animal blessé.

— Aaaah, ne me dites pas qu'il y a quelque chose entre vous ? C'est ça que je lis sur vos visages ? C'est *ça* ?

— Madame, croyez bien que..., commença Adam.

Il n'alla pas plus loin car elle explosa :

— Je suspectais quelque chose ! Tous ces après-midi dehors, avec sa bicyclette, par tous les temps, cette amie tombée du ciel qui l'emmenait au cinéma, au restaurant – oh oui, c'était louche ! Je flairais qu'il y avait un homme là-dessous ! Je préférais croire que je me trompais, mais je me creusais la cervelle pour deviner de qui il pouvait bien s'agir. Ce que j'apprends dépasse tout ! Comment aurais-je pu soupçonner une seconde une amourette aussi ridicule, aussi...

— Tante Sabine, je t'en prie, la coupa Emma. Ce n'est pas une amourette, et ça n'a rien de ridicule !

— Ha !

— Tu ne sais rien de nous, tu n'as pas le droit de nous juger !

Adam s'avança et posa la main sur l'épaule tremblante d'Emma d'un geste apaisant.

— Tout va bien, calme-toi. Laisse-moi m'en occuper.

Il vit le visage de Mme Rothirsch virer au rouge brique et sut que c'était cette main possessive qui la rendait folle de rage.

— Vous êtes furieuse, mais ce n'est pas une raison pour vous montrer si agressive, énonça-t-il paisiblement. Vous et moi, nous avons déjà eu un différend par le passé, si vous vous en souvenez. Mais c'était il y a bien longtemps, et beaucoup d'eau a coulé sous les ponts depuis.

— Sabre de bois ! Ça n'avait rien à voir avec cette... cette abomination ! Vous êtes toujours mon employé, jeune homme. Vous auriez tort de l'oublier !

— Je n'en ai garde, madame. Pouvons-nous nous asseoir et parler posément ? Ma pauvre Emma tremble comme une feuille...

— Mais qu'est-ce que c'est que ces manières ? Elle n'est ni « pauvre », ni « vôtre » ! Quant à trembler... Ce serait bien la première fois ! *Mon* Emma a toujours eu un caractère indépendant et frondeur, mais là... ça passe l'entendement !

— Chère Tante Sabine, murmura la jeune fille, au bord des larmes. Je t'en prie, ne sois pas en colère contre moi, contre nous. Viens, assieds-toi et laisse-nous t'expliquer. Ou plutôt, laisse parler Adam. C'est pour ça qu'il est là.

— *O zgrozo !* Un guet-apens ! pesta Mme Rothirsch, les yeux exorbités. Tu savais qu'il allait venir ce soir !

— Non, je l'ignorais. Sinon, j'aurais essayé de l'en dissuader... et j'aurais eu tort !

Comme si ses forces l'abandonnaient, la vieille dame se laissa tomber sur le siège le plus proche, qui grinça plaintivement sous son poids. Elle porta une main à son cœur, tandis que son regard horrifié sautait d'Emma à Adam.

— *Aj, aj, aj !* Ne me dites pas que vous vous êtes mariés en secret ? *Oj ja biedny ! O Panie*, vous allez voir qu'ils se sont mariés en secret ! répéta-t-elle, à deux doigts de s'arracher les cheveux.

Adam prit une inspiration. « Si Sabre-de-bois commence à jurer en polonais, mieux vaut se mettre aux abris ! », l'avait une fois averti Reilly, en fin connaisseur.

— Non, madame, nous n'avons rien fait de mal.

Mais mon souhait le plus cher est d'épouser Emma un jour. Je voulais que vous le sachiez.

— Ha ! À la façon dont vous la serrez contre vous, on pourrait croire que vous avez déjà convolé !

— Il m'aime, Tante Sabine. Et je l'aime aussi.

Cet aveu, formulé à voix haute pour la première fois, résonna dans le silence comme un accord musical.

— Je n'en crois pas mes oreilles ! articula Sabre-de-bois d'un air furibond. J'en ai entendu, dans ma vie, mais rien d'aussi scandaleux ! Je vois clair dans votre jeu, mon petit monsieur. Vous avez les dents longues, vous êtes un arriviste, un insolent. Beaucoup trop ambitieux et arrogant à mon goût ! Aucun obstacle ne vous fait peur, mmm ?

Elle n'avait peut-être pas tort sur ce dernier point, admit Adam in petto. Après tout, il avait ressuscité son magasin moribond et l'avait remis à flot.

Redressant les épaules, il répondit fièrement :

— Quand la cause est juste, je ne laisse rien ni personne me barrer la route.

Malgré sa petite taille, elle le toisa d'un air belliqueux, le regard luisant de colère.

— Et beau parleur avec ça !... Mais pour qui vous prenez-vous, jeune présomptueux ? Oser poser les yeux sur une créature aussi rare, merveilleuse et talentueuse que mon Emma ! Et *riche* de surcroît, n'est-ce pas, monsieur Arnring ?

— Tante Sabine ! s'étrangla Emma.

— Évidemment, ce détail ne compte pas pour vous ! Ça vous est égal, c'est bien ce que vous allez me répondre ?

Adam soutint son regard avec un froid dédain.

— Vous avez raison, chère madame, mais pas là où vous croyez. Si Emma n'avait pas de fortune, il n'y aurait aucun problème. Nous n'aurions qu'à nous débrouiller pour vivre, comme la plupart des jeunes ménages.

— Trêve de balivernes ! Je ne suis pas dupe un quart de seconde, monsieur le détrousseur de dot ! Mais, moi vivante, vous n'aurez pas mon Emma ! Et autant vous prévenir tout de suite : je n'ai pas l'intention de mourir prématurément pour vous faire plaisir !

— Tante Sabine !

Emma lui lança un regard horrifié, puis se détourna avec un sanglot étouffé pour se trouver nez à nez avec le portrait de son oncle, feu Aaron Rothirsch, le visage sombre, ses grosses mains croisées devant lui dans une pose aussi sinistre que son regard. Adam vit ses épaules frémir et les confidences qu'elle lui avait faites dans le train remontèrent à sa mémoire. *« C'était un monstre !... Oncle Aaron la méprisait. Il l'a détruite. Il lui arrivait même de la battre. »*

Emma se retourna brusquement vers la vieille dame.

— Tu es horriblement injuste, Tante Sabine. Toi plus qu'une autre, tu devrais comprendre, pourtant. Tu as traversé suffisamment d'épreuves dans ta vie pour savoir qu'il est des circonstances où l'on peut – ou l'on doit – avoir sa fierté. C'est par fierté justement qu'Adam ne m'a pas encore demandée en mariage. Je le sais, même s'il ne me l'a pas avoué ouvertement. C'est parce qu'il n'a rien et...

— Comment ça, *rien* ? riposta sa tante d'un air scandalisé. Je ne le paie pas assez, peut-être ? Je lui verse un salaire royal ! En l'espace de neuf ans, laisse-moi calculer... il a dû mettre plusieurs milliers de dollars à la banque ! Au moins...

Emma lui coupa la parole avant qu'Adam ait pu ouvrir la bouche.

— Il a sa famille à charge, figure-toi ! Par fierté encore, il ne t'a jamais parlé de son père qui est veuf, comme toi, avec des problèmes cardiaques, comme toi, de son frère cadet qui ne sait quasiment rien faire, de son plus jeune frère qui prépare sa médecine...

Adam lui attrapa le bras, affreusement gêné. C'était beaucoup trop personnel, et elle le faisait passer pour une sorte de héros.

— Je t'en prie, ça n'a vraiment rien d'extraordinaire, coupa-t-il. Soutenir sa famille dans le besoin est naturel. Il n'y a pas de quoi se glorifier.

Un long silence tomba dans la pièce. La pendule, un lourd bloc de marbre flanqué de deux angelots en bronze, égrena huit heures.

Adam s'assit sur le canapé et prit la main d'Emma dans la sienne pendant que Sabine Rothirsch fixait obstinément le sol.

Au bout de quelques minutes, elle leva les yeux et déclara d'une voix enrouée :

— La fierté... Je suppose qu'il n'y a rien de répréhensible à cela, tant qu'elle n'est pas mal placée.

Adam avait eu son lot de rebuffades et d'amour-propre froissé : les moqueries de ses camarades d'école le traitant de bâtard, les sarcasmes continuels de Léo, cette fille qui l'avait laissé tomber pour le bal de fin d'année sous prétexte que sa famille ne le trouvait pas assez bien, pas « fréquentable »... Il ne se souvenait plus de son nom, mais la cicatrice était toujours là. Étrange comme des blessures sans importance, qu'on croyait oubliées, pouvaient ressurgir des années plus tard.

Sabine Rothirsch était bien placée pour le comprendre, avait lancé Emma. Adam se rendit compte que la vieille dame n'avait jamais été acceptée parmi les gens qu'elle respectait le plus. On se moquait de sa maison hideuse, de son snobisme, de sa façon de s'habiller, de son tour de taille et – ironie du sort – de sa prétendue domination sur son défunt mari. Sans parler de tous les noms d'oiseaux dont on l'affublait – lui le premier ! – avec des sourires railleurs...

Comme si elle lisait dans ses pensées, Sabine se trémoussa sur son siège, s'éclaircit la gorge et demanda presque timidement :

— Si vous n'avez pas l'intention d'épouser ma nièce, qu'êtes-vous venu faire ici ?

— Je voulais éclaircir la situation afin qu'Emma n'ait plus besoin de recourir à de faux prétextes pour me rejoindre, et ne plus avoir à me cacher chaque fois que je veux la voir.

Emma alla s'asseoir à côté d'elle et la prit doucement par l'épaule.

— Tante Sabine, nous nous sommes écrit tout au long de l'année. Nous sommes des adultes, tu sais, et tu ne peux pas nous empêcher de nous aimer. Mais Adam a raison : il est plus honnête que tu saches la vérité.

— Ça devait arriver, marmonna la vieille dame comme pour elle-même. Je crois que je l'ai compris à l'instant où tu es montée à côté de lui dans cette maudite voiture, contre toute bienséance, et que je vous ai vus rire tous les deux comme des complices. Il est beau garçon – beaucoup trop beau garçon ! Ma mère m'a toujours mise en garde contre les beaux garçons, on ne peut pas leur faire confiance. Je l'ai écoutée et...

Son regard chercha le portrait de son mari et s'arrêta sur son visage lugubre, à peu près aussi avenant que la statue du Commandeur quand elle entraîne Don Juan aux enfers. Quand elle se détourna, des larmes brillaient dans ses yeux.

— Aaron gagnait cinq dollars par semaine quand nous sommes arrivés ici, le saviez-vous ? Nous vivions dans une seule pièce, mais c'était le paradis, comparé à la vie misérable que nous connaissions en Pologne. À force de travail et de privations, nous avons pu ouvrir un petit magasin, puis un plus grand, puis enfin celui-ci.

» Alors, nous avons acheté notre manoir et engagé du personnel pour faire le ménage, s'occuper du jardin et de la voiture – surtout parce que c'était un signe de réussite. Mais au fond, tout notre argent n'a rien changé : nous sommes restés des étrangers ici, presque des parias. Les "bons chrétiens" répugnaient à nous recevoir chez eux parce que nous étions juifs, les "bien-pensants" nous regardaient de haut parce que nous n'avions jamais fait d'études... Croyez-vous que j'ignore ce qu'on dit de ma maison ? On me reproche de n'avoir aucun goût, mais où aurais-je appris ces choses-là ? J'étais seulement heureuse d'avoir un lit où dormir !

En l'écoutant, Adam avait le sentiment d'être plus mature que cette femme qui avait pourtant plus du double de son âge. Elle avait souffert de la solitude, sans nul doute, mais qu'avait-elle fait pour y remédier ? Rien. Elle s'était posée toute sa vie en victime. Adam, lui, refusait la fatalité. Loin de l'abattre, les obstacles étaient pour lui autant de défis qui stimulaient sa détermination.

— Les gens ont souvent des préjugés navrants, commenta-t-il gentiment. Prenez Jim Reilly, par exemple : il affirme qu'il ne faut pas faire confiance aux Anglais parce qu'ils sont trop froids. Quant à Ray Archer, il est persuadé que tous les Irlandais passent leur vie à boire de la bière dans les bars.

Cette remarque fit naître un pâle sourire sur les lèvres crispées de Mme Rothirsch.

— Une belle paire de fainéants, ces deux-là.

— Plus maintenant.

— Non, vous avez remis de l'ordre dans la maison, je dois le reconnaître. Je n'en ai peut-être pas l'air, mais sachez que rien ne m'échappe ! Et si je ne vous en ai rien dit, c'est parce qu'il est dans ma politique de ne jamais intervenir.

Exact, songea Adam avec un peu d'amusement. Aussi longtemps que l'argent continue à entrer dans les caisses, vous vous gardez bien d'intervenir.

L'hostilité de Tante Sabine étant apparemment en voie d'apaisement, il en profita pour lui demander la permission de sortir avec la jeune fille sans recourir à « des subterfuges indignes ».

— Parce que, de toute façon, nous continuerons à nous voir, ajouta-t-il avec un sourire désarmant.

Mme Rothirsch exhala un soupir désabusé.

— Très bien. Mais n'imaginez pas avoir triomphé, jeune homme ! La situation est loin d'être réglée. N'oubliez pas que mon Emma doit terminer ses études !

— Il n'est pas question que j'abandonne mes projets, Tante Sabine, renchérit l'intéressée d'une voix sereine. Je pars après-demain, comme prévu.

De plus en plus émoussée, Sabre-de-bois soupira de plus belle.

— Emma représente tout pour moi, monsieur Arn... Adam. Elle était la nièce préférée de mon mari, et encore un bébé quand elle est arrivée chez nous.

Adam n'eut pas besoin du bref regard que lui lança Emma pour comprendre que cette fiction devait être respectée. Si Sabine Rothirsch avait été plus jeune, une autre version aurait probablement été élaborée, présentant Emma non pas comme sa nièce, mais comme sa fille. Un moment plus tôt, il n'aurait pas cru possible d'éprouver une telle compassion pour l'irascible mais pathétique vieille dame.

Comme la pendule sonnait neuf heures, il prit congé, laissant derrière lui une atmosphère totalement différente de celle qui régnait à son arrivée.

Qui aurait pu imaginer que le dragon ferait patte de velours ? Sabine le nierait de toutes ses forces, bien sûr, mais Adam savait qu'elle avait été domptée.

16

1917

La nouvelle année commençait sous de bons auspices. Pour la première fois de sa vie, Adam avait la sensation d'être libéré du poids de l'inquiétude.

Bien sûr, Pa ne rajeunissait pas et avait toujours ses problèmes cardiaques, mais il était maintenant suivi par un bon médecin et son état restait stable.

Bien sûr, Léo ne changeait pas : amer, aigri, il passait le plus clair de son temps libre barricadé à double tour dans sa chambre avec des livres – mais il semblait s'être remis de ses déboires sentimentaux avec l'intraitable Koji Nishikawa.

Bien sûr, Doris avait beaucoup pleuré, et erré comme une âme en peine dans le jardin – mais elle s'était trouvé un autre soupirant, délivrant Adam de son sentiment de culpabilité.

Oui, l'année commençait bien.

Les nouvelles de Jonathan étaient toujours excellentes. Il avait réussi haut la main ses examens, et rien ne semblait pouvoir l'arrêter sur la voie royale de la médecine. Ses lettres étaient truffées de détails enthousiastes sur ses études et de confidences enflammées sur sa Blanche bien-aimée.

Quant à Emma (dont Adam n'avait toujours pas révélé l'existence à sa famille, préférant attendre le moment propice), elle rentrait à la maison, sa maîtrise d'enseignement pianistique en poche.

Non, il ne pouvait rien demander de plus – seulement que la vie continue ainsi ! Et pour peu que cette maudite guerre s'arrête enfin de l'autre côté de l'Atlantique, 1917 serait une excellente année.

Ce dimanche-là, Sabine organisa un grand dîner pour célébrer le retour de l'enfant prodige, bardée de diplômes. Adam fut le premier à y être convié.

Assis à la longue table de la salle à manger, face aux énormes candélabres en étain, aux lourds couverts en argent et aux bouquets de roses thé, il avait conscience que sa présence à cette véritable cérémonie avait valeur d'intronisation. Il allait « jouer dans la cour des grands », comme l'avaient souligné en riant Reilly et Archer.

Les convives de Sabine Rothirsch composaient une assemblée hétéroclite. Seul point commun – et condition requise pour être admis chez elle : appartenir à ce que la tante d'Emma considérait comme « la crème de la cité ». Il y avait là son avocat, Me Spencer Lawrence, et son épouse ; la collection au grand complet des « amies très chères », toutes septuagénaires, veuves et pipelettes ; le vieux – mais encore vert – médecin de famille, accompagné de sa femme dure d'oreille (ce qui ne l'empêchait pas de tenir l'harmonium à l'église tous les dimanches depuis la guerre de Sécession) ; enfin, abaissant la moyenne d'âge, une demi-douzaine de camarades d'université d'Emma, dont deux étaient venues au bras de leur jeune et riche époux.

— Théodore Brown a eu un empêchement, expliqua

la maîtresse de maison en réponse au bref haussement de sourcils de Lawrence devant la chaise vide en face de lui. Quelqu'un de sa famille est malade, il a dû quitter la ville pour voler à son chevet.

Adam tiqua. Au fil des mois, le comptable était devenu un véritable ami, et il était bien la seule personne – en dehors d'Emma ! – avec laquelle il se serait senti à l'aise ce soir. Mais ce dîner ne serait pas inintéressant pour autant. C'était la première fois qu'il avait l'occasion de participer à un repas officiel où le menu français-ma-chère, livré par le meilleur traiteur de la capitale, comportait vol-au-vent, saumon à l'oseille, chapon rôti à la broche et charlotte à l'orange. Dommage qu'un tel festin soit servi dans une des salles à manger les plus laides qu'on puisse imaginer...

Il était assis à côté d'Emma, non loin de leur hôtesse, qui trônait en bout de table, olympienne et béate. Après les inévitables mondanités d'usage, la conversation roula non moins inévitablement sur la guerre en Europe.

— ... quoi qu'ait pu affirmer Wilson, décrétait Spencer Lawrence, nous serons contraints de prendre les armes. C'est inéluctable. Je dirais même que c'est notre destin.

Il s'exprimait avec une autorité naturelle. Grand, sec, les traits hautains et les tempes grisonnantes, l'avocat offrait l'image même de l'autorité.

Il n'avait sûrement pas été facile pour Sabine, devina Adam, de se résoudre à présenter quelqu'un d'aussi insignifiant que lui à Me Spencer Lawrence. Seule Emma pouvait avoir réussi ce petit miracle.

Il se demanda si l'avocat pouvait l'avoir remarqué dans les élégants salons de Francine, quand il se mêlait aux cercles avides d'écouter les propos des célébrités locales. Bien sûr, cela remontait à longtemps car depuis qu'Emma était entrée dans sa vie, Adam n'était pas retourné chez Francine. Il songea au couple uni que formaient Pa et Rachel. Même si son père avait eu les moyens de s'offrir ce genre de « distraction », il ne serait jamais allé là-bas.

Adam n'imaginait même pas pouvoir désirer un jour une autre femme qu'Emma. Et il essaya de ne pas laisser paraître son trouble chaque fois que son regard se posait sur les épaules nues, la gorge ronde et les cheveux flamboyants de l'objet de tous ses fantasmes.

Le Dr Macy remarqua :

— J'ai lu hier avec intérêt l'article de Jeff Horace qui évoque les pourparlers entre les Galeries Cace et votre Comptoir de l'Élégance, chère madame Rothirsch. Je me demande comment il s'y prend pour obtenir ces détails. Il semble au courant de tout ce qui se passe ici et ailleurs. Quoi qu'il en soit, cette fusion serait une aubaine pour notre ville.

Adam observait avec amusement le médecin bataillant avec son pilon de chapon. Macy était un homme jovial et sympathique, tout comme Jeff. Et tout comme lui aussi, il ne rechignait jamais à rendre service en cas de besoin.

Lawrence refroidit l'atmosphère en laissant tomber du bout des lèvres :

— Je n'appelle pas ça un journaliste. Tout au plus un colporteur de ragots.

— Il n'empêche, poursuivit le médecin avec une bonne humeur imperturbable, que ses informations sont souvent intéressantes. Prenez son dernier article, par exemple : il y est question de doter le nouveau magasin d'un toit ouvrant en forme de verrière... Très originale, cette idée. Très séduisante.

Mais... c'est *mon* idée ! se dit brusquement Adam en se pétrifiant. Voyons, comment est-ce possible ? Je n'en ai jamais parlé à Jeff, ni à personne d'ailleurs. Si, à Théo. Aurait-il été montrer le plan que j'ai griffonné devant lui un jour où nous avons déjeuné dans son bureau ?

Les regards s'étaient tournés vers Lawrence, qui lâcha avec le plus parfait dédain :

— Une idée parfaitement inutile, surtout. Encore une élucubration sans intérêt. Il ne sait plus quoi inventer...

Adam encaissa. Ma foi, son croquis était effectivement un gribouillage sans grande valeur. Il ne se prenait pas pour un architecte, même s'il aimait concevoir des plans pour s'amuser. Était-ce une raison pour que Lawrence se montre aussi cassant ?

— Ce gratte-papier aurait tort de se gêner : il est payé à la ligne ! ricana l'avocat.

Adam commençait à éprouver une profonde antipathie pour ce Spencer Lawrence. Les condamnations tombaient de ses lèvres comme des sentences de mort dans une cour d'assises.

Loin de se laisser intimider, le Dr Macy répliqua en souriant :

— Gratte-papier ou pas, Jeff détient des tuyaux croustillants sur un tas de sujets dont il ne parle pas dans son journal.

— Peuh !

— Prenez les habitués de chez Francine, par exemple. Il aurait de quoi écrire un livre, s'il le voulait – à supposer qu'un éditeur se montre prêt à l'imprimer, bien entendu !

Mme Lawrence demanda ingénument ce que c'était que ce magasin.

— Chez Francine ? On dirait le nom d'une boutique de mode française.

— Euh... tout le monde a fini, que je fasse servir

le dessert ? intervint précipitamment Sabine Rothirsch, écarlate. C'est une sorte de génoise à la crème qui risque de ramollir si on la laisse attendre trop longtemps...

Le prétexte était cousu de fil blanc, personne ne fut dupe. Sabine était horrifiée qu'on aborde un sujet aussi scandaleux à sa table. Sa consternation se mua en horreur quand le médecin se fit un devoir de répondre à la question de Carolyne Lawrence.

— C'est une maison de plaisirs, chère madame. De très belles jeunes femmes y font les délices des messieurs gourmands.

— Oh ! s'exclama Carolyne, rouge de confusion. Je suis désolée... Je ne me doutais absolument pas... Mais, rassurez-moi, ce lieu de perdition ne se trouve pas *ici*, au cœur de notre ville ?

— Non, juste à la sortie. En voiture, on y est en un rien de temps, répondit le médecin, la mine impassible.

Adam étouffa un rire. Les yeux pervenche de la digne Mme Lawrence semblaient sur le point de jaillir de leurs orbites.

— C'est révoltant ! Une femme dont le mari fréquente ce genre de lieu devrait exiger le divorce ! Moi, en tout cas, c'est ce que je ferais !

Mme Macy, en bonne grenouille de bénitier, abonda en ce sens, imitée par un duo de vieilles pies amies de Sabine, tandis qu'une autre modulait sa réponse :

— Ta ta ta, le divorce est toujours une forme d'échec, mes chères. C'est une décision très douloureuse.

Une des camarades d'Emma manifesta son désaccord.

— Uniquement en Amérique. En Angleterre, des gens très bien divorcent plutôt que d'être malheureux en ménage et cela n'a rien de scandaleux, comme ici.

Le visage de la pauvre Sabine était écrevisse, son regard rempli de détresse de voir son dîner en tout point parfait virer au cauchemar.

Adam ne put s'empêcher de voler à son secours :

— Dites-moi, maître Lawrence, j'ai lu dans la presse que la Maison-Blanche donnait des signes avant-coureurs d'un changement de politique au sujet de la guerre. Vous avez des informations ?

— Mon Dieu, oui, mais je ne voudrais pas ennuyer ces dames...

Emma se récria aussitôt.

— Vous plaisantez, maître ? L'intervention des États-Unis serait-elle pour demain ? Le fait est que l'état-major allemand a décrété la guerre sous-marine à outrance et que six de nos navires ont déjà été torpillés. Ça fait frémir. Je ne crois pas que nous puissions rester neutres encore longtemps...

— Oui, vous qui êtes un ténu du barreau, jugea bon d'ajouter Tante Sabine, qu'en pensez-vous ?

Spencer Lawrence haussa un sourcil.

— Un ténor, chère petite madame, un ténor.

Comme Adam l'espérait, la manœuvre de diversion réussit d'autant plus facilement que l'avocat adorait apparemment s'entendre pérorer et qu'on l'appelle « maître ». Au grand dam des deux vieilles rombières, la conversation reprit donc un tour politico-diplomatico-militaire.

La charlotte à l'orange, une merveille de légèreté, fit son apparition peu après, et Adam eut la sensation agréable qu'Emma et lui avaient sauvé la soirée de Sabine.

On terminait le café au salon, quand cette dernière fit une annonce :

— Passons dans l'auditorium, voulez-vous ? Je n'en ai pas parlé à Emma (mon bel ange est si modeste !), mais je suis certaine qu'elle meurt d'envie de nous interpréter quelque chose !

— Oh non ! démentit l'intéressée. S'il te plaît, Tante Sabine... c'est une fête. Personne n'a envie de m'écouter jouer.

— Bien sûr que si. Ils seront enchantés ! Pas vrai, mes amis ?

Pendant que tous les invités acquiesçaient avec plus ou moins d'enthousiasme, Emma lança un regard consterné à Adam, ses lèvres remuant silencieusement pour former les mots : *Je suis sûre du contraire*.

— Allons, ne fais pas ta mauvaise tête, la gronda sa tante. Juste un petit morceau. Celui que tu veux, chérie.

Sabine était si fière de son « bel ange » ! Adam n'aurait jamais cru soutenir la vieille dame contre Emma, mais il adressa à celle-ci un signe de tête pour l'inciter à céder.

Il n'y avait quasiment pas assez de place pour tout le monde dans la pièce pompeusement baptisée « auditorium » où le superbe Steinway de concert, d'un noir luisant, occupait à lui seul un bon tiers de l'espace.

— C'est un vrai piano de professionnel, pas un demi-queue ! fit remarquer Sabine. Je le lui ai acheté quand elle n'était pas plus haute que trois pommes... Vous allez voir ce que vous allez voir !

Au martyre, Emma s'assit devant le clavier, marqua un temps avant d'annoncer qu'elle allait interpréter une pièce courte : l'*Impromptu en* sol *bémol majeur* de Schubert.

Dans le silence qui suivit, seulement troublé par les gloussements pâmés de sa tante, assise au premier rang entre les Lawrence, elle régla soigneusement le tabouret, puis commença à jouer. Sabine se mit à hocher la tête d'un air approbateur et se pencha vers ses voisins pour leur chuchoter qu'ils allaient adorer ce « joli morceau ».

— Vous allez voir, ça va vous plaire. Personnellement, c'est l'un de mes impromptus préférés !

Adam remarqua l'échange de regards du couple. Un sourire en coin étira fugitivement les lèvres serrées de l'avocat.

— Regardez ses mains ! souffla Sabine d'une voix extasiée. Emma est une vraie virtuose ! Elle adore jouer de ce Schumann, sans parler de Ludwig van Mozart. Son style est aisément reconnaissable, vous ne trouvez pas ?

Spencer Lawrence garda le silence. Mais rien qu'à voir son expression, il était clair qu'il jugeait les commentaires de son hôtesse aussi grotesques que son ignorance. Il ne percevait donc pas l'émotion de la vieille dame ? Adam décida à cet instant qu'il n'aimait décidément pas cet homme. Qu'est-ce que ça lui aurait coûté d'acquiescer et d'esquisser un sourire ? Sabine Rothirsch ne connaissait rien à la musique, bon, et alors ? Ce n'était pas une raison pour afficher un tel mépris.

Les doigts d'Emma voltigeaient sur les touches d'ivoire. Adam réussit à se rapprocher insensiblement, et se tint à un endroit stratégique d'où il pouvait contempler à loisir son froncement de sourcils concentré, son collier de perles, si long qu'il disparaissait à l'intérieur de son décolleté. La mélodie poignante de Schubert lui arracha un frisson. Jamais, de toute sa vie, il n'avait entendu quelque chose d'aussi beau. Les notes semblaient s'envoler des doigts d'Emma comme des gouttes de rosée sous la caresse du soleil. Il ferma les yeux, ébloui, enivré, bouleversé. La musique l'enveloppait, tournoyait autour de lui tel un oiseau, l'effleurant de ses ailes avant de s'éloigner et de revenir.

Et tout à coup, Adam eut la certitude qu'Emma jouait pour lui, que c'était son âme qu'elle lui envoyait ainsi. Il aurait voulu que tous ces gens s'en aillent, qu'ils disparaissent d'un coup de baguette magique, afin de rester seul avec l'enchanteresse quand le miracle s'achèverait.

Plus tard dans la soirée, Emma raccompagna Adam au bas des marches du perron, et ils restèrent immobiles un long moment, étroitement enlacés dans l'ombre complice d'un épicéa.

— Je n'ai plus assez confiance en moi pour rester seul avec toi dans une pièce, soupira-t-il. Combien de temps ce supplice va-t-il durer ? Je pense à toi nuit et jour...

— Patiente encore quelques mois et tout finira par s'arranger, je le sais, je le sens. Même si elle n'est pas prête à l'admettre aujourd'hui, ma tante commence à se faire à l'idée de notre mariage.

La lune enveloppait la façade d'un voile laiteux, atténuant son austérité et sa laideur. Le ciel était profond, la nuit paisible, magique. Le vent lui-même semblait retenir son souffle. Emma blottie dans ses bras, Adam avait la sensation que rien ne pouvait plus s'opposer à son bonheur.

Sa confiance en l'avenir reposait heureusement sur de solides fondations : sa situation semblait confortée, sa future promotion acquise grâce à la fusion prochaine. Ce n'était toujours qu'un projet, mais qui progressait à grands pas. Spencer Lawrence et les avocats de Dan Cace mettaient au point les derniers détails du protocole d'accord.

Théo considérait cette affaire comme un véritable « filon ». Il aimait ce mot et le répétait souvent.

« Un filon qui nous apportera autant de prestige que d'argent. Bien sûr, pour toucher le pactole, la vieille Rothirsch devra mettre encore la main à la poche, mais elle l'a bien compris. Quant à vous, Adam, préparez-vous à obtenir un bel avancement ! »

Cela ne pouvait mieux tomber : le mari d'Emma n'accepterait jamais que Sabine lui donne de l'argent, mais un salaire mérité, c'était tout autre chose. En remerciant mentalement le ciel pour tous ses bienfaits, il embrassa sa bien-aimée.

— Tu t'es fait du souci toute l'année, murmura-t-elle quand il la lâcha. Tu es rassuré, maintenant ?

— Oui.

— Vrai de vrai ?

— Juré.

— Alors... nous nous marierons bientôt ?

— Très bientôt, mon amour. Puisque nous le voulons autant l'un que l'autre.

Sur un dernier baiser, il s'éloigna dans la nuit, sifflotant doucement pour lui-même le thème du céleste *Impromptu* de Schubert.

17

Un matin, Adam travaillait dans son bureau, juste au-dessus du magasin, quand il eut la surprise de recevoir la visite d'Emma. C'était bien la première fois qu'elle s'aventurait à l'étage. À son air contrarié, il comprit tout de suite qu'il était arrivé quelque chose.

— Que se passe-t-il ? Un problème ? s'inquiéta-t-il en se levant.

— C'est Tante Sabine. Elle est dans tous ses états. Théo Brown a téléphoné pour lui annoncer qu'elle pouvait faire une croix sur notre fusion avec les Galeries Cace. Le projet est à l'eau !

— *Quoi ?*

— Théo a dit qu'il avait des doutes depuis quelque temps déjà et qu'il s'apprêtait justement à la mettre en garde, quand Cace a brutalement changé les termes du contrat. Il exige à présent une contrepartie financière ou une mise de fonds beaucoup plus importante que prévu, enfin, quelque chose comme ça. Toujours est-il que Tante Sabine est effondrée.

Adam secoua la tête, l'incrédulité se lisait sur ses traits.

— Je ne comprends pas. Qu'est-ce qu'il veut ?

— Pas moins de cinq cent mille dollars, apparemment. Mais la pauvre était tellement bouleversée que je n'ai pas compris tout ce qu'elle racontait.

Un demi-million ? Adam pâlit. C'était impossible. On ne pouvait pas modifier un accord sur une somme pareille ! Emma devait se tromper. Il y avait un malentendu. Forcément.

— J'appelle Théo tout de suite pour tirer cette affaire au clair.

Les mâchoires crispées, il demanda à l'opératrice de lui passer le bureau du comptable.

— Théo ? Adam Arnring à l'appareil. Mlle Rothirsch se trouve dans mon bureau et elle vient de me rapporter une histoire insensée. La fusion serait annulée ?

S'il espérait encore un démenti, le soupir de son correspondant lui ôta toute illusion.

— Hélas oui ! Après toutes ces négociations, l'affaire a capoté. La direction des Galeries Cace a besoin de plus d'argent, beaucoup plus, pour mener son projet à bien. Et comme vous ne disposez malheureusement pas des fonds nécessaires.

— Mais enfin... comment est-ce possible ? Les deux parties étaient d'accord sur la somme. Qu'est-ce qui s'est passé ?

— Eh bien, dans la mesure où ils vont fermer leur magasin à Santa Fe et que la configuration des lieux est très différente ici, ils ont décidé d'acquérir ce terrain, juste à côté de votre boutique, pour...

— Et ça leur prend d'un coup ? Je ne savais même pas que le terrain était à vendre. D'ailleurs, je suis à peu près sûr qu'il ne l'est pas !

Théo soupira de plus belle.

— Quand bien même : ils veulent que Le Comptoir de l'Élégance mette la main au portefeuille et place un demi-million de dollars dans la balance – à prendre ou à laisser. Ils ont des projets très ambitieux et...

Adam frappa du poing sur la table.

— C'est la décision la plus précipitée, la plus absurde, la plus imbécile que j'aie jamais entendue ! s'emporta-t-il, fou de rage. Ce n'est même pas correct ! Il s'agit d'une escroquerie, ni plus ni moins !

— Non, non, non, temporisa Théo. Ce n'est peut-être pas très... élégant, mais cela n'a rien à voir avec une escroquerie, Adam. Les revirements de dernière minute sont monnaie courante dans ce type d'affaires. On voit que vous n'avez pas l'habitude de l'univers impitoyable de la concurrence, mais moi, oui, et je vous répète que ça n'a rien d'exceptionnel.

Le cerveau d'Adam était en feu. Il avait l'impression qu'on lui donnait des coups de barre de fer sur le crâne. La promotion dont il avait rêvé pour offrir une vie décente à Emma, leur mariage, leur bonheur futur... tout était à l'eau !

— Il faut que je vous voie, Théo, reprit-il d'une voix blanche. C'est trop grave pour en discuter au téléphone. J'arrive tout de suite.

Il y eut un bref silence à l'autre bout du fil, puis une fin de non-recevoir :

— Je suis désolé, Adam, mais je n'ai pas une minute à vous donner. J'ai un dossier à boucler avant midi et...

— Je ne prendrai pas beaucoup de votre temps. Je veux juste...

— Non. Ma sœur est au plus mal. Je vous ai déjà parlé de ses problèmes de santé, il y a deux mois, vous vous souvenez ? La malheureuse est hospitalisée. Je file à son chevet en tout début d'après-midi : plus de deux cents kilomètres de route. Je vous verrai à mon retour et nous discuterons plus longuement de ce regrettable incident. Je suis navré, croyez-le bien. J'espère que vous comprenez.

Comprendre ? Non, pas vraiment. Théo aurait au

moins pu lui accorder dix minutes avant de déguerpir. Et ne pas qualifier de simple incident une catastrophe qui mettait l'avenir du magasin et le sien en péril !

— Alors ? demanda Emma comme il raccrochait, blême.

— Terminé, murmura Adam. Tous nos projets, notre avenir, anéantis en l'espace d'une seconde.

Elle s'avança vers lui, ses yeux verts étincelant d'indignation.

— Que veux-tu dire par « nos projets » ? Tu ne parles pas de notre mariage, j'espère ?

Comme il la dévisageait sans répondre, elle s'écria :

— Je n'arrive pas à le croire ! Même si cette affaire échoue, en quoi cela nous concerne-t-il, toi et moi ? Nous n'existons pas sans les Galeries Cace, peut-être ?

— La question n'est pas là, Emma. Ce que je gagne ici comme employé de ta tante ne nous permettra en aucun cas de vivre, loin s'en faut. Et je ne vois pas où je pourrais obtenir un salaire plus élevé.

— Et alors ? répliqua-t-elle, les mains sur les hanches.

— Alors, il faut regarder les choses en face : je suis incapable de subvenir à tes besoins, voilà tout ! J'habite un appartement minuscule, deux malheureuses pièces tout juste assez grandes pour une personne.

Le regard frondeur, Emma se percha crânement sur ses genoux et noua les bras autour de son cou.

— Adam Arnring, je vais finir par croire que tu ne me connais pas du tout ! Non seulement habiter dans un deux-pièces ne me fait pas peur, mais j'y serai pleinement heureuse du moment que tu y vivras avec moi !

— Tu ne sais pas de quoi tu parles, répondit-il avec amertume.

— Bon, eh bien, nous nous installerons dans un trois pièces. Je peux gagner beaucoup d'argent avec mes leçons de piano, tu sais.

Adam fronça les sourcils.

— Je n'en doute pas. Mais il est hors de question que je vive aux crochets de ma femme. Pour qui me prends-tu ?

— Ne sois pas stupidement entêté. Un jour viendra où les femmes aussi travailleront pour subvenir aux besoins de leur famille – et personne n'y trouvera rien à redire, monsieur l'homme des cavernes ! ajouta-t-elle d'une voix taquine en posant un baiser au coin de ses lèvres.

— Possible. Mais nous n'en sommes pas encore là.

Emma inclina la tête sur le côté, le front plissé.

— Tu crois pouvoir m'empêcher de donner des leçons de piano si j'en ai envie ?

Il ferma les yeux, la gorge serrée.

— Bien sûr que non, seulement elles ne suffiraient pas à payer les factures, de toute façon. Et puis j'ai des obligations. Mon père, mon frère... Bon sang, pourquoi faut-il que l'argent dirige le monde ?

— C'est ainsi, et nous n'y pouvons rien. À moins de recourir au troc, comme au temps des cavernes justement. Moi donner racines à toi si toi offrir à moi collier en os de mammouth !

Adam croisa son regard espiègle et dénoua avec un soupir les bras qu'elle avait passés autour de sa nuque.

— Je n'ai pas envie de rire.

Il y eut un silence, puis Emma effleura tendrement ses lèvres d'un baiser.

— Écoute, dans le pire des cas nous pourrions loger chez Tante Sabine... euh, à titre provisoire, évidemment ! ajouta-t-elle vite en le voyant déjà se fermer à double tour. Elle est très généreuse et elle n'a personne d'autre à qui faire profiter de sa fortune. Pourquoi refuserions-nous son aide ?

La lueur de fierté qu'elle connaissait bien traversa les prunelles claires d'Adam.

— Hors de question de vivre de sa charité ! Je ne veux même pas en entendre parler !

Quelle que soit la compassion que j'éprouve pour sa future solitude dans cette grande maison vide, je ne serai pas un petit chien dépendant de son bon vouloir ! Il se le jura... tout en contemplant avec émotion la bouche d'Emma, si proche de la sienne. Il ne pourrait renoncer à elle, au bonheur qui, la veille encore, leur semblait promis.

— Comme tu voudras, mon chéri. En ce cas, nous nous débrouillerons. Je ne suis pas exigeante, tu sais. Tu ne vas peut-être pas le croire, mais tout ce que je demande, c'est un petit logis, même modeste, dans cette ville. J'ai passé toute ma vie au milieu des valises et des malles. J'ai envie de me fixer, de vivre simplement et de ne plus bouger.

— Et d'avoir des enfants ?

— Oui, plus que tout au monde. Tu sais pourquoi.

Adam détourna les yeux. Parviendrait-il à lui faire comprendre qu'elle n'avait aucune notion du prix des choses ? Emma n'avait jamais eu à régler une facture. Elle n'avait peut-être pas des goûts de luxe, mais la nourriture, tout le quotidien... Des enfants qui iraient au lycée, puis plus tard à l'université... Non, elle n'avait pas la moindre idée de ce que cela représentait.

Il prit une inspiration et la força à se lever.

— J'ai un travail à terminer. Je réfléchirai à tout ça plus tard.

— Et moi je dois rentrer, acquiesça Emma à regret. Tu sais comme Tante Sabine s'énerve vite. Jamais je n'aurais imaginé que cette fusion était aussi importante pour son orgueil et l'image qu'elle veut donner à ses amies...

Emma partie, Adam laissa tomber sa tête dans ses mains et repensa à sa conversation avec Théo Brown.

Leur dialogue avait été si bref, si étrangement impersonnel s'agissant de l'annulation brutale et définitive d'un projet dont ce même Théo parlait encore la fois précédente comme d'un véritable filon... Tout cela était bizarre. On acceptait rarement une telle défaite avec autant de désinvolture. D'un autre côté, Théo était un bon vivant, optimiste à tout crin. Possible qu'il ait tourné la page avec plus d'aisance qu'un autre dans la même situation...

Franchement, il aurait pu me recevoir dix minutes ! se répéta Adam qui, plus que déçu et vexé, se sentait trahi. D'accord, sa sœur était malade et Théo était pressé de la rejoindre, mais enfin ! Un coup de théâtre pareil valait bien un petit entretien, non ?

Adam resta un long moment assis à son bureau sans bouger, le regard fixé dans le vide. Tout ce sur quoi il comptait venait de s'écrouler.

Enfin, il se leva comme un automate et descendit prendre l'air pour s'éclaircir les idées. C'était l'heure du déjeuner, mais il n'avait pas faim. Plongé dans ses pensées, il remontait le boulevard quand il croisa Reilly.

— Vous en faites une tête, Adam ! On dirait que vous venez de perdre votre meilleur ami...

— En fait, je viens d'apprendre une mauvaise nouvelle et je suis encore sous le choc. Vous n'allez pas le croire, mais la fusion avec Cace est morte et enterrée.

— Hein ? Comment est-ce possible ?

Adam haussa les épaules.

— Théo Brown me donnera les détails à son retour. Il a dû quitter précipitamment la ville.

— Qu'est-ce qu'il vient faire là-dedans ? Je croyais que l'affaire était entre les mains des avocats. Jeff Horace en a même parlé dans son journal !

Il y avait des moments où Reilly ne comprenait rien à rien.

— Oui, et alors ? fit Adam d'un ton impatient.

— Pourquoi ne leur posez-vous pas la question à eux ? Ils sont certainement mieux informés que Brown.

— C'est ça. J'y penserai.

Adam le planta là pour continuer à marcher droit devant lui en broyant du noir. Ses pas le conduisirent jusqu'à la place Lincoln, bordée de boutiques luxueuses, où un somptueux bâtiment abritait le cabinet d'avocats Lawrence, Wills & Wiley. La seule pensée de solliciter une entrevue avec Spencer Lawrence lui répugnait. Ce snob pédant et méprisant ne lui accorderait probablement pas plus de trente secondes de son précieux temps. Inutile d'essayer, décida-t-il en passant son chemin.

Une heure plus tard, comme il regagnait le magasin, Reilly fondit sur lui.

— Je vous ai vu vous diriger vers la place Lincoln... Alors ? Vous avez vu Spencer Lawrence ?

— Non.

— Vous avez tort. Brown est comptable, pas avocat.

Pauvre idiot ! Comme s'il ne le savait pas !

— Merci, Reilly, je suis au courant, répliqua Adam avec humeur.

Il monta s'isoler dans son bureau, et il dépouillait le courrier quand le téléphone sonna. Quoi encore ?

— Je n'arrive pas à calmer Tante Sabine, chuchota Emma. Elle ne comprend pas ce qui se passe. Tout cet argent qu'on lui réclame rubis sur l'ongle ! Ma parole, ils confondent Rothirsch et Rothschild ! J'ai appelé Théo, mais il était déjà parti. Tante Sabine demande si tu pourrais avoir la gentillesse de sonder Me Lawrence... Elle est trop bouleversée pour le faire, mais si toi... Enfin, toutes les deux, nous avons pensé que tu saurais...

— Je ne peux pas te parler maintenant, Emma, mentit Adam en prétextant un travail urgent. Je te rappelle dès que possible.

Il coupa brusquement la communication et resta le combiné à la main, les traits tendus.

Elles s'en remettaient à lui ! Comme s'il était une sorte de héros capable de les sauver ! Ne pas les décevoir, mon Dieu ! oh, surtout ne pas les décevoir ! se prit à implorer Adam. Mais *comment* ? Il n'avait aucune arme en main.

Lentement, avec l'entrain d'un condamné allant entendre la sentence, il contacta le cabinet Lawrence, Wills & Wiley, et demanda un rendez-vous en urgence avec le Grand Maître.

Le cabinet ressemblait en tout point à ce qu'il avait imaginé, depuis le cerbère en jupons qui montait la garde devant la double porte capitonnée de l'immense bureau jusqu'au mobilier français de style Louis XVI, en passant par l'austère portrait accroché au-dessus de la monumentale cheminée en marbre – sans nul doute l'un des aïeux de Spencer Lawrence, à en juger par sa mine aimable.

— Entrez, monsieur Arnring.

À la seconde où leurs regards se croisèrent, Adam ressentit la même antipathie qu'au sortir de « l'auditorium », quand il avait félicité Emma du bout des lèvres. Les compliments devaient lui écorcher la bouche !

— Prenez un siège. J'avais l'intention de m'entretenir cet après-midi avec Mme Rothirsch, malheureusement, je n'en ai pas eu le loisir car je plaidais au palais de justice. Quoi qu'il en soit, j'ai toute latitude pour discuter avec vous de ce regrettable fiasco.

— Fiasco... J'avais un dernier espoir en venant vous trouver. La situation est donc sans issue ?

— Tout dépend de quel côté on se place. Du point de vue de M. Brown, c'est sans nul doute une excellente nouvelle.

Adam se figea.

— Je ne comprends pas, maître. En quoi est-ce une excellente nouvelle pour lui ?

— C'est assez compliqué, surtout pour quelqu'un qui n'est pas spécialiste en droit, mais pour résumer la situation, sachez que M. Brown a formé un syndicat qui est tout disposé à payer ce qu'il faut pour répondre aux exigences des Galeries Cace... et mettre hors jeu cette pauvre Mme Rothirsch. Brown a appâté Dan Cace en lui proposant un projet qui quadruplera la surface de ses « Nouvelles Galeries ». Il s'apprête maintenant à faire à votre patronne une offre de rachat qu'elle ne pourra pas refuser.

Il ne fallut qu'une poignée de secondes à Adam pour saisir les données du problème, mais beaucoup plus – oh oui ! beaucoup plus – pour admettre l'impensable : l'instigateur de ce coup tordu n'était autre que Théo Brown. Il en resta hébété.

— Mais... mais Théo est mon ami, balbutia-t-il enfin. Il n'aurait jamais... Vous êtes sûr ? Je veux dire : ne peut-il y avoir une erreur, un malentendu ?

Lawrence haussa les épaules.

— Il n'y a aucun malentendu. Vous vous souvenez de ce dîner auquel nous avons participé tous les deux, il y a deux ou trois mois ? J'étais agacé, sans doute un peu trop visiblement, par toutes ces allusions dans le journal à une fusion Cace-Rothirsch. Étaler une tractation aussi importante parmi les potins, la livrer en pâture à des imbéciles est un acte irresponsable. Ces détails sur le toit ouvrant, par exem...

Adam faillit bondir de son fauteuil.

— Ça, c'était *mon* idée ! J'en ai dessiné un croquis un jour où je me trouvais avec Théo dans son bureau. C'est une innovation architecturale en Europe qui m'en avait donné l'id...

L'avocat se pencha en avant, le regard perçant.

— Un croquis ? Mais rien de formel ? Pas de plans certifiés qu'on pourrait produire en justice ?

— Non. C'était juste une idée en l'air, un gribouillage. Théo Brown était un ami, répéta douloureusement Adam. J'aurais répondu devant n'importe qui de sa loyauté...

Une ébauche de sourire effleura les lèvres minces de Lawrence et s'effaça aussitôt. Un oiseau de proie, songea Adam. Cet homme lui faisait penser à un faucon.

— Une chance que vous n'ayez pas choisi d'exercer le métier d'avocat. Vous êtes beaucoup trop naïf.

Accablé et conscient que l'entretien touchait à sa fin, Adam ne put cependant s'empêcher de poser encore une question :

— Y a-t-il quelque chose, n'importe quoi, que je puisse faire pour l'empêcher de parvenir à ses fins ?

Lawrence balaya cet espoir d'un geste de la main.

— Non. Au regard de la loi, Brown n'a rien à se reprocher. À moins de rassembler suffisamment d'argent pour surenchérir sur l'offre de son syndicat, vous devrez accepter la défaite. C'est la vie.

Effondré, Adam demanda par acquit de conscience à combien se montait la somme en question. Après s'être entendu confirmer qu'il ne faudrait pas moins de cinq cent mille dollars, il remercia Spencer Lawrence et repartit, le cœur en berne.

Sur le trajet du retour, il traversa le square où Emma et lui s'étaient donné leur premier rendez-vous par un bel après-midi de septembre. Elle avait l'air d'un ange, avec sa robe blanche et son chapeau de paille orné d'une rose incarnate. Oh, comme cette image du bonheur paraissait lointaine !

Adam redescendit le boulevard avec une sensation de vertige. Il passa devant le bar où il s'était arrêté à son arrivée à Chattahoochee – « Il y a du travail dans le coin ? ». Et voilà l'humble pension où il avait logé le premier soir, après avoir décroché un contrat de deux jours au Comptoir de l'Élégance.

Deux petits jours qui s'étaient transformés en dix années bien remplies. Qui aurait pu prédire ça ? songeait-il. Depuis ses débuts ici, sa vie professionnelle n'avait été qu'une progression continue... avant de connaître ce brutal coup d'arrêt.

Il se souvint qu'il avait plaisanté un jour devant Emma en affirmant que plus l'on gravissait les échelons, plus dure était la chute. Il ne croyait pas si bien dire. À présent, ces cinq petits mots rôdaient sournoisement dans sa tête. *« Plus dure sera la chute »*...

Il tourna à l'angle, longea l'annexe autrefois ravagée par l'incendie qui avait été restaurée et rouverte cinq ans plus tôt. *Rothirsch* était gravé en relief sous la corniche.

Adam se remémora le jour où il avait suggéré de concevoir la deuxième entrée à l'image du bâtiment principal. Il n'avait pas voix au chapitre et s'attendait que l'architecte bardé de diplômes s'offusque des conseils d'un jeune blanc-bec de vendeur. Ç'avait été le contraire :

« Tout bien réfléchi, monsieur Arnring, vous avez cent fois raison : ce sera beaucoup plus harmonieux ainsi. Je vais suivre votre idée. »

Et il en avait été de même à tous les niveaux, chaque fois qu'Adam était intervenu pour obtenir les décisions qui s'imposaient à ses yeux. On pouvait dire qu'il avait été derrière toutes les stratégies commerciales, toutes les améliorations, toutes les innovations... Sauf une, la seule qui avait capoté : cette fusion sabordée qui lui coûtait si cher aujourd'hui...

Le magasin – *son* magasin car il le considérait un peu comme son œuvre – apparut au bout de la rue avec ses jolis stores verts et ses jardinières en fleurs. La façade élégante avait été refaite à neuf et la pierre pâle étincelait au soleil. La gorge nouée, Adam se rappela le plaisir simple qu'il avait ressenti le jour où il avait opéré les premières transformations.

Il avait joué à quitte ou double et il avait gagné. Mais il avait vingt ans alors, l'âge où la foi soulève des montagnes.

C'en était fini aujourd'hui de ses rêves de bonheur et d'avenir – terminé. Comme de ses illusions d'une promotion et d'une reconnaissance sociale.

En l'espace d'une journée, il avait tout perdu.

18

— On peut entrer ? fit la voix de Jim Reilly.

Adam redressa la tête avec un soupir.

— Qu'est-ce que c'est ?

— Ray est là. Nous aimerions vous parler.

— Bien sûr, entrez, répondit Adam avec lassitude.

Que lui voulaient-ils ? Il éprouvait pour eux une affection sincère mais, franchement, n'avait aucune envie de les entendre débiter leurs éternelles plaisanteries.

Reilly prit la parole.

— Vous vous rappelez ce que je vous ai dit, il y a deux jours, quand je vous ai conseillé d'aller trouver Me Lawrence ? Eh bien, j'ai des informations qui vont vous intéresser... Je les ai recueillies pas plus tard qu'hier soir, dans un bar à deux pas de chez moi.

— Vous remarquerez qu'il a dit *je* et pas *nous*, souligna Archer. Parce que moi, je ne vais pas dans les bars !

— Oui, oui, on le saura, grogna Reilly. Ne m'interromps pas, tu veux ? Je parle à Adam. Donc, je me commande une bière, et qu'est-ce que j'entends ? Deux hommes qui discutent de « notre » fusion ! Vous pensez si j'ai tendu l'oreille ! L'un d'eux était un grand chauve à la mine patibulaire... ça, c'est pour vous le situer, parce que je ne connais pas son nom. Je ne pense pas qu'il réside en ville. En fait, je parierais ma prochaine augmentation qu'il n'est pas de chez nous. Il habiterait à Rosedale que je n'en serais pas autrement étonn...

— Au fait, venez-en au fait, le coupa sèchement Adam en pianotant sur le bureau d'un geste impatient.

— J'y arrive. En deux mots, le Chauve travaille comme chauffeur pour un type dont j'ai oublié le nom, appelons-le le Chevelu si vous voulez, pour le distinguer du...

— Tu n'as pas bientôt fini ? le houspilla Archer. Tu ne vois pas que ça ne présente aucun intérêt pour notre affaire ?

— *Bref*, reprit Reilly en le foudroyant du regard, le Chevelu est un ami de Théodore Brown. Et ce gredin de comptable était comme par hasard assis à l'arrière de la voiture à comploter un sale coup avec le Chevelu, quand le Chauve, qui lui était au volant puisqu'il est le chauffeur, a tout entendu. Vous aviez raison : Brown mijote quelque chose de pas joli joli !

— Je n'arrive toujours pas à le croire ! ragea Adam en secouant la tête. Il était si chaleureux, si amical... ça n'a pas de sens !

— Oh, que si, proféra Archer d'un air sombre. Vous êtes encore très jeune. Vous comprendrez quand vous aurez un peu plus d'expérience de la vie qu'elle est pavée de comptables filous !

— Bien dit, Ray ! approuva gravement Reilly.

Il se tourna vers Adam.

— Bon. Alors, que comptez-vous faire pour rattraper le coup ?

— Mais... rien. Que voulez-vous que je fasse ? De toute façon, c'est du ressort de Mme Rothirsch, pas du mien.

Les deux employés ouvrirent des yeux hallucinés. Le premier rétorqua que la vieille toupie était bien incapable de s'occuper d'une affaire pareille : elle ne provoquerait que des catastrophes. Quant à sa nièce, glissa le second, ce n'était pas non plus de sa compétence. Qu'est-ce qu'une femme pouvait comprendre à ces choses-là ? Une toute jeune femme, de surcroît !

— Eh bien, vous voyez, ça ne nous laisse personne, conclut Adam. Dans ces conditions, il ne nous reste plus qu'à chercher du travail ailleurs.

— Hein ?

— Qu'est-ce qu'il dit ?

Dans leur indignation, ils avaient parlé en même temps et Archer pointa vers le plafond un doigt vibrant d'espoir.

— Tout n'est peut-être pas perdu : Jim a eu une inspiration géniale.

— Géniale, géniale..., grommela l'inspiré en se grattant la tête. Disons que j'ai réfléchi à tout ça cette nuit, quand je n'arrivais pas à trouver le sommeil. Et subitement, je me suis souvenu d'un détail que vous m'aviez confié, Adam, il y a... hou là, longtemps ! Au sujet de ce monsieur très riche qui vous avait conseillé de quitter la maison de votre père pour voler de vos propres ailes. Vous savez, celui qui jouait au croquet ?

Ce fut le tour d'Adam d'ouvrir des yeux ronds.

— Quoi ?

— Pas au croquet, idiot, au golf ! siffla Ray en levant les yeux au ciel.

— Euh... oui, au golf.

Cette fois, Adam perdit patience.

— Herman Shipper ? Qu'est-ce qu'il a à voir là-dedans ? demanda-t-il d'un ton excédé.

— Il vous aimait bien, apparemment. Et il était dans les affaires, la banque ou quelque chose comme ça, non ?

— Oui, et alors ?

Jim et Ray échangèrent un regard apitoyé.

— C'est simple, voulut résumer Archer : votre copain vous avait à la bonne et...

— Et s'il avait une haute opinion de vos capacités, poursuivit Reilly, il acceptera sûrement de vous prêter de l'argent.

— Comme ça, vous pourriez rafler le contrat au nez et à la barbe de Brown !

— Alors, que pensez-vous de notre plan ?

— Génial, non ?

Ce qu'il en pensait ? Navrant. Puéril... et stupide. Mais leur expression était si pleine d'espoir qu'Adam en fut touché. Ils prenaient vraiment cette affaire à cœur, et pas seulement parce qu'ils risquaient leur place.

— Cet homme ne me doit rien. Et il ne m'a pas revu depuis dix ans, mes amis, souligna-t-il gentiment.

— Raison de plus pour lui rendre visite !

— Oui, qu'est-ce que ça vous coûte d'essayer ?

Beaucoup. Un aller-retour pour New York en train, autant de temps perdu et, pour couronner le tout, un échec qui le couvrirait de ridicule.

Non, cela ne valait même pas la peine d'essayer, décida Adam. Mais Reilly et Archer le regardaient avec une telle confiance, une telle foi presque, que pour se débarrasser d'eux, il répondit qu'il les remerciait infiniment pour leur soutien – ce qui était vrai – et qu'il allait étudier leur idée – ce qui était faux.

Le lendemain matin, néanmoins, comme Adam se rendait au Comptoir de l'Élégance, la suggestion de Reilly et Archer continua à trotter dans un coin de son esprit, agaçante et obsédante comme une puce ou un pull en laine qui gratte.

Quarante-huit heures durant, elle continua à le titiller, mais il n'en parla pas à Emma, et s'interdit d'y accorder une attention sérieuse. Puis, au milieu du troisième jour, comme Reilly et Archer le regardaient avec des yeux de merlan frit, une petite voix intérieure lui souffla : M. Shipper avait vraiment de la sympathie pour toi, il croyait en toi. *« Tu es un jeune homme brillant, mon garçon ! Tu iras loin ! »* C'était Herman Schipper le premier qui lui avait trouvé le sens des affaires.

Et de fait, il ne s'était pas trop mal débrouillé jusqu'ici. Le magasin moribond avait prospéré sous son impulsion. La fusion programmée avec les Galeries Cace représentait ce que son « ami » Théo appelait un filon. Or le travail de Shipper consistait justement à avancer de l'argent pour exploiter des filons...

Ces pensées présentes à l'esprit, Adam retourna voir Spencer Lawrence. Il s'attendait plus ou moins à se faire éconduire poliment, au lieu de quoi, l'avocat l'écouta sans broncher.

— Je connaissais bien Herman Shipper, voyez-vous. Je n'étais que son caddy mais, sans me vanter, je puis dire qu'il m'honorait de son amitié...

Le regard d'Adam passa du philodendron, dans l'angle du bureau, au visage impassible de Lawrence.

— Pour être honnête, j'ignore totalement s'il serait prêt à m'accorder un entretien. Je ne suis même pas sûr qu'il se souvienne encore de moi après tout ce temps. Et quand bien même, pourquoi accepterait-il de faire quelque chose pour moi, quand Théo Brown, qui était mon ami – « le sel de la terre », comme dirait mon père –, nous a tous trahis ?

— Trop de sel peut tuer, rappela sèchement Lawrence. Quant aux soi-disant amis... vous connaissez ce mot attribué à Voltaire : « Mon Dieu...

— ... gardez-moi de mes amis ! Quant à mes ennemis, je m'en charge ! »

— C'est exactement cela. Je vois que nous fréquentons les mêmes auteurs, approuva Lawrence d'un air satisfait.

Il marqua un temps, puis :

— Vous avez mentionné votre père. Dans quelle branche est-il ?

— Il possède une petite épicerie sur la côte Est qui lui permet tout juste de vivre. Il a commencé comme simple colporteur quand il est arrivé en Amérique après la guerre de Sécession.

— Je vois. Arnring... Quelle est l'origine de ce nom ?

— Juive, monsieur. Les parents de mon père étaient des Juifs allemands.

— Eh bien, cela vous fait un autre point commun avec Mme Rothirsch. Elle a été très pauvre.

— Dans un lointain passé, monsieur.

— Mais elle a connu des hauts et des bas. Elle était au creux de la vague lorsque vous avez repris son affaire en main. Cela n'a pas dû être facile. À tout point de vue : la dame n'a pas un caractère facile !

De nouveau, ses lèvres ébauchèrent cet imperceptible rictus qui pouvait passer pour un sourire.

Adam admit sans sourciller que Sabine avait une forte personnalité, en effet, avant de se surprendre à la défendre.

— Elle a traversé de terribles épreuves dans sa vie.

— C'est aussi ce que j'ai entendu dire. Ma foi, c'est une femme généreuse sous des dehors bougons. Elle donne beaucoup à des œuvres caritatives – sans s'en vanter, ce qui est encore plus rare. Et elle a adopté cette « nièce ». Une jeune femme tout à fait charmante, vous ne trouvez pas ?

— Si, murmura Adam.

— Bien. Pour en revenir à votre affaire, j'ignore si vous réussirez à convaincre Herman Shipper de venir à votre secours. Je le connais de réputation. Un homme remarquable, et un économiste de premier plan. Sinon, il ne serait pas à la tête de l'une des plus importantes sociétés d'investissement de tous les États-Unis. Mais il n'a pas pour vocation de jouer les bons samaritains.

— Selon vous, il ne sert à rien d'aller le voir ?

— Je n'ai pas dit ça. La fortune sourit aux audacieux, monsieur Arnring. Après tout, vous n'avez rien à perdre et tout à gagner, non ? Alors n'hésitez pas. Tentez votre chance, forcez-la au besoin. Je lui passerai un coup de fil, néanmoins, après lui avoir fait parvenir un dossier sur la fusion, histoire de glisser un minimum d'atouts dans votre jeu. Ah ! voulez-vous que j'appuie votre démarche auprès de Mme Rothirsch ? Quoique je doute qu'elle soulève la moindre objection.

J'en doute aussi, songea Adam.

Il était tellement stupéfait que pendant un moment, il fut incapable de parler.

— Je ne trouve pas les mots pour vous témoigner ma reconnaissance, déclara-t-il enfin. Même si ma démarche échoue, je n'oublierai jamais votre aide.

Lawrence hocha la tête d'un mouvement sec. Lui arrivait-il jamais de s'autoriser un vrai sourire ?

— Voyez-vous, Arnring, j'ai eu une vie très privilégiée, tout comme mon père et mon grand-père avant moi. Nous sommes nés avec une cuillère en argent dans la bouche. J'ai donc le plus grand respect pour les hommes travailleurs et ambitieux qui n'ont jamais bénéficié de ces avantages, et si je peux les aider en quoi que ce soit, je n'hésite pas.

Il croisa les bras et poursuivit :

— Vous êtes un jeune homme intelligent. Vous savez vous exprimer, vous avez de la culture et de la prestance. Sabine Rothirsch est une vieille dame tyrannique et sans le moindre sens artistique, mais cela ne l'empêche pas d'être honnête et généreuse. Il me déplairait qu'elle soit flouée par un Théo Brown auquel vous avez tous deux accordé imprudemment votre confiance. C'est une affaire peu reluisante.

Puis Lawrence feuilleta des papiers sur son bureau, signifiant que l'entretien était terminé.

— J'ai beaucoup de travail. Vous savez ce que je vous souhaite.

Alors ça... alors ça ! se répétait bêtement Adam en quittant le cabinet de l'avocat. Son arrogance, sa froideur n'étaient qu'une façade derrière laquelle se cachait un homme bon et sensible. Qui aurait pu s'en douter ?

Adam tourna les yeux vers la fenêtre et son regard se heurta à l'immeuble Woolworth qui semblait transpercer le ciel comme une lance. C'était le plus grand building jamais construit. À ses pieds s'étirait Wall Street, l'une des rues les plus riches et les plus prestigieuses du monde. De l'autre côté du plus magnifique bureau qu'il ait jamais vu trônait Herman Shipper, l'un des hommes les plus puissants de cette artère mythique. Et face à ce roi de la finance, perdu au milieu de tous ces superlatifs, était assis Adam Arnring, jeune homme banal et sans fortune.

— Tu sais que tu n'as pas du tout changé ? déclara Shipper en reprenant tout naturellement son tutoiement d'antan. Ce n'est pas comme moi : tu as vu mes tempes ?

— Elles sont peut-être... grisonnantes, risqua Adam en pensant « dégarnies ». Mais poivre et sel, c'est très... distingué.

Shipper le dévisagea d'un air goguenard.

— C'est bien ce que je disais, tu es resté le même. Sauf en ce qui concerne ta tenue.

Il lui décocha un clin d'œil malicieux.

— Te voilà devenu un homme du monde, si je comprends bien ?

Si seulement c'était vrai ! soupira mentalement Adam. Que savait-il du monde de Shipper, ou même de celui où, après qu'on a réussi à se hisser le long d'une paroi abrupte, la roche cède soudain sous vos pieds ?

— Tu es revenu chez toi depuis ton grand départ ?

— Juste une fois, il y a cinq ans, quand ma mère est décédée.

— Je croyais que ta mère était morte quand tu étais encore au berceau ?

Il se souvenait de tout ! Même d'une confidence glissée comme ça, dans la conversation, dix ans plus tôt.

— Euh... oui, mais Rachel m'a élevée comme son fils et...

Herman Shipper hocha gentiment la tête.

— Je comprends. Donc, ta patronne t'envoie à moi en qualité d'ambassadeur, c'est bien ça ?

— Oui. Elle souhaite ardemment cette fusion, mais la somme qu'on lui réclame à présent en contrepartie l'effraie. Elle est âgée et ne souhaite pas prendre de risque, même si ses finances lui permettraient amplement cette mise de fonds.

Shipper hocha la tête.

— Je sais tout cela. J'en ai parlé au téléphone avec Me Lawrence. Et j'ai jeté un œil au dossier qu'il m'a envoyé la semaine dernière. J'avoue que j'ai été surpris par ce que j'ai lu... Dis-moi, Adam, tu n'y as pas été de main morte avec le magasin !

— Eh bien...

— Spectaculaire, la courbe des profits réalisés dans les semaines qui ont suivi ton arrivée : tu as accompli des prodiges, mon garçon !

Adam esquissa un bref sourire.

— C'était un défi et ça m'a plu de le relever. J'aime m'investir dans ce que je fais.

— C'est exactement ce que m'a dit ce Lawrence. Un personnage sec et tranchant comme une lame, mais très compétent et perspicace. Il a répondu pratiquement à toutes mes questions avant même que je les ai posées.

Shipper ouvrit la grosse boîte à cigares dont le bois clair tranchait sur l'acajou de son bureau, prit un énorme havane et en proposa un à Adam, qui le refusa.

Il se renversa dans son fauteuil, alluma le cigare et le savoura en silence pendant une minute ou deux tout en observant son visiteur.

Tandis que la fumée s'élevait en volutes vers les moulures en stuc du plafond, Adam guettait le verdict avec anxiété. Il se sentait déplacé, ici. Dites-moi simplement si la réponse est oui ou non, monsieur Shipper, que je puisse rentrer chez moi.

— Puisque ta Mme Rothirsch souhaite que l'affaire se fasse mais qu'elle répugne à risquer son cher argent, reprit enfin l'homme d'affaires, je ne vois qu'un moyen... Que dirais-tu d'avancer toi-même la somme demandée ?

Le cœur d'Adam manqua un battement.

— *Moi ?* Mais... comment pourrais-je...

— Oh, très facilement. J'en ai discuté avec Lawrence. Je suis tout disposé à t'accorder un prêt sur dix ans avec cinq pour cent d'intérêt. Tes actions dans la nouvelle société te serviront de caution. Si tout va bien – et il n'y a aucune raison d'en douter –, il te suffira de quelques années pour me rembourser. Qu'en penses-tu ?

— Je ne vous suis pas bien, murmura Adam, effaré. Vous... vous oseriez me prêter un demi-million de dollars ? *À moi ?*

Shipper éclata de rire.

— À t'entendre, on pourrait croire qu'il s'agit d'un exploit. Je puis t'assurer que ça n'a rien d'extraordinaire. Si d'aventure tu étais dans l'incapacité de me rembourser au terme des dix ans, je deviendrais actionnaire dans ton entreprise. Tu vois : les choses sont claires. Mais je ne suis pas inquiet le moins du monde.

Les yeux d'Adam s'emplirent de larmes. Il cilla, espérant que Shipper mettrait son trouble sur le compte de la fumée.

— Je ne sais pas quoi dire...

— Alors ne dis rien. Continue simplement à faire du bon travail et à aller de l'avant. À propos : pas de mariage à l'horizon ?

— Eh bien, si. J'y pense, mais...

Sa voix s'enroua.

— Je vous prie de m'excuser. C'est à cause de... la fumée.

— Oh ! désolé. Je ne me suis pas rendu compte que mon cigare t'incommodait.

— Non, non, ne l'éteignez pas, je vous en prie. Ça ne me gêne pas. Ce n'est rien.

Shipper se dirigea vers un cabinet à liqueurs, dans l'angle de la pièce, versa une dose de bourbon dans un verre et le tendit à Adam.

— Tiens, tu m'as l'air d'en avoir besoin.

— Non, je... oui, merci.

Il but une gorgée d'alcool, puis serra le verre dans ses paumes pour empêcher ses mains de trembler.

— Spencer Lawrence n'a pas tari d'éloges à ton sujet, reprit Shipper en retournant s'asseoir dans son fauteuil. Selon lui, tu es un garçon brillant et plein d'avenir. Bref, ce que je t'avais dit... avec dix ans d'avance ! rappela-t-il dans un éclat de rire. Il m'a vivement approuvé quand je lui ai soumis mes intentions te concernant. Tu as de la chance d'avoir un allié comme lui.

— Et comme vous. Mon Dieu, j'ai du mal à croire ce qui m'arrive.

Shipper lui décerna un large sourire.

— Fais un petit effort, et crois-le. Mes avocats se mettront en rapport avec Spencer Lawrence dès demain pour finaliser le contrat. Et pour fêter notre accord, ce soir je t'invite à dîner à mon club. On y sert des beignets d'huîtres et un jambon glacé aux clous de girofle dont tu me diras des nouvelles !

L'entretien se termina et, après une solide poignée de main assortie du « merci » le plus sincère et le plus ému qu'il ait jamais formulé, Adam se retrouva tout étourdi dans Wall Street.

Les yeux levés vers l'immeuble Woolworth, il remonta la rue avec l'impression de flotter sur un petit nuage. Sauvé, il était sauvé ! Il avait envie de rire, de chanter, de danser ! Son regard tomba sur la vitrine d'une bijouterie et s'arrêta, comme aimanté, sur une magnifique perle fine, montée en solitaire.

Sans rien écouter d'autre que son cœur, Adam poussa la porte et entra.

Maintenant, il pouvait demander la main d'Emma.

La vie s'ouvrait à eux !

19

Adam était abasourdi par la tournure des événements et par la rapidité avec laquelle tout se mit en place. Dès l'instant où il reçut son chèque de New York, Lawrence lui fit signer les papiers de la fusion. La nouvelle se répandit dans la ville comme une traînée de poudre, et un splendide dessin représentant les futures « Nouvelles Galeries » Cace-Rothirsch fit la une de *L'Écho de Chattahoochee*, en prélude à un article enthousiaste de Jeff Horace.

— Je n'arrive pas à le croire, répétait Emma, radieuse. C'est tout simplement merveilleux. Je suis tellement heureuse pour toi, Adam !

— Réjouis-toi pour nous deux.

Lui-même avait l'impression de vivre un rêve. Sans cesse, il revoyait en pensée les événements de ces dernières semaines et tous les acteurs du drame : Brown le Traître, Sabine l'Indécise, Emma la Confiante, Lawrence le Juste, Shipper le Généreux et, pour finir, ceux auxquels revenait la place d'honneur, tout en haut de l'affiche : Archer le Futé et, surtout, Reilly le Fidèle.

Il n'était pas anodin que ce soit Reilly, entre tous, qui lui ait indiqué la voie à suivre. Quelle leçon devait-il en tirer ? Ne jamais se fier aux apparences ! Toujours garder l'esprit ouvert à toutes les suggestions !

— Ma première décision, quand j'aurai mon mot à dire sur la gestion du nouveau magasin, sera d'augmenter les employés – tous, mais d'abord les femmes, qui ne gagnent pas assez. Et puis je veillerai à ce que Reilly et Archer bénéficient d'une grosse prime d'ancienneté.

Un sentiment d'excitation grandissait en lui. Le plus drôle, c'était d'observer le comportement des uns et des autres : celui de Théo Brown, notamment, qui la veille encore avait changé de trottoir en feignant de ne pas le voir. Celui de Sabine qui, après avoir entendu son avocat parler d'Adam en termes très élogieux et appris qu'il détenait des actions de la société (même en quantité modeste), le considérait désormais comme un parti tout à fait convenable pour son Emma et l'invitait assez régulièrement à dîner.

— Je me disais, remarqua-t-elle un soir, que le magasin devrait prendre un autre nom. « Les Nouvelles Galeries Cace-Rothirsch », c'est lourd. « Rothirsch » sonne mal. D'ailleurs, les gens peinent à le prononcer. Pourquoi pas « Cace-Arnring » ? Ça sonne mieux, non ?

Le visage d'Emma s'illumina, mais Adam n'était pas sûr d'avoir bien compris ce que cela signifiait.

— Madame, je ne suis qu'un tout petit actionnaire, avança-t-il. Les autres membres du conseil d'administration n'accepteront jamais que...

— Au diable les grincheux ! Vous oubliez que je détiens un gros paquet d'actions et que j'ai mon mot à dire : « Arnring » ! Croyez-moi, c'est « Rothirsch » qu'il faut gommer de la façade. Comme pour toi, ma chérie. Tu ne seras pas contente d'être débarrassée d'un nom de famille pareil ? « Emma Arnring », ça sonne quand même beaucoup mieux, tu ne trouves pas ?

Emma lui sauta au cou et Adam les regarda fondre en larmes dans les bras l'une de l'autre avec l'impression de vivre un rêve.

Incroyable comme un peu d'argent et deux doigts de prestige pouvaient changer les mentalités. Il n'oublierait pas la leçon de sitôt.

Les fiancés étaient bien décidés à ne pas céder aux instances de Sabine, désireuse de les voir s'installer chez elle après leur mariage.

— Je dispose de cinq chambres vides ! Ce serait ridicule de dépenser de l'argent alors qu'il y a ici plus de place qu'il n'en faut, s'obstina-t-elle jusqu'au matin du jour où Adam signa le contrat d'acquisition d'une maison.

Il s'agissait d'une demeure ancienne, dans le quartier historique de la ville, non loin de la vieille maison ronde des premiers pionniers qui l'avait fasciné le jour de son arrivée. Une belle pelouse, des cotonniers, un vieux cèdre rouge au fond du jardin, et derrière la maison, une annexe suffisamment grande pour être transformée en salle de musique.

La jeune femme était aux anges.

— C'est idéal ! J'y installerai mon piano avec toutes mes partitions, et je n'aurai qu'à fermer la porte quand je donnerai mes cours, comme ça tu pourras lire tranquillement au salon sans être dérangé !

— Rien de ce que tu fais ne pourra jamais me déranger, répondit-il avec sincérité. Et j'adore t'entendre jouer.

Emma avait déjà mille projets pour l'aménagement des lieux. Pour commencer, elle voulait une cuisinière à gaz. Non que le vieux fourneau à charbon fût inefficace – il servait aussi à chauffer la maison –, mais le gaz était plus moderne : ils auraient les deux.

Adam la regardait avec attendrissement organiser leur vie future.

— Si je comprends bien, tu vas devenir une maîtresse de maison accomplie *et* un professeur de piano ?

— Pourquoi pas ? Ce n'est pas incompatible. Tu as encore beaucoup à apprendre à mon sujet.

— Mais je peux me montrer un élève très assidu, tu verras.

Si tant est que le bonheur humain mérite le qualificatif de divin, alors on pouvait dire Adam et Emma divinement heureux.

La plume dorée de son Lucky Curve rouge, le dernier modèle de stylo à encre Parker qu'Emma lui avait offert en cadeau (un stylo à réservoir !) jaillit du capuchon et courut sur le papier. *Chers vous tous*, commença Adam. Il avait choisi de leur écrire une lettre commune pour gagner du temps.

Les travaux du nouveau magasin progressent à toute vitesse. Les fondations sont terminées, et la charpente en acier est arrivée ce matin. Il a fallu trois énormes camions pour la transporter jusqu'ici ! Vous vous souvenez de ce toit ouvrant en forme de verrière dont je vous avais parlé ? Eh bien, mon rêve va devenir réalité ! Dan Cace a adoré mon idée. Ils sont tous enthousiasmés par le tour que prend notre entreprise. Cette fusion aura mis du temps à voir le jour, mais cela valait la peine d'attendre ! M. Lawrence, un avocat dont je pensais pis que pendre en janvier, est devenu mon ange gardien. En sa qualité de conseil des Nouvelles Galeries Cace-Arnring, il m'a obtenu une place dans l'équipe dirigeante, un très joli salaire et une part du capital de la société. Me voilà actionnaire !

J'ai peine à croire que je n'aurai plus à me soucier de fins de mois difficiles ou à chercher un autre travail. Je ne roule pas sur l'or, loin s'en faut, mais j'ai dorénavant largement de quoi satisfaire mes besoins – et les tiens, Pa. Comme tu réponds toujours « rien » quand je te demande ce dont tu as besoin, je ne te poserai plus la question. Je t'enverrai d'office de l'argent que tu utiliseras comme bon te semble. Prends bien soin de toi, et écris-moi.

Tendresses à tous trois,
Adam.

À plusieurs reprises, la pointe de sa plume faillit glisser dans la lettre le nom d'Emma, dont ils ignoraient toujours jusqu'à l'existence, mais Adam la retint chaque fois. D'une certaine façon, tant de bonheur lui paraissait presque indécent. Mieux valait attendre que la maison soit finie et la date du mariage arrêtée.

Il pouvait bien laisser Jonathan et Blanche occuper le devant de la scène encore quelque temps. Aux dernières nouvelles, la bien-aimée de Jon portait sa petite bague de fiançailles, elle était « la plus merveilleuse créature que la Terre ait jamais portée », et Adam devait venir le plus vite possible s'en rendre compte par lui-même.

Le 2 avril, le Congrès américain vota l'entrée en guerre des États-Unis aux côtés des Alliés.

Tous les hommes de vingt et un à quarante-cinq ans étaient mobilisables. Jonathan Arnring, vingt et un ans, fit partie de la première vague d'appelés ; Adam, trente ans, et Léo, vingt-six ans, non. Cette différence de traitement, vécue par eux deux comme une injustice, leur inspira des sentiments complexes. Devaient-ils se porter volontaires ?

Sous la pression d'Emma et de tous ses proches sans exception, Adam accepta l'idée que si le pays avait besoin de lui, on l'appellerait, et qu'il accomplirait son devoir à ce moment-là. Mais puisque ce n'était pas indispensable dans l'immédiat, il continuerait son travail chez Cace-Arnring et aiderait Emma à mettre en état leur nouvelle maison.

— Jonathan doit embarquer début juin pour la France, annonça-t-il à Emma dès qu'il eut reçu la dernière lettre de Pa. Il faudra que j'aille le voir avant son départ.

Quand elle lui proposa de l'accompagner, il refusa en dépit de la fierté qu'il aurait eue de la présenter à sa famille.

— Je ne leur ai pas encore parlé de toi, lui expliqua-t-il. Et sachant que je vais rester à tes côtés alors que Jon doit quitter celle qu'il aime, ça manquerait terriblement de tact, tu ne crois pas ?

Emma tomba d'accord avec lui et, un matin du mois de mai, Adam monta dans un train rempli de conscrits à destination de la côte Est.

Un sentiment d'accomplissement mêlé de gratitude grandissait en lui tandis qu'il observait sa famille réunie autour de cette table. Il avait peine à croire qu'il était de retour chez lui, et que la vie lui avait accordé la chance d'inviter à dîner tous ceux qu'il aimait dans le meilleur restaurant de la ville.

Son père vieillissait trop vite. Des hommes qui avaient vingt ans de plus paraissaient moins usés. Têtu comme toujours, il continuait à s'occuper de sa petite épicerie et se tracassait pour le dernier chèque que lui avait remis Adam, affirmant qu'il était beaucoup trop élevé.

— Pa, tu te rends compte que depuis que je suis parti dans l'Ouest, tu n'es jamais venu me rendre visite ? lui fit remarquer Adam. Pourtant, je t'ai invité un nombre incalculable de fois ! Il y a un petit hôtel charmant, tout récent, juste à côté de...

Simon Arnring esquissa un geste de refus.

— Non, non. Je ne veux pas passer deux jours et deux nuits dans un train. Et puis, de toute façon, je ne peux pas laisser le magasin à la charge de Léo. Et il n'a aucune envie non plus de sortir de sa tanière. Tu le connais. Tu sais combien il peut être obstiné quand il a quelque chose en tête...

Il a de qui tenir ! soupira Adam en son for intérieur. En la circonstance, l'entêtement de Léo passait les bornes : il avait refusé de dîner avec eux ce soir sous prétexte que le restaurant était situé à deux pâtés de maisons de celui des Nishikawa et qu'il s'était juré de ne plus jamais remettre un pied dans cette « rue du malheur ».

Quant aux deux tourtereaux – eh bien, ils roucoulaient, comme tous les amoureux du monde. Jon rayonnait, nota Adam, ravi. Sûrs de leurs sentiments, ils faisaient les mêmes projets d'avenir qu'Emma et lui. À ceci près qu'ils allaient devoir se séparer dans une semaine, alors que lui aurait la chance de rester auprès d'Emma – à moins que la durée de cette fichue guerre n'en décide autrement.

En attendant, vu les circonstances, Adam s'en tint à sa ligne de conduite et s'abstint de faire allusion à Emma. Mais il ne put s'empêcher de se livrer à des comparaisons entre les deux fiancées. « *La beauté*, il l'avait lu sous la plume d'Oscar Wilde, *est dans les yeux de celui qui regarde.* » Pour Adam, Blanche n'était pas la créature « sublime et époustouflante » annoncée par Jonathan. À son avis, elle n'était pas belle selon les canons classiques mais intéressante, ça oui. Et même attirante d'une certaine façon, quoiqu'elle ne fût pas son type.

Grande, fine, avec des boucles brunes, des yeux noirs en amande, intelligents et vifs, le nez droit et mince d'une aristocrate romaine, elle avait cette assurance et cette sophistication dont Jonathan, en dépit de son esprit brillant, était dépourvu. Jon portait en lui une forme de naïveté. Blanche, en revanche, sans doute parce qu'elle n'avait pas eu une vie facile, se montrait plus... méfiante et pragmatique. Une battante, qui ne devait pas souvent s'avouer vaincue, songea Adam en l'observant. Tant mieux : elle veillerait à ce qu'aucun Théo Brown, jamais, n'exploite son mari.

— ... pas encore remis de ce qu'il considère comme une insulte.

Adam tressaillit, arraché à ses réflexions.

— Tu disais, Pa ?

— Que Léo est bouleversé. Il voulait s'engager dans l'armée, mais on l'a réformé d'office.

Il ne manquait plus que ça ! Comme si Léo n'était pas déjà assez complexé... Pas étonnant qu'il broie du noir.

— Il a été réformé en raison de sa petite taille ? murmura Adam, consterné.

— Oui. Et pour myopie. Et à cause de ses pieds plats.

Le ton lugubre de Pa irrita Blanche.

— Gardez votre compassion pour Jonathan. Léo s'en tire bien, il va échapper à la boue des tranchées et aux balles des boches, *lui* !

Un silence pénible suivit. Blanche, qui s'en voulait d'avoir soudain trahi l'angoisse qu'elle s'efforçait de taire depuis des semaines, reprit d'un ton plus léger :

— J'admire votre patience à tous les trois avec Léo. Je l'aime bien, moi aussi, mais je ne connais pas beaucoup de gens qui seraient aussi tolérants !

— On n'a pas vraiment le choix, tu sais, commenta Jonathan en lui prenant la main. Nous ne pouvons quand même pas nous détourner de lui et faire comme s'il n'existait pas sous prétexte qu'il est difficile...

— « Légèrement dérangé » serait une expression plus adéquate, rectifia la jeune femme avec un petit rire ironique.

— « Compliqué », « torturé », « écorché vif », sans aucun doute, intervint Adam en fronçant les sourcils. Mais *dérangé* ? je n'irais pas jusque-là.

— Mmm... Sigmund Freud serait sans doute passionné par le cas de Léo. Vous savez qu'il travaille sur les névroses ? Quand j'étais à Vienne...

— Tout le monde ne partage pas les théories de ton docteur Freud, chérie.

Quand Jonathan était soucieux, comme en cet instant, deux rides parallèles barraient son front.

— Compte tenu du peu que nous savons du comportement humain, bien malin qui pourrait décrypter les bizarreries d'un Léo.

— Mes enfants...

Pa s'éclaircit la gorge et trois paires d'yeux pivotèrent vers lui.

— J'ai quelque chose à vous demander. Le jour où je ne serai plus là, je veux que vous preniez soin de Léo. Tôt ou tard, il aura besoin de vous. Alors, quels que soient ses travers, n'oubliez jamais qu'il est votre frère.

— Tu sais bien que tu peux compter sur nous, acquiesça Adam.

Jonathan et Blanche répondirent de même.

Puis Blanche gronda Pa en lui faisant remarquer que le sujet était beaucoup trop triste pour un soir comme celui-ci. Pendant que Pa se confondait en excuses, Adam se demanda si elle avait voulu parler de leurs retrouvailles autour de cette table ou du prochain départ de son fiancé pour le front.

— J'ai envie de faire un tour en ville, déclara-t-il après le dîner. J'aimerais voir ce qu'il y a de nouveau depuis dix ans. Qui m'accompagne ?

Pa déclina l'offre.

— Vous n'avez qu'à y aller entre jeunes, tous les trois. Moi, je vais rentrer et lire le journal en fumant ma pipe pour digérer ce festin.

— N'en profitez pas pour oublier votre lait chaud, Pa ! lui rappela Blanche en l'embrassant sur les deux joues.

Jonathan sourit.

— Je te l'ai dit : elle fait déjà partie de la famille.

Tout avait beaucoup changé dans les rues. Plus de voitures, des camions et des motocyclettes, davantage d'agences immobilières, de cabinets de médecins, d'avocats, de notaires, et toutes sortes de magasins nouveaux. Partout, des drapeaux américains flottaient aux fenêtres.

— Vous entendez ? demanda Jonathan, les yeux brillants.

Une fanfare descendait Main Street en jouant à pleins poumons : *Over there, over there, the Yanks are coming !*

— Tu sais qui a offert à la ville tous ces drapeaux ? hurla-t-il pour couvrir les cuivres. Ton ami Shipper. Un homme remarquable !

Oui, remarquable, songea Adam. Pas seulement le financier qui dirigeait ses affaires d'un bureau au quarantième étage d'une tour de Wall Street, mais aussi l'homme « privé » qui avait autrefois trouvé de l'envergure à un garçon de vingt ans.

— Et si nous allions nous promener au bord de l'eau ? proposa-t-il.

Aussitôt dit, aussitôt fait. Pendant qu'ils marchaient sur la plage, Adam se tourna vers Blanche.

— L'été, les cabines de toile ressemblent à des

confettis éparpillés sur le sable. À peine si l'on peut trouver une place pour s'asseoir. Et en hiver, la plage est déserte. On ne rencontre que les mouettes. La rambarde, là, est couverte de neige. Les gosses et les rares promeneurs ont ce coin de paradis pour eux tout seuls.

La jeune femme sourit malicieusement.

— Vous oubliez que j'habite cette ville depuis trois ans, bientôt quatre. J'ai même parfois l'impression d'y être née. Je connais toutes les humeurs de l'océan. Je me sens peut-être plus chez moi ici que vous, Adam. Vous êtes resté absent si longtemps...

Il cilla. Fallait-il voir là un reproche ?

— Mais je n'ai pas voyagé aussi loin que vous.

— C'est vrai. Cela dit, je n'ai pas laissé derrière moi des êtres chers.

Ils étaient parvenus au bout de la grève, à l'endroit où de gros rochers formaient un promontoire face à l'océan. Ils les escaladèrent en riant puis s'assirent sur la roche, le regard fixé sur les vagues qui se brisaient presque à leurs pieds.

Adam contempla rêveusement les flots émeraude – ils lui rappelaient les yeux d'Emma – puis tourna la tête vers les deux amoureux.

Jonathan avait passé un bras autour de la taille de Blanche. Elle souriait d'un air un peu lointain, le regard perdu vers l'horizon. Son visage avait une gravité touchante. À quoi pensait-elle ? À sa séparation prochaine d'avec son bien-aimé ?

— Parlez-moi de Vienne, Blanche, dit-il gentiment pour lui changer les idées. C'est une ville qui m'a toujours fait rêver.

— Vous pensez aux palais, aux parcs, aux attelages remontant la Ringstrasse sous les citronniers ? répondit-elle d'un ton un peu acide. Vous savez, j'ai travaillé dans un magasin de mode très élégant de cette même rue, mais je ne m'y suis jamais promenée – ni en voiture à cheval ni à pied. En fait, ma journée terminée, je rentrais directement chez moi, ou plutôt dans le taudis où nous logions. Deux chambres pour toute une famille. Pas d'eau courante, juste une pompe dans la cour. En hiver, l'eau gelait. Mon père a été tué dans une de ces guerres absurdes. Quand ma mère a disparu à son tour, elle m'a laissé juste de quoi payer mon passage pour l'Amérique.

» Mais Vienne est une splendeur pour qui a les moyens d'en profiter. Le dimanche, je me postais sur le trottoir pour regarder passer l'empereur François-Joseph dans son carrosse tiré par des chevaux blancs. Et maintenant, tout ce sang versé parce qu'un fou a assassiné l'archiduc... On devrait se débarrasser une bonne fois de tous ces va-t-en-guerre !

Elle avait répondu d'une traite, sur un ton monocorde censé masquer ses émotions.

— On va s'y employer, acquiesça Jonathan. Mais ce n'est pas si simple. Bien sûr, Pa souhaite notre victoire. Mais l'autre jour, il a laissé échapper une remarque amère à propos des cousins qu'il a laissés à Berlin. Il doit forcément penser qu'eux et moi allons nous trouver dans les camps opposés, comme des ennemis mortels, alors que nous avons le même sang dans les veines... Depuis que nous sommes entrés en guerre, certains de ses plus vieux clients refusent de remettre les pieds dans l'épicerie sous prétexte que Pa est d'origine allemande !

Un moment, il n'y eut plus que le fracas des vagues à leurs pieds, puis Blanche reprit la parole.

— Je n'arrive pas à croire que dans une semaine seulement tu seras parti...

— Je reviendrai plus tôt que tu ne penses, chérie. Cette guerre ne durera plus longtemps.

— Mais après, il faudra que tu reprennes tes études de médecine. C'est si long... Tu auras passé nos plus belles années à préparer ton doctorat. Quelle injustice !

Jonathan ne sachant visiblement que répondre, Adam vola à son secours :

— Tu as choisi ta future spécialité ?

— J'hésite encore. Il y a tellement de domaines fascinants. La chirurgie, la neurologie. Peut-être une combinaison des deux...

— À ce rythme, tu auras quarante ans avant d'avoir commencé à vivre, soupira Blanche.

Ce départ la rendait nerveuse, c'était compréhensible. Savoir son fiancé au front n'avait rien de réjouissant. Alors que moi, songea-t-il, je vais rentrer, retrouver Emma... Décidément, il avait vraiment bien fait de taire son mariage à venir.

Jon prit le parti d'en rire.

— Ce n'est pas si tragique, chérie. Je suis loin d'être un bourreau de travail, comme mon grand frère. Je t'ai montré les plans de ses Nouvelles Galeries ?

— Oui. C'est très, très beau, Adam. Est-ce que vous faites venir des articles de l'étranger ?

— Dans certaines occasions, oui. Nous avons commandé à plusieurs reprises des robes signées Paul Poiret.

— Et Vionnet, aussi ? Et Lanvin ?

Jonathan fit mine de se frapper le front :

— Adam, qu'est-ce que tu n'as pas dit ! Si tu lances Blanche sur la mode, nous en avons pour la nuit !

— Eh bien, tant mieux pour moi : ça m'instruira, car ce n'est pas mon point fort. Au magasin, je dois laisser ce domaine aux commerciaux pour me consacrer à la gestion du personnel.

— Oh ! vous avez de grosses responsabilités dans la société, si je comprends bien ?

Elle avait l'air étonnée. Et quand il acquiesça, elle commenta avec une petite moue :

— Je comprends mieux pourquoi Léo éprouve autant d'animosité à votre égard ! Le pauvre ! Il s'agit de jalousie pure et simple.

— C'est loin d'être aussi simple, rectifia tranquillement Jonathan.

— C'est même terriblement compliqué, renchérit Adam.

Leurs relations étaient infiniment complexes, et Pa n'était pas étranger à cet état de fait, admit-il en son for intérieur. Que dire de son sentiment de culpabilité au sujet de la naissance de son premier fils ? Il lui avait toujours valu son indulgence. Et Léo l'avait mal vécu. Comme il avait souffert qu'Adam lui ait soufflé la place d'aîné qui aurait dû lui revenir. Ah, tout était trop compliqué... Emma et lui avaient connu des difficultés, mais Dieu merci, c'était du passé. Tandis qu'avec Léo, il n'arrivait pas à imaginer une stabilisation possible. Il avait l'impression que rien, jamais, ne pourrait apaiser sa rancœur.

— Quand comptez-vous repartir, Adam ? demanda Blanche.

— Demain. J'aimerais bien rester plus longtemps, mais il faut vraiment...

— Que vous vous tutoyiez tous les deux, acheva Jon. Entre futurs beau-frère et belle-sœur, ça s'impose, non ?

— Tu as raison – et *toi* aussi, de rentrer chez *toi*, Adam, appuya Blanche en souriant. Tu sais ce qu'on dit : « Quand le chat n'est pas là... »

Adam éclata de rire.

— Ce n'est pas aussi dramatique, mais il y a quand même du vrai dans le proverbe que vous... – que tu cites.

Enchanté, Jonathan les prit chacun par les épaules et les étreignit affectueusement.

Pendant un long moment, ils contemplèrent le ressac dans la lumière déclinante.

— En tout cas, l'argent ne sera jamais un sujet de préoccupation pour moi, affirma-t-il. Si je réussis à gagner de quoi vivre en devenant un bon médecin, je m'estimerai pleinement satisfait.

Son bras descendit s'enrouler autour de la taille de sa bien-aimée. Blanche avait posé la joue contre son épaule. Dans la lumière rose du couchant, face à l'océan, ils formaient un tableau très romantique.

— Il commence à faire froid, murmura Jon. Et tu n'as pas de manteau. Prends ma veste.

— Certainement pas. Ma robe est bien plus chaude que ta chemise. Il est trop gentil avec moi, ajouta-t-elle à l'adresse d'Adam. Ton père l'appelle « le sel de la terre ».

— Son expression favorite, dit Jonathan. En réalité, le sel de la terre, c'est Adam.

Il se tourna vers son frère.

— Je sais que tu détestes ça, mais je vais partir, alors tant pis pour toi : merci, Adam. Merci pour...

— Écoute...

— Non, toi, écoute : merci pour tout ce que tu as fait pour moi, merci pour tout ce que tu es, Adam. Je suis tellement heureux de ta réussite ! Tu la mérites plus que quiconque. Dès mon retour, c'est promis, Blanche et moi, nous irons te rendre visite à Chattahoochee afin de te voir dans tes œuvres !

Le soleil mourait derrière la ligne d'horizon, laissant juste assez de lumière ocre dans le ciel pour leur permettre de rentrer. Ils se levèrent d'un commun accord, et sautèrent de rocher en rocher pour regagner la plage.

— Tiens, voilà le brouillard..., dit Blanche en contemplant la jetée.

Ils virent qu'elle frissonnait et pressèrent le pas. La fine brume qui flottait dans l'air enveloppait les dunes d'une nappe spectrale.

Blanche et Jonathan quittèrent Adam au coin de la rue pour retrouver leur « nid d'amour ». Dédaignant les conventions sociales et le qu'en-dira-t-on, ils n'avaient pas eu la patience d'attendre le mariage pour prendre un peu d'avance et vivre ensemble.

Adam se retourna pour les regarder s'éloigner, étroitement enlacés. Ils forment un très joli couple, songea-t-il. Parfaitement assorti. Dieu les bénisse tous les deux !

20

En début d'été, lorsque Sabine avait manifesté le souhait d'organiser chez elle, avant l'hiver, un grand mariage avec une foule d'invités, Emma lui avait gentiment fait remarquer que ce serait peut-être difficile, étant donné le peu de monde qu'elles connaissaient. Taratata ! avait aussitôt rétorqué la vieille dame en pointant un menton belliqueux, tel un général avant la bataille. Avec toutes les relations d'affaires que comptait maintenant son fiancé, elle n'aurait aucun mal à convier au moins deux cent cinquante personnes.

— Je ferai installer une piste de danse sur la pelouse, au fond du jardin, avec un grand chapiteau pour le cas où il pleuvrait. En automne, on ne sait jamais. Il y aura un orchestre, des lampions, un festin royal, des serveurs en livrée, un feu d'artifice...

— Ça te plaît ? demanda Adam en privé à Emma.

— Tu penses bien que non ! Surtout en ce moment, avec le pays en guerre... je trouve l'idée choquante. Non, tant pis pour Tante Sabine, je préfère une cérémonie toute simple, avec juste quelques personnes que nous aimons. Et toi ?

— Va pour la stricte intimité. De toute façon, je ne verrai que toi !

— Il ne faut pas que j'oublie de venir, alors ? suggéra-t-elle d'un air mutin.

Il la serra contre lui à l'étouffer.

— J'espère que ta famille sera là, glissa Emma en reprenant son souffle. Et ton ami Shipper aussi.

— Je leur ai téléphoné hier matin pour leur annoncer la grande nouvelle. Il en pleurait de joie ! Je parle de Pa, tu t'en doutes. L'ennui, c'est que le long voyage lui fait peur. Je vais lui écrire en insistant. Quant à M. Shipper, il ne pourra pas être des nôtres : ses affaires l'appellent au Canada, mais il nous souhaite tout le bonheur du monde.

— Tout le bonheur du monde..., répéta Emma comme si c'était une formule magique. Écris vite à ton père, mon chéri, et invite ton frère Léo et ta future belle-sœur.

Mon petit Pa,

J'ai été si content que nous parlions aussi longtemps au téléphone, hier. Si heureux aussi de ta joie à la nouvelle de mon mariage. Je sais que tu vas adorer Emma. Tu comprends, n'est-ce pas ? pourquoi je n'ai pas fait allusion à elle devant Jon et Blanche lors de ma visite... Mais maintenant, nous souhaitons nous unir le plus vite possible, de peur que je sois bientôt mobilisé, moi aussi. Peux-tu dire à Blanche qu'elle est invitée ? Tu la connais mieux que moi, tu es plus à même de juger si c'est maladroit ou non. Je te charge aussi d'insister auprès de Léo, même si nous savons tous les deux que c'est quasiment sans espoir.

Si Blanche et Léo t'accompagnaient, tu appréhenderais sans doute moins le voyage en train. Je souhaite ta présence plus que celle de quiconque en ce jour de liesse. Emma brûle de te connaître, et moi de te la présenter. Mais si tu n'as vraiment pas envie de venir, je ne t'en voudrai pas, ne t'inquiète pas. Réponds-moi vite. Emma se joint à moi pour t'embrasser.

Ton fils qui t'aime,
Adam.

Quelques jours plus tard, Adam trouva en même temps dans sa boîte à lettres la réponse de Pa et un courrier de Jonathan acheminé par les services de l'armée.

C'était la première fois qu'il avait des nouvelles de Jon depuis le débarquement de son unité à Saint-Nazaire, le 26 juin. Il décacheta fébrilement l'enveloppe bleue.

Grand frère,

Ton petit frère est à Paris ! Le 4 juillet, mon régiment a descendu les Champs-Élysées ! Notre fanfare jouait The Battle Hymn of the Republic *et la foule applaudissait à tout rompre sur notre passage. Les Parisiennes nous envoyaient des baisers. C'était très émouvant. Ces gens ont confiance en nous ; il n'est pas question de les décevoir ! Maintenant, nous sommes en route à marche forcée vers le front de l'Ouest, avides d'en découdre.*

Je me doute que tu suis les nouvelles à la radio et dans les journaux, tu es donc au courant de la situation. L'Allemagne vacille. La guerre ne durera pas. Encore une ou deux batailles, et ce sera la victoire avec un grand V. Ce qui signifie que je serai probablement de retour à la maison avant l'hiver.

N'oublie pas de garder des congés pour mon mariage ! Je ne peux pas te dire à quel point Blanche me manque, tu l'imagines. Je la sens à mes côtés à chaque heure du jour et de la nuit. S'il te plaît, prends soin d'elle en dépit des kilomètres qui vous séparent. Je te réécris bientôt.

Jon.

P.-S. Tu sais comment les « poilus » français surnomment cette maudite guerre ? « La der des ders ». Parce que ce sera la dernière ! C'est pour ça qu'il faut la finir vite fait, bien fait, qu'on puisse couler des jours heureux avec nos femmes et nos enfants !

P.-P.-S. Qu'est-ce que tu attends pour te marier ? Blanche et moi, on ne t'a pas donné des idées ?

Très ému, Adam relut toute la lettre une deuxième fois, et prit le temps de la ranger religieusement dans son portefeuille avant de passer à celle de son père.

Comme il s'y attendait, Pa ne viendrait pas à la cérémonie de mariage et s'en excusait. Quant à Blanche et Léo, il ne faudrait pas non plus compter sur eux.

... Merci pour la photo d'Emma que tu as jointe à ta lettre. Si elle est aussi douce et tendre qu'elle est belle, tu es le plus heureux des hommes ! Je ne sais pas trouver les mots pour te dire combien je me réjouis. Je suppose que tu le devines. Tu n'as pas eu un départ facile dans la vie, fils... Je ne cesse d'y penser, Dieu m'en est témoin.

Je ne me sens pas le courage d'aborder avec Blanche le sujet de ton mariage... Elle est si triste, la pauvre enfant. Jonathan lui manque tellement ! Je me fais du souci pour elle. Elle a l'air solide, comme ça, mais je la sens plus vulnérable qu'elle ne veut bien le montrer. Elle non plus n'a pas eu de chance dans son enfance. Cela vous rapprochera quand tu la connaîtras mieux. Quant à Léo, j'ai bien insisté, comme tu me l'avais demandé, mais rien à faire. Il n'assistera jamais à aucun mariage, que ce soit le tien, celui de Jon ou de qui que ce soit. Depuis que la petite Nishikawa (je ne me souviens plus de son prénom, mais Léo n'est pas près de l'oublier !) l'a repoussé, il a fait une croix sur sa vie sentimentale, comme sur toute vie sociale. À peine expédié le dernier client à l'épicerie, il se réfugie dans sa chambre avec ses livres. Blanche dit que c'est une fuite... Elle doit savoir de quoi elle parle, parce qu'elle est bien la seule à pouvoir l'approcher...

Par une belle matinée d'octobre, à onze heures sonnantes (Sabine avait lu que c'était l'heure requise dans un manuel de savoir-vivre), une vingtaine de personnes se réunirent dans le grand salon de Mme Rothirsch, sous le regard austère de feu son mari.

Certains des invités avaient déjà participé au dîner que Sabine avait organisé en ce même lieu au tout début de l'année. Il y avait là quatre de ses vieilles amies, deux camarades d'université d'Emma, Jeff Horace, qui relaterait en détail l'événement dans sa rubrique mondaine (bien qu'Adam l'ait supplié de s'en tenir à un discret entrefilet), Reilly, Archer et leurs épouses respectives ; Rudy et Rhéa, bien sûr ; ainsi que M. et Mme Lawrence et leurs filles. C'était l'avocat qui leur avait présenté le juge de paix, les futurs mariés ayant obtenu leur cérémonie toute simple – malgré les protestations de Sabine.

Adam attendait gauchement la jeune mariée. La table devant laquelle ils prononceraient leurs vœux, les gerbes de roses blanches disposées dans le fond, le spectacle des invités... tout lui semblait irréel. Il devait avoir l'air un peu perdu car Rhéa, se souvenant peut-être de l'époque, pas si lointaine, où il guettait Emma, caché derrière la maison avec sa bicyclette, lui adressa un petit clin d'œil complice.

L'épouse d'Archer, maigre comme un coucou et sans grâce, paraissait aussi mélancolique que sa robe couleur de feuille morte. En revanche, Bridget Reilly arborait une tenue rose bonbon et un sourire aussi épanoui que le ventre de son mari.

Mme Lawrence avait choisi un très élégant ensemble bleu marine et pour unique bijou un fin bracelet de diamants. De temps à autre, quand il la rencontrait aux Nouvelles Galeries en compagnie de ses deux filles, Adam repensait aux salons de Francine et se demandait pourquoi un honorable père de famille doté d'une femme aussi charmante éprouvait le besoin d'aller passer ses soirées en dehors de son *sweet home*. En tout cas, lui ne risquait pas d'être tenté d'aller folâtrer ailleurs, maintenant qu'il avait Emma toute à lui !

Sa fiancée apparut alors, débouchant du hall au bras de sa tante – car c'était Sabine qui devait la conduire à lui (elle avait pleuré d'émotion en apprenant que son « bel ange » lui réservait ce rôle).

Toute de blanc vêtue, Emma avait vraiment l'air d'un ange de Botticelli avec ce voile diaphane posé sur ses cheveux flamboyants, ces yeux verts étincelant de bonheur, et ce sourire ému et grave au coin des lèvres.

Je donnerais n'importe quoi pour lire dans tes pensées, mon amour, songea Adam, ébloui.

Sabine, couverte de bracelets et de colliers, vivait sans doute le plus beau jour de son existence, sa consécration.

Affichant une solennité de circonstance, le juge de paix s'avança d'un pas, s'éclaircit la voix pour obtenir un silence recueilli, et la cérémonie commença.

Ses paroles, qu'Adam entendit à peine tant il était ému, n'appelaient heureusement qu'une seule réponse : *Oui, je le veux*. Mais dans son trouble, il oublia complètement de sortir les alliances qu'il avait glissées dans sa poche en vérifiant dix fois si elles y étaient bien. Il ne parvenait pas à détacher son regard de celui d'Emma.

Adam comprit que le mariage avait été célébré quand l'homme de loi lui répéta en riant : « Vous pouvez embrasser la mariée. » Sa gaucherie disparut alors comme par enchantement, et ce fut avec une épouse radieuse et toute rougissante à son bras qu'il passa au milieu d'une haie de visages attendris et d'un joyeux concert de vœux de bonheur.

Reilly tapota l'épaule du jeune marié en souriant jusqu'aux oreilles :

— Hé hé ! vous avez l'air sur un nuage.

— Je ne sais même plus où je suis, acquiesça Adam. J'ai l'impression de rêver !

Sabine avait engagé un quatuor à cordes pour accompagner le repas. La musique de Boccherini choisie par Emma était légère et pétillante comme le très bon champagne français qui aida l'assistance à passer de l'émotion à la joie.

Pa envoya un télégramme. *Que l'Éternel vous accorde une vie douce et dorée comme le miel. Soyez heureux, mes enfants !*

Ils s'y emploieraient. Pour l'heure, le dom-pérignon coulait à flots.

En fin d'après-midi, Emma monta dans sa chambre de jeune fille pour se changer et passer un ensemble de voyage. Et, sous une pluie de riz, ils descendirent l'escalier du perron.

Adam marqua un temps d'arrêt en bas des marches et pressa très fort la main de sa femme. C'était ici qu'avait eu lieu leur premier tête-à-tête dix ans plus tôt, presque jour pour jour... Le cœur d'Adam s'emballa à ce souvenir et en voyant le sourire d'Emma, il sut qu'elle y pensait, elle aussi.

D'un jet de riz bien nourri, Reilly et Archer les ramenèrent à la réalité présente : ils allaient rater leur train !

Adam dut arracher Emma aux bras d'une Sabine transformée en fontaine pour monter dans la voiture qui devait les conduire à la gare, direction d'autres grandes eaux : les célèbres chutes du Niagara.

— J'ai attendu cet instant si longtemps, chuchota-t-il en portant la main de sa femme à ses lèvres.

— Moi aussi, murmura-t-elle en lovant sa joue contre son épaule. Nous n'aurions pas eu besoin d'être aussi patients si tu n'avais pas été un parfait gentleman.

Deux semaines plus tard, les jeunes mariés étaient de retour et saluaient gaiement Rudy, venu les « récupérer » à la gare avec la Pierce-Arrow.

— Tante Sabine n'est pas là ? s'étonna Emma en la cherchant partout des yeux.

— Elle vous rejoindra chez vous un peu plus tard.

— Je déteste cette voiture, soupira Adam en s'y installant. C'est tellement absurde d'être assis bien au chaud pendant que le chauffeur reste dehors, en plein vent.

— Tu te rappelles le jour où tu l'as remplacé et où je me suis assise juste à côté de toi ? Tante Sabine en était malade. Elle s'égosillait derrière la vitre, mais nous faisions semblant de ne pas l'entendre.

Ils riaient tout en évoquant leurs souvenirs quand ils arrivèrent chez eux. La façade fraîchement repeinte de leur petite maison étincelait dans la lumière de cette fin d'après-midi. Les cotonniers frissonnaient dans la brise automnale, et les deux rosiers devant la porte d'entrée étaient encore en fleur.

Avant d'ouvrir la porte, Adam ne put résister à l'envie de regarder par la fenêtre de la salle à manger. Après avoir passé des années et des années à déjeuner et dîner dans une cuisine, il avait toujours rêvé de posséder un jour une pièce comme celle-là, avec une table en bois massif assez grande pour accueillir le cercle de famille et les amis. Aujourd'hui, le rêve était devenu réalité.

La clef toute neuve tourna sans bruit dans la serrure. Il souleva Emma dans ses bras pour franchir le seuil tandis que Rudy apportait les bagages et prenait congé d'eux.

— C'est bizarre. Il n'a pratiquement pas dit un mot, remarqua Emma en fronçant les sourcils. Ça ne lui ressemble pas. Oh, regarde : il y a du courrier dans la boîte ! Une lettre postée de Belgique...

— C'est sûrement de Jonathan ! Les Alliés ont repoussé les lignes allemandes en Belgique.

Adam ouvrit fébrilement l'enveloppe pour en retirer un bout de papier gris, sali et froissé, Jon avait dû écrire avec ce qui lui tombait sous la main.

— « Cher Adam... », commença-t-il à voix haute, avant de continuer pour lui.

Je t'écris d'une tranchée et je suis incapable de dire où je suis sur une carte, ni même ce que je fais là. Une seule certitude : la guerre est l'enfer sur terre. On croit chaque soir qu'on a touché le fond, mais le lendemain repousse encore les limites de l'horreur...

Je pense plus que jamais à toi en ces heures sombres. Il paraît que nous allons emporter la victoire. Puisse-t-elle arriver avant que tu sois mobilisé ! Je ne veux pas que tu connaisses ce que je vis depuis trois mois ! La nuit, quand l'angoisse de la mort me fait suffoquer, je pense à toi et mon courage renaît aussitôt. Tu as toujours été mon modèle, le sais-tu ? Je suis si fier de toi, de ta réussite. Aucun ami ne peut rivaliser avec toi. Je revois sans cesse cette soirée magique, tous les trois sur la plage, quand tu m'as dit combien tu trouvais ma Blanche belle et merveilleuse...

Adam ne se rappelait pas lui avoir fait la moindre remarque sur la beauté de Blanche, mais peu importait : les paroles de Jon le touchaient profondément.

Quand je serai rentré à la maison, la première chose que je ferai sera de t'inviter à mes noces. Et cette fois tu resteras plus de deux jours ! Ce sera un beau mariage avec des rires et des danses, comme dans les romans ! Je couvrirai Blanche de fleurs et de cadeaux. Et pas question d'attendre la fin de mes études pour fonder une famille ! J'ai envie de vivre et d'avoir des enfants. Plein d'enfants ! Le premier s'appellera comme son parrain : Adam...

Très ému, il achevait sa lecture quand la sonnerie du téléphone résonna pour la première fois dans la nouvelle maison.

— C'est vous, Adam ? Ici Jeff. Jeff Horace.

— Oh, bonjour ! Vous avez de la chance : nous arrivons juste. Cinq minutes plus tôt, vous nous manquiez.

— J'ai appelé Mme Rothirsch. Elle m'a dit que vous seriez chez vous vers cette heure-ci. Ça ne vous ennuie pas si je passe vous voir maintenant ?

Adam jeta un coup d'œil à leurs bagages qui attendaient d'être défaits.

— Eh bien... non, mais nous n'avons pas encore eu le temps de...

— Je viens tout de suite.

— J'ai une drôle d'impression, murmura Adam en raccrochant. Je me sens... bizarre, comme si quelque chose était sur le point d'arriver.

Emma lui sourit d'un air rassurant.

— Tu es un anxieux, le gronda-t-elle en nouant les bras autour de son cou. Jeff nous apporte probablement une surprise, tout simplement. Un cadeau pour la maison ou... Je sais ! Son article à propos de notre mariage !

Lorsqu'ils ouvrirent la porte, Jeff se tenait sur le seuil, avec Sabine. Pendant quelques secondes, ils se regardèrent les uns les autres sans prononcer un mot. Le visage de Jeff était grave, les yeux de Sabine remplis de larmes. La gorge d'Adam se serra.

— Vous avez une mauvaise nouvelle à m'annoncer, articula-t-il d'une voix rauque. C'est mon père !

Jeff détourna les yeux et fixa le mur d'en face, ou peut-être simplement le vide. Il dit, très lentement :

— Non, Adam. C'est votre frère.

— Mon frère ?

— Votre père a appris la nouvelle jeudi. Quelqu'un a appelé Mme Rothirsch de sa part. Je ne sais pas comment vous annoncer ça... Le télégramme de l'armée est arrivé chez votre père.

De l'armée ?... Il eut à peine conscience qu'Emma lui prenait la main en silence.

— Jonathan ? Il a été blessé ?

Jeff se mordit la lèvre.

— Tué au combat, lâcha-t-il dans un souffle.

Adam cilla, en état de choc. Jonathan... tué ? Il secoua la tête. Non, impossible. Il avait encore sa lettre dans sa poche. Une lettre si pleine de projets d'avenir, d'espoir... Jon commençait à peine sa vie. Comment pourrait-il être mort ? C'était impossible... impossible !

La voix de Jeff continuait à lui parvenir comme dans un brouillard.

— ... Votre père tient le coup, Adam. Un spécialiste, un cardiologue, le surveille. Vos voisins ont été merveilleux avec lui, ainsi qu'avec votre frère... Léonard, je crois. Jonathan est le premier enfant du pays tombé au champ d'honneur, à ce qu'ils ont dit. Léonard est effondré, et Blanche en état de choc. On lui a donné des pilules pour la calmer.

Calmer Blanche ? Calmer Léo ? Et Pa dans tout ça ?

Adam savait que Sabine et Emma le dévisageaient, les yeux embués de larmes de compassion. Il éprouvait une impression étrange, comme si le temps s'était arrêté, et il ne trouvait rien d'autre à faire que rester debout, les bras ballants, le regard fixé sur Jeff.

Une main très ferme, celle de Sabine, se posa sur son bras.

— Nous sommes avec vous dans cette épreuve, mon pauvre Adam.

Il hocha la tête et se dirigea vers la fenêtre, sans même savoir pourquoi. Il avait l'impression que son cœur était sur le point d'exploser dans sa poitrine. *Jon, où qu'il aille, aura une vie lumineuse.* Voilà ce qu'il avait toujours pensé – voilà ce qui était promis à cet être d'exception.

Adam contempla la lumière ocrée du soir qui tombait sur la ville. Des lycéens rentraient de l'école, leur cartable à la main. Ils faisaient la course en riant. Par-delà les mers, loin, très loin de chez lui, un garçon à peine plus âgé qu'eux gisait dans la boue, « mort pour la patrie »... Il était descendu en enfer de son vivant et ne reverrait jamais la lumière.

Pourquoi ? Pourquoi Jon ? Pourquoi lui ? se répétait Adam en enfonçant les ongles dans ses paumes. Puis une digue se rompit et il éclata en sanglots, tandis qu'Emma lui enserrait la taille de ses bras et le berçait doucement.

21

1918

Comme le dit Shakespeare : « Le reste est silence... »

Après le choc d'une telle tragédie, aussi inattendue qu'insupportable, Adam s'était réfugié dans le travail et l'amour de sa femme. Le retour à la vie normale, avec son lot de joies et de soucis quotidiens, même s'il ne lui apporterait jamais l'oubli, avait versé dans son cœur le baume de l'apaisement.

Le 11 novembre au soir, un an après sa visite funèbre, Jeff débarqua chez les Arnring sans crier gare. Il exultait.

— La nouvelle vient de tomber au journal... Je voulais être le premier à vous l'annoncer. Adam... son sacrifice n'a pas été inutile. Tiens, lis.

Il tenait à la main un communiqué de presse qu'il lui tendit en souriant.

> Au 52e mois d'une guerre sans précédent dans l'histoire, l'armée française, avec l'aide de ses alliés, a consommé la défaite de l'ennemi. Nos troupes, animées du plus pur esprit de sacrifice,

> donnant pendant quatre années de combats incessants l'exemple d'une sublime endurance et d'un héroïsme quotidien, ont rempli la tâche que leur avait confiée la Patrie... Forçant la Victoire, elles ont dans une offensive générale décisive battu et jeté hors de France la puissante armée allemande et l'ont contrainte à demander la paix. Toutes les conditions exigées pour la suspension des hostilités ayant été acceptées par l'ennemi, l'armistice est entré en vigueur ce matin à onze heures.
>
> Philippe Pétain

Une semaine plus tard, Adam et Emma allèrent chercher à la gare Simon, Léo et Blanche.

Pa et Adam tombèrent dans les bras l'un de l'autre, tandis que les deux jeunes femmes s'épiaient discrètement du regard.

— Mais... Léo n'est pas là ? remarqua Adam. Il m'avait pourtant assuré qu'il viendrait nous voir.

— Tu connais ton frère, soupira Pa. Il a changé d'avis à la dernière minute.

Adam leur présenta Emma et, après les embrassades d'usage, ils montèrent tous les quatre dans sa nouvelle voiture, une Maxwell.

Pa regardait avidement par la vitre, tordant le cou dans tous les sens pour ne pas perdre une miette du spectacle.

— Oh, mais ta ville est beaucoup plus importante que je ne l'imaginais !

— Elle s'agrandit tous les jours. Voulez-vous qu'on en fasse le tour avant d'aller chez Sabine ? Je suis désolé, mais impossible de vous loger à la maison : les chambres d'amis ne sont pas finies. Pour l'instant, seules la nôtre et la nursery sont meublées. Le berceau est arrivé hier.

— Je l'ignorais, murmura Blanche en observant la silhouette d'Emma. On ne peut vraiment pas s'en douter...

— J'en suis pourtant à mon huitième mois. C'est parce que je porte un manteau très ample.

— Votre tante est vraiment très gentille de nous héberger. J'espère que nous ne bouleverserons pas trop ses habitudes.

— Pas du tout. Elle adore recevoir ! Si vous avez besoin de quoi que ce soit, n'hésitez surtout pas à le lui demander. Ce n'est pas comme si vous étiez des étrangers.

— Ah non ? Et qu'est-ce que nous sommes d'autre ?

Quelle froideur, songea Adam en fronçant légèrement les sourcils. Il s'abstint néanmoins de lui en faire la remarque, après tout ce qu'elle avait traversé.

Comme ils tournaient à l'angle du boulevard, il s'arrêta et pointa un doigt vers le magasin.

— Et voilà ! Les Nouvelles Galeries Cace-Arnring, fin prêtes à ouvrir leurs portes.

La façade en pierre blanche, les hautes fenêtres rehaussées de moulures, tout scintillait splendidement sous le soleil.

Pa écarquilla les yeux, stupéfait.

— C'est magnifique ! Beaucoup plus grand que l'établissement précédent, n'est-ce pas ?

Il s'extasiait sur la taille du magasin, mais Adam vit à son expression que c'était de voir son nom écrit en lettres géantes sur le fronton qui le bouleversait.

— Oui, Pa. Trois fois plus grand. Nous avons un département homme, maintenant. On y proposera un rayon chemises et cravates, pour commencer. Nous avons aussi prévu un espace cadeaux, où l'on vendra notamment des bijoux. Enfin, ce genre d'articles que nous n'avions pas auparavant. Et puis, nos clients trouveront chez nous des draps, des nappes importées brodées à la main... il faut que nous devenions un magasin de luxe.

Pa se massait le menton d'un air effaré.

— Vous allez brasser beaucoup d'argent !

— Avant, les personnes les plus aisées de Chattahoochee achetaient sans compter dans la capitale ou pendant leurs déplacements. Désormais, elles disposeront de tout à portée de main. Enfin, de presque tout, rectifia Adam avec modestie.

Blanche hocha la tête.

— Ce grand magasin a indéniablement de la classe. On dirait le Printemps, à Paris.

— Je croyais que vous aviez vécu à Vienne ? remarqua Emma, étonnée.

— En effet, mais je suis passée par Paris quand j'ai émigré. Oh ! je n'y suis restée que huit jours, mais c'est incroyable tout ce qu'on peut voir en l'espace d'une semaine.

— Emma y a séjourné six mois, l'informa Adam. Elle y étudiait le piano.

— Vraiment ? C'est intéressant.

Il tapota la main de sa femme, fier comme Artaban.

— Elle a un diplôme d'enseignement pianistique. Elle donne des cours à l'université, ici, et aussi des leçons particulières à la maison.

— Je vois, murmura Blanche.

De nouveau, Adam perçut sa raideur. Il n'avait pourtant pas voulu la mettre mal à l'aise en établissant une sorte de parallèle entre Emma et elle.

— Eh bien, nous voici arrivés, annonça-t-il, se garant devant l'imposante demeure de Sabine. J'espère que vous avez faim. La tante d'Emma a une très bonne table.

De fait, Sabine avait mis les petits plats dans les grands. Il y avait de quoi nourrir une douzaine de personnes et le menu était excellent. D'humeur souriante et enjouée (elle se bonifiait en vieillissant, avait coutume de dire Adam pour taquiner sa femme), l'ancien dragon présidait le déjeuner avec une gentillesse dénuée d'affectation.

Désormais, Adam la connaissait assez pour lire en elle des émotions dont elle n'était peut-être même pas consciente. Elle était ravie d'accueillir sous son toit l'humble épicier et la pauvre émigrante d'Europe de l'Est en qui elle se reconnaissait inévitablement un peu.

— Vous êtes habillée à ravir, complimenta-t-elle Blanche.

La jeune femme portait une robe en tissu noir à fines rayures blanches, serrée à la taille par une ceinture. Un turban orné d'un bandeau de fourrure complétait l'ensemble.

— C'est à la fois élégant et original, approuva Emma. Et j'adore le turban.

— Merci. C'est moi qui l'ai fabriqué. La fourrure est une chute d'un manteau sur lequel le couturier Berman effectuait des retouches.

— C'est magnifique, Blanche ! Vous êtes douée.

— Chacune sa spécialité : les doubles croches pour vous, le crochet et l'aiguille pour moi...

— En ce moment, j'aimerais mieux savoir tenir une aiguille, croyez-moi ! Le mois prochain, il va y avoir une grande soirée d'inauguration pour l'ouverture du magasin, et plus une seule robe ne me va !

— De toute façon, ce n'est pas ta place, marmonna Sabine en pinçant les lèvres. Dans ton état, ce ne serait pas convenable !

— Permettez-moi de ne pas partager votre avis, chère tante, objecta Adam. Les mentalités ont évolué, et puis Emma n'aura qu'à choisir une robe très ample, de façon à dissimuler sa grossesse.

— *Co za pomysl !* On aura tout entendu ! pesta Sabine avec une moue indignée. Comme si les hommes connaissaient quoi que ce soit à ces choses-là ! Je vous ferai humblement remarquer, mon cher neveu, qu'on ne porte plus de robes à crinoline depuis la guerre de Sécession !

Pa se mit à rire. La conversation l'amusait au plus haut point. Il y avait bien longtemps qu'il n'avait participé à une discussion aussi détendue et vivante.

Blanche demanda à Emma s'il y avait une toilette dans sa garde-robe qui lui plairait pour aller à sa grande soirée, pour peu qu'on l'ajuste à sa taille.

— Oui. J'en ai plusieurs de couleurs vives, une noire, et aussi une grise à motifs blancs.

— Vous pourriez prendre la noire, déclara Blanche avec assurance, fendre le tissu sur toute la longueur et superposer une sorte de tunique en voile léger – en soie gris perle, par exemple : cela dissimulerait vos formes tout en étant du plus bel effet.

Emma réfléchit cinq secondes et dit que c'était une idée merveilleuse.

— L'ennui, ajouta-t-elle en se rembrunissant, c'est que je ne vois pas qui pourrait opérer ces transformations. C'est très... parisien, et je ne connais malheureusement pas la magicienne capable de mettre en pratique votre id...

— Elle est devant vous, la coupa Blanche avec un fin sourire.

— Vous ? Mais... Comment pourriez-vous en si peu de temps ?

— Eh bien, ça représente une bonne semaine de travail... plutôt deux, même. Mais je suis toute prête à rester, si vous le souhaitez. Et si je ne dérange pas votre tante...

— Bien sûr que non, assura mollement Sabine.

— Blanche ! intervint Simon. Il a toujours été convenu que je ne m'absenterais pas plus de cinq jours... Je ne peux pas laisser le magasin sans surveillance.

— Je n'ai qu'à changer la date de mon billet de retour, Pa. Vous pouvez partir sans moi, je vous rejoindrai une semaine plus tard. Qu'en pensez-vous ?

Simon fronça les sourcils.

— Vous êtes sérieuse ?

— Absolument. Je broie du noir depuis des mois. Travailler à quelque chose que j'aime, surtout si cela peut rendre service, m'aidera à me changer les idées.

— C'est fantastique ! s'écria Emma. Oh, Pa, je vous en prie, laissez-la-nous !

Elle l'appelait « Pa » pour la première fois et le charme opéra.

— Ma foi, comment dire non à une si gentille requête, acquiesça-t-il avec un sourire. Entendu, je rentrerai seul, s'il n'y a que ça pour faire plaisir à ma jolie belle-fille.

C'était bon de voir une expression enjouée sur le visage de son père, songea Adam. L'atmosphère conviviale du déjeuner, les deux jeunes femmes parlant chiffons, le bébé à naître, toutes ces choses éclairaient un peu la vie du vieil homme.

Blanche se montrait vraiment très généreuse de leur apporter son aide. Adam s'en voulut de l'avoir mal jugée et la remercia d'un sourire.

Les petites flammes dansantes des bougies se reflétaient comme autant d'étoiles sur la verrière du toit. Le brouhaha des conversations se mêlait à la musique jouée par un quatuor à cordes installé dans un angle de l'immense salle.

— Ça me rappelle notre mariage, chuchota tendrement Adam à l'oreille de sa femme.

Dans sa ravissante robe noire rehaussée de voile de soie, Emma était rayonnante, les joues empourprées par l'excitation. Ce dîner de gala faisait figure d'événement et, comme elle le répétait avec fierté, de « consécration de la réussite du meilleur mari du monde ».

Adam comprenait d'autant mieux sa joie qu'il était lui-même partagé entre le trac et l'émotion. Parti de rien, il assistait ni plus ni moins à l'inauguration d'un grand magasin dont une partie du nom était désormais le sien, et au conseil d'administration auquel il siégerait. À ses côtés se tenait la femme de sa vie, qui l'aimait et qui portait leur premier enfant. Il n'avait pour ainsi dire pas touché à son vin, mais il était ivre de bonheur.

La musique de chambre se tut pour faire place aux discours. Sur un signe de Sabine, paralysée par le trac, un membre du nouveau conseil ne se fit pas prier pour monter sur l'estrade s'exprimer au nom de « notre présidente d'honneur ».

Adam songea avec humour que ces messieurs avaient dû être également tétanisés à l'idée de la voir se lancer dans une conférence... Un sou pour vos pensées, Sabine, se dit-il en coulant un regard dans sa direction. Vous aussi, vous avez parcouru un bon bout de chemin, en suivant une route bien plus ardue que la mienne...

Assise entre Emma et Blanche, la vieille dame paraissait presque majestueuse dans sa robe en satin vert sombre. Pour une fois, elle ne croulait pas sous les bijoux et portait « seulement » un collier et un bracelet en perles ainsi qu'un solitaire en diamant. Adam se demanda s'ils devaient ce miracle à Blanche.

Cette dernière avait l'air de sortir d'un magazine de mode. Emma lui avait prêté une robe en velours rubis, trop courte pour elle, mais à laquelle Blanche, avec ce que Sabine appelait son « aiguille magique », avait ajouté un volant en soie assortie qui effleurait le sol. Un élan de compassion envahit brusquement Adam tandis qu'il la regardait écouter stoïquement, un sourire poli aux lèvres, l'interminable ronron qui s'échappait de l'estrade. Sans une balle en pleine tête, songea-t-il douloureusement, en ce moment même, elle aurait pu connaître le même bonheur qu'Emma...

L'orateur avait entrepris de citer l'ensemble du personnel des Nouvelles Galeries Cace-Arnring. Il énumérait des noms, et, à tour de rôle, les hommes mentionnés se levaient de table avec leur épouse. Portée par des applaudissements particulièrement chaleureux, Emma salua avec grâce en même temps qu'Adam.

Jonathan Arnring junior naquit à la maison trois semaines plus tard, un peu avant Noël.

Dans la chambre fraîchement décorée du premier étage, l'heureuse maman, adossée à des oreillers et entourée d'innombrables bouquets de fleurs et de boîtes contenant les vêtements de bébé les plus extravagants (cadeaux de Sabine), examinait inlassablement les oreilles, les cils, les doigts et les orteils de son fils. Il avait huit jours, et elle s'émerveillait encore du miracle de sa naissance.

— Il est si magnifique, mon amour ! Je sais que toutes les mamans doivent en dire autant de leur bout de chou, mais le nôtre est absolument exceptionnel. La plupart des nouveau-nés sont rouges et fripés, mais pas lui ! Tiens, regarde : il a déjà un petit visage bien dessiné !

— Combien de nouveau-nés as-tu vus dans ta vie ? demanda Adam dans un éclat de rire.

— Euh... c'est le premier, avoua-t-elle piteusement avant de pouffer à son tour.

Emma serra son petit trésor contre son cœur, pensant à sa propre mère avec une incrédulité scandalisée. Comment une femme avait-elle pu abandonner sur le pas d'une porte un être aussi minuscule et fragile ? Quelle sorte de monstre fallait-il être pour accomplir un crime aussi horrible ? s'insurgeait-elle. Comment pouvait-on agir de la sorte sans avoir le cœur brisé ?

Mais, comme le lui avait expliqué Adam, nul ne pouvait juger les actes d'autrui et les condamner sans savoir... Peut-être avait-elle de bonnes raisons d'agir ainsi... Peut-être cette décision lui avait-elle brisé le cœur, qui sait ? Emma avait alors compris qu'il songeait à ce soir où, dix-huit ans plus tôt, après avoir supporté les moqueries de son frère Léo, il avait appris de la bouche de son père qu'il était un bâtard.

Elle saisit la main qui reposait près d'elle sur le drap, forte et en même temps si douce, et la pressa contre ses lèvres.

À quoi bon ressasser le passé ? se raisonna-t-elle. Nous avons devant nous notre petit Jonathan adoré, que nous avons tellement désiré. Tout le monde va l'appeler Jon, c'est sûr. Le médecin dit que les yeux des bébés changent souvent de couleur après la naissance, mais j'espère que le nôtre gardera son beau regard bleu clair. Ah ! s'il pouvait ressembler à Adam ! Ou même à son frère, celui qui est mort à la guerre. Elle essaya de ne pas penser à l'autre, celui qu'on ne voyait jamais, dont on parlait le moins possible, et dont Blanche avait dit qu'il se considérait lui-même comme la brebis galeuse de la famille...

— Il faut que je redescende, fit Adam. Blanche doit apporter un cadeau de la part de Sabine, qui n'est pas encore complètement remise de son rhume.

— C'est pour cela qu'elle ne vient pas nous voir ?

— Pardi ! Elle ne veut pas risquer de contaminer son angelot, comme elle l'appelle. Alors elle le bombarde de cadeaux à distance. Encore deux aujourd'hui !

— Mon Dieu, on pourrait remplir tout le rayon enfant des Nouvelles Galeries avec les vêtements que ce bébé a reçus en huit jours !

Elle secoua la tête en souriant, puis ajouta :

— Dis, à propos de vêtements... Blanche ne va plus tarder à rentrer chez elle, n'est-ce pas ?

— Elle part après-demain. Elle attendait la naissance de notre enfant pour pouvoir parler de lui à Pa. Je crois qu'elle n'a pas très envie de s'en aller... et qu'elle a pris goût à sa pension chez Sabine. Elle doit avoir l'impression d'habiter dans un hôtel de luxe.

— Sûrement. La pauvre n'a pas eu une vie facile. Je suis terriblement désolée pour elle. J'aimerais que Tante Sabine arrête de lui répéter qu'elle est moins à plaindre que les milliers de jeunes veuves de guerre qui se retrouvent sans toit et avec des enfants à charge...

— Le fait est que ta tante n'a pas l'air d'aimer beaucoup Blanche.

— Oh, tu connais Tante Sabine et ses opinions tranchées ! Cela dit, elle se montre très gentille à son égard, très chaleureuse. Mais à l'entendre, Blanche flatterait ton père et le traiterait comme un bébé pour s'attirer ses bonnes grâces. Il lui est tellement reconnaissant qu'il lui donnerait jusqu'à sa chemise, voilà ce qu'elle dit.

Adam haussa les épaules.

— Dans la mesure où Pa ne possède rien, en dehors de sa minuscule épicerie et de sa vieille maison, je ne vois pas très bien ce que Blanche aurait à y gagner... Franchement, je crois que Sabine fait fausse route. Il faut probablement voir là un de ces accès d'aigreur et de mauvaise humeur dont elle a le secret.

— Tiens ! je croyais qu'elle se bonifiait avec l'âge ?
— Avec moi, oui. Tu veux que Blanche monte te voir à son arrivée ?
— Non. J'ai sommeil. Couche le bébé dans le berceau pendant que je me repose un petit moment.

Le salon vert et blanc était rempli de bouquets de fleurs envoyés par leurs amis – les Lawrence, les Reilly et même leurs nouveaux voisins, de l'autre côté de la rue. Dans un coin s'empilaient des cadeaux qui attendaient toujours d'être ouverts – des paquets enrubannés contenant des vêtements et des jouets pour bébés. Le plus récent des présents était posé sur le canapé, à côté de Blanche.
— C'est une pendulette pour la nursery, à laquelle Sabine n'a pu résister, déclara-t-elle. Mon cadeau à moi n'est pas encore commencé. Je m'y mettrai dès mon retour à la maison. Ce sera une couverture molletonnée sur laquelle je broderai des personnages de contes de fées.
— Un énorme travail, je suppose.
— Oui, mais il remplira mes soirées solitaires. Je vais souvent chez ton père lui tenir compagnie. C'est un homme bon, comme l'était le mien...
Un bref cliquetis de casseroles monta de la cuisine, puis le silence retomba. Blanche examinait ses ongles, les yeux baissés.
— Tu es jeune, murmura gentiment Adam. Tu as encore toute la vie devant toi...
Blanche soupira.
— Je suppose que tu as raison. Mais Jonathan est difficile à oublier.
— Oui. Il sera dans mes pensées jusqu'à la fin de mes jours.

— Je ne peux m'empêcher de revoir cette soirée sur la plage, quand nous avons contemplé l'océan en discutant de l'avenir. Je n'aurais jamais imaginé que les choses tourneraient ainsi...

Adam garda le silence. Que répondre à cela ? À part lui répéter bêtement : « Tu as la vie devant toi... » Une profonde pitié l'envahit. Se retrouver seul au monde était une épreuve terrible – et plus terrible encore pour une femme, songea-t-il.

— Ce sont mes cheveux que tu regardes comme ça ? lança Blanche. J'ai vu une photographie d'Irène Castle dansant le tango : elle avait une coiffure en casque. C'est de là que m'est venue l'idée. Bientôt, la mode fera fureur. Tu aimes ?

— En fait, je n'avais pas remarqué, avoua-t-il, surpris.

— Bien sûr, ce n'est pas spectaculaire sur moi, parce que j'ai les cheveux courts et bouclés. Mais normalement, ça ressemble à un chapeau.

Adam lâcha un rire bref. Je la trouve très nerveuse, songea-t-il. Et cette conversation me met mal à l'aise.

— Je ne pense pas qu'Emma voudra couper un jour sa splendide chevelure ? poursuivit Blanche.

— J'espère bien que non !

— Elle est merveilleuse. Emma est merveilleuse, précisa-t-elle. Tout comme son toucher au piano.

Le ton de sa voix était aimable et pourtant... Adam crut déceler de l'amertume derrière ses paroles.

— En effet. Quand la porte de derrière reste ouverte, on peut l'entendre jouer depuis le jardin. Il n'est pas rare de voir les voisins sortir de chez eux pour l'écouter.

La nuit commençait déjà à tomber, et il avait hâte que Blanche s'en aille.

— Dis-moi, Adam, comment se fait-il que tu ne

nous aies même pas mentionné l'existence d'Emma, à Jon et moi, ce fameux soir où nous avons fait connaissance ? Tu n'en as pas dit un mot au restaurant, ni après, sur la plage...

— Oh, c'est tout simple. Jon allait partir de l'autre côté de l'océan : c'était à vous deux d'occuper le devant de la scène, pas à nous.

— Eh bien, maintenant c'est votre tour : une maison, un bébé, une nouvelle situation... Tout vous réussit !

— Je remercie Dieu pour ses bienfaits.

— Le magasin est vraiment magnifique. Oui, Sabine me l'a fait visiter, le lendemain de la réception. Même si tu n'avais pas encore reçu toute la marchandise, j'ai pu me rendre compte du potentiel. Comme les allées sont larges, les gens ont toute la place voulue pour regarder les portants, les comptoirs sont judicieusement disposés, les cabines d'essayage spacieuses. Tes Nouvelles Galeries peuvent rivaliser avec n'importe quel magasin de Paris ou New York.

— Tu parles en experte, on dirait, remarqua Adam.

— Non, juste en cliente expérimentée. J'aime les vêtements.

— Ma foi, tu as sans aucun doute sauvé la soirée d'Emma. Elle a baptisé ta coupe « éclair de génie ».

— Oh, ce n'était pas très compliqué. Tu aimes le tailleur que je porte ? L'as-tu même remarqué ? Je parie que non ! ajouta-t-elle avec un sourire ironique.

Comme elle se levait, Adam eut conscience que oui, il avait remarqué que Blanche était très élégante dans son ensemble en laine rose, même s'il avait l'esprit occupé par des sujets plus importants.

— Les jupes étroites ne sont plus au goût du jour à Paris. L'année prochaine, elles seront démodées ici aussi. Désormais, la tendance est à celles qui laissent deviner la cheville. Paquin et Lanvin ont déjà créé une nouvelle silhouette, très près du corps. Adieu les corsets, finies les baleines ! Nous avons toujours à peu près une année de retard sur la mode, ici, tu sais.

Adam, amusé par son ton péremptoire, lui demanda d'où elle tenait toutes ces informations.

— Il existe beaucoup de magazines français auxquels on peut s'abonner. C'est d'ailleurs là que je puise mon inspiration pour concevoir mes propres vêtements.

— Sans modèles ?

— Pas besoin. Le résultat n'est pas absolument fidèle à l'original, mais on n'en obtient pas moins le même effet.

Après une pause, Blanche poursuivit :

— Sabine m'a emmenée au club de golf, sur la colline. Manifestement, bon nombre de gens fortunés le fréquentent. Où ces dames achètent-elles leurs vêtements ?

— En grande partie chez nous. Elles font leur choix dans nos collections, et quand un modèle leur plaît, leur couturière se charge des retouches.

— Chez elles, tu veux dire ?

Comme Adam acquiesçait, elle réfléchit quelques instants puis annonça qu'elle avait une bien meilleure idée.

— Pourquoi n'engagez-vous pas ces couturières au magasin ? Vous leur verseriez un salaire mensuel, elles n'auraient plus à se déplacer en permanence à domicile. Elles apprécieraient d'avoir un revenu fixe et un endroit confortable pour travailler. Ton magasin attirerait ainsi plus de monde, j'en suis certaine, et vous y gagneriez des clientes qui pourraient être tentées par d'autres articles – chaussures, châles, chapeaux, et toutes sortes d'accessoires assortis à leur robe... Qu'en penses-tu ?

Pas mal, songea Adam. Son idée était même brillante. Cette femme avait un sens inné des affaires. Et la tête sur les épaules. Il se souvint s'être dit qu'elle ferait une parfaite épouse pour Jonathan qui, lui, n'avait guère l'esprit pratique. Mais Blanche accepterait-elle de rester à Chattahoochee pour superviser le travail des couturières ? Cela valait la peine de lui demander. D'autant qu'il ne serait pas fâché d'apporter une telle innovation si peu de temps après sa promotion...

Il suivit la jeune femme des yeux tandis qu'elle traversait la pièce pour récupérer sa cape. Séduisante, sans aucun doute. Pas vraiment jolie, non, mais elle avait un certain charme. Lui y était insensible – ce n'était pas le genre de femme qui l'attirait, et de toute façon il n'avait d'yeux que pour Emma –, mais Blanche pouvait constituer la meilleure des publicités pour les Nouvelles Galeries Cace-Arnring...

— Excellente idée, dit-il. Il faut que j'en discute avec la direction, naturellement...

— Naturellement.

— Mais si le projet était retenu, serais-tu d'accord pour le mettre personnellement en œuvre ? Attention : je ne te promets rien !

— Bien sûr, Adam. Pour ma part, je ne vois aucune objection à rester ici encore quelque temps, disons... deux semaines ? jusqu'à ce qu'une décision soit prise.

Blanche ajouta avec un sourire :

— Sabine apprécie ma compagnie.

Hum ! pas tant que ça, rectifia Adam in petto tout en annonçant :

— Je te raccompagne en voiture.

— Penses-tu ! Ce n'est pas loin, et j'aime marcher.

Il resta un moment immobile sur le seuil à la regarder s'éloigner. C'est bizarre, songea-t-il. Quelque chose en elle me déplaît. Mais je ne sais pas quoi. Peut-être n'ai-je pas totalement confiance en elle. Pour quelle raison ? Elle n'a rien fait de mal... Et la vie ne l'a pas épargnée. Je devrais au contraire être désolé pour elle...

Jonathan junior se mit à pleurer dans son berceau. Adam referma la porte et monta à l'étage s'occuper de son fils.

22

1922

Dans les temps qui suivirent la guerre, l'économie américaine, dopée par le pétrole et l'élevage, connut une embellie. Un vent de folie semblait souffler sur les esprits. En proie à une gaieté et un optimisme frénétiques, les gens mordaient dans la vie à pleines dents et semblaient éprouver une véritable passion pour la nouveauté.

Cet état d'esprit avait gagné Chattahoochee et envahi les Nouvelles Galeries Cace-Arnring. Sur les présentoirs du rez-de-chaussée fleurissaient les chemisiers importés d'Angleterre, les chapeaux signés Reboux, les parfums français et une centaine d'autres articles de luxe.

Bien que son bureau – trois fois plus grand et élégant que le précédent – fût situé au troisième étage, réservé à l'administration, Adam n'avait rien changé à ses habitudes et passait le plus de temps possible à l'intérieur du magasin proprement dit. Il connaissait tous les articles sur le bout des doigts, tous les employés par leur nom, et la plupart des clients.

— Quand on pense à quoi ressemblait cet endroit le jour où nous nous sommes rencontrés, il y a quinze ans ! soupira Jim Reilly en secouant la tête. J'ai presque envie de me pincer pour m'assurer que je ne rêve pas...

Ils se trouvaient dans le département des chaussures, où Reilly, promu chef de rayon, gagnait un salaire bien plus élevé que tout ce qu'il avait sans aucun doute jamais rêvé.

— Vous avez accompli un véritable miracle, Adam.

— N'exagérons rien.

Sans revendiquer aucun titre de gloire, il savait néanmoins qu'une part du mérite lui revenait. Cette vendeuse, là-bas, avec deux enfants à nourrir, et celle-ci, derrière le comptoir des gants, qui craignait de ne pouvoir garder son logement, avaient l'une et l'autre reçu une augmentation de salaire et affrontaient désormais le quotidien avec plus de sérénité. Bien sûr, ce n'était pas le Pérou, admit Adam, mais il s'agissait d'une première étape – et il comptait bien poursuivre dans cette voie.

— Votre Madame Blanche continue à nous attirer des clientes, commenta Reilly. Elle a largement contribué à la notoriété des Nouvelles Galeries. « Madame Blanche »... on dirait un personnage de roman, vous ne trouvez pas ?

— Les dames raffolent de tout ce qui a une connotation française.

— En tout cas, elle ne chôme pas... Il faut se lever à l'aube pour arriver au magasin avant elle. Cette femme a le dynamisme et l'enthousiasme de trois personnes ! Et toujours ouverte au dialogue, avec ça.

Exact, songea Adam. Sauf, bien sûr, quand on évoque Jonathan. Là, elle se ferme comme une huître.

— Des idées à la pelle, une énergie débordante et une bonne écoute... ça ne vous évoque personne ? poursuivit Reilly en prenant son air de vieux sage. Eh ! vous à votre arrivée – c'est tout dire !

— Vous oubliez qu'en plus, Blanche Berman est une artiste. La mode est une forme d'art. Certaines femmes ne vivent même que pour ça. Dieu merci, ce n'est pas le cas de mon épouse...

— Votre dame ressemble à un ange. Et ça ne date pas d'hier. Je me souviens qu'elle était haute comme trois pommes quand... Sacré nom d'un chien, qu'est-ce que c'est que ce truc ? s'étrangla tout à coup Reilly en avisant un présentoir. On dirait un vase !

— Heureusement que Madame Blanche ne vous entend pas, ironisa Adam. Votre vase est un chapeau cloche. Ce modèle fait, paraît-il, fureur en France.

À côté du drôle de chapeau, on avait disposé la photographie sépia d'une jeune et jolie modèle apparemment enchantée d'être affublée du vase en question et de la banderole AMBASSADRICE DE L'ÉLÉGANCE PARISIENNE. Le tout s'accompagnait d'un petit carton sur lequel Blanche avait noté de son écriture fine et pointue : *Pour vous, mesdames. Voici ce que vous porterez très bientôt pour être à la page !*

— Une femme décidément très maligne, notre Madame Blanche, admit Reilly en se grattant la tête. Je ne savais trop que penser d'elle au début ; maintenant, je m'incline bien bas. Et quand on la connaît mieux, on s'aperçoit qu'elle ne manque pas de charme, dans son genre. Cela dit, moi, je les préfère un peu plus...

Il écarta les mains, l'œil coquin.

— Enfin, vous voyez ! Pas vous ?

Adam n'était pas d'humeur à laisser Jim l'entraîner sur ce terrain. Il coupa court en répondant qu'on l'attendait chez lui – ce qui était d'ailleurs exact – et fila.

Emma avait planté des soucis dans le jardin. Pourquoi donnait-on un nom pareil à des fleurs aussi ensoleillées ? Mystère. Il faudrait qu'il pose la question à sa femme. Elle faisait partie de ces gens qui savent cultiver le bonheur avec des gestes aussi simples que cueillir des mousserons, tailler le gardénia qui fleurissait devant la fenêtre de la salle à manger, ou confectionner ces muffins à la confiture de framboises qu'il aimait déguster chaque matin avec son café, au petit déjeuner.

Sur la pelouse, la nouvelle nounou balançait doucement le landau où James, sept mois, secouait un hochet dans sa main. Jon – déjà âgé de trois ans – courait comme un petit diable autour de la maison. Il dépassait en taille le fils des voisins, qui avait pourtant un an de plus, nota Adam avec une fierté teintée de soulagement. Tout au fond de lui était tapie une peur dont il n'avait jamais parlé à personne, surtout pas à Emma – la peur que le mauvais sort qui s'était abattu sur son frère Léo à la génération précédente frappe aussi l'un de ses fils...

De la pièce située à l'autre bout du hall s'échappait le son feutré du piano. D'abord une suite de notes hachées, discordantes, puis la même mélodie, harmonieuse cette fois, et rendant la partition avec une confondante facilité. Emma donnait une leçon particulière.

Sur le plus petit feu de leur cuisinière à gaz mijotait une casserole de bisque de homard faite maison, cuisinée sans alcool pour que Jonathan puisse en manger. À côté, la bouteille de cognac grâce à laquelle « les grandes personnes » pourraient corser leur potage, même si – comme Emma aimait à le répéter en plissant le nez – c'était bien moins bon que lorsqu'il était incorporé à la soupe pendant la cuisson !

Où trouvait-elle l'énergie de faire la cuisine après ses leçons de piano à la maison, ses cours de musique quatre fois par semaine à l'université, et sa propre pratique du clavier une heure par jour afin de ne pas perdre la main ? Le tout avec deux petits monstres à surveiller. Et un troisième – moins petit – pendu au téléphone à longueur de journée : Tante Sabine.

Celle-ci, toujours épouvantablement pénible malgré son cœur d'or, s'efforçait de convaincre Emma, primo de se faire aider, secundo de déménager – et Adam lui donnait raison.

Ils manquaient déjà de place. C'est dit : dès que j'aurai fini de rembourser mon prêt à M. Shipper, nous chercherons plus grand, décida Adam. L'idéal serait d'acquérir l'une de ces villas sur la colline, près du terrain de golf, ou d'en faire bâtir une – tant pis si les snobs du coin tiquent de voir débarquer des membres de la famille Rothirsch. Ou plutôt tant mieux : ça leur fera les pieds ! Il rit tout bas.

Dans le petit cabinet de travail, entièrement tapissé de livres, Adam s'installa à son bureau et s'attela à une lettre qu'il se promettait d'écrire depuis plusieurs jours.

Cher Pa,

Merci d'avoir pensé à nous souhaiter notre anniversaire de mariage. Déjà cinq ans, tu te rends compte ! Moi, j'ai l'impression que c'était hier... Emma et moi avons été très touchés de ton cadeau. Rien ne pouvait me faire plus plaisir que ce magnifique album relié en cuir avec toutes ces photos de mes frères et de moi, enfants. Le temps referme peu à peu les blessures et apaise les chagrins... Aujourd'hui, je suis à nouveau capable de regarder le chaud sourire de Jonathan sans fondre en larmes. Encore merci, Pa.

Tu me dis ta surprise à la vue de notre publicité géante dans le journal que t'ont montré tes voisins. Je t'avoue que c'est l'œuvre de Blanche. J'avais déjà fait paraître des encarts publicitaires, mais jamais sur toute une double page (cela coûte un prix dont tu n'as même pas idée). Blanche affirme que c'est la seule façon de se forger une réputation à grande échelle... À l'entendre, les Nouvelles Galeries Cace-Arnring seront sous peu présentes lors des défilés de mode à New York ! Qui vivra verra.

Tu te souviens combien nous étions tous si malheureux pour Blanche ? Eh bien, elle a trouvé sa voie ! Jonathan avait prédit qu'elle avait tout pour réussir dans la mode... Comme lui, Emma la voit même mener une carrière digne de celle de Coco Chanel ! Nous le lui souhaitons tous.

Tu te rappelles aussi comment Sabine voulait à toute force qu'Emma devienne une virtuose célèbre ? Finalement, cette tête de mule s'est faite à l'idée que sa nièce prodige n'a aucune envie de courir le monde. Emma préfère se consacrer à son foyer et à l'éducation de nos enfants. Elle n'a pas pour autant renoncé à sa passion qu'elle enseigne ici, à l'université, et aussi à des élèves particuliers. J'ai une chance folle ! Et Sabine aussi parce que je ne sais pas ce qu'elle deviendrait sans son Emma.

Quand comptes-tu revenir nous rendre visite ? Dis bien à Léo que nous ne désespérons pas de le voir ici un jour !

Affectueusement, Adam.

Les enfants dormaient et la maison retrouvait le calme tandis que les dernières notes d'une valse de Chopin se fondaient dans la nuit.

— Tous les hommes n'ont pas la chance de terminer leur journée d'aussi belle façon, murmura Adam.

— À moins d'écouter la radio, rectifia Emma d'une voix taquine.

— Aucune comparaison ! Viens, montons nous coucher. J'attends ce moment depuis plus d'une heure.

Dans la chambre, Emma ouvrit la porte de la penderie et en sortit une robe neuve encore enveloppée dans une housse.

— D'abord, je veux que tu jettes un œil à ceci. Je l'ai rapportée du magasin aujourd'hui.

« Ceci », c'était une robe de soirée en velours vert pâle. Une étroite bande de velours vert foncé traversait la jupe en diagonale tandis que le bustier, très décolleté, laissait les bras et les épaules nus.

— C'est pour le bal d'inauguration du gouverneur. Elle te plaît ?

— Tu veux rire ? La couleur va sublimement bien avec tes cheveux.

— Blanche est incroyable, n'est-ce pas ? Elle fait chaque fois mouche ! Je ne lui ai pas posé la question, mais a-t-elle été invitée ?

— Non. La soirée est réservée aux personnalités, aux politiques et aux hommes d'affaires qui ont contribué à l'organisation des festivités. Tu sais bien comment ça se passe.

Emma eut l'air ennuyée.

— Je me demande si Blanche n'a pas l'impression qu'on la tient à l'écart. Je me fais peut-être des idées, mais il m'a semblé qu'elle était un peu froide avec moi aujourd'hui.

Adam haussa les épaules.

— Allons bon. Pour quelle raison ?

— Je me dis qu'elle doit probablement se sentir un peu perdue depuis qu'elle habite toute seule dans ce petit appartement qu'elle loue. Chaque fois que je lui en parle, Tante Sabine éclate de rire. Elle affirme que Blanche peut avoir tous les hommes qu'elle veut, quand elle veut, et où elle veut.

Sabine n'était pas la seule à le penser, admit Adam in petto. Il l'avait lu dans les yeux de Dan Cace et de la plupart des membres du conseil d'administration quand la jeune femme était venue leur présenter sa dernière collection. Jusqu'à Reilly qui se pâmait devant son charme !

— Ça, opina-t-il avec un petit temps de retard, il est certainement plus facile à Blanche de nouer des relations maintenant que lorsqu'elle habitait chez ta tante.

Emma pencha la tête de côté et lui lança un regard pensif.

— Adam ?

— Mmm ?

— Tu crois qu'elle a quelqu'un dans sa vie ?

— *Qui ?* Sabine ?

— Blanche, idiot !

— Ma foi... pourquoi pas ? Elle est jeune, elle n'est pas vilaine, ce serait tout à fait normal.

— Je croyais que tu ne la trouvais pas séduisante ?

— Elle n'est pas mon type, voilà tout. J'ai des critères très sélectifs !

— Ah oui ? Quel genre ? demanda-t-elle avec un sourire provocant.

— Range cette robe dans la penderie et viens un peu voir par ici.

Dans l'obscurité, une fine lumière opaline se faufilait à travers les volets à lattes, dessinant des stries sur la poitrine ronde et les hanches d'Emma. Les draps étaient imprégnés du parfum de sa peau et de ses cheveux.

Cinq ans de mariage et leur passion était intacte, aussi forte et intense qu'au premier jour, s'émerveilla Adam en contemplant le visage de sa femme, endormie contre son épaule. Il la garda serrée contre lui, refusant de la lâcher jusqu'à ce que le sommeil le prenne à son tour.

23

1928

Les États-Unis avaient déjà connu la prospérité, mais jamais comme cette année-là ! C'était à se demander si quelque chose pourrait un jour enrayer la folle envolée des cotes de General Motors, Standard Oil, General Electric et de tant d'autres piliers de l'économie américaine. Candidat à la Maison-Blanche, Hoover promettait à ses concitoyens « un poulet dans chaque marmite et deux automobiles dans chaque garage ». L'immobilier était lui aussi en plein essor et il n'y avait quasiment pas une rue ni une route où l'on ne vît des ouvriers occupés à construire une maison ou à effectuer des travaux d'embellissement.

Chattahoochee profitait comme tout le pays de cette conjoncture sans précédent. Adam avait investi sagement dans sa propre entreprise, une façon pour lui de contrôler ses avoirs en gardant la haute main sur leur gestion. Les Nouvelles Galeries Cace-Arnring voguaient allégrement de succès en succès, il avait fini de rembourser sa dette à la banque de son ami Shipper et ne devait plus rien à personne.

Là-bas, sur la côte Est, le petit commerce qui portait lui aussi le nom d'Arnring avait également le vent en poupe, toutes proportions gardées. C'est ainsi qu'un beau matin de janvier, Adam reçut une lettre d'un Pa remonté à bloc et multipliant les points d'exclamation...

Tu ne croiras jamais ce qui se passe ici ! Ils ont construit une route gigantesque qui traverse tout le quartier, et figure-toi que mon épicerie se trouve juste au carrefour ! Et tu ne sais pas le plus beau : je vais avoir pour voisins une station-service, une pharmacie et une boulangerie ! Tu te rends compte de l'aubaine pour un petit commerce comme le mien ?... Alors, c'est décidé : je me lance dans une opération de modernisation ! Je ne voulais toucher qu'à l'extérieur, mais Léo m'a persuadé de refaire aussi tout l'intérieur ! Quand tu liras ce courrier, j'aurai déjà accroché la pancarte FERMÉ POUR TRAVAUX *!*

Déjà sidéré, Adam le fut plus encore par la suite de la lettre :

Léo tient les comptes, porte notre argent à la banque et le place en Bourse en suivant les conseils d'un courtier ! Cette fois, ton frère fait vraiment du bon travail, Adam ! Tu n'en reviendrais pas, si tu le voyais ! Léo s'est inscrit à la nouvelle université pour suivre des cours ! Des cours de quoi ? impossible à dire, il reste muet comme une tombe. Mais il travaille, s'occupe jour et nuit, et je le vois très peu (ce qui ne nous donne plus l'occasion de nous disputer). Alors, qu'est-ce que tu dis de tout ça ?

Qu'il y avait de quoi s'inquiéter que Pa ait laissé autant de responsabilités à un lunatique incapable comme Léo...

Adam s'en voulut aussitôt de sa réaction. Tant mieux si Léo sortait de son terrier, tant mieux si son père reprenait du poil de la bête, tant mieux si l'épicerie marchait aussi bien. Bien sûr, il continuerait à leur envoyer de l'argent aussi longtemps qu'ils en auraient besoin, mais pour l'instant, il avait de quoi faire ici aussi !

Emma attendait leur troisième enfant. Eh oui, la famille s'agrandissait. Mais pas la maison, devenue irrémédiablement trop petite pour accueillir autant d'habitants, sans parler des livres, des disques, du piano de concert, des meubles des chambres d'enfant, des coffres à jouets, poussettes, landaus, couffins, tricycles, bicyclettes... Il leur fallait absolument plus d'espace partout : le garage même n'avait qu'une seule place pour leurs deux voitures. Le temps du déménagement, si souvent reporté, était bel et bien arrivé.

Reilly le Vernis (ainsi qu'il s'était autoproclamé après sa nomination à la tête du département chaussures) parlait souvent des richesses qui coulaient à flots sur la colline :

« Les ranches, le bétail, les vertes prairies... il n'y a que ça de vrai pour les billets verts ! Avec le pétrole ! Ce n'est peut-être pas un "capital intellectuel" noble, comme celui des médecins et des avocats, mais c'est tout de même du bon argent sonnant et trébuchant, allez ! Et en bien plus grande quantité que n'en possédera jamais une Mme Rothirsch. »

Adam ne se souciait pas des ranches et de leurs habitants gorgés d'or. Seul l'intéressait un certain terrain de l'autre côté de la colline, un plateau qui donnait sur des champs de maïs et des pâturages à perte de vue. Là-bas, le calme était souverain, et la ligne d'horizon bleu-gris, comme celle de l'océan...

À l'ombre d'une rangée d'ormes, le corps de

bâtiment d'une ferme abandonnée semblait attendre une renaissance. Adam et Emma, séduits, tracèrent mentalement les plans de leur future maison, dans un silence troublé seulement par le chant des oiseaux et le bruissement du vent dans les branches.

L'architecte ne fut pas peu surpris quand ils lui livrèrent les grandes lignes de leur projet. Ils ne cherchaient pas à faire étalage d'argent sonnant et trébuchant, comme disait Reilly. Ils voulaient une maison toute simple, dans le style des demeures du vieux quartier, en contrebas, en plus spacieux, avec de la place pour tous leurs meubles et de quoi loger Pa et Léo, s'ils se décidaient à venir les voir.

— Nous désirons un nid confortable et chaleureux, surtout pas une de ces affreuses bâtisses tape-à-l'œil comme on en voit en ville, insista Emma. Vous voyez ce que je veux dire...

Adam, lui, voyait très bien : par pitié, surtout pas quelque chose qui ressemble au manoir de Tante Sabine ! L'architecte leur expliqua que la construction ne serait pas longue puisqu'il pourrait réutiliser l'ossature existante. S'il commençait les travaux de restauration sans attendre, ils pourraient emménager avant la fin de l'année ! Il lui fallait seulement leur feu vert et...

— Vous l'avez ! s'écrièrent Emma et Adam d'une seule voix.

Ils se plongèrent dans des magazines et découpèrent des photos de nurseries et de chambres d'enfant, ainsi que celle d'une terrasse avec un auvent en toile pour les jours de pluie. La cuisine serait équipée d'un de ces tout nouveaux appareils électriques servant de glacière : un réfrigérateur. Ils feraient installer le téléphone dans l'entrée. La salle de musique d'Emma serait éloignée des bruits de la maisonnée – autrement dit des garçons. Adam la voyait dans les tons champagne quand il se rendit compte qu'il avait dû inconsciemment garder en mémoire le salon de M. Shipper. Si on lui avait dit, à l'époque, que vingt ans plus tard il se ferait construire lui aussi la demeure de ses rêves !

La maison prit rapidement forme. D'abord dans leur tête, puis sur du papier millimétré et, ensuite sur le terrain. En avril, la restauration de la vieille ferme se terminait ; en juillet, les travaux proprement dits semblaient en bonne voie. Il était clair que l'architecte tiendrait ses délais. Les ouvriers mirent la dernière main à la toiture le beau jour de septembre où Emma donna à Adam un troisième fils. Excellent présage, se dirent les parents, au comble du bonheur.

Le lendemain de leur emménagement, Adam s'assit dans son nouveau bureau pour écrire à son père.

Cher Pa,

Nous avons pendu la crémaillère hier soir. Si je te dis que tout, même le temps, était parfait, tu peux me croire. Ni Emma ni moi ne voulions organiser une réception de cette ampleur, cela s'est fait comme ça. Il y avait là les dirigeants des Nouvelles Galeries, de fidèles compagnons d'armes comme Reilly et Archer (que tu as rencontrés au magasin, tu t'en souviens ?), Spencer Lawrence, Jeff, tous nos amis – une vraie foule !

Il ne manquait que toi. Je sais que je ne suis pas venu te voir depuis deux ans – j'en suis le premier contrarié – mais, sincèrement, mes journées sont deux fois trop courtes pour tout ce que j'ai à faire au bureau. Et maintenant, avec le bébé, les travaux et le *déménagement... je n'ai pas eu une minute à moi. Je suis ravi que tout aille pour le mieux entre Léo et toi et qu'il se tienne occupé. Voilà une excellente chose. Emma se joint à moi pour vous demander de venir nous voir <u>tous les deux</u> dès que vous le pourrez. La maison va vous plaire, j'en suis sûr, et il y a toute la place pour vous recevoir : vos chambres vous attendent !*

Tu nous demandes constamment des nouvelles de Sabine et de Blanche. Sabine est toujours aussi généreuse. Elle ne cesse de nous couvrir de cadeaux, nous deux et les enfants. J'ai malheureusement le sentiment qu'elle ne va pas si bien que ça (ceci entre nous, pas un mot à Emma ! je n'ai pas envie de l'affoler pour une simple impression). Elle n'a pas bonne mine et manifeste de plus en plus souvent des accès de mauvaise humeur. Je la trouve anormalement fatiguée. Ou alors, c'est le poids des ans...

Blanche continue à connaître le succès que tu sais. Tu vas avoir du mal à le croire, mais elle et moi avons beau travailler dans le même magasin, nous nous voyons rarement. Elle nous a envoyé un très joli présent pour notre pendaison de crémaillère, mais n'a pas répondu à notre invitation. Nous ne lui en tenons pas rigueur : elle avait probablement d'autres projets pour la soirée. Après tout, elle n'a que trente et un ans, il est temps pour elle de refaire sa vie.

J'ai gardé le meilleur pour la fin. Nos garçons sont tout simplement magnifiques. En ce moment même, Emma fait travailler ses mathématiques à Jon pour son entrée en sixième, James joue aux petits soldats à côté de moi et Andy fait sa sieste. Tu sais qu'il a la superbe couleur de cheveux de sa maman ? C'est un peu du gâchis sur un garçon ! Ils sont tout bouclés pour l'instant, et Emma appréhende déjà le jour où il faudra les couper.

Je n'arrive pas à croire que nous sommes mariés depuis onze ans. Je suppose que le temps passe plus vite quand on est aussi heureux que nous. Donne-moi vite de tes nouvelles. Et ne te fatigue pas trop avec tes travaux d'agrandissement !

Tendresses,
Adam.

— « Tant que la terre durera, les semailles et les moissons, le froid et le chaud, l'été et l'hiver, le jour et la nuit ne cesseront point... »

Quand elle était d'humeur morose, Sabine aimait citer la Bible.

— C'est une image, bien sûr. Les moissons en question sont tout ce qu'on engrange au cours d'une vie, notre expérience, l'enrichissement de l'esprit, et pas seulement du porte-monnaie ! Quant au froid, à l'hiver, à la nuit, c'est la vieillesse, la décrépitude du corps, la... enfin, tout. L'Éternel a dit : « Une génération s'en va, une autre vient, et la terre subsiste toujours. » Il est bon qu'il en soit ainsi.

Ces dernières paroles revinrent brusquement à l'esprit d'Emma et Adam quand Rhéa leur téléphona ce matin-là pour les informer, la voix tremblante, que Madame était « au plus mal ».

— Elle est tombée dans le couloir, devant sa chambre, vers trois heures cette nuit. Je voulais appeler un médecin ou une ambulance, mais elle me l'a interdit. Elle ne voulait même pas que je vous prévienne ce matin, mais Rudy m'a dit que je devais lui désobéir. Je vous téléphone en cachette du rez-de-chaussée... Oh, madame Emma, c'est terrible...

— Nous arrivons tout de suite, dit Adam.

Vêtue d'un peignoir de satin rose pâle, Sabine était

assise dans son lit, aussi blanche que ses draps, lorsque Emma et Adam entrèrent dans sa chambre. Elle rêvassait devant son petit déjeuner et se montra agacée par leur visite.

— Tout ce remue-ménage pour rien ! J'ai glissé dans le couloir parce que j'étais prise d'une quinte de toux et que je ne voyais pas où je posais les pieds : il faisait noir... Il faut toujours que cette Rhéa fasse un drame de rien ! Quand tu avais six ans, Emma, je me souviens qu'elle...

— Est-ce que tu as de la fièvre ? l'interrompit la jeune femme.

— Comment veux-tu que je le sache ? Je ne prends jamais ma température !

— C'est un tort. Où est le thermomètre ?

— Je n'en ai pas. Oh, mais rentrez donc chez vous ! Merci d'être passés, mais allez-vous-en, maintenant.

Sourds à ses protestations, ils envoyèrent chercher le vieux Dr Macy (le seul médecin que tolérait Sabine). À leur grand soulagement, il diagnostiqua un simple rhume et un peu de fièvre. Ouf ! fausse alerte, songea Adam en voyant Emma reprendre des couleurs.

Après le traitement habituel et quelques jours de repos forcé, Sabine se sentit mieux et les envoya chercher de son propre chef, cette fois. Elle les reçut de nouveau dans sa chambre, couchée et affaiblie mais aussi intarissable qu'au bon vieux temps.

— Je vous ai demandé de venir ce soir parce que je souhaite mettre un peu d'ordre dans mes affaires. Il est grand temps ! Je ne veux pas que vous ayez le moindre problème après ma mort.

— Voyons, Tante Sabine, tu ne vas pas mourir, commença Emma d'une voix altérée.

— Ne sois pas sotte, l'interrompit la vieille dame. Je n'ai pas dit tout de suite. Je suis solide comme un cheval ! Seulement, à mon âge, il faut se montrer prévoyant.

Elle prit une inspiration et se lança :

— Il y a cette maison, pour commencer. Tu as fait de ton mieux pour ménager ma susceptibilité, mais je ne suis pas dupe : tu ne t'y es jamais plu. Donc, je veux que tu en fasses don à une œuvre caritative qui en fera un foyer pour enfants maltraités ou pour orphelins. Tu m'as bien comprise ? insista-t-elle sans regarder Emma.

— Oui, acquiesça calmement la jeune femme.

— Par ailleurs, s'il devait arriver un malheur à ton mari – et je prie pour qu'il n'en soit rien, Adam, car vous rendez mon Emma très heureuse ! –, sache que j'ai demandé à Spencer Lawrence de veiller sur toi et sur les petits.

— Chère Tante Sabine, protesta Emma en lui prenant la main, Dieu me préserve de perdre l'homme que j'aime, mais si tel était le cas, je saurais m'occuper de nos enfants, tout comme lui dans la situation inverse. Lawrence est un tel... rabat-joie ! On dirait toujours qu'il a avalé un parapluie !

Elle essayait manifestement de détendre l'atmosphère, mais Adam se sentit obligé de prendre la défense de l'avocat.

— C'est un homme fiable, Emma, en toutes circonstances : il ne ploiera jamais.

— De toute façon, ce n'est pas la peine de discuter, trancha sèchement Sabine. Mes dernières volontés ne sont pas négociables. Venons-en aux considérations pratiques : la plus grosse partie de mes avoirs est convertie en actions, naturellement. Mais je détiens aussi un joli paquet de bons du Trésor parce que je ne crois pas et n'ai jamais cru aux spéculations boursières, en dépit des conseils de Théo Brown – qu'il aille rôtir en enfer, celui-là ! Un escroc, voilà tout ce qu'il est !

Dix ans qu'elle continuait à le faire rôtir ! sourit Adam, alors que Brown avait quitté la ville et même l'État sans laisser d'adresse.

— Cela étant, je lègue un tiers de ma fortune à... vous, Adam.

— Sabine, je ne sais...

— Ne m'interrompez pas ! Cette décision est motivée par la confiance totale que j'ai en vous et le fait que votre vie n'a pas toujours été facile. Le reste va naturellement à Emma. Exception faite d'une somme rondelette également répartie entre vos enfants nés et à naître. Car l'Éternel a dit : « Soyez féconds, multipliez-vous et remplissez la terre. » Remplissez votre foyer, pour commencer. Ça, ce n'est pas de l'Éternel, mais de votre vieille tante, qui espère qu'ils recevront la meilleure éducation, qu'ils sauront se montrer charitables et économes, qu'ils apprécieront la valeur d'un dollar et, surtout, qu'ils ne seront pas trop gâtés !

— Là, tu exagères ! feignit de s'indigner Emma d'une voix enrouée. Qui les gâte outrageusement ? Qui ne cesse de leur offrir des jouets, des livres, des vêtements ?

— Je n'ai pas fini, poursuivit Sabine, imperturbable. Il te faut de l'aide pour tenir ta maison, avec trois enfants et tes cours. J'ai donc demandé à Rudy et Rhéa de se mettre à votre service après ma mort et de vous seconder comme ils m'ont secondée. Ils ne sont plus tout jeunes, mais...

Une quinte de toux étouffa les mots sur ses lèvres.

— Ils ont peut-être d'autres projets, avança gentiment Adam, tandis qu'Emma se précipitait pour redresser les oreillers de Sabine.

— Non, ils n'en ont pas, trancha celle-ci en écartant sa nièce d'une tape sur la main. Ils vous adorent, et ils adorent votre maison. Je me demande bien pourquoi, d'ailleurs ! Elle est désolante. Même cette hyène de Reilly et cet âne d'Archer sont tombés d'accord avec moi la dernière fois que je les ai vus au magasin. Aucune décoration, m'ont-ils dit. Pas de bibelots, rien. Le vide !

La conversation prenait un tour moins morbide. Adam s'empressa d'abonder dans ce sens.

— Jim et Ray m'en touchent un mot à moi aussi chaque fois qu'ils en ont l'occasion. J'ai beau leur répéter que c'est une maison de campagne de style géorgien, rien n'y fait.

— Si ça peut vous consoler, il y a quelqu'un qui apprécie vos goûts bizarres, reprit Sabine en pinçant les lèvres. Blanche. Elle est passée me voir hier, après son travail. Je ne lui ai pas envoyé dire que ce n'était pas très gentil de sa part de ne pas être venue à votre pendaison de crémaillère !

— Ça fait un mois, Tante Sabine ! Il y a prescription.

— Rien du tout ! C'était très incorrect. Surtout après les opportunités qu'elle a trouvées ici. Elle fait son beurre dans notre magasin, croyez-moi !

— Et le nôtre aussi, par ricochet, lui rappela Adam.

La vieille dame tira son drap sur son menton d'un geste hautain.

— Possible, mais je ne l'aime pas. Sabre de bois, je ne l'ai jamais aimée ! Je ne peux pas expliquer pourquoi, c'est ainsi.

— Pauvre Blanche, dit Emma. Malgré tout son succès, sa vie doit être bien vide. Pas de mari, pas d'enfants...

— Ha ! Comme si ce genre de femme rêvait d'avoir un mari ! grommela la vieille dame. Celui des autres, oui !

— Tante Sabine ! protesta Emma d'une voix choquée en lançant un regard consterné à Adam.

Il avait accusé le coup sans broncher, mais il sut qu'elle avait lu dans ses pensées. Si la mort n'avait pas injustement fauché Jonathan, Blanche serait mariée aujourd'hui, et elle aurait des enfants. Les enfants de Jonathan...

Consciente de la gêne soudaine qui était tombée dans la pièce, Sabine jeta autour d'elle des regards nerveux.

— Où est Rhéa ? Je lui ai pourtant demandé de préparer du thé et un gâteau au chocolat...

Sa respiration était sifflante. Elle attrapa la clochette toujours posée à portée de main sur sa table de nuit et la secoua en bougonnant :

— Le service n'est plus ce qu'il était... Plus moyen de se faire obéir nulle part...

Elle agitait toujours frénétiquement sa clochette quand la porte s'ouvrit.

— Ah, tout de même ! On peut mourir, ici, sans que vous bougiez !

— Personne n'a jamais quitté cette maison sans un bon goûter, répondit paisiblement Rhéa. Je pose le plateau à côté de vous. Laissez-moi juste retaper un peu vos oreillers avant de vous servir.

Emma l'aida et Sabine se laissa faire, visiblement épuisée d'avoir parlé aussi longtemps.

Adam regardait son visage pâle et amaigri avec émotion. En dépit de ses colères et de ses manies, il y avait quelque chose de profondément émouvant et fragile chez cette très vieille dame. Elle lui évoquait la flamme d'une bougie qui vacille, grésille à nouveau, tremble et finalement s'éteint. Son départ laissera un grand vide, songea-t-il, la gorge serrée.

Huit jours plus tard, sous un ciel blafard de décembre, cette pensée tourna de nouveau dans son esprit tandis qu'il se tenait aux côtés d'Emma dans le petit cimetière.

— Mon pauvre amour, elle va terriblement nous manquer..., murmura-t-il à la jeune femme qui essuyait ses larmes. Moi aussi, je l'aimais, tu sais. Et pourtant, en un sens, je ne la connaissais pas vraiment.

Spencer Lawrence, qui avait entendu sa remarque, hocha la tête et soupira :

— Qui peut se vanter de jamais connaître quelqu'un ?

24

1929

L'été fut particulièrement agréable cette année-là, avec juste ce qu'il fallait de soleil et de pluie pour que la nature s'épanouisse et que des idées de vacances naissent dans tous les esprits.

— L'été prochain, nous pourrions prendre le train pour aller visiter le Grand Canyon et Yosemite Valley, suggéra Emma un dimanche d'août, comme ils prenaient le thé sous le porche. Andy sera assez grand pour apprécier un voyage comme celui-là. Qu'est-ce que tu en penses ?

Plongé dans le journal, Adam répondit brièvement :

— Bonne idée.

— Tu as l'air soucieux. Qu'est-ce qui ne va pas ?

— Ce pays est au bord du gouffre, et personne n'a l'air de s'en rendre compte. Regarde.

Il pointa un doigt sur la page de journal.

— Les cotations en Bourse n'ont jamais été aussi élevées ni le volume d'échanges aussi important. À en croire les « spécialistes », la hausse va encore continuer. Nous vivons notre âge d'or, à ce qu'il paraît...

— De quoi te plains-tu ? Les gens consomment

avec une frénésie... Tu as vu l'affluence dans tes Galeries ? Et on n'a jamais vendu autant d'automobiles.

— Justement. Ça va trop bien, trop vite... ce n'est pas normal.

— Attends. Je viens de lire un article dans le *Ladies' Home Journal* – où l'ai-je rangé ? – qui va te rassurer.

— Ça m'étonnerait.

— Pourquoi ? Il est signé J. Raskob !

— Si c'est un journaliste de mode..., grommela Adam en la regardant farfouiller dans sa pile de magazines.

— Non, monsieur ! Il dirige la General Motors, répliqua Emma en brandissant son journal d'un geste triomphant. Normalement il devrait savoir de quoi il parle, non ? Son article s'appelle... voilà : « Chacun doit être riche ».

Adam leva les yeux au ciel.

— Vaste programme, grommela-t-il.

— Silence, mécréant ! riposta Emma en s'installant sur ses genoux pour lui faire la lecture. « Si un homme économise 15 dollars par semaine, s'il les investit dans l'achat de bonnes valeurs et laisse les dividendes s'accumuler, il possédera au bout de vingt ans au moins 80 000 dollars, et le revenu de ses investissements s'élèvera à 400 dollars par mois... » Autrement dit, il sera riche. Alors ?

— Alors, je n'y crois pas – à regret ! C'est trop beau. Le système dépend trop du marché boursier et on ne peut pas continuer éternellement à spéculer ainsi à outrance. La récession nous guette.

— Eh bien, c'est gai ! Tu n'as pas entendu à la radio la dernière boutade de Will Rogers ?

— L'humoriste ? Non.

Emma pouffa.

— « Nous ne savons pas où nous allons... mais nous y allons bien ! »

— Oui... dans le mur ! soupira Adam. Je t'assure, il n'y a pas de quoi rire. L'heure des comptes va sonner, je le sens. Tout ce qui monte finit toujours par redescendre... C'est inévitable.

Cette fois, Emma parut ébranlée par son pessimisme. Si son mari *sentait* l'imminence d'un danger, il y avait de quoi s'inquiéter. Il ne se trompait jamais – le seul exemple contraire avait été la trahison de Théo Brown, mais ça remontait au déluge et c'était l'unique exception à cette règle d'or : Adam a le sens des affaires.

— Tu ne possèdes d'actions que dans ta propre entreprise : tu n'as rien à craindre, rappela-t-elle en lui caressant la joue.

— Moi non, mais mon père, si. Chaque fois que je lui téléphone, il me parle de ses économies qu'il a placées en Bourse et qui crèvent le plafond. Quand je pense qu'il a donné carte blanche à Léo !

— Ton frère a changé, avança Emma en se levant. Il a peut-être étudié le marché et...

— Il a surtout la folie des grandeurs !

Adam se leva à son tour et se mit à marcher de long en large.

— Rudy et Rhéa sont dans le même cas. Je leur ai dit de vendre leurs actions, mais ils ne veulent rien entendre. Eux aussi sont persuadés que je me trompe, évidemment. Il y a trois ans, Hoover – et en 1926, il n'était pas encore président – disait déjà qu'il y avait beaucoup trop de spéculation !

Le front barré par un pli soucieux, il rentra pour appeler son père.

— Comment ça va, Pa ?

— Très bien ! Je suis allé me promener le long de

la plage avec mes nouveaux voisins, les pharmaciens. Des gens charmants, très sympathiques. Mais je crois qu'il faisait un peu trop lourd pour moi. Au retour, j'ai dû prendre un comprimé de trinitrine.

— Ce n'est pas la chaleur, Pa. C'est ton cœur. Tu ferais bien d'aller voir le médecin demain matin.

— Bah, pour ce que ça sert ! Il va encore me donner un tas de médicaments. Mais si ça peut te rassurer, j'irai consulter.

— Merci, Pa. Il y a autre chose que je voudrais que tu fasses : vends tes actions, dès demain.

— *Vendre ?* Es-tu devenu fou ? American Telephone & Telegraph a fait des bonds prodigieux ! General Electric aussi. Mes actions ont doublé, triplé, et même plus depuis que je les ai achetées !

— Il y a beaucoup trop de spéculation à Wall Street. Ça sent mauvais, Pa. Récupère tes bénéfices et mets-les vite en sûreté, crois-moi !

— Léo me prendrait pour un fou si je lui disais de faire une chose pareille !

Adam se frappa le front.

— Au diable Léo ! Qu'est-ce qu'il connaît à la Bourse et aux affaires ?

— D'accord. D'accord, Adam. Je vais y réfléchir, je te le promets...

Faux ! Archifaux, songea Adam en raccrochant, les mâchoires serrées. Il ne prendra pas la moindre décision.

Octobre arriva. En prévision de Halloween, des sorcières et des squelettes hantaient déjà les vitrines des magasins.

Ce matin-là, au petit déjeuner, James récitait une

page d'*Alice au pays des merveilles* que son professeur avait demandé d'apprendre par cœur :

— « Chanson de la tortue fantaisie » !
« Le merlan dit au bigorneau : "Pourriez-vous vous [presser un peu ?
» Il y a, là-derrière, un gros thon qui me marche sur [la queue !
» Voyez avec quelle ardeur les homards et les [tortues s'avancent !
Ils attendent sur les galets...
» Voulez-vous entrer dans la danse ?"
» Le bigorneau, le toisant avec méfiance... »

» Dis, M'man, ça veut dire quoi, ici, "toiser avec méfiance" ?

— Regarder avec insistance en ayant un peu peur de ce qu'on voit, mon chéri.

— Comme Papa en ce moment, alors ? intervint Jon.

— Mais non, voyons, Papa ne... Adam ! Quelque chose ne va pas ?

— La Bourse, murmura-t-il, les doigts crispés sur le journal. Wall Street a fait un plongeon terrible hier, juste avant la clôture.

— Ah ! ce n'est que ça, tu m'as fait peur ! Bah, ça va s'arranger. Tu paries ? Cinq dollars que les cours remontent !

Le lendemain, mercredi 23 octobre, Adam tendit à Emma un billet de cinq dollars.

— Tu vois ? le taquina-t-elle en souriant. J'avais raison : non seulement la Bourse s'est redressée, mais elle se porte encore mieux qu'avant. Je ne devrais même pas prendre ton argent. C'était trop facile !

— Attends, et tu verras.

Ce soir-là, il téléphona de nouveau à son père.

— Si tu as tant soit peu confiance en moi, vends. Vends tout, sans perdre une minute ! gronda-t-il. Ce qui s'est passé hier n'était qu'un avertissement.

Il entendit un échange de paroles tout bas à l'autre bout du fil. Compris : Léo asticotait Pa pour qu'il ne cède pas. L'imbécile !

— Depuis quand es-tu devin ? demanda la voix gênée de son père.

— C'est du simple bon sens, Pa !

Ses conseils à répétition n'étaient pas dénués d'égoïsme, admit-il ce soir-là en se couchant. Qui, si ce n'était lui, devrait s'occuper de Pa et de Léo si le pire arrivait ?

Le désastre se produisit en deux temps.

La première secousse eut lieu le jeudi 24 octobre, qui devait rester gravé dans les mémoires comme le Jeudi noir. À la Bourse de New York, treize millions de titres changèrent de mains dans la journée. Du jamais vu, qui provoqua la chute des cours et un mouvement de faillite bancaire. La stupeur engourdie qui prélude aux grandes catastrophes prévalut jusqu'à la fin de la semaine, avec des hauts et des bas. Puis ce fut le mardi 29 – le Mardi noir.

Wall Street tomba en chute libre. La radio annonça au pays et au monde le pire krach boursier de tous les temps. Plus de seize millions de titres vendus, des pertes atteignant cinquante milliards de dollars. Ce fut l'affolement général, la déroute, la panique. On vit des mouvements de foule devant la Bourse, des suicides ; la police essaya de barrer l'accès des banques aux milliers de malheureux épargnants rendus muets de désespoir ou carrément hystériques par la découverte de leur ruine.

En rentrant chez lui, Adam croisa son ami Jeff, blême, qui lui montra sans un mot les manchettes des journaux qui rivalisaient de noirceur : PANIQUE À WALL STREET APRÈS LE KRACH DE LA BOURSE, LE PIRE DES EFFONDREMENTS, LA CHUTE LA PLUS DÉSASTREUSE...

Adam poursuivit son chemin, étreint par une sourde angoisse.

Bizarrement, il était moins troublé par la lecture de ces titres que par sa rencontre avec le journaliste. Il se demanda pourquoi – et comprit. C'était Jeff qui lui avait annoncé le début de la guerre, Jeff qui lui avait appris la disparition de Jonathan. Et aujourd'hui, Jeff avait eu cette même expression de mauvais augure. Il y avait le krach... mais autre chose aussi, Adam le pressentait.

En poussant la porte du salon, il sut qu'il ne s'était pas trompé. Emma tourna la tête vers lui. Elle avait les yeux rouges.

— C'est ton ami Shipper, murmura-t-elle en réponse à sa question muette. Ils viennent de le dire à la radio... Il s'est jeté du quarantième étage de sa tour.

Pa sanglotait au téléphone.

— Pourquoi ne t'ai-je pas écouté ? Nous avions le meilleur courtier de la ville. J'avais toute confiance en lui. Mais pour faire plus de profit, il... il achetait tout à... à la marche...

— À la *marge*, tu veux dire ? Avec des prêts énormes, c'est cela ?

— Je ne sais plus, tout se mélange dans ma tête. Mais c'est fini, on ne peut pas payer. Léo s'est barricadé dans sa chambre. Il hurle que c'est sa faute. Il veut se suicider.

Léo n'est pas homme à se détruire, songea froidement Adam. Il avait un goût de cendre dans la bouche et tenta vainement de chasser de son esprit la vision du corps de Shipper tournoyant dans le vide avant de s'écraser sur le pavé de Wall Street.

— Il ne va pas se suicider. Tiens bon, Pa. Prends tes médicaments pour le cœur, surtout. J'attrape le premier train et j'arrive.

Un mois plus tard, Adam faisait les cent pas sur le quai de la gare, la gorge serrée par un mélange de tristesse et de colère.

La prophétie de la Bible maintes fois citée par Sabine dans ses derniers jours hantait sa mémoire : *« Il y aura sept années de grande abondance dans le pays... Sept années de famine viendront après elles... Et cette famine sera si terrible qu'on oubliera toute l'abondance. »* Il entendait encore la voix de la vieille dame évoquant l'alternance éternelle des semailles et des moissons, des années fastes et des années noires.

Aucun doute sur la nature de celle qui s'achevait par l'arrivée de Simon et Léo à Chattahoochee, songea-t-il avec un sourire amer.

Pendant les deux semaines qu'il avait passées sur la côte Est, il avait tenté l'impossible pour sauver ce qui pouvait encore l'être. Les actions étant toutes au nom de Simon, la solution la plus simple, avait expliqué l'avocat, était qu'il vende sa maison – l'unique bien qui lui restait ! – afin de rembourser ses dettes.

Une solution radicale : à soixante-treize ans, Pa n'avait plus un sou et plus de toit...

L'épicerie, elle, avait été transférée depuis longtemps au nom de Léonard Arnring, sa vente lui assurerait donc une petite rente. Ainsi Léo aurait de quoi vivre, modestement, alors que son père, lui, ne pouvait plus compter sur rien...

La main d'Emma se posa doucement sur son bras, lui signalant que le train entrait en gare. Adam s'aperçut qu'il serrait les poings et s'efforça de se détendre tandis que la grosse locomotive à vapeur se détachait dans le lointain. Non, Pa n'était pas dépouillé de tout, rectifia-t-il en entremêlant ses doigts à ceux de sa femme, la gorge sèche. Eux vivants, il ne manquerait de rien.

Malgré leurs efforts pour détendre l'atmosphère, ce fut un petit groupe sinistre qui se retrouva réuni chez eux, au sortir de la gare.

Emma avait invité Blanche, pensant qu'elle serait émue et contente de revoir le père et le frère de son fiancé, et réciproquement. Mais, contrairement à son habitude, elle restait aussi silencieuse qu'eux tous. Peut-être était-ce l'apparence de Simon, tout tremblant et voûté, qui éveillait en eux des pensées morbides. À moins que ce ne soit l'expression renfrognée, pour ne pas dire hostile, de Léo qui les déprimait.

Contraint de devoir accepter la générosité d'Adam, il se tenait à l'écart, refusant toutes les marques de sympathie. Adam observa son frère tandis qu'Emma lui servait une tasse de thé et tentait – vainement – d'engager la conversation avec lui. C'était terrible. À trente-huit ans, il donnait déjà l'impression d'être un vieillard. L'étendue de sa calvitie sautait d'autant plus aux yeux qu'il tentait maladroitement de la dissimuler en rabattant sur son crâne ce qui lui restait de cheveux. Ses lèvres fines semblaient avoir encore perdu de leur substance et un réseau de rides creusait son front et le coin de ses yeux.

Le regard larmoyant de Simon Arnring ne s'illumina qu'à la vue de ses petits-fils. Il les serra dans ses bras.

— Trois garçons ! Ma parole, Adam, tu as copié sur moi. Pas de filles dans notre famille. Mais ça ne fait rien, je préfère les garçons. Je ne parle pas pour vous, Emma – vous êtes un ange ! – ni pour vous, Blanche, ma gentille amie de jadis... Vous savez : je bois toujours du lait chaud avant de dormir, comme vous me l'aviez conseillé.

Soulagée de voir l'ombre d'un sourire flotter sur le visage crispé de son beau-père, Emma glissa son bras sous le sien pour le conduire dans ses appartements.

— Venez, Pa, je vais vous montrer votre chambre.

Tous suivirent pour ne pas rester dans le salon à se regarder dans le blanc des yeux.

La pièce qui lui était réservée émerveilla le vieil homme et le dessin de James collé sur « sa » porte avec son titre : *Chez Grand'Pa* lui tira une larme.

— J'ai aussi fait un dessin pour toi, Oncle Léo, annonça gravement le gamin.

Il avait levé sa frimousse vers Léo qui se dérida et lui ébouriffa les cheveux.

— C'est vrai ? J'ai hâte de voir ça !

Pa continuait à s'extasier sur ses nouveaux quartiers.

— Une salle de bains pour moi tout seul ? Et du carrelage avec des fleurs ! Mais c'est digne d'un roi !

— Regardez la vue, dit Emma en l'accompagnant à la fenêtre. Évidemment, fin novembre, les arbres n'ont pas de feuilles, mais au printemps, c'est une merveille ! Nous avons également une très jolie chambre pour vous, Léo. Avec deux grands placards et des rayonnages pour vos livres.

— Je ne reste pas, lâcha-t-il du bout des lèvres en évitant son regard. Je compte louer quelque chose en ville. Je suppose qu'il y a une bibliothèque quelque part ? L'université n'est pas très loin, à ce qu'on m'a dit.

Adam vit la déception se peindre sur le visage de Pa et se sentit gagné par la colère. Il aurait pu rester au moins une nuit ou deux sous leur toit, ne serait-ce que par politesse et pour se montrer civilisé. Mais Léo n'était pas sociable, il ne l'avait jamais été.

Blanche lui signala qu'il trouverait probablement à se loger dans son quartier, et lui proposa ses services comme guide.

— Tu n'as qu'à passer la nuit chez moi, ainsi tu seras sur place pour prospecter.

— Excellente idée, acquiesça-t-il aussitôt.

Adam rougit sous l'affront, conscient que Léo aurait dit oui à n'importe quoi – tout pour ne pas avoir à accepter son hospitalité. Oh, et puis c'était aussi bien comme ça, raisonna-t-il en s'obligeant à rester calme pour ne pas attrister davantage son père. À quoi bon jouer la comédie ? Léo n'était pas à l'aise avec lui et c'était réciproque.

— Ah ! deux malles de livres doivent m'être livrées par la poste, poursuivit Léo à l'intention de personne en particulier. Quand elles arriveront ici, j'aimerais que vous les fassiez porter à mon nouveau domicile. Je vous communiquerai l'adresse dès que je la connaîtrai.

Ses lèvres minces se serrèrent un peu plus tandis qu'il enfilait nerveusement ses gants, les yeux baissés.

— Quand tu voudras, Blanche. Je suis prêt.

— Bon sang, mais tu as vu quel aplomb il a ! explosa Adam après que Léo et Blanche furent partis et les garçons sortis dans le jardin avec leur grand-père. Il pourrait quand même montrer un peu d'humilité après ce qu'il a fait à Pa, non ? Une vie entière passée à trimer – et je pèse mes mots –, et pour quoi ? Pour rien.

Il serra les poings, au comble de la rage, et répéta douloureusement :

— Pour rien !

— Calme-toi, murmura Emma en lui enlaçant la taille de ses bras. Que peux-tu y faire ?

— Me calmer ? Pa s'est fié à Léo pour placer ses économies et les faire fructifier, et regarde le résultat ! Il se retrouve à la rue !

— Mais non, puisque nous sommes là. Des milliers de gens ont commis la même erreur que Léo, lui rappela-t-elle d'une voix douce. Tu ne serais pas aussi en colère s'il s'agissait de quelqu'un d'autre...

— Tu prends sa défense ? Pourquoi ?

— Parce que derrière son comportement hargneux et taciturne se cache peut-être un garçon qui a peur de son ombre et qui souffre.

Au bout d'un moment, Adam soupira :

— Oh, je ne sais pas. Il est tellement impossible. On jurerait qu'il prend plaisir à se rendre odieux ! Même sa mère avait du mal à le supporter.

— Tu l'as vu avec les enfants ? Il n'est pas le même.

— C'est vrai, admit Adam.

Son visage s'était éclairé quand James lui avait parlé de son dessin. Jon aussi avait eu droit à un sourire... peut-être parce qu'il ressemblait de plus en plus à son oncle Jonathan, pour qui Léo avait éprouvé une vraie tendresse.

Emma l'embrassa doucement sur les lèvres.

— Ne pense plus à Léo, chéri, et allons retrouver ton père. Le pauvre... Il doit être tellement mal à l'aise ce soir, si perdu...

— Tu as raison, comme toujours...

Tout en l'enlaçant pour sortir dans le jardin, il songea que plus rien, désormais, ne serait comme avant.

Pour la première fois de sa vie, l'avenir lui apparaissait comme une ligne brisée, faite d'incertitudes et de responsabilités. Ah, cette fois, le temps de l'insouciance de sa jeunesse était bel et bien révolu.

25

1930

— Un palais, murmura Simon en regardant autour de lui.

Une pendule Art déco trônait sur la cheminée du salon entre deux compositions de fleurs séchées. Au-dessus était accrochée une magnifique aquarelle représentant des jonques luisant doucement dans le clair de lune d'une nuit d'Orient. Simon aurait juré qu'elles oscillaient doucement sur les flots argentés. Au-dessous, le feu crépitait en dansant.

Il soupira.

— Quand on pense que Léo s'est privé de tout ça...

Deux semaines s'étaient écoulées depuis son arrivée dans l'Ouest et il était toujours aussi ébahi par la maison, toujours sous le choc d'avoir tout perdu. Le destin était railleur : voici qu'il se retrouvait au soir de sa vie sans rien à lui et sans racines... un demi-siècle après avoir émigré de son Allemagne natale sans un sou en poche pour aller chercher fortune « dans le Nouveau Monde », comme on disait encore en ce temps-là...

Adam feignait de voir dans la dépression du vieil homme un écho de la Grande Dépression qui frappait le pays depuis le krach de 1929. Il était plus facile de dire à Pa que le pays allait se redresser que de lui raconter qu'il allait retrouver ses vingt ans.

— L'Amérique s'est relevée de la guerre de Sécession. Elle se relèvera encore, Pa.

— Je ne serai plus là pour le voir.

— Ne dis pas ça.

— La vie est trop difficile. On croit l'avoir amadouée et puis brusquement, au moment où on s'y attend le moins, elle se cabre et vous envoie au tapis. Regarde ce qui s'est passé avec American Telephone & Telegraph : les cotes étaient montées à 335... et aujourd'hui elles sont à 93 ! Pareil pour General Electric, tombé de 403 à 68... Quelle pitié !

Il secoua tristement la tête.

— Je suis trop vieux pour cette époque. Ce monde n'est pas le mien. Il est trop plein de bruit et de fureur...

Adam lui lança un regard surpris. « La vie est une histoire contée par un idiot, pleine de bruit et de fureur, et qui ne veut rien dire... »

— Depuis quand cites-tu Shakespeare ? demanda-t-il avec un sourire amusé.

Simon Arnring haussa les épaules.

— Oh, grommela-t-il. Je n'ai pas grand mérite : c'est une phrase que Léo avait peinte en rouge sur l'un des murs de sa chambre.

Il soupira.

— Au fond, tout n'est que hasard. C'est comme pour toi, quand tu as atterri dans cette ville. Tu n'en avais jamais entendu parler. Tu aurais aussi bien pu fermer les yeux et poser ton doigt sur un point de la carte... Le hasard seul a voulu que tu tombes sur Chattahoochee – et que tu tombes bien ! Sinon, en ce moment, tu serais peut-être en train de grelotter en Alaska, marié à une Esquimaude qui jouerait du piano aux pingouins !

Adam s'était levé pour ajouter une bûche dans le feu et se redressa en riant :

— Ce n'est pas aussi simple, Pa.

— Si. Regarde cette pauvre Blanche. Une seule balle, un petit objet pas aussi gros que ton petit doigt – et voilà deux vies brisées à jamais. Elle éprouvait un amour très fort pour Jonathan. C'est à lui qu'elle pense quand elle essaie d'aider Léo. Parce qu'il aurait voulu qu'il en soit ainsi. Pauvre petite, elle ne s'est jamais remise de sa mort. Aucun de nous, du reste...

Le rire d'Adam s'était éteint. Un ange passa – avant qu'un autre les rejoigne dans le salon au sortir de sa leçon de piano.

— Les malles de Léo sont arrivées ce matin, annonça Emma. Je les ai tout de suite réexpédiées à son appartement. Elles pèsent une tonne ! Je me demande ce qu'il peut bien faire de tous ces livres.

— Et moi donc !

Simon était manifestement agacé par une question qui lui avait déjà été posée cent fois.

— Ça dure depuis des années, c'est tout ce que je peux vous dire.

Puisque Léo était au centre de la conversation, Adam décida de faire une petite mise au point.

— Pa, je sais que tu dois penser à notre magnifique magasin et te dire que je pourrais facilement offrir une situation à Léo. Mais je ne suis pas le grand patron là-bas. S'il voulait vraiment être engagé aux Nouvelles Galeries, il devrait poser lui-même sa candidature, se présenter à l'entretien d'embauche et faire bonne impression.

— Ne t'excuse pas, Adam. Je sais bien qu'on ne l'embaucherait pas. Nous le savons tous. Et de toute façon, il n'accepterait jamais l'emploi qu'on lui proposerait, même si on le suppliait.

Il n'eut pas besoin de formuler ce qu'ils étaient trois à penser : Léo préférerait mourir plutôt que de travailler dans une entreprise qui incarnait le triomphe de son demi-frère. Il aurait trop l'impression d'être à ses ordres, sinon à son service.

— Les enfants ! Nous allons passer à table. Lavez-vous les mains et descendez vite.

Tandis qu'une cavalcade effrénée se faisait entendre du côté de la salle de bains, Adam prit son père et sa femme par les épaules et les emmena sur la terrasse regarder les étoiles.

Accoudé à la balustrade, le visage levé vers le ciel, Simon écarquillait les yeux. C'était l'une de ces nuits étoilées comme on en voit dans l'Ouest. Des millions de petits points lumineux palpitaient au firmament comme des étoiles de mer sur une plage sans fin.

Emma se blottit contre l'épaule de son mari, écrasée par tant d'immensité.

— L'infini me donne envie de crier de peur, ou de prier tellement c'est beau..., murmura-t-elle. Qu'est-ce que vous en pensez, Pa ?

Le vieil homme réfléchit quelques instants avant de répondre :

— J'aime mieux prier. Je prie pour qu'un jour il nous soit donné de comprendre.

Il était étrange que Sabine, pourtant si robuste, ait été emportée en moins de dix jours, et que Pa, malade du cœur depuis des années et de constitution plus fragile, lui ait finalement survécu. À en croire le médecin de famille, Simon Arnring avait même « encore de belles années devant lui ».

Pa s'était parfaitement habitué à la vie de la maisonnée. Il avait surnommé Emma « sa bonne étoile » et répétait sans cesse à Adam de prendre bien soin d'elle...

— ... parce qu'il n'y en a qu'une comme ça sur un million !

Il ne cessait de louer le confort de sa chambre, de son lit moelleux et jurait qu'il n'avait jamais mangé une cuisine aussi délicieuse que celle de Rhéa. Surtout, il était fou de ses petits-enfants, Andy, en particulier, qu'il appelait son « petit poisson rouge » (curieux raccourci pour « polisson aux cheveux rouges », avait découvert Emma après enquête).

À l'approche du printemps, il commença à se promener dans les prairies environnantes et trouva les premières jonquilles pointant leur tête vers le soleil. Il en fit un bouquet pour sa « bonne étoile », qui en fut si touchée qu'il récidiva le lendemain avec des jacinthes sauvages.

Quand Emma donnait une leçon de piano, il s'installait au salon en laissant la porte grande ouverte de façon à l'entendre jouer. Pa découvrait la musique avec une sorte de stupeur extasiée. Lui qui n'était jamais allé au concert de sa vie, qui n'avait jamais écouté un disque, voyait un monde nouveau s'ouvrir devant lui.

Comme toutes les personnes âgées, il aimait qu'on lui rende visite et Adam était content pour lui quand Reilly et Archer venaient le dimanche matin, quand Blanche passait occasionnellement l'embrasser, quand Jeff et même Dan Cace sacrifiaient une demi-heure de leur temps pour bavarder avec lui, ou quand l'une des dernières amies encore en vie de Sabine arrivait avec une grosse boîte de biscuits.

Léo lui rendait quelquefois visite, lui aussi, mais toujours en semaine, l'après-midi, quand il était sûr qu'Adam se serait pas à la maison.

Un jour – c'était un dimanche venteux et pluvieux –, Simon resta au lit et demanda son fils.

À l'instant où il franchit le seuil de sa chambre avec de

la tisane, Adam comprit que Pa était dans l'un des rares moments où il sortait de sa réserve et livrait le fond de sa pensée. Comme ce fameux soir, dans le grenier, il y avait de ça... Seigneur ! trente ans tout rond.

Il ne s'était pas trompé. Dédaignant sa verveine, Pa lui fit signe de s'asseoir à côté de lui.

— Dans mon placard, sur l'étagère du haut, tu trouveras des objets que tu voudras conserver, j'en suis sûr. Ce sont les photos de l'époque où tes frères et toi étiez enfants. Tu les as déjà, je t'en ai fait faire un album, mais autant que tu conserves les originaux.

Bien sûr... Adam se rappelait parfaitement ces clichés qui semblaient d'un autre siècle – et qui l'étaient pour les premiers. Lui en culottes courtes, chaussettes de cachemire noir et godillots à lacets, jouant au cerceau. Jonathan dans son costume de marin, donnant la main à Rachel. Léo bébé, tout nu sur une peau de bête (une idée du photographe). Pa, un chapeau melon vissé sur la tête, en compagnie de ses trois fils de vingt, seize et douze ans. « Rangez-vous par ordre de taille », avait cru bon de commander ce balourd de photographe, immortalisant le rictus de rage de Léo, condamné au premier rang.

— J'ai fait agrandir la photographie de ta mère. Plus tard, tu souhaiteras peut-être en donner une à tes enfants.

Il y eut un long silence. Adam tourna les yeux vers la fenêtre, où la pluie ruisselait sur les vitres.

Une photo... et rien d'autre. S'il l'avait vraiment aimée, n'aurait-il pas conservé quelques souvenirs d'Eileen ? Ne l'aurait-il pas épousée, ne serait-ce que pour la sauver du déshonneur ? Combien de fois t'es-tu posé cette question, Adam ?

La voix de son père interrompit ses pensées.

— Tu trouveras aussi les prix de Jonathan à l'école,

ses médailles de sport, ses diplômes universitaires. Et la boîte contenant ses affaires réexpédiées par les autorités militaires : sa montre, son rasoir de sûreté, une photo de lui en uniforme avec son bataillon du 16e régiment d'infanterie... enfin, tout ce que tu connais déjà. Il y a aussi la photo de sa fiancée, il la portait sur lui quand... Tu la rendras à Blanche.

— Je ne devrais pas lui remettre le reste par la même occasion ?

— Non. Les liens du sang sont les plus forts, mon fils. Les autres objets personnels de Jonathan vous reviennent, à toi et à tes enfants. Puisque Léo n'a pas de descendants, ce sont Jon Junior, James et Andy qui perpétueront notre nom.

Simon poussa un long soupir et croisa les mains sur le drap. Adam fut frappé par la pâleur de ses doigts maigres. Son alliance semblait flotter à son annulaire. Des mains de vieillard. L'espace d'un éclair, il revit les mains de Sabine croisées sur le drap blanc de son lit quand ils étaient allés lui rendre un dernier hommage.

Il cilla nerveusement et détourna les yeux, la gorge nouée.

— Tu devrais boire ta tisane pendant qu'elle est encore chaude, Pa.

— Il nous reste de la famille en Allemagne, reprit Simon après qu'Adam l'eut aidé à s'asseoir confortablement dans son lit. Des cousines de mon côté que tu ne connais pas et ne connaîtras jamais. J'ai conservé leurs lettres. Ce sont toujours les femmes qui écrivent, tu remarqueras. Je leur ai répondu, même si je sais à peine encore écrire en allemand. Le moment venu...

— Pa !

— ... tu pourras demander à Léo de les informer de ma mort. Il connaît quelques mots d'allemand, je crois.

— Il... il est resté en contact avec Naito Nishikawa ?

— Non. Il a coupé les ponts quand Naito s'est marié et qu'il a déménagé. J'ai l'impression que c'est aussi pour ça qu'il a acheté tous ces livres. Pour combler un vide.

Adam baissa les yeux.

— Je voudrais comprendre : comment se fait-il que Léo ait éprouvé tant d'affection pour Jonathan et jamais rien pour moi ? Parce que je ne suis que son demi-frère, c'est ça ?

La réponse lui parvint, si basse et si lasse qu'il l'entendit à peine :

— Parce que Jonathan était faible, et toi non. Tu es différent.

Adam fronça les sourcils.

— Tu penses que Jonathan était faible ?

— Dans un sens, oui. Mais ça n'enlève rien à son intelligence brillante. Absolument rien.

— Je ne te suis pas. Je n'ai jamais décelé la moindre faiblesse en lui.

— Tu es resté éloigné trop longtemps, tu ne le connaissais pas comme moi. Tu es très... solide, Adam. Tu prends les problèmes à bras-le-corps et tu les résous. Tu diriges ta vie, tu ne te laisses pas mener par elle. Je crois que c'est ça que Léo ne peut te pardonner. Cette force qui t'habite. Ça, et le fait que vous n'avez pas la même mère, tu n'as pas tort.

— Voilà des raisons suffisantes pour me détester ? Parce qu'il me déteste, ne dis pas le contraire !

— Non...

La tasse trembla dans les mains de Simon Arnring.

— Non, ce ne sont pas des raisons. Mais quand on veut à tout prix haïr quelqu'un, on s'invente des prétextes. La haine, Adam, fait partie de la vie. Même au sein d'une famille. Et maintenant, je suis fatigué. Je crois que je vais dormir.

Comme c'était étrange..., songea Adam en refermant la porte. Jamais Pa ne lui avait paru aussi mal, usé jusqu'à la corde. Mais jamais non plus il ne l'avait entendu s'exprimer aussi bien, avec une telle sagesse lucide. Ainsi, cet homme écrasé sa vie durant par ses tâches quotidiennes, si souvent éloigné des siens, avait observé ses trois fils sans en avoir l'air et compris l'essentiel... Mine de rien, Simon Arnring se révélait psychologue dans ses vieux jours. Ou était-ce la conscience de sa fin prochaine qui lui donnait cette clairvoyance ?

Quelques jours plus tard, Simon mourut paisiblement dans son sommeil.

Adam et Emma pensèrent tout d'abord l'ensevelir dans le vieux cimetière de la ville, non loin de l'endroit où Sabine reposait aux côtés du mari qu'elle n'avait jamais aimé. Ainsi, pensaient-ils, eux et leurs enfants pourraient fleurir sa tombe. Puis, finalement, pour faire plaisir à un Léo plus touché qu'ils ne l'auraient cru, ils décidèrent d'enterrer Pa chez lui, dans l'Est, à côté de la femme qu'il avait aimée.

Le quartier avait changé, mais des anciens voisins les accompagnèrent au cimetière, en même temps que le rabbin et aussi le pasteur qui habitait au bout de la rue.

— C'était un homme simple, disaient-ils tous. Un homme bon et simple.

Bon, sans aucun doute. Mais pas aussi simple que je l'ai cru si longtemps, songea Adam, tandis que son cœur se brisait sous la violence d'un chagrin dont il n'avait pas soupçonné l'intensité.

26

1932

Il était loin, le temps où Adam croyait que l'argent suffisait à aplanir tous les problèmes.

En qualité de vice-président de la société Cace-Arnring, il avait désormais tant de responsabilités, il était soumis à une telle pression, qu'il rentrait rarement à temps chez lui pour dîner avec ses enfants. Emma n'avait pas encore fini de vider le manoir de Sabine de tous les meubles, tapis et autres bibelots accumulés pendant plus de quarante ans. Comme elle ne pouvait pas en venir à bout toute seule, Rudy et Rhéa l'aidaient de leur mieux, mais ils se faisaient vieux, lui surtout. Il fallait pourtant avancer, et vite : conformément au vœu de Sabine, la maison allait être transformée en foyer d'accueil pour enfants déshérités. Spencer Lawrence avait tout préparé avant de prendre une retraite bien méritée. Les papiers étaient signés, il fallait libérer les lieux début juin avant les travaux d'aménagement.

Tous les week-ends se passaient donc à trier, distribuer ou vendre ce qui pouvait l'être, depuis le mobilier tarabiscoté jusqu'aux bijoux de Sabine qui, à sa plus grande joie, furent pour la plupart donnés à Rhéa.

— Je ne sais pas pourquoi je me sens aussi fatigué, avoua Adam à sa femme un dimanche midi.

Elle venait de disputer une partie de tennis avec Jon, un sport que lui-même n'avait jamais eu le loisir de pratiquer ni même d'apprendre. Avec sa jupe plissée et son chemisier blanc, ses cheveux flamboyants maintenus par un bandeau, Emma avait l'air de la grande sœur de son fils.

— Mon pauvre chéri, ça t'étonne ? Nous sortons à peine d'une période très noire. Tante Sabine, ton père qui nous ont quittés... Deux disparitions douloureuses à deux ans d'intervalle. Et comme si la perte de ces êtres chers n'était pas assez éprouvante, il y a eu leur succession à mettre en ordre, le manoir à vider, tes nouvelles fonctions, les conséquences de la récession, la rougeole d'Andy, la fracture de James...

— Oui, des temps difficiles... Mais pour toi aussi, et regarde : tu débordes d'énergie ! Tu es plus légère et rapide sur un court que ton fils de treize ans ! Je me fais l'effet d'un vieillard à côté de toi...

— Idiot, murmura-t-elle en l'embrassant doucement sur les lèvres. C'est parce que moi, je peux m'accorder un peu de repos au milieu de la journée. Je m'assois avec un livre, je me promène...

Elle repoussa tendrement une mèche de cheveux qui lui tombait sur le front, consciente de ses traits las et tendus.

— Tu devrais prendre quelques jours de repos. Pourquoi ne pas aller à la pêche avec Spencer Lawrence ? Il te l'a proposé à plusieurs reprises. Maintenant qu'il est à la retraite, il se montre beaucoup plus affable qu'avant. Ça te changerait les idées.

— Je n'aurais rien contre, soupira Adam, mais on doit présenter les collections de printemps à New York la semaine prochaine. On attend beaucoup de celle de notre « Madame Blanche » qui fait partie des favorites. Ce sera une publicité fantastique pour les Nouvelles Galeries. Dan Cace devait s'y rendre, malheureusement il m'a demandé de le remplacer : sa filleule se marie.

— Tant mieux pour elle... et pour toi ! Il faut y aller, c'est évident. De quoi aurais-tu l'air en refusant ?

— Tu crois ? grogna Adam.

— J'ai croisé Blanche dans le centre-ville, l'autre jour. Elle était très enthousiaste à la perspective de cet événement. Tu dois vraiment y assister, Adam. Je suis sûre que ça te fera du bien.

— Tu plaisantes ? Je n'entends strictement rien à la mode moderne, tu le sais bien. C'est le domaine de Dan, ça, pas le mien. Moi, j'ai assez à faire avec la gestion du personnel et la partie commerciale ! Tu me vois regarder pendant des heures des filles squelettiques parader sur une estrade ?

— Plains-toi ! il y a beaucoup de messieurs qui aimeraient se trouver à ta place, riposta malicieusement Emma.

— Je veux bien être pendu si je reste une semaine entière, grommela Adam. Je ferai acte de présence pendant le grand show et à un ou deux dîners, puisque c'est ce qu'on attend de moi. Mais ensuite, finie la plaisanterie : je rentre à la maison !

— J'ai cherché Dan Cace absolument partout, déclara Blanche pendant le dîner à leur hôtel de Manhattan. Et je découvre seulement maintenant que tu le remplaces. Pauvre Adam... toi qui as la mode en horreur ! C'est Dan, le passionné de froufrous. S'il ne tenait qu'à lui, il organiserait bien toutes les semaines un show au magasin, tu le savais ?

— J'en ai entendu parler. Ce n'est pas une si mauvaise idée, d'ailleurs. Mais pas à ce rythme. La rareté crée l'événement, la routine le tue.

Comme elle l'écoutait en souriant, il poursuivit :

— Personnellement, j'opterais pour quatre défilés par an : un à chaque changement de saison. Tapis rouge, musique, fleurs, champagne et...

— Et ?

— Madame Blanche en vedette, conclut-il avec un sourire.

— Mmm... Moi et Chanel ! plaisanta la jeune femme en buvant une gorgée de vin.

— Pourquoi pas ? Le talent n'a pas de frontières. À propos, cet ensemble est l'une de tes créations, je suppose ? Je l'ai remarqué à la seconde où tu es entrée dans le restaurant. Plutôt osé, non ?

Blanche arborait un tailleur noir, dont la jupe s'arrêtait à mi-mollet. Son chemisier bleu pâle était assorti non à un de ces chapeaux cloches désormais usuels, mais à un petit bibi posé crânement sur ses boucles brunes.

— C'est la dernière mode. Tu n'as pas dû lire mon joli écriteau, sur le présentoir : il annonçait ce changement il y a au moins trois mois.

— Je ne l'ai pas vu. En revanche, je me souviens de l'époque des jupes longues où tu prédisais qu'elles allaient bientôt raccourcir comme peau de chagrin.

— Mon Dieu... il y a un siècle de cela !

Elle souriait, mais Adam crut déceler une note mélancolique dans sa voix. Il se sentit subitement mal à l'aise. Il était marié et heureux en ménage, père de trois adorables enfants ; il avait une belle maison, une situation enviable, la stabilité... Blanche, elle, n'avait pas refait sa vie.

Gêné, il laissa son regard dériver vers les autres

tables. Elles étaient presque toutes occupées, la plupart par des convives en tenue de soirée.

— Ils dînent avant d'aller au spectacle à Broadway, lui expliqua Blanche. À New York, les soirées du lundi sont réservées au théâtre.

Il observa la salle, les sourcils légèrement froncés.

— Des kilomètres de perles autour du cou, des kilos de diamants aux oreilles... Tout cet étalage surprend dans la conjoncture actuelle.

— Ça te choque ? Il y a toujours des gens qui font des affaires, même dans les périodes difficiles. La vie n'est pas dure pour tout le monde, Adam ! Les Galeries Cace-Arnring ont-elles souffert de la récession ? Pose-toi la question.

— La vie n'est pas facile pour tout le monde non plus. C'est bien pour ça que j'ai créé un rayon de vêtements à prix modiques, il y a des années. Il existe toujours, d'ailleurs. Mais comme il n'est pas situé dans la partie où tu officies, tu ne l'as probablement pas remarqué.

— Si... chaque fois que je croise ta femme. C'est là qu'elle s'habille, en dehors des grandes occasions.

— Oui, c'est tout Emma. Mais pourquoi voudrais-tu qu'elle mette un de tes ensembles pour donner ses cours de musique ?

— Ce n'était pas une critique, Adam. Emma est ravissante, quoi qu'elle porte. À propos, elle n'a toujours pas l'intention de se couper les cheveux ?

— Elle n'en a aucune envie, et moi non plus. Pourquoi le ferait-elle ?

— Je n'ai pas dit qu'elle devait le faire. C'était une question, Adam. Juste une question.

Adam n'avait pas voulu se montrer cassant, mais, conscient que c'était l'impression qu'il avait dû donner, il s'excusa.

— Cet interminable voyage en train m'a fatigué. Et puis... c'était Jonathan le gentil frère, pas moi.

Elle baissa les yeux, puis un sourire lointain flotta sur ses lèvres.

— Chaque fois que nous nous voyons – c'est-à-dire rarement, n'est-ce pas ? – son nom surgit dans la conversation aussi immanquablement que la fatalité. Je suppose qu'un drame comme celui-là vous marque à jamais.

— Nous partageons ce deuil. Vous étiez les deux moitiés d'un tout, Jon et toi.

On apporta l'addition. Adam signa la note, puis interrogea Blanche sur l'organisation du lendemain : à quelle heure débuterait le défilé, où aurait lieu le dîner pour lequel Dan lui avait remis une invitation, qui serait présent...

— Il y aura certains des plus grands fabricants de tissu, ceux qui se rendent à Paris tous les ans pour humer l'air du temps. Dan a pensé que je pourrais les rencontrer et, pourquoi pas, effectuer moi aussi le déplacement en France.

Adam restait dubitatif.

— Nous dirigeons un magasin, pas un atelier de couture. Je ne suis pas sûr que ce soit une priorité...

— Si c'est une question de frais, je suis prête à payer mon billet, l'informa-t-elle d'un ton nonchalant. Ce serait pour moi une occasion de revoir l'Europe. J'ai vendu tous mes titres un mois avant le krach, je n'ai donc aucun souci financier.

— Tu es une femme avisée. J'avais essayé de convaincre mon père d'en faire autant, mais il n'a rien voulu entendre. Ça me rend malade qu'il ait vu ses économies – les économies de toute une vie de labeur ! – partir en fumée.

— N'y pense plus, Adam, ça ne sert à rien. Les linceuls n'ont pas de poches.

Cette expression... Jamais Emma ne dirait une chose pareille. Blanche était dure. Mais réaliste.

— Tu as raison. Ce qui est fait est fait.

— Mon Dieu, quelle formule désespérante... Je préfère croire que rien n'est inéluctable.

Elle repoussa sa chaise en souriant.

— Pouvons-nous rentrer ? Il faut que je me repose si je veux être fraîche demain. C'est mon grand jour : je n'ai pas le droit de décevoir.

Le défilé n'en finissait plus. Des jeunes femmes sophistiquées ne cessaient de se succéder sur l'estrade, de la descendre sur toute sa longueur en se déhanchant savamment. Une pirouette, et elles repartaient dans l'autre sens, tandis que les couturiers se rengorgeaient et que le public applaudissait en connaisseur.

Adam notait scrupuleusement les informations dont Dan Cace pourrait avoir besoin, puis sombrait dans une sorte de torpeur proche de la somnolence jusqu'à ce qu'un commentaire particulièrement enthousiaste l'arrache à son ennui.

Deux cent cinquante dollars pour une robe ? Il se redressa sur son siège, bien réveillé. La tenue de ville qui passait devant ses yeux était justement une création de Madame Blanche, conçue dans ce coloris rose vif qui aurait été jugé « choquant », il n'y avait pas si longtemps encore.

Adam perçut un frémissement dans l'assistance. Derrière lui, la plume des stylos crissait sur le papier tandis que des chuchotements bruissaient dans les rangs des spectateurs :

— Ce n'est pas du lamé, mais de la mousseline de soie lamée... Vous avez vu ce petit col en dentelle ?... Et cette jupe couleur or... la bordure est en vison... Les volants sont passés de mode... Et là, ce blouson de ski, le nouveau sport en vogue...

— Magnifique collection, commenta un homme assis à côté d'Adam. Cette Madame Blanche a vraiment du talent à revendre et un style original.

L'admiration d'un vieux beau installé un peu plus loin ne s'arrêtait pas à la collection :

— Et elle est autrement mieux faite que ces planches à pain qui déambulent sur l'estrade. En voilà une dont je prendrais bien les mensurations ! Si elle est aussi délurée que ses créations...

Sa voix se perdit dans le brouhaha.

Ce que fait Blanche dans le privé ne me regarde pas, songea Adam. C'est sa vie. Mais quel atout pour le magasin ! Son nom va apparaître dans tous les magazines de mode après cette prestation. Nous ferions bien de veiller à ce que Cace-Arnring soit mentionné à côté en lettres encore plus grosses. Et de songer à nous l'attacher par une augmentation... conséquente. Il faudra aborder le sujet dès la prochaine réunion.

Hier soir, au dîner, est-ce mon imagination ? Blanche paraissait un peu sur la défensive. Peut-être par ma faute ? Nous serons l'un à côté de l'autre ce soir à table, et puisque nous sommes les deux seuls représentants des Galeries, je ferai un effort pour me montrer agréable.

— Quel effet ça fait d'être une gagnante ? demanda-t-il.

Et avant même qu'elle ait pu répondre, il la complimenta sur sa toilette.

Blanche le remercia, ajoutant qu'il était lui-même très élégant.

— Je ne t'ai pas vu en tenue de soirée depuis l'inauguration du nouveau magasin, le soir où ta femme portait cette robe de maternité que j'avais confectionnée pour elle.

À nouveau, il eut le sentiment d'un reproche voilé derrière cette remarque. Peut-être avait-elle l'impression qu'ils l'avaient exclue d'une certaine façon de leur entourage, ainsi qu'Emma le craignait.

— Nous n'avons pas une vie mondaine très excitante, expliqua-t-il avec sincérité. Nos amis ne sortent pas en tenue de soirée toutes les semaines !

— Ce n'est pas ce que prétend Léonard...

Blanche éclata de rire devant son air stupéfait.

— À l'entendre, tu es reçu partout avec le même faste que le prince de Galles !

— Léo ? Que sait-il de la vie que je mène ? On ne se voit quasiment plus depuis le décès de Pa. Au début, il rendait régulièrement visite aux enfants, mais depuis quelque temps, plus rien.

— Tu ne te demandes pas pourquoi ? C'est tout simple : Rudy lui a fait remarquer – « avec insistance », d'après ton frère – que tes garçons avaient poussé et te ressemblaient de plus en plus : « Ils vont devenir aussi grands et beaux que leur Papa ! » Apparemment, Léo a pris cela comme une gifle, et il a coupé les ponts.

— Bonté divine ! gémit Adam. Pauvre Léo... Toi, tu le vois souvent ?

— Assez, oui. Il habite à trois pâtés de maisons seulement de chez moi. Nous aimons bien parler allemand tous les deux.

— Parler all... ? Tu plaisantes ? Il doit à peine balbutier quelques mots !

— Pas du tout. Son allemand est excellent et très fluide.

— Tu en es sûre ?

— Évidemment. Pourquoi inventerais-je cela ?

— Léo a toujours été une énigme pour moi. Je ne sais même pas pourquoi je m'étonne encore. Aucun de nous n'a jamais vraiment réussi à le cerner...

— Ce qu'il y a de certain, c'est qu'il aurait vraiment besoin d'une compagne dans sa vie.

— Il finira certainement par en rencontrer une.

— Il y a bien une jeune femme dans son immeuble qui ne demande qu'à sortir avec lui, mais il ne la trouve pas à son goût.

Bouche bée, Adam ne put que secouer la tête.

— Qu'est-ce que tu croyais ? pouffa Blanche devant son air abasourdi. Ton frère a tenté sa chance avec moi jusqu'à ce que je lui fasse clairement comprendre que je voulais bien être son amie, mais rien d'autre.

— Et tu continues à le fréquenter ?

— Pourquoi non ? Il ne me dérange pas. Il téléphone toujours avant de venir. Si je n'ai pas envie ou pas le temps de le recevoir, je le lui dis franchement et il ne s'en formalise pas. C'est aussi simple que ça.

— Tu réussiras peut-être à découvrir ce qu'il fait avec tous ces livres.

— J'ai essayé, tu penses bien ! Mais là, impossible de rien savoir : Léo refuse de parler de lui.

Sous les lustres étincelants, la salle du restaurant n'était qu'un chatoiement de couleurs, un tourbillon de mouvement. Des clients passaient entre les tables, se saluant les uns les autres ; des serveurs allaient et venaient, apportant des assiettes fumantes et des coupes de champagne ; un orchestre jouait en fond sonore et des couples dansaient dans l'espace aménagé au centre de l'immense pièce.

Ce n'était ni le moment ni le lieu de se livrer à des spéculations sur Léonard Arnring, décida d'un coup Adam. Il vida sa coupe et invita Blanche à danser.

Tout en valsant à ravir sur la musique d'Offenbach, elle se mit à fredonner l'air de l'opérette : « Dites-lui qu'on l'a remarqué, distingué... dites-lui qu'on le trouve aimable... » Elle avait un joli brin de voix, découvrit Adam.

Leur valse dissipa ses idées sombres et desserra, ne fût-ce que quelques minutes, le nœud de ses soucis : le bras cassé de James, la prochaine séance du conseil d'administration, les travaux d'agrandissement du magasin... Il se sentait léger. Pour un bref instant, il voulait juste savourer le moment présent.

— Tu danses remarquablement bien.

— Et encore : tu n'as pas vu la moitié de ce que je sais faire.

Quand elle lui sourit, il eut l'impression que son visage se dédoublait bizarrement... tout comme le décor, d'ailleurs... Il lui vint à l'esprit qu'il avait peut-être abusé du champagne.

— Je ne suis pas un gros buveur, Blanche, lui confia-t-il tandis qu'ils regagnaient leur table. Et je crois que j'ai eu la main un peu lourde ce soir.

— Pas du tout, mais certaines personnes ont la tête qui tourne plus vite que d'autres. Finissons de dîner, commande-toi un café bien serré, et partons. La journée a été longue.

Adam avait retrouvé sa chambre depuis moins de cinq minutes quand le téléphone sonna.

— Je suis vraiment désolée de te déranger, fit la voix de Blanche, mais une agrafe de ma robe s'est prise dans la dentelle de mon bustier, et je ne parviens pas à la dégager. Si j'insiste, je vais finir par la déchirer et ce tissu coûte une petite fortune. Ça t'ennuierait beaucoup de voler à mon secours ?

Il était fatigué et avait déjà enlevé sa chemise, mais impossible de refuser sans se montrer grossier. Il remit donc sa chemise, sa veste, et se dirigea vers la chambre de Blanche.

D'énormes bouquets de fleurs embaumaient la pièce. L'œuvre de Dan Cace, devina-t-il. Ce vieux pirate ! Lorsqu'on possédait un atout tel que Madame Blanche dans une entreprise, on veillait à le choyer pour s'assurer de le garder.

Toutes sortes d'accessoires féminins étaient éparpillés ici et là : un écrin à bijoux, un déshabillé jaune pastel, une paire de babouches en satin assorti...

Immobile dans la lumière rosée d'une lampe, Blanche attendit patiemment tandis qu'il essayait de détacher la petite agrafe entortillée dans un jour de la dentelle. Quand il y réussit enfin, la robe tout entière coula sur le sol dans un doux froissement d'étoffe. Trois morceaux de soie, pas plus grands qu'un minuscule mouchoir, couvraient sa nudité.

Adam resta pétrifié.

— Oh, balbutia-t-il.

Les yeux de la jeune femme se plantèrent dans les siens, pétillant d'amusement. Dans la lumière, on aurait dit des opales scintillantes et luisantes.

— Mais encore ? répondit-elle.

27

Étendu sur son lit, incapable de dormir, Adam tentait de reconstituer la scène tout en s'efforçant de l'oublier. Bon sang, comment tout ceci avait-il pu arriver ? Il avait réagi d'instinct face à une situation inattendue, comme on écrase le frein pour éviter un accident. Malheureusement, les commandes avaient lâché et il avait perdu le contrôle.

Il avait beau se répéter qu'il n'était pas le premier à succomber à la tentation, cela ne lui était d'aucun réconfort. Il se sentait migraineux, défait, coupable.

Il se passa la main sur le front, nauséeux. Dans quelques heures, il lui faudrait affronter les regards, se comporter comme si tout était normal, honorer les rendez-vous de Dan. Parler affaires avec une demi-douzaine de marchands de tissu ne présentait aucune difficulté pour lui, à ceci près qu'il avait le cerveau en morceaux.

Il se souvint brusquement de bribes de conversations entendues çà et là, lors des réceptions chez les Cace par exemple, donnant à penser que Blanche n'était guère farouche. Cela lui rappela la réflexion de Sabine au sujet de son goût pour les hommes mariés.

Mais cela l'excusait-il, lui, pour autant ? Non. Un

peu de musique, un peu trop de champagne ne suffisaient en aucun cas à justifier l'injustifiable.

Sans trop savoir comment, Adam réussit à aller au bout de sa journée. Dans les bureaux des grossistes, au moins, il était certain de ne pas croiser Blanche. Tôt ou tard, il devrait l'affronter, accepter de regarder la vérité en face. Pour l'instant, il s'en sentait tout simplement incapable. Il avait besoin d'un peu de temps.

Pas question de courir le risque d'une rencontre accidentelle dans le restaurant de l'hôtel. Il passa donc la soirée dans un cinéma et vit deux films d'affilée. Mais ni Jean Harlow dans *La Blonde platine*, ni les Marx Brothers dans *Monnaie de singe* ne parvinrent à le dérider.

Il était près de minuit quand il regagna son hôtel. Dieu merci, il ne lui restait plus qu'un dernier rendez-vous, songea-t-il en suspendant sa veste à un cintre. Ensuite, il serait libre de partir. Le besoin de rentrer chez lui – comme si sa conscience allait y trouver le repos – le tenaillait.

Il pâlit en entendant frapper doucement à la porte. Une seule personne pouvait lui rendre visite à pareille heure. Sa raison lui intimait l'ordre de ne pas ouvrir, mais il ne pourrait pas éviter Blanche éternellement. Autant en finir maintenant, une fois pour toutes.

On frappa de nouveau. Trois petits coups, légers mais insistants. Il ouvrit d'un geste brusque et se pétrifia.

Blanche lui souriait, portant pour tout vêtement sa cape d'hiver noire doublée de velours rouge. Le tissu glissa sur ses épaules, laissant deviner sa peau nue et pâle.

— Non, articula-t-il sourdement.

Les yeux noirs levés vers lui semblaient brûler d'un feu intérieur.

— Mais si. Tu en meurs d'envie, tu le sais bien.

Quand elle le regardait comme ça, il n'était même plus sûr de savoir ce qu'il voulait. Il entendit vaguement la porte se refermer derrière elle, puis les bras de la jeune femme s'enroulèrent autour de son cou comme des lianes.

— Une longue nuit commence, chuchota-t-elle. À nous de la rendre inoubliable.

Le lendemain après-midi, lorsqu'il la croisa dans un salon à la fin d'un défilé, il lui annonça qu'il était malade.

— J'ai une fièvre de cheval : je rentre chez moi. Je prends le train dans une heure.

— C'est bien prudent ?

— J'ai pu louer un compartiment, je ne transmettrai pas mes microbes aux autres voyageurs.

Elle l'embrassa doucement sur la joue.

— Prends bien soin de toi, Adam. Je rentrerai vendredi. Nous nous verrons à ce moment-là.

Durant cette nuit, tout en regardant le paysage nocturne défiler derrière la vitre embuée du train, il se rendit compte qu'il avait horriblement peur de Blanche. Leur relation était terminée et il le lui signifierait clairement dès son retour. Mais il ne pouvait s'empêcher de penser au vieil adage : « Rien de plus dangereux qu'une femme bafouée... », et à cet aveu qu'il avait distinctement entendu s'échapper des lèvres de la jeune femme la nuit précédente : « Je t'aime. »

L'amour ! L'amour n'avait rien à voir avec ce qui s'était passé entre eux ces deux dernières nuits. En ce qui le concernait, tout au moins. Mais pour elle ?

Un frisson le secoua. Remontant le col de sa veste, il ferma les yeux et essaya de surmonter le sentiment de gâchis qui l'oppressait.

Désormais, son sort reposait entre les mains de

Blanche. Elle pouvait le briser. Elle pouvait briser Emma... Puis il se rappela combien elle avait aimé Jonathan. Pourrait-il, au nom de cet amour authentique, la convaincre de ne jamais évoquer ce qui était arrivé ? Qui sait ? Il irait la trouver et en appellerait à sa générosité, en mémoire du jeune homme merveilleux qu'avait été son fiancé...

À la gare, Emma l'accueillit avec un sourire particulièrement adorable.

— J'ai l'impression que tu es parti depuis un an ! s'écria-t-elle en se jetant à son cou. J'étais tellement impatiente de t'annoncer la nouvelle.

Ses yeux brillants de joie plongèrent au fond des siens.

— Chéri, notre petite famille va à nouveau s'agrandir ! J'ai voulu attendre de voir le médecin pour en être sûre, et il n'y a plus aucun doute. Ce sera pour le mois de décembre, juste pour ton anniversaire.

La gorge d'Adam se noua sous un déluge d'émotions qu'il aurait été bien incapable d'analyser. Il avait la poitrine dans un étau, mais il s'inclina, embrassa sa femme avec une infinie tendresse et rit sans bruit, comme toute personne qui vient d'apprendre une merveilleuse nouvelle.

— Félicitations à nous deux. Les garçons sont au courant ?

— Non, c'est trop tôt. Ils devraient attendre si longtemps qu'ils seraient déçus. J'espère que ce sera une fille, je sais que tu en as très envie.

— Ça nous changerait, acquiesça-t-il avec un sourire. Des poupées au lieu des camions et des fusils...

Face aux yeux émeraude d'Emma, la folie de ces dernières heures lui apparaissait comme un cauchemar dont il se réveillait peu à peu. Il lui tardait d'être chez lui, chez eux, de retrouver sa vie d'avant, et de ne penser qu'à ce bébé à naître.

Sa valise dans une main, il prit Emma par la taille pour sortir de la gare.

— Pendant que tu étais à New York, le journal a publié quelques photos de la dernière collection de Blanche. Des robes de bal, des vestes de ski... Ça a l'air splendide.

Elle monta dans la voiture, puis appuya sa joue sur son épaule tandis qu'il démarrait.

— Le ski a l'air d'être le nouveau sport à la mode. Blanche est vraiment au fait de tout ce qu'il y a à savoir sur la haute société. Je crois qu'elle adorerait en faire partie, tu n'es pas de mon avis ?

— Comment le saurais-je ? Je la vois rarement et je lui parle moins souvent encore.

— Tu es trop sauvage, mais je t'aime comme ça ! répondit-elle, un rire dans la voix. Je ne peux pas m'empêcher de penser à la chance que j'ai de t'avoir rencontré. Quand je compare ma vie à celle de Tante Sabine qui aurait tout donné pour avoir un bébé, et à celle de Blanche qui a perdu son fiancé à la guerre...

— Oui..., articula Adam, à la torture.

— Malgré tout son succès, je me sens triste pour elle. Parfois, Blanche a l'air mélancolique, ou découragée, ou... ah, je ne sais pas. C'est sûrement pour ça qu'elle ne vient plus nous voir. Tu ne l'as pas remarqué ?

— Si. Comment va le bras de James ? Le docteur t'a précisé quand on lui enlèverait son plâtre ?

— La semaine prochaine. Les os se consolident rapidement à cet âge.

Quand il faisait beau, comme aujourd'hui, Adam ne pouvait jamais s'empêcher de ralentir au sommet de la colline pour contempler leur maison en contrebas. Mais pour la première fois de sa vie, la vue de leur foyer baigné par la chaude lumière du soleil fut impuissante à le soulager du poids qui pesait sur sa poitrine. Il avait l'impression qu'une tornade s'était abattue sur leur petit univers paisible et heureux.

Il était encore tôt : les garçons n'étaient pas rentrés de l'école. Fatigué par sa nuit blanche dans le train, Adam s'installa dans une chaise longue, sous le porche, pendant qu'Emma enchaînait avec une leçon de piano. Il reconnut la mélodie de Bach *Jésus, que ma joie demeure !* que massacrait allégrement un élève peu doué et ferma les yeux en hochant la tête.

Certains personnes auraient sans doute ri de ses angoisses. Après tout, bon nombre d'hommes mariés trompaient leur femme sans états d'âme. Mais pas lui. Il avait honte. Il avait failli. Il avait trahi la confiance qu'Emma plaçait en lui...

Mon Dieu, Emma ! Son unique amour, sa moitié, mieux : son double. La femme de sa vie, celle à qui il n'avait jamais rien caché, avec laquelle il partageait tout, les joies et les peines. Il savait combien leur couple était rare et précieux...

Désormais il y aurait toujours cette faute entre eux, cette trahison. Et à cause d'une femme qui ne signifiait rien pour lui, pour laquelle il ne ressentait ni haine ni amour, rien !

Le visage moqueur de la tentatrice flottait derrière ses paupières closes. Bon sang ! il avait encore son rire et cette maudite valse dans les oreilles. Il revoyait les lumières du lustre tournoyant au-dessus de sa tête, les colliers de perles fines et les boucles d'oreilles en diamants...

Il se réveilla en sursaut, horrifié par un rêve affreux dans lequel Blanche lui annonçait qu'elle était enceinte et qu'elle espérait que ce serait une fille.

Les garçons devaient être rentrés depuis un moment parce que le phonographe avait besoin d'un bon coup de manivelle : Maurice Chevalier peinait à décrire sa Valentine. C'était chaque fois pareil, les enfants mettaient un disque, puis oubliaient de remonter le mécanisme.

Adam quitta son fauteuil et rentra. Il était temps pour lui de redresser la tête et de donner l'image d'un père souriant et responsable, sur lequel on pouvait compter.

Blanche le reçut en déshabillé de satin ivoire et, tandis qu'elle l'invitait à prendre un siège, il songea qu'il aurait encore préféré se faire arracher une dent.

Pendant qu'ils s'observaient en silence, il se demanda s'il continuerait toujours à l'imaginer, quelle que soit sa tenue, telle qu'elle lui était apparue dans sa chambre d'hôtel, quand son bustier et sa robe étaient tombés sur le sol dans un grand bruissement d'étoffe.

Détournant les yeux, il promena son regard dans la pièce. L'appartement correspondait tout à fait à l'idée qu'il s'en était faite : un boudoir confortable et raffiné, très français d'inspiration, et aussi très floral, dans des teintes mêlant le pêche, le brun et le vert.

— Bien, commença-t-elle. Je suppose que c'est toi que je dois remercier pour l'augmentation substantielle qu'on vient de m'attribuer.

— Pas du tout. Il s'agit d'une décision prise à l'unanimité. Et amplement méritée. Ton nom et le nôtre ont été cités dans tous les journaux. Et le mois prochain, les meilleures photographies de ta collection paraîtront dans tous les magazines. Les Nouvelles Galeries ne pouvaient rêver meilleure ambassadrice et meilleure publicité.

— Tout de même, je reste persuadée que ce bonus est en grande partie ton œuvre. Tu essaies d'acheter mon silence, avoue ?

Ses yeux noirs étincelèrent malicieusement.

Adam s'était rarement, pour ne pas dire jamais, trouvé à court de mots pour redresser une situation délicate. Mais là... Il aurait voulu dire quelque chose, n'importe quoi, ne serait-ce que pour rompre ce silence horrible. Il prit une inspiration.

— Je n'ai jamais acheté qui que ce soit. Je n'en ai jamais eu besoin.

— Mais aujourd'hui, si, n'est-ce pas ? Allez, Adam, abats tes cartes. Ce serait un désastre si Emma venait à apprendre ce qui s'est passé, mmm ? Les dames comme il faut deviennent généralement hystériques quand ce genre de chose leur arrive. Tu n'aimerais pas ça du tout, j'en suis sûre.

Adam s'appliqua à ne pas bouger un muscle. Ne lui donne pas le plaisir de voir que tu es à terre, songea-t-il.

— Non, je n'aimerais pas ça. Surtout en ce moment : Emma est enceinte.

— Oh ! comme c'est émouvant ! L'image même du bonheur conjugal... Dois-je te féliciter ?

C'est une femme aigrie et amère. Pourquoi me déteste-t-elle à ce point ? Parce que j'ai quitté New York précipitamment, lui signifiant ainsi que je ne l'aimais pas, que je ne voulais pas d'elle ?

— Parlons un peu de toi, lança Adam en tentant une diversion. J'ai de bonnes nouvelles. C'est encore confidentiel, mais je sais pouvoir compter sur ta discrétion.

Elle sourit. Il enchaîna :

— Nous allons ouvrir un nouveau magasin à New York. Le département haute couture te sera sans aucun doute confié. En fait, tu n'as qu'un mot à dire.

Ce mot, Blanche ne le prononça pas, se contentant de le dévisager avec un soupçon d'ironie.

— Tu es prêt à dépenser tous ces millions juste pour te débarrasser de moi ?

— Ne sois pas ridicule, Blanche.

— C'est toi qui es ridicule. Qu'est-ce qui te fait croire que tu peux m'expédier où tu veux, quand tu veux ? Je me moque éperdument que Cace-Arnring ouvre un magasin à New York ! Je n'ai aucune envie d'y aller. Je me trouve bien ici. Je ne l'aurais jamais imaginé, mais c'est ainsi.

Elle le narguait, prolongeant le jeu, le savourant avant de lui porter le coup de grâce.

— Je suis ravi que tu te plaises ici, mais une pareille opportunité...

— N'insiste pas : je te dis que le chapitre est clos. Mais puisque nous parlons plaisir, raconte-moi un peu : c'était bien ?

— Je ne comprends pas.

Elle riait. Elle allait raconter sa petite histoire croustillante dans tout le magasin, des vestiaires aux bureaux. Si ce n'était pas déjà fait, frémit Adam. Des gouttes de sueur descendirent le long de sa colonne vertébrale.

— Mais si. Tu sais bien, l'autre soir, quand l'agrafe s'est prise dans la dentelle de ma robe ? Et la nuit suivante... celle où tu m'as fait entrer dans ta chambre. Est-ce que ça t'a plu ?

Mon Dieu..., gémit-il intérieurement. Qu'avait-il donc fait ? Un peu de champagne, une robe à tourner la tête, et voilà que cette femme avait tout pouvoir sur lui. Il aurait voulu lui dire qu'elle l'écœurait, mais il n'osait pas. Au fond, c'était de lui-même qu'il était le plus dégoûté.

Il regarda le grand miroir au-dessus du secrétaire et

les accessoires de bureau dorés à l'or fin qui venaient d'un certain manoir. N'était-elle pas un peu gênée de vivre au milieu de ces cadeaux d'Emma ? Puis ses yeux revinrent se poser sur la sirène qui le dévisageait avec une expression amusée. Sabine ne l'avait jamais aimée...

— Arrêtons de tourner autour du pot, articula-t-il. Dis-moi simplement à quoi je dois m'attendre pour que je puisse me préparer, et finissons-en.

— Te *préparer* ? Mon Dieu, Adam, mais que me crois-tu en train d'ourdir ?

— Je n'en sais rien. C'est bien pour ça que je te le demande.

— Rassure-toi, mon cher, je ne vais rien faire du tout. Je n'ai pas l'intention de laver mon linge sale en public – encore que ce linge-là ne me paraisse pas si sale. Mais beaucoup de bons esprits seraient d'un avis contraire, à commencer par ton épouse modèle. Je ne dirai rien. Tu peux dormir sur tes deux oreilles.

Adam resta muet. Pouvait-il lui faire confiance ? Comme il lui posait carrément la question, elle esquissa une moue ironique.

— Oh, absolument. Tu es un homme honnête et droit, et je n'ai rien contre ta femme : elle s'est toujours montrée charmante avec moi. Mais si tu tiens à le savoir, ce sont tes fils que je tiens à préserver d'un scandale. Je ne ferai jamais de mal à un enfant, de quelque façon que ce soit, pas plus que je ne briserai son foyer. Jamais. Aussi stupéfiant que ça puisse paraître, j'ai un cœur.

Adam plongea son regard au fond de ses yeux noirs où brillait une lueur de défi et vit qu'elle était sincère. Sa vengeance se limitait à l'avoir mis sur le gril.

Quand Blanche se leva et lui tendit la main, il la prit.

— Faisons la paix, Adam. Tu t'es rendu malade à cause de cette petite aventure sans conséquence, n'est-ce pas ? À présent, rentre chez toi, oublie tout ça. Je suis désolée de t'avoir taquiné. C'était un petit jeu de mauvais goût, je le reconnais. J'avais envie de m'amuser un peu.

Il avait une grosse boule dans la gorge, fruit de toutes sortes d'émotions où se mêlaient du soulagement, de la gratitude et, subitement, le souvenir de Jonathan. Son pauvre frère s'était épris d'une femme qui n'avait rien de l'ange qu'il voyait en elle. Mais comment aurait-il pu savoir ? Juger ?

Ange ou démon, il allait néanmoins lui faire confiance : il n'avait pas le choix. Mieux valait se fier à sa promesse que vivre dans l'angoisse.

Conscient de revenir de loin, Adam remercia Blanche de nouveau puis rentra chez lui, épuisé par cette scène pénible, mais soulagé d'un poids énorme.

28

1933

Adam contemplait avec émotion le bébé endormi dans les bras de sa maman. Il avait vécu l'arrivée de cet enfant tout autrement que la naissance de ses fils. Impossible d'exprimer ce qu'il ressentait sans se rendre ridicule, pourtant le fait était là : la grâce de ce petit être le bouleversait.

— Elle est si fragile, murmura-t-il. J'ai presque peur de la toucher.

Emma se mit à rire.

— Elle n'est pas plus fragile que les autres.

— Si. Ce sont des garçons. Une fille est vulnérable.

— Mon Dieu... C'est inouï ce que tu peux être rétrograde, parfois. Rassure-toi : hormis quelques muscles, ta fille sera aussi armée que n'importe quel homme pour affronter la vie ! Une vraie petite dure à cuire, ajouta-t-elle en effleurant tendrement de ses lèvres le front du bébé.

Il observa le tableau qu'elles formaient toutes les deux, la gorge nouée. Seigneur, faites que rien, jamais, ne vienne détruire cette harmonie, pria-t-il en lui-même. Maintenant encore, il ne pouvait croiser Blanche aux Galeries sans avoir un coup au cœur. Dieu seul savait comment réagirait Emma si elle revenait sur sa promesse... Mais jusqu'ici, grâce au ciel, Blanche avait tenu parole.

— Tu es sûre de ne pas vouloir changer d'avis au sujet du prénom ? demanda-t-il avec un sourire hésitant.

— Absolument. Je trouve que les prénoms devraient toujours se transmettre d'une génération à l'autre – à moins qu'ils soient affreux ou ridicules. Mais Eileen, c'est charmant et, surtout, je suis heureuse que notre bout de chou porte le nom de ta maman, conclut-elle en posant sa main sur la sienne.

Combien de femmes auraient eu une attention aussi bouleversante ?

— J'ai quelque chose à te dire..., commença Adam d'une voix émue. Seulement, j'ai du mal à trouver les mots...

— Essaie toujours.

Il porta la main de son épouse à ses lèvres.

— Je t'aime, Emma. Ce n'est pas original, je le sais, mais tu ne peux pas savoir à quel point je t'aime. Je crois même que je ne t'ai jamais autant aimée.

Les vacances d'été venues, ils engagèrent une nounou pour s'occuper d'Eileen pendant que le reste de la famille s'offrirait enfin cette fameuse excursion jusqu'au Grand Canyon et Yosemite Valley.

Les transformations du magasin, les déménagements, les enterrements et les naissances avaient rythmé les années, depuis ce mariage d'octobre 1917 qui leur semblait à la fois si lointain et si proche. Ils avaient bien mérité quelques jours de détente. C'est ainsi qu'après avoir embrassé le petit crâne duveteux d'Eileen, agité gaiement la main en direction de Rudy et de Rhéa et embarqué à bord d'un break chargé à bloc de valises et de tout un joyeux fatras – provisions, nécessaire à pique-nique, plaids, appareils photo, etc. –, ils partirent pour l'Arizona.

Même avec les trois garnements assis à l'arrière de la voiture, Adam et Emma, amoureux comme au premier jour, eurent l'impression de revivre leur voyage de noces. Les routes montagneuses, les chalets, l'odeur des forêts de pins, tout était là.

— Il faut que je me rappelle tout ce qu'on a vu, pour l'école ! déclara James en prenant scrupuleusement des notes sur un cahier. On nous demande toujours de raconter nos vacances, à la rentrée. Les Indiens Jivaros...

— *Navajos*, pauvre ignare, rectifia Jon, souverain dans son rôle d'aîné omniscient.

— Ouais, ben, ça prend un ou deux *r* ?

— Pourquoi veux-tu leur faire prendre l'air ? rigola Jon. Leur nom s'écrit avec un *j* ! *J* se prononce *r*, tout le monde sait ça.

— Tout le monde ! confirma Andy du haut de ses cinq ans.

Emma se pencha vers Adam.

— On lit tellement de choses dans les journaux à propos du cauchemar que représente un voyage avec des enfants, chuchota-t-elle. Franchement, ça fait peur. Mais les nôtres se comportent vraiment comme des anges.

— Des anges ? C'est peut-être beaucoup dire, opina Adam, qui gardait le souvenir d'un séisme familial, le soir où James avait flanqué deux scarabées dans le lit de Jon qui, lui, avait glissé une sauterelle dans le dos d'Andy.

Le retour fut, d'une certaine façon, aussi excitant que le départ. Respectant la tradition, ils arrêtèrent la voiture au sommet de la colline.

— Regardez les enfants ! cria Emma. Voici la maison ! Et qu'est-ce qu'on aperçoit, là, sur la pelouse ?

— Le landau d'Eileen !

— Est-ce qu'elle sait parler, maintenant ? s'informa Andy.

— Bien sûr que non, pauvre endive ! riposta James en haussant les épaules. Elle vient juste de naître !

Andy piqua du nez, les joues écarlates.

— D'ici un an et demi, à peu près, elle commencera à prononcer ses premiers mots, lui expliqua Emma en ébouriffant tendrement sa tignasse flamboyante.

— Et tu crois qu'elle dira quoi, M'man ?

— Eh bien... peut-être qu'elle est très heureuse et qu'elle a beaucoup de chance d'avoir des frères...

— Ah ouais ? Elle sait pas ce que c'est, alors ! marmonna Jon.

— Et d'appartenir à cette famille, poursuivit Emma en réussissant à garder son sérieux.

— Pourquoi ?

— Parce que nous sommes unis et que nous nous aimons très fort, mes chéris.

Un dimanche après-midi, Adam travaillait chez lui, dans son bureau, quand Rudy lui annonça que deux personnes demandaient à voir Simon Arnring.

— Mon père ? Vous les avez informés que... ?

— Oui, monsieur. L'homme dit qu'il a bien connu votre frère Jonathan pendant la guerre. Ils étaient dans le même bataillon.

Adam se leva lentement de son fauteuil, stupéfait. Un ami de Jonathan... un de ses compagnons d'armes ! Oh, mon Dieu, Pa aurait été tellement bouleversé d'avoir ainsi des nouvelles posthumes de son fils après seize années de silence !

— Faites-les entrer et dites-leur que j'arrive tout de suite.

Très ému, il passa une veste et rejoignit ses visiteurs au salon.

Ils avaient l'air d'arriver de la campagne : l'homme avait manifestement enfilé son costume le plus élégant et la femme, tout intimidée dans sa pelisse grise, tortillait nerveusement ses gants.

— Je m'appelle Steve Woods, et voici mon épouse, Margie, commença l'homme en triturant son chapeau. On savait pas pour votre père... Toutes mes condoléances, monsieur Arnring. Excusez-nous de vous déranger chez vous un dimanche, mais la semaine on travaille et Margie a insisté...

— Je vous en prie, prenez place, dit Adam tandis que Rudy les débarrassait de leur manteau.

— Oui, c'est moi qui ai poussé Steve à venir, reprit la femme d'un air embarrassé, en se posant à l'extrême bord du canapé.

Elle respira un grand coup et se lança :

— Il faut vous dire qu'on a déménagé le mois dernier et qu'à cette occasion, on a vidé le grenier. On y avait entreposé un tas d'affaires depuis que Steve est rentré de la guerre, il y a de ça quinze ans. Vous savez comment ça se passe : on entasse des choses dans des cartons et puis on les oublie... Mais quand j'ai fait du tri et que je suis tombée sur *ça*, je me suis dit tout de suite qu'on ne pouvait pas le garder pour nous.

Elle regarda son mari, qui hocha gravement la tête.

— Alors, on a cherché l'épicerie de Simon Arnring, enchaîna-t-il. C'était la seule piste que j'avais et ça n'a pas été facile parce qu'elle n'existe plus sous ce nom-là et que votre père avait quitté la ville. Finalement, on m'a donné votre adresse au bureau de poste.

Adam les dévisagea, intrigué. Il n'était pas certain

de bien comprendre le sens de leur démarche. Pourquoi toutes ces précautions oratoires ? Comme s'ils n'osaient pas lui dire quelque chose – mais quoi ?

— Je suppose que l'armée vous a renvoyé ses effets personnels ? Je veux dire... ce qu'il portait sur lui le jour où...

— Oui.

Le paquetage que Pa avait religieusement transporté ici était toujours au grenier. Pourrait-il jamais l'oublier ? À l'intérieur, il y avait la montre de Jonathan, cadeau de Pa pour son diplôme de fin d'études secondaires, son portefeuille renfermant les photos de famille prises par un voisin avec le vieil appareil Brownie, plus une de Blanche le jour de ses vingt ans, avec ses lèvres pleines et ses yeux noirs.

Ces braves gens étaient probablement venus lui apporter d'autres photos, supposa Adam. Jonathan avec ses camarades de régiment, le sourire aux lèvres et la fleur au fusil. Un de ces clichés destinés à rassurer les familles en leur faisant miroiter les lauriers d'une victoire prochaine : *On les aura ! On est en train de la gagner la der des ders. On sera bientôt de retour !*

— ... bref, il y a belle lurette que j'avais cette lettre en ma possession. Elle a échoué au milieu de mes affaires, je ne sais même pas comment. Toujours est-il que Margie l'a lue et m'a dit que je devrais la restituer à la famille de ce pauvre petit gars. Parce que ça pouvait être très important. J'ai hésité, j'étais pas sûr de votre réaction, mais je peux quand même pas garder ou jeter quelque chose qui m'appartient pas, pas vrai ? Comme on n'habite qu'à deux cents bornes, ma femme et moi on a pensé que ce serait mieux de vous la remettre en main propre, rapport aux questions que vous voudrez peut-être me poser. Je vous préviens, c'est pas une histoire très...

Sa femme lui donna un coup de coude et il se mordit la lèvre.

— Tu as raison. Je vous laisse d'abord lire, monsieur Arnring.

Steve Woods tendit à Adam une lettre froissée et pliée qui faillit se déchirer quand il l'ouvrit. L'encre avait pâli et le papier délavé, qui avait dû jadis être bleu, avait viré au gris.

Il n'eut pas besoin de courir à la signature pour reconnaître cette écriture fine et pointue.

Bien cher Jonathan,

J'espère que cette lettre te trouvera en bonne santé. C'est affreux de voir que cette guerre n'en finit pas, mais nous voici le 1er novembre 1917 et ton père et moi avons lu que la victoire ne tarderait plus. Je prie pour qu'il en soit ainsi et que tu puisses rentrer à la maison, reprendre tes études de médecine et suivre la voie que tu t'es choisie.

J'ai beaucoup réfléchi à nous deux depuis ton départ, et je me rends compte mieux que jamais que tu es un être unique, exceptionnel. Tant de gens choisissent un métier sans réelle conviction, simplement pour gagner leur vie, ou pour s'enrichir, ou encore parce qu'ils sont pistonnés. Peu de personnes ont la chance d'avoir une vocation. Toi, tu fais partie de ces élus. Tu es né pour être médecin, c'est certain. Non seulement tu en as la capacité intellectuelle, mais tu es profondément bon, ouvert aux autres et compréhensif. Ton indulgence et ta gentillesse pour Léo en sont la meilleure preuve. C'est justement parce que je le sais que j'ose aujourd'hui te parler à cœur ouvert.

Jon, je crois que le destin nous a adressé un signe en nous séparant. Il nous a accordé du temps pour songer à l'avenir et réfléchir si nous sommes réellement faits l'un pour l'autre. Quand tu rentreras en faculté de médecine, nous vivrons au moins quatre ans chacun de notre côté : même si nous habitons ensemble, tu passeras encore toutes tes journées en cours ou à l'hôpital, et tes soirées à préparer tes examens. Reconnais que cela ne nous laissera pas la moindre chance de nous rapprocher, de nous découvrir mutuellement. Ce ne serait bon ni pour toi ni pour moi, et surtout, ce serait de bien mauvaises conditions pour nous marier. Tu dois te demander où je veux en venir... Voici. J'en suis arrivée à penser qu'il valait mieux dès à présent, pour nous deux, rompre nos fiançailles.

Oh, Jonathan, j'ai conscience de te faire du mal, et je t'en demande pardon. Mais je te jure qu'en ce moment je pense aussi à ton bonheur. Tu mérites tellement mieux qu'un mariage hasardeux, construit sur de mauvaises bases ! Si je n'avais pas autant d'estime pour toi, ça me serait égal et je courrais le risque. Mais ce serait indigne de toi, de nous.

Je veux que tu attaques ton internat l'esprit libre, que tu décroches ton diplôme de médecin et, ensuite, que tu rencontres une femme que tu apprendras à connaître avant de choisir de l'épouser.

C'est pour ton bien, et avec un profond sentiment de tristesse, que je te rends ta liberté. Mais je sais, parce que tu es toi, que tu comprendras et qu'au bout du compte, tu seras beaucoup plus heureux avec une autre que moi.

Avec toute mon affection,
Blanche.

Adam releva les yeux et rencontra le regard de ses visiteurs qui l'observaient avec un peu d'appréhension. En état de choc, il reprit la lettre et la lut une deuxième fois.

Quand il eut terminé, il lâcha d'une voix qui résonna étrangement, même à ses propres oreilles :

— Comment ?...

Steve Woods se leva lentement et s'éclaircit la gorge plusieurs fois avant de murmurer :

— Bon sang, plus de quinze ans ont passé, mais je peux pas m'empêcher de trembler comme une feuille rien qu'à y repenser... Si c'est pas Dieu possible, des horreurs pareilles !

Sur son visage de brave homme honnête se lisait à présent une expression nouvelle, très sombre et craintive. Celle d'un être hanté par ce que ses yeux avaient vu jadis et qu'il n'avait pas réussi à effacer. Adam eut peur de ce qui allait suivre parce que la mort de Jonathan était comme imprimée à jamais dans ces prunelles qui le fixaient.

L'homme poussa un long soupir puis reprit :

— Notre compagnie n'était qu'à deux cents mètres de la tranchée des boches. On attendait tous le prochain assaut en nous demandant qui des deux serait cette fois le premier à passer à l'attaque. Nous ? Eux ? C'était calme. Terriblement calme. On se terrait et on attendait, c'est tout.

Il prit une profonde inspiration et poursuivit d'une voix mal assurée :

— La hauteur d'une tranchée dépasse la taille d'un homme. Ça tombe sous le sens. Il y avait donc tout un réseau d'échelles pour nous permettre de remonter à la surface et... ce jour-là...

Il s'humecta les lèvres.

— Ce jour-là, le capitaine nous avait donné notre courrier. Enfin, à ceux qui en avaient. Votre frère était dans le lot. Je me souviens qu'il était tout heureux en reconnaissant l'écriture de sa fiancée. Il a lu la lettre à toute vitesse une première fois, puis une deuxième fois, très lentement, juste comme vous il y a une minute. C'est à ce moment-là que c'est arrivé. Avant qu'un seul d'entre nous ait pu deviner ce qu'il allait faire et l'arrêter, Jonathan a escaladé à toute vitesse l'échelle la plus proche. Quand on a vu ça, on a essayé de le tirer en arrière, évidemment, mais c'était trop tard. Sa tête était déjà à découvert et il agitait les bras en direction de l'ennemi. Il voulait que les boches le voient. Il hurlait : « Je suis là ! Qu'est-ce que vous attendez ? » Alors, vous pensez bien... ça n'a pas traîné. Une pluie de mitraille, et puis plus rien. C'était fini.

La voix de Woods se brisa. Il secoua la tête.

— Il a voulu mourir..., murmura Adam de cette même voix sans timbre.

Huit millions d'hommes avaient péri dans cette guerre. Se pouvait-il que certains d'entre eux aient cherché la mort ?

Steve hocha la tête.

— Tout ça pour une bonne femme... Vous arrivez à imaginer une chose pareille, vous ?

— Pauvre jeune homme, murmura Margie. J'espère... Oh, monsieur Arnring, j'espère que nous n'avons pas eu tort de vous apporter cette lettre ?

Elle paraissait si inquiète qu'Adam la rassura très vite :

— Pas du tout. Au contraire.

Dieu merci, Pa nous a quittés avant de connaître la vérité. Il est mort en emportant l'image de son fils tué au combat, mort au champ d'honneur. Mais ça... *ça !*

La garce. La sale garce !

Dehors, dans le jardin, ses enfants jouaient au ballon. Les deux grands essayaient de marquer des buts tandis que leur petit frère s'entêtait à prendre part au jeu, réussissant seulement à se mettre en travers de leur chemin. Les ormes jetaient de grandes ombres sur la pelouse promue surface de réparation. Dans le ciel limpide, le soleil de septembre éclairait la joie de vivre de ces trois gamins.

Et Jonathan, qui aimait tant la vie et qui avait tant à donner, avait tout perdu, tout gâché à cause d'un bout de papier...

Steve Woods rompit le silence qui s'était abattu dans la pièce.

— Avant de lire cette lettre, je ne savais pas qu'il voulait devenir médecin. Il ne parlait pas beaucoup de lui. Il travaillait dans l'épicerie de son père, voilà ce qu'il disait. Et aussi qu'il avait un frère aîné très brillant qui réussissait tout ce qu'il entreprenait. C'était un type bien, Jonathan, toujours prêt à rendre service, et beau gosse avec ça. Dans la compagnie, on venait tous de milieux différents, vous savez. Parmi nous, il y avait des têtes brûlées, des bagarreurs. Votre frère, lui, n'était pas le dernier à courir sur l'ennemi, baïonnette au canon, quand il le fallait, mais il aimait surtout écouter les autres. Il s'entendait avec tout le monde, et je vous garantis que tout le monde le respectait. Après le... le drame, le capitaine nous a dit que ça ne pouvait pas être simplement à cause d'une lettre, qu'avec tout ce qu'on endurait, ses nerfs avaient dû lâcher...

La porte du jardin claqua et une cavalcade retentit dans l'escalier.

Deux caniches, un noir et un blanc, apercevant des étrangers aux côtés d'Adam, entrèrent dans le salon, la truffe en éveil.

— Ils sont beaux. Ils chassent ? demanda Woods en se penchant pour les caresser.

— Non. Ce sont des chiens de compagnie, répondit Adam d'un ton mécanique. Le noir s'appelle Buster. Et le blanc, Billy, est le chouchou de ma femme.

— Nous, on a deux teckels. Une maison sans toutou, c'est pas une vraie maison, vous êtes pas d'accord ?

Mme Woods gratta Billy sous le cou en souriant.

— Ce sont tous les mêmes. Ils adorent qu'on s'occupe d'eux, de vrais gosses !

Adam sentit brusquement ce grand calme intérieur qui précède les larmes. La bonté, la générosité naturelle des gens simples... De la plupart d'entre eux, tout au moins.

— Ma femme est à l'étage avec le bébé, dit-il, elle va descendre d'ici une minute. Nous aimerions que vous restiez dîner avec nous.

Mais les Woods se levaient déjà pour partir.

— Non, non, merci. Nous avons fait une longue route et nous voulons rentrer avant la nuit.

— Vous êtes sûrs ? Je voudrais pouvoir vous manifester ma gratitude... Vous ne pouvez imaginer à quel point votre démarche me touche.

Ils avaient été témoins de son combat avec lui-même. Il n'avait pas laissé échapper une larme, mais ils avaient compris. Comme ils se serraient la main, sur le pas de la porte, Woods ajouta :

— Je voulais vous dire... pour votre frère... Il n'a pas souffert. C'est allé si vite...

Adam les regarda descendre l'allée, puis monter dans leur voiture. Ils lui adressèrent un signe d'adieu auquel il répondit mécaniquement, puis il pivota sur ses talons et se dirigea vers l'escalier.

— Emma ? lança-t-il au bas des marches. J'ai oublié des papiers au magasin. Je fais un aller-retour, je n'en ai pas pour longtemps.

L'instant d'après, il démarrait en trombe, le visage blême et la rage au ventre.

La garce, la garce !

29

La Packard roadster, le somptueux cadeau d'anniversaire d'Emma pour ses quarante-cinq ans, volait comme une fusée sur la route.

Elle dévala la colline, passa devant l'ancien manoir de Sabine où, sous un arbre, un enfant lisait dans un fauteuil roulant. Elle remonta la rue au bout de laquelle les Nouvelles Galeries, fermées en ce dimanche, dressaient leur élégante façade.

Presque aveuglé par la rage, à peine conscient de ce qu'il faisait, Adam ralentit finalement l'allure avant de provoquer un accident puis se rangea le long du trottoir, le temps de se ressaisir avant de repartir.

Quelques minutes plus tard, il atteignait les quartiers est de Chattahoochee. En passant dans la rue où habitait Léo, il se demanda en un éclair comment cet esprit troublé réagirait en apprenant l'horrible nouvelle. L'espace d'un instant, très bref, il s'interrogea : à quoi servait cette expédition, était-elle même raisonnable ? Blanche avait poussé Jonathan au suicide, mais la punir ? Seize ans après ?

Puis il vit la scène que Woods lui avait décrite, ou plutôt qu'il avait eu la délicatesse de taire pudiquement : la tête de Jonathan volant en éclats sous une rafale de mitraillette.

La garce. La garce !

Adam se gara au bas de l'immeuble où vivait Blanche. Il marqua une pause imperceptible dans le hall – ah oui : deuxième étage au fond du couloir à droite – puis s'engagea dans l'escalier, les mâchoires serrées. Si on lui avait dit qu'il remettrait les pieds ici... Il pressa la sonnette.

— Oui ? Qui est-ce ?

— Adam. Il faut que je te parle.

La porte s'ouvrit immédiatement. L'entrée était tapissée de tissu vieux rose imprimé de scènes bucoliques d'où se détachait une licorne caracolant près d'un saule pleureur. Blanche portait un déshabillé en mousseline de soie jaune pâle. Elle haussa un sourcil étonné.

— Quelle agréable surpr...

— Tu as tué mon frère, articula-t-il.

Son sourire s'effaça.

— Qu'est-ce qui te prend ? C'est une plaisanterie ?

— *Tu as tué mon frère !*

— Je ne suis pas sourde. Tu débarques chez moi un dimanche après-midi pour me débiter des inepties alors que j'ai tout juste le temps de me préparer pour sortir. C'est...

— Tu as tué mon frère, répéta-t-il de la même voix métallique.

Cette fois, une lueur d'inquiétude traversa les yeux de la jeune femme.

— Écoute, Adam, tu devrais rentrer chez toi, et... Non, tu n'entres pas ! Sors d'ici ! Tu es devenu fou !

Il avait ouvert grande la porte d'une poussée et s'avançait dans la pièce.

— Tu ne lui arrivais même pas à la cheville, tu le sais ?

Elle recula devant lui et lâcha un rire nerveux.

— J'ose espérer que tu ne parles pas de ce toqué de Léo ?

— Je parle de l'autre. Le gentil. Le tendre, le dévoué, le brillant. Celui qui ne t'aurait jamais laissée parler de Léo de cette façon. Je parle de mon frère Jonathan, que tu aimais tellement que tu l'as envoyé à la mort !

Blanche le dévisagea fixement.

— Tu te sens bien, Adam ?

— Mon cerveau fonctionne parfaitement, si c'est ce que tu veux dire !

Elle cilla.

— Écoute, j'ai un rendez-vous très important à l'Hôtel Empire. On m'attend à dix-sept heures, et je dois encore me coiffer. C'est ma robe du soir que tu aperçois sur le dossier de cette chaise. Alors, si tu es venu me faire une scène de pur délire, tu tombes mal : nous verrons ça un autre jour, d'accord ?

Adam sentit sa rage l'abandonner brusquement. Le feu s'éteignit, laissant derrière lui une boule de fiel. Cette fois, il s'exprima posément.

— Tu as annoncé à Jonathan que tu rompais vos fiançailles, sur quoi il s'est fait tuer délibérément.

Sortant la lettre de sa poche, il la lui tendit.

— Tiens. Ça te rappelle quelque chose ?

Elle se pétrifia en reconnaissant ce qu'elle avait écrit seize ans plus tôt. Elle jeta un rapide coup d'œil à la missive puis la lui rendit, le visage très pâle.

— Mais qu'est-ce qu'il pouvait te trouver ? gronda-t-il haineusement.

La jeune femme redressa le menton.

— La même chose que toi, probablement.

— Tais-toi. Il n'y a jamais eu d'amour entre nous ! Pas la moindre parcelle, jamais !

Elle avait pâli.

— Parle pour toi. Regarde donc la date sur cette lettre. Et compare-la avec celle de ton mariage. Est-ce que je savais, moi, quand nous nous sommes rencontrés en juin 1917, que tu avais quelqu'un dans ta vie ? Nous avons passé la journée tous ensemble, souviens-toi, chez ton père, au restaurant, en ville, plus la soirée sur la plage... Et pas une fois tu n'as mentionné Emma ! Même Jonathan ignorait son existence.

— Il allait partir à la guerre. Tu aurais voulu que j'étale mon bonheur devant lui ? De toute façon, cette conversation est absurde. Tu ne vas pas me faire croire que tu es tombée amoureuse de moi en quelques heures. Non, tu t'es simplement mis dans la tête que j'étais plus riche que Jonathan ne le serait jamais.

— Tu n'as pas exactement épousé une pauvresse, que je sache !

Il serra les poings.

— Ah, voilà bien une remarque digne de toi ! Froide, sournoise, venimeuse ! Il n'y a que l'argent qui t'intéresse. Rien d'autre !

— Ça t'arrangerait de le croire, mais c'est loin d'être aussi simple – et tu le sais très bien. Tu étais ce qu'on appelle un morceau de choix, Adam. Tu l'es toujours, d'ailleurs. Beau, fier, intelligent – tu peux avoir toutes les femmes que tu désires.

— Merci pour le compliment, mais il se trouve que je n'en veux qu'une seule : la mienne !

— Oui, et tu ne te prives pas de raconter comment tu es tombé amoureux d'elle au premier regard, dans le magasin de sa tante, n'est-ce pas ?

— Et après ? C'est la vérité.

— Il ne t'est pas venu à l'idée que moi aussi, j'avais pu avoir le coup de foudre pour toi ?

Ses yeux se remplirent de larmes et elle redressa le menton.

— Si tu savais combien je l'ai haïe ! Oh, pas Emma personnellement, car elle ne m'a jamais rien fait, mais la chance qu'elle avait. Une tante riche à millions, des cours à l'université, des voyages à Paris, Londres, Rome et Dieu sait où encore ! Et toi, et des enfants – tout lui est tombé du ciel, sans même qu'elle ait besoin de lever le petit doigt !

Ainsi, nous y voilà. C'était donc ça, le fond de l'histoire ! La haine d'une femme jalouse. Comment pouvait-on être aussi... Adam se figea brusquement. Si un autre homme lui avait ravi Emma et qu'il ait dû vivre dans la même ville qu'eux pendant des années, à subir le spectacle de leur bonheur, qui sait s'il n'aurait pas nourri la même rage et la même frustration ?

Envahi par un sentiment d'écœurement et de pitié, il se sentait terriblement mal à l'aise. Il aurait tout donné pour que Blanche disparaisse, pour ne plus jamais la trouver en face de lui.

— Je suis sincèrement désolée pour Jonathan, reprit-elle en s'essuyant les yeux du plat de la main. Je n'aurais jamais imaginé qu'il prendrait les choses tellement à cœur. Des milliers d'hommes ont reçu des lettres comme celle-là, beaucoup moins réfléchies que la mienne, même, et ils ne se sont pas suicidés pour autant.

Jonathan n'était pas comme les autres. Il ne l'avait jamais été de toute sa vie, songea Adam. Si elle ne l'avait pas compris, ce n'était même pas la peine de le lui dire.

— Et maintenant ? Qu'est-ce que tu comptes faire ? demanda-t-il.

— Tu veux savoir si j'ai l'intention de quitter la ville ? Tu crois vraiment que je pourrais avoir envie de rester ici après ça ?

— En ce cas, dans combien de temps penses-tu partir ?

— Je m'en irais aujourd'hui si je le pouvais ! Il y a déjà un bon moment que j'en ai assez de cet endroit, assez de ces horizons sans surprise et de cette petite ville étriquée. Je suis fatiguée de ce pays dans son ensemble, si tu veux le savoir. Tu vois : si tu t'imagines que j'ai encore le béguin pour toi et que ce sera un déchirement, tu te trompes lourdement.

Adam haussa les épaules. À quoi bon cette discussion ? Pourquoi perdre son temps avec ces chicaneries sans intérêt ?

— Tu peux négocier tes indemnités de départ avec tes avocats et ceux de la société, dit-il d'un ton neutre. Je suis certain qu'ils parviendront à trouver un accord qui satisfera tout le monde.

Il amorçait déjà sa sortie, mais Blanche n'en avait pas tout à fait terminé.

— Un dernier mot, Adam. Prends garde à Léo.

— Pardon ?

— Je te dis simplement de te méfier de Léo.

— Qu'est-ce que tu racontes ? Je ne le vois pour ainsi dire jamais, sauf quand il rend visite à mes fils. Et encore : il ne vient presque plus.

— Il rêve de prendre sa revanche sur toi, sache-le. À présent, au revoir, Adam. Et bonne chance.

— Adieu, Blanche.

La porte se referma derrière lui avec un bruit sourd et définitif qui lui rappela le moment où le rideau tombe à la fin du dernier acte d'un drame.

En passant dans la rue où habitait Léo, il sut qu'il aurait normalement dû aller le trouver pour lui apprendre la nouvelle, mais le courage lui manqua et il décida de remettre au lendemain cette démarche pénible.

Emma arrangeait un bouquet de fleurs au salon quand il rentra. Il lui tendit la lettre sans un commentaire.

Elle la lut lentement jusqu'au bout avant de secouer la tête comme si les mots lui manquaient. Puis elle dit tout haut ce qu'il avait pensé : Léo avait le droit de savoir.

— Laisse-moi m'en charger, chéri. Ce sera mieux pour toi, et pour lui aussi. Je vais y aller tout de suite.

Pour une raison inconnue, Léo l'aimait bien – ou plus exactement, Emma était l'une des rares personnes qu'il supportait. Adam écouta la voiture s'éloigner, la poitrine dans un étau, puis s'assit devant la cheminée, la tête dans les mains. Il était toujours à la même place quand Emma rentra. Tout s'était passé pour le mieux.

— Je lui ai simplement relaté les faits. Il voulait voir la lettre, mais je ne l'avais pas apportée et, finalement, ce n'est pas plus mal. À mon avis, nous devrions même la détruire. Au moment de nous quitter, ton frère m'a laissée l'embrasser sur les deux joues, ça m'a surprise. Et je me suis rendu compte qu'il avait les larmes aux yeux. Je lui ai dit de venir chez nous, qu'il avait toujours une chambre qui l'attendait, de renouer avec toi...

— Mais il a refusé ?

— Il a refusé, acquiesça Emma avec un soupir. De loin, j'ai aperçu une grande table, couverte de livres ouverts et de papiers griffonnés... Il m'a dit qu'il allait prendre des cachets pour dormir cette nuit, et qu'il se remettrait au travail demain. Voilà. Tu sais tout. Maintenant, parle-moi de Blanche.

Adam lui fit un résumé très édulcoré de leur affrontement, omettant soigneusement de préciser qu'elle avait épargné à leurs fils d'apprendre quelques faits peu reluisants sur leur père. Après avoir discuté de la personnalité et du caractère complexes de Blanche, ils montèrent se coucher.

Très tôt le lendemain matin, l'une des secrétaires de direction des Nouvelles Galeries avertit le bureau du personnel que Madame Blanche, souffrante, ne viendrait pas travailler pendant quelques jours.

Adam fut bien le seul à ne pas en être surpris. Sa seule interrogation concernait la destination qu'elle choisirait, pariant pour New York, l'endroit logique pour une créatrice de mode de sa réputation. Elle n'aurait aucun mal à ouvrir un magasin de vêtements portant sa griffe ou à concevoir des robes pour une maison de haute couture. Dans un cas comme dans l'autre, elle serait loin d'ici, et c'était tout ce qui comptait.

Les « quelques jours » d'absence annoncés se prolongeant, deux des couturières des Nouvelles Galeries rendirent visite à la malade et rapportèrent, à l'étonnement général, qu'elle se portait comme un charme. Il n'en fallut pas davantage pour que la rumeur s'empare de l'affaire et enflamme les esprits : pour les plus romantiques, dont Reilly, elle s'était mariée en secret et vivait son grand amour à l'abri des regards ; pour les plus pragmatiques, comme Archer, elle avait un amant mystérieux et vivait sa passion à l'abri des regards ; pour d'autres enfin, dont Dan Cace en personne, un magasin concurrent lui avait fait un pont d'or pour s'attacher ses services et elle préparait son passage à l'ennemi à l'abri des regards.

À la fin du mois, alors qu'elle n'avait toujours pas réapparu, son assistante au service création lâcha une bombe : Madame Blanche avait vidé son appartement et quitté la ville sans dire au revoir à qui que ce soit, ni même révéler où elle allait. Pendant encore un mois ou deux, le mystère resta entier. L'imagination sans limites de Reilly alimentait les plus folles rumeurs. Puis, faute du moindre élément nouveau, l'affaire cessa peu à peu de passionner les foules. On oubliait déjà Madame Blanche.

Le salon d'essayage des Nouvelles Galeries était aussi couru qu'autrefois. Adam ayant engagé les meilleurs responsables des achats, les clientes paraissaient très satisfaites et les bénéfices, malgré la Grande Dépression qui frappait toujours le pays, restaient considérables.

— ... Blanche Berman a fait fortune à la Bourse. Elle a vendu ses actions juste avant le krach, déclara un invité alors qu'Adam et Emma assistaient à une réception.

— C'était une femme étrange, remarqua sa voisine de table. Très courtoise, très talentueuse, mais terriblement froide à l'intérieur, je crois. Je n'ai jamais pu décider si je la trouvais sympathique ou non.

— Moi, je l'aimais bien, répondit Emma. Même si nous nous fréquentions peu, surtout les derniers temps. Elle avait réussi, mais en même temps elle avait toujours l'air si triste et solitaire. Elle me faisait de la peine. Je me demande où elle est maintenant...

Blanche est rentrée juste à temps pour éviter l'averse. À présent qu'elle regarde par la fenêtre de son appartement qui donne sur le jardin du Luxembourg, l'odeur de la pluie et de la terre mouillée monte jusqu'à elle, lui donnant presque l'illusion du bonheur.

— Je m'appelle Blanche, lance-t-elle à voix haute, et je vis ici.

Ici, c'est l'un des plus vieux et des plus beaux quartiers de Paris. Un couple élégamment vêtu passe sous ses fenêtres, partageant un parapluie de grande marque ; un touriste abrite un appareil photo sous son imperméable. Il s'apprête sans doute à aller visiter Notre-Dame ou le Louvre. Autrefois, à Vienne, elle observait de la même façon depuis sa mansarde les promeneurs étrangers curieux et émerveillés passant des musées aux boutiques et des églises aux grands restaurants.

Vienne... Tiens, ce serait une expérience intéressante de retourner là-bas quelques jours, histoire de découvrir quel effet cela fait d'y vivre quand on est riche. Assez riche pour descendre dans le meilleur hôtel, pour s'offrir des bijoux et des robes dans les magasins de luxe dont elle n'aurait jadis même pas osé pousser la porte.

Ensuite, elle pourrait aller rôder du côté des immeubles vétustes, ces bâtisses insalubres, ces trous à rats où la révolte et la haine couvent dans l'ombre, quand un porc immonde fait subir des saletés à une petite fille pendant que sa maman feint de ne rien voir, parce que c'est lui qui paie le loyer... Oui, quel effet cela ferait-il de retourner là-bas en sachant que la page est tournée, qu'on est délivrée de l'étreinte humide et gluante du passé ? Libre.

Non, pas tout à fait. La souffrance a changé de visage, voilà tout. L'enfant qui a grandi sans amour est condamnée à vivre sans savoir aimer. N'est-ce pas une autre forme de torture ?

D'abord, il y avait eu Jonathan. Un garçon bien. Et puis était venu Adam. Un homme mieux encore. Le voler à son Emma n'aurait pas été très difficile, même après leur mariage. Leur côtoiement, l'attrait de la nouveauté, quelques petites ruses féminines... – oui, simple comme bonjour. Cela arrivait tous les jours.

Mais l'arracher à ses enfants, c'était autre chose... Il aurait fallu avoir un cœur de pierre, et être dépourvue de mémoire. Mon Dieu, que n'ai-je été amnésique et sans états d'âme ! Quelle bénédiction aurait-ce été de ne pas avoir à me soucier des enfants d'Adam, ni de son malheureux frère, ni de qui que ce soit !

Oh, et puis à quoi bon ? Tourne la page et contemple ta réussite : ces paysages si délicieux qui ornent tes tapisseries du XVIIIe siècle. La table octogonale en verre, à côté de la chaise Louis XVI, qui apporte une exquise touche de modernité à l'ensemble...

Oui, tout était d'un goût parfait – idéal pour une soirée entre amis ou pour un tête-à-tête plus intime, par exemple avec cet intéressant gentleman qui habitait juste à l'étage au-dessous.

Tu as une maison, un abri, un refuge, le premier que tu aies jamais possédé. « La grande classe ! », se serait exclamée cette pauvre Sabine, comme le jour où elle lui avait fièrement montré son nécessaire de bureau doré à l'or fin.

Malgré le temps pluvieux, les plumiers et les encriers brillaient d'un éclat doux et profond dans la lumière trouble qui entrait par la fenêtre. Dans le miroir serti d'un cadre doré, Blanche souriait à Blanche. Et sur le calendrier, la date du jour s'inscrivait en belles lettres gothiques : *1er janvier 1934*.

30

1936

Dès qu'Adam levait les yeux, son regard tombait sur la photo encadrée sur le bureau. Et chaque fois, cette vue ne manquait pas d'illuminer sa journée, de faire naître un sourire sur son visage et de lui rappeler le sens de sa vie.

Ils étaient là, alignés tous les six sur une plage de Californie – Emma à un bout, ravissante dans son maillot de bain à dos nu, lui à l'autre, leurs quatre enfants entre eux, avec des palmiers en toile de fond. Ce jour-là, ils revenaient d'une promenade en bateau quand un couple d'étrangers avait pris cette photo, amusés par le spectacle de leurs trois vigoureux garçons, dont l'aîné, bientôt en âge d'entrer à l'université, se faisait mener à la baguette par la benjamine de trois ans.

Les Arnring avaient attiré l'attention sur eux à plusieurs reprises durant ces vacances. Par exemple ce soir où, dans leur hôtel, Emma avait remplacé au pied levé le pianiste d'un quintette, subitement indisposé, pour obtenir un triomphe dans *La Truite* de son cher Schubert. Puis il y avait eu ce grand restaurant où Eileen s'était avancée crânement jusqu'au milieu de la salle pour danser en solo. Les boutiques de Hollywood d'où les garçons avaient rapporté des tonnes de souvenirs pour Rudy et Rhéa, les « quarante ans de maison » de Reilly, leurs copains de classe, certains de leurs professeurs, leur entraîneur de basket...

Mais le temps des loisirs était déjà loin : Adam avait dépouillé un bon kilo de lettres et un autre kilo attendait encore d'être ouvert. Il venait de discuter des modalités d'une commande au téléphone et s'apprêtait à contacter un fournisseur quand Mlle Fitz, sa secrétaire, entrebâilla la porte.

— Il y a là un monsieur sans rendez-vous qui exige d'être reçu immédiatement, l'informa-t-elle à mi-voix. Il dit qu'il est votre frère.

Léo ? Que diable faisait-il ici ?

— Cet homme ne vous ressemble pas du tout. J'ai préféré vous demander, au cas où il s'agirait d'un importun. On ne sait jamais.

Pauvre garçon. Il ne ressemblait pas à grand monde.

— Il n'y a pas de problème, mademoiselle Fitz. Faites-le entrer, je vous prie.

Léo devait avoir une bonne raison pour venir ici, songea Adam en se levant, intrigué. Depuis bientôt sept ans qu'il vivait à Chattahoochee, c'était bien la première fois qu'il lui rendait visite au magasin.

— Léo ! Comment vas-tu ? dit Adam avec chaleur. On ne t'a pas vu depuis des lustres ! Au moins six mois. Les garçons te réclament, tu leur manques. Ne sois pas aussi sauvage.

Devant lui se tenait son frère de quarante-cinq ans, tiré à quatre épingles dans son costume anthracite avec la cravate assortie qui faisait paraître sa silhouette encore plus petite et étriquée. On aurait dit un adolescent déguisé cherchant à jouer le rôle d'un personnage important. Son visage, en revanche, était sans aucun doute celui d'un adulte marqué par la vie. Ses paupières fripées masquaient à demi son regard fuyant et ses cheveux étaient définitivement portés disparus depuis leur précédente rencontre. Un sentiment familier de compassion et d'aversion mélangées saisit Adam.

— Alors, qu'est-ce qui t'amène ? lança-t-il du même ton affable.

— Une affaire privée, lâcha Léo en regardant autour de lui avec un léger froncement de sourcils anxieux.

— Privée ? En ce cas, tu devrais passer à la maison. Nous pourrions bavarder bien plus confortablement devant un bon repas. Tu n'as qu'à choisir la date et l'heure.

— Épargne-moi tes débordements d'affection, veux-tu ? Je sais parfaitement que tu es un homme d'affaires, que ton temps est infiniment précieux et que je te le fais perdre en ce moment même.

Décidément, il ne changerait jamais. Toujours la même hostilité, le même ton sarcastique qu'autrefois. Adam soupira et suggéra que Léo s'asseye pour lui exposer son problème.

— Oh, il est très simple, en vérité. Il tient en quelques mots : j'ai besoin d'argent.

— Vraiment ? Je te croyais à l'abri du besoin grâce à la rente que te rapporte l'épicerie...

— Je ne parle pas d'une obole, trancha Léo en pianotant sur l'accoudoir de son fauteuil. Il me faut des fonds substantiels. De *vrais* revenus. Une rentrée d'argent digne de ce nom, si tu vois ce que je veux dire.

— Non. Je suis désolé, mais je ne vois pas.

Léo grimaça un sourire narquois.

— Allez, Adam. À ton âge – tu approches de la cinquantaine, mon vieux –, tu as appris la différence entre vivre et survivre. J'ai décidé de vivre décemment. Comme toi.

— En ce cas, tu devrais chercher un travail, répondit Adam en cachant patiemment son irritation. C'est ce que tout le monde fait. C'est ce que j'ai fait.

— Arrête de me prendre pour un imbécile. Tu sais très bien que je suis incapable de réussir comme toi. Regarde-moi ! Tu crois que je n'ai pas remarqué la façon dont ta secrétaire m'a toisé quand j'ai dit mon nom ? Le frère du grand patron, cet avorton ? Impossible ! Je l'ai lu dans ses yeux de vieille chouette.

Adam voulut protester mais les mots restèrent dans sa gorge. À quoi bon nier l'évidence ?

Le visage de Léo ne montrait ni colère ni amertume. En fait, il était d'un calme étonnant. Presque inquiétant même, songea Adam en voyant une ébauche de sourire étirer ses lèvres minces. Il n'y avait pas si longtemps, un regard comme celui de cette pauvre Fitz aurait suffi à le faire exploser.

— C'est pour cela que tu ne m'as jamais proposé un poste dans ton entreprise, avoue. Je n'avais pas le physique de l'emploi ! Et pourtant, tu n'aurais eu qu'à claquer des doigts. Mais tu tenais trop à ton rôle de manager, pas vrai ? Pas question de partager ta gloire avec qui que ce soit.

Adam rougit sous l'accusation. Il y avait tant de rancœur, de malentendus accumulés entre eux... Comment faisait-il pour toujours tout interpréter de travers ? Léo n'aurait jamais accepté de travailler pour Cace-Arnring, et il le savait très bien ! Le lui eût-il offert qu'il l'aurait pris comme une insulte. Occuper un poste de subalterne ? Au service de son frère ? Plutôt mourir.

En dépit de son amertume, il s'obligea à demeurer calme.

— Je suis désolé que tu l'aies pris ainsi, Léo. Je n'ai jamais eu l'intention de t'humilier, de quelque façon que ce soit.

— Oh, peut-être que si j'avais fait des études, je ne serais pas obligé de m'abaisser à quémander aujourd'hui. Seulement voilà, j'ai reçu la vie comme une blessure. *Es möchte kein Hund so länger leben !*

— Qu'est-ce que tu marmonnes ?

— « Quel chien voudrait d'une vie pareille ? » C'est de Goethe, mon cher. Dans *Faust*. Ah ! ça t'étonne, hein ? Évidemment, je n'ai pas eu la chance d'aller à l'université comme mon jeune frère, moi. Ni de partir à la conquête de l'Ouest comme mon aîné. Non, je suis resté vingt ans de ma vie à trimer à longueur de semaine dans une épicerie minable, à soulever des cageots de légumes et des...

— Moi aussi, j'ai commencé comme ça, tu as oublié ? Seulement, j'ai voulu m'en sortir.

Une lueur de rage traversa subitement le regard de Léo. Ses doigts s'enfoncèrent dans les accoudoirs en cuir.

— Bon sang, mais réveille-toi ! Tu m'as *vu* ? Alors épargne-moi tes réponses toutes faites !

Recroquevillé dans ce fauteuil en cuir trop grand pour lui, il ressemblait à un de ces gnomes maléfiques sortis des livres de contes de fées d'Andy. Adam s'imagina à sa place pendant un instant douloureux, et reprit doucement :

— D'accord. Je vais t'aider, Léo. Dis-moi ce dont tu as besoin.

Léo plissa les yeux et feignit de réfléchir.

— Voyons voir... J'ai entendu dire que l'action Cace-Arnring s'échangeait à vingt-six dollars. En ta qualité de vice-président, tu en possèdes des milliers. Forcément. Je sais ce que gagnent les parvenus comme toi.

Adam fronça les sourcils.

— Le montant de mon compte en banque ne te regarde pas, Léo.

— Peut-être. Mais un homme qui a besoin d'argent peut devenir désespéré. Or je suis désespéré. Et assez pressé, je l'avoue. Bon, je te résume la situation en deux mots : je suis amoureux. Je souhaite me marier et fonder un foyer. La dame – tu ne la connais pas – est issue d'une vieille famille respectable, très distinguée. Elle est habituée à un certain luxe. Rien d'ostentatoire ni de vulgaire, non. Elle est la grâce et le raffinement personnifiés. Il se trouve que c'est une femme d'une grande beauté, et je ne peux décemment pas me présenter devant elle les mains vides. Voilà.

Léo amoureux... et *d'une femme d'une grande beauté*. Était-ce la raison de son costume sur mesure, de sa chemise impeccable et de ses boutons de manchettes ? Adam ne l'avait encore jamais vu aussi élégant.

Il regarda fixement son frère. Non, son histoire ne tenait pas debout. Encore une manifestation de son esprit dérangé et rien d'autre. Avec un peu d'inquiétude, il s'avoua qu'il n'avait pas la moindre idée de la manière de faire face à une telle situation.

Ils se dévisagèrent dans un silence tendu. Puis Adam se rappela les trésors de diplomatie que déployait jadis Jonathan pour amadouer Léo et tenta une approche conciliante.

— Très bien, je te ferai un beau cadeau de mariage. J'achèterai tout le mobilier de ta future maison et je t'offrirai un splendide voyage de noces. Viens dîner chez nous demain. Les enfants seront contents de te voir – Emma aussi, évidemment. Nous pourrons discuter tranquillement de tout cela après le repas. La vie de couple n'a plus aucun secret pour nous, et nous sommes passés maîtres en emménagements. D'accord ?

Il ne s'attendait pas à un sourire, mais pas non plus que Léo secoue la tête en signe de refus et déclare :

— Tu n'y es pas du tout. Je veux un demi-million de dollars, Adam. Et pas un sou de moins.

Adam en resta bouche bée. Plus que l'énormité de la somme, c'était l'incroyable culot de son frère qui le désarçonnait.

— Mais comment donc ! Tu préfères du liquide ou un chèque ?

— Tant mieux si tu le prends comme ça, je n'osais pas l'espérer. Un chèque m'ira très bien.

Il ne plaisante pas, comprit Adam, effaré. Son pauvre cerveau n'était plus fêlé, mais complètement détraqué !

— Bon, assez ri. Cette conversation devient ridicule. Cesse de te comporter comme un idiot.

— Tu seras surpris de découvrir qui est l'idiot dans l'histoire si tu ne me donnes pas ce que je veux. La roue a tourné, Adam. Toute ma vie, j'ai attendu ce moment et il est enfin arrivé !

Sa voix aiguë monta d'un cran.

— J'ai toujours été celui qu'on méprise, qu'on traite de haut, qu'on ignore, mais c'est terminé !

— Tu es injuste. En particulier vis-à-vis de Pa qui s'est inquiété pour toi jusqu'à la fin...

— Arrête, tu vas me faire pleurer. Il m'a pris avec lui à l'épicerie uniquement parce qu'il ne savait pas quoi faire de moi. Et moi je suis resté parce que je n'avais pas le choix et que je n'avais nulle part où aller. Mais maintenant c'est fini.

— Ressasser le passé ne sert à rien, Léo. Il faut aller de l'avant.

— Oh, évidemment, c'est facile pour toi, le bon-fiston-à-son-papa ! Tu as toujours été le préféré. Pa n'en avait que pour toi, simplement parce qu'il n'a jamais pu surmonter sa culpabilité de ne pas avoir épousé ta mère !

C'est vrai, c'est vrai, reconnut intérieurement Adam en se crispant.

— Ah, ça, on l'a payée, la honte d'avoir un bâtard dans la famille ! reprit Léo d'une voix grinçante.

— C'est une réflexion odieuse et cruelle. Mais tu as toujours pris un malin plaisir à remettre le sujet sur le tapis, n'est-ce pas ?

— Et puis il y avait Jonathan, promis à une grande carrière de médecin, enchaîna Léo sur le même ton âpre. La consécration ! Quel émigrant n'a pas rêvé de voir son fils devenir médecin ? Pauvre Jon. Il méritait mieux que de se suicider pour une petite arriviste qui n'en valait vraiment pas la peine – une garce qui de toute façon l'aurait trompé avec le premier venu. Mais tu es bien placé pour le savoir...

— Je ne vois pas ce que tu veux dire.

— Je suis sûr du contraire, Adam.

— Écoute, Léo, j'ai beaucoup de travail. Je n'ai pas le temps de jouer aux devinettes. Je suis obligé de te le demander : laisse-moi.

— Je te laisserai avec le plus grand plaisir dès que tu m'auras donné mon argent.

Comment le faire sortir de mon bureau ? Je ne vais quand même pas l'attraper par la peau du cou et le jeter dehors ! Faire éjecter mon frère, ce frère impossible, par le service d'ordre ? Quel scandale ! Il se débattrait comme un beau diable et Dieu sait ce qu'il hurlerait devant tout le monde... Non, essaie encore une fois.

— Léo, sois raisonnable, reprit Adam en se levant. Viens plutôt dîner ce soir à la maison. Nous parlerons de tes affaires à tête reposée. Emma a beaucoup d'affection pour toi et elle est d'excellent conseil. Je suis bien certain que...

— ... qu'elle sera très intéressée par ce que je lui

raconterai si tu ne me donnes pas satisfaction ? Ça, je n'en doute pas une seconde. Un demi-million Adam. C'est le prix de mon silence. Pense à ta femme. Elle en aura le cœur brisé. C'est la seule chose qui me désole, d'ailleurs, parce qu'elle s'est toujours montrée gentille avec moi et qu'elle a des enfants formidables, mais que veux-tu ?

— Qu'est-ce qui brisera le cœur d'Emma ? Bon sang, mais de quoi parles-tu ?

— De ta liaison avec Blanche, naturellement. Et de la réaction de ta femme quand elle découvrira qui tu es réellement.

Adam pâlit avec la sensation que tout son sang refluait brusquement de son cœur. Il se rassit, les yeux dans ceux de son frère.

Un silence glacé tomba dans la pièce. Le tic-tac de la pendule devint assourdissant. Dans le couloir, deux employées passèrent en riant. Un klaxon retentit derrière les fenêtres. Un chien aboyait dans le lointain.

Quand Adam reprit la parole, ce fut d'une voix calme et posée.

— Explique-toi.

— Tu allais la retrouver chez elle en catimini. Je t'ai vu passer en voiture sous mes fenêtres. Naturellement, je me suis demandé ce que tu venais faire dans mon quartier, je me suis renseigné et...

— Pour l'amour du ciel ! Blanche travaillait pour nous ! Une ou deux fois, deux fois exactement, je suis allé chez elle pour parler travail !

— Ne te fatigue pas. Vous êtes amants depuis des années, je suis au courant. Adam le fidèle... Celui que Pa appelait le « sel de la terre » ! « Suis l'exemple de ton frère, Léo ! » « Prends modèle sur ton frère, Léo... » Amusant, non ? Vous vous êtes payé du bon temps au Waldorf Astoria de New York ! Inutile de nier, Blanche m'a tout raconté.

— Elle t'a... C'est un mensonge !

Il avait dû crier car la porte s'entrouvrit sur le visage apeuré de Mlle Fitz. Voulez-vous que j'appelle de l'aide ? disaient ses yeux. Adam scruta le visage goguenard de Léo, son air de défi, et la rassura d'un geste.

Il attendit que la porte se referme pour reprendre d'une voix sourde :

— Blanche a inventé n'importe quoi par dépit, par vengeance...

— Ça, elle était plus que déçue, en effet. Ça t'étonne ? Tu as profité de ce qu'elle t'offrait, et ensuite tu l'as traitée comme si elle avait la lèpre ! Toi, que tout le monde considère comme un saint ! Je sais que cela remonte à trois ans. Je sais même que tu n'aurais jamais quitté Emma pour elle ou pour qui que ce soit. Mais ta petite femme chérie acceptera-t-elle pour autant d'être mise face à la dure réalité ? Son mari adoré l'a trompée. Ce premier prix de vertu a couché avec une autre. Et pas n'importe qui : avec la presque veuve de son presque frère... C'est une circonstance très aggravante pour un chevalier blanc ! Tu vois, tu n'es plus qu'un type *presque* bien, et ce petit écart va te coûter la modique somme d'un demi-million de dollars. Une bagatelle pour la bagatelle !

Il sourit de son bon mot et ajouta :

— Je me demande comment cette pauvre Emma va réagir en apprenant la nouvelle. À ton avis ? Elle risque de s'écrouler comme un château de cartes, non ? À moins qu'elle demande le divorce ! Mmm, bien possible, ça... Remarque, même si elle ne te quitte pas, à cause des enfants, j'ai bien peur que votre couple ne s'en relève pas. Quelle tristesse ! C'est ce que tu veux, Adam ?

Adam agrippa le bureau comme s'il voulait le soulever et en fracasser le crâne de Léo. S'il avait eu une arme à portée de main, un revolver, un couteau, ce monstre baignerait déjà dans son sang.

« Elle risque de s'écrouler comme un château de cartes... À moins qu'elle demande le divorce. »

— Du chantage... Tu es une ordure, mon frère. Le roi des salauds.

Une ombre passa dans le regard de Léo.

— Même pas. Je suis seulement désespéré.

Il haussa les épaules et reprit d'une voix basse et vibrante :

— Tu as toujours été le plus fort, le meilleur. Celui qu'on aimait, qu'on admirait. Celui qui avait réussi, le mécène, et tu adorais ça ! Ah, le ton complaisant de tes lettres ! Tu te vautrais dans ton rôle de bienfaiteur. Tu crois que ça me plaisait, à moi, de vivre aux crochets d'un bâtard ? C'est ça, frappe-moi, tu en meurs d'envie !

Il se leva et défia Adam du regard, un sourire mauvais aux lèvres.

— Je l'ai enfin, le seul cadeau de toi dont j'ai rêvé : voir ta tête de mari modèle tout tremblant à l'idée de tomber de son piédestal ! Ça remet les pendules à l'heure, non ? Maintenant, donne-moi mon argent et je sortirai de ta vie. De celle d'Emma. Vous n'entendrez plus jamais parler de moi. C'est bien simple, tu ne sauras même pas où je suis, Dieu m'en est témoin.

La pièce tangua devant les yeux d'Adam, le plafond vacilla et ses jambes lui interdirent de se lever, mais il était toujours capable de parler.

— Tu n'es qu'un misérable cloporte. Tu as toujours été jaloux de tout le monde. Dès que tu apparaissais quelque part, tu glaçais les gens avec tes réflexions fielleuses. Tu as pourri la vie de Pa. Et ce que tu viens de faire, je ne te le pardonnerai jamais.

La procédure ne prit pas très longtemps. Le guichetier – manifestement éberlué par le montant – remit un chèque de banque à Adam et les deux frères ennemis se retrouvèrent dans la rue, au milieu des passants sortant de leur travail.

— Je n'ai aucun scrupule à te prendre cet argent, dit Léo en rectifiant son nœud de cravate. Quand on a les moyens de faire don à une œuvre du manoir de sa tante par alliance, ou de financer la création d'une bibliothèque pour enfants, comme on me l'a rapporté la semaine dernière, on peut donner un coup de main à son petit frère dans le besoin, il me semble. Quoi qu'il en soit : merci, Adam.

— Je te serais reconnaissant de rester hors de ma vue et de t'arranger pour ne plus jamais te trouver sur mon chemin. Je dis bien : *jamais*. Tu me répugnes, tu pourris l'air que tu respires par ta puanteur. Disparais, Léo. Va au diable, et restes-y !

Léo s'inclina.

— Oh, tu sais, ça fait quarante-cinq ans que je vis en enfer. Mais sois tranquille : tu n'entendras plus parler de moi.

Adam le suivit des yeux tandis qu'il descendait la rue d'un pas vif. Un groupe de jeunes dactylos se retourna sur son passage. L'une d'elles fit une réflexion et elles gloussèrent bruyamment.

Léo ne vaut rien et pourtant... pourtant, mon cœur se serre en voyant ces femmes sans pitié rire de lui... Il va encaisser cet argent que j'aurais utilisé pour une bonne œuvre ou pour mes enfants et il va le dilapider, comme il a perdu les économies de Pa. Mon Dieu, cette histoire à dormir debout qu'il m'a racontée ! Une femme très belle, de bonne famille, qui voudrait de lui pour époux... Pauvre garçon. Pauvre fou !

Il tourna les talons et prit la direction opposée.

Blanche l'avait mis en garde contre son frère. *« Prends garde à Léo... »* Se pouvait-il qu'elle lui ait raconté que nous avons continué à être amants après cette unique fois à New York ? Pourquoi me déteste-t-il à ce point ?

Parfois, lui avait dit Pa, les gens se haïssent sans même savoir vraiment pourquoi. Ce sont des choses qui arrivent, même dans les familles. C'est la vie.

Adam avait la migraine, le goût amer de la défaite dans la bouche. Un homme vaincu dans une bataille a besoin d'une trêve pour réparer ses forces. Tant pis pour le bureau, il fallait qu'il rentre se ressourcer chez lui.

À l'angle de la rue où il avait garé sa voiture, il reconnut son ancien flirt, la petite Doris Buckley. Elle montait dans une automobile poussiéreuse aux côtés d'un grand barbu, du double de son âge, et d'une femme qui aurait pu être sa mère tant elle lui ressembl... Seigneur ! celle qu'il avait prise pour Doris était sa fille ! Adam sentit d'un coup le poids des années lui tomber sur les épaules. Vingt ans s'étaient écoulés depuis que « la petite Doris » passait dans sa chambre écouter des disques de Caruso alors qu'il ne rêvait déjà que d'Emma.

Il n'avait pas songé à Doris depuis des années, mais il lui semblait se souvenir, maintenant, qu'elle n'habitait plus dans la région. Il la regarda s'éloigner au bras du barbu qui était manifestement son mari. Où qu'elle vive, elle est certainement plus heureuse qu'elle ne l'aurait été avec moi si elle m'avait épousé. Je ne suis déjà pas fichu d'être fidèle à Emma alors que je l'adore plus que tout au monde...

Au sommet de la colline, là où il marquait un arrêt rituel avant d'entamer la descente, Adam contempla sa maison. Il avait l'impression de regarder un foyer détruit, ravagé par un incendie, une inondation ou un désastre qui l'aurait traversé de part en part, laissant un abominable carnage derrière lui.

— Tu rentres de bonne heure, aujourd'hui, s'étonna Emma.

— J'ai une horrible migraine. Je monte m'allonger.

Les branches des arbres projetaient des ombres mouvantes sur le plafond de la chambre. Dans le lointain, étouffées, s'égrenaient des notes de piano : Emma avait commencé une leçon. La fourgonnette du facteur crissa sur les gravillons de l'allée.

Si Léo écrivait à Emma ? songea brusquement Adam en se redressant, blême. S'il revenait me redemander de l'argent ? Et s'il se mettait à parler juste pour le plaisir de me faire du mal ? Il en était capable. Mais irait-il jusqu'à infliger sciemment une telle blessure à une femme qui ne lui avait témoigné que de la gentillesse ?

Ô mon Dieu, faites que Léo n'approche plus jamais de cette maison ni de ma famille ! *Plus jamais !*

31

Les derniers mois de l'année s'écoulèrent sans heurts, rythmés par la ronde des anniversaires, des collections automne-hiver, des soldes, et des soirées musicales où Emma se produisait à l'amphithéâtre de l'université, seule ou en quintette, attirant un public toujours plus nombreux. Léo n'avait plus donné signe de vie. Mais les jours avaient beau se succéder, le fardeau qu'Adam portait sur la conscience ne s'allégeait pas.

Tôt ou tard, il lui faudrait avouer la vérité au sujet de son frère. Un membre de la famille, même aussi invisible et imprévisible que Léo, ne pouvait disparaître de la circulation sans finir par susciter des questions.

Adam expliqua donc à sa femme, aussi simplement et calmement que possible, que Léo avait obtenu de lui une grosse somme d'argent pour financer un projet, Dieu seul savait lequel, et que lui, pour respecter la promesse faite à leur père, avait consenti à lui donner ce qu'il demandait à la condition de ne jamais le revoir. Bon débarras !

— Tu ne lui as pas dit ça, au moins ? s'effraya Emma, toujours compatissante.

— Ne renverse pas les rôles : c'est lui qui s'est

montré vindicatif et haineux, pour ne pas changer. Je lui souhaite bonne chance, mais j'espère qu'il tiendra parole et que nous n'entendrons plus jamais parler de lui.

Elle hocha la tête d'un air triste et pensif.

— Je me demande en quoi peut bien consister son projet. J'ai dans l'idée qu'il pourrait nous surprendre un jour. Pas toi ? Tu es bien conscient qu'il est très, très intelligent.

— Très, très... j'en doute.

— Rien qu'à sa façon de s'exprimer, on voit que c'est quelqu'un d'extrêmement cultivé. Cela m'a frappée quand je suis allée le voir chez lui, pour lui parler de cette lettre de Jonathan.

— Le monde est rempli de gens qui font des belles phrases.

— Non, non, non. Rien à voir. Même nos deux aînés l'ont remarqué. Pas Andy, parce qu'il était trop petit quand Léo venait à la maison et qu'il ne se souvient probablement même pas de lui. Mais l'autre jour encore, Jon m'a à nouveau demandé pourquoi Oncle Léo ne venait plus parler littérature avec lui. Je crois qu'il lui manque.

Adam tombait des nues, mais il n'avait aucune envie de parler de Léo et s'il avait pu effacer ce nom de sa mémoire, il l'aurait fait sans hésiter. Ce maître chanteur avait perdu le droit d'être son frère.

— J'expliquerai à Jon que son oncle a dû repartir sur la côte Est pour un travail. S'il t'en reparle, sois gentille de dire la même chose.

— Entendu. Mais si tu veux mon avis, Léo a décidé de tirer un trait sur le passé et de reconstruire sa vie. Je comprends que tu sois blessé de la façon dont les choses se sont déroulées, mais un jour, il reviendra nous faire partager sa réussite, tu verras.

Le retour de Léo ? Adam frissonna rien qu'à cette idée. Mais la foi lumineuse d'Emma en son prochain le toucha. Quelle femme exceptionnelle ! Indépendante, énergique, talentueuse... et en même temps douce, fragile – l'être le plus tendre et le plus délicat qu'on puisse imaginer. Que cet ange vive dans le même monde, respire le même air qu'une créature rampante et malfaisante comme Léo était un grand mystère.

Décembre était venu. Pendant les préparatifs de Noël, Reilly, qui aidait à décorer son stand de chaussures de guirlandes, de couronnes de gui et de gros nœuds en velours rouge, héla Adam comme il passait près de lui.

— Hé, je ne sais pas si ça vous intéresse, mais j'ai des nouvelles de quelqu'un que vous connaissez bien ! Notre Madame Blanche a réapparu ! Elle vit en France. C'est Gail McQueen, son ancienne assistante, qui me l'a appris. Elle a reçu une carte de Noël postée de l'île Saint-Louis. C'est à Paris, je me suis renseigné. Avec juste ces mots : *Amical souvenir de la Ville Lumière. À bientôt, peut-être ? B. B.* Elle a immédiatement reconnu l'écriture de Blanche Berman.

— Elle... elle parle de revenir ici ?

— Pas que je sache. Pourquoi ? Vous avez aussi des informations ?

— Ça ne risque pas ! La dame est fâchée contre nous. On ne la payait pas assez à son goût, je crois. Ma foi, je lui souhaite bonne chance à Paris.

Adam s'enferma dans son bureau, l'estomac noué. Des questions sans réponse lui martelaient la tête. Si Blanche revenait à Chattahoochee ? Et si Léo et elle étaient restés en contact ? S'ils conspiraient pour lui nuire ?

Il respira un grand coup. Du calme. Il ne manquerait plus qu'il devienne paranoïaque. D'un autre côté, il n'avait pas rêvé les menaces de Léo.

Ce soir-là, après le dîner, il s'installa au salon avec *L'Ange exilé*, un roman d'apprentissage de Thomas Wolfe dont il avait entendu dire le plus grand bien. Comme il tournait une page, une phrase lui sauta au visage avec la violence d'une gifle.

« Lequel d'entre nous connaît réellement son frère ? Lequel d'entre nous n'est pas condamné à rester ignoré et seul à jamais ? »

Dieu merci, Adam, lui, n'était pas seul ! Il avait sa femme, sa moitié, son double, à ses côtés. Mais que se passerait-il si Léo revenait, peut-être pas aujourd'hui, mais un jour, dans un an, dans dix ans, et qu'il lui révélait que Blanche avait été sa maîtresse ? Emma le quitterait et pour le coup, il se retrouverait seul. Vraiment seul.

Reposant son livre, il se leva et sortit sous le porche. Il faisait très doux pour un mois de décembre. Au loin, par-delà les champs, une lumière brillait derrière la fenêtre d'une ferme. Il se demanda si celui ou celle qui l'avait allumée avait un jour éprouvé une angoisse comparable à la sienne en cette minute.

Au bout d'un moment, il rentra au salon. Emma venait de descendre pour écouter la radiodiffusion d'un concert de Toscanini. *Fidelio* de Beethoven, un hymne à l'amour conjugal. Peu porté sur l'opéra, Adam aurait aimé parler aux garçons, mais ils étaient occupés à faire leurs devoirs dans leur chambre. Il resta donc aux côtés d'Emma et écouta l'ouverture avec elle, entendant chaque note qui sortait du haut-parleur, mais incapable de partager son émotion. Des images grotesques tournoyaient dans son cerveau enfiévré – Blanche et Léo complotant à sa perte dans un boudoir parisien, revenant à Chattahoochee pour jeter l'opprobre sur sa vie, répandant la rumeur et la honte d'un bout à l'autre de la ville, sonnant à sa porte quand il serait absent, souriant à Emma qui les inviterait à entrer, surprise, mais charmante, comme à son habitude...

Quand les applaudissements saluèrent la prestation de Toscanini, il en était arrivé à la conclusion que la solution la plus sage serait d'avouer toute la vérité à Emma avant qu'une âme charitable se charge de la lui révéler à sa place.

Mais les jours s'écoulèrent sans qu'il trouve le courage de passer aux aveux. Puis vint la fameuse soirée de gala annuelle aux Nouvelles Galeries, avec tout le tralala, pour les membres du conseil d'administration. Une soirée à laquelle Emma se rendit dans une robe en velours rouge sombre, tout à fait dans l'esprit de Noël.

— C'est une création de Blanche, expliqua-t-elle à sa voisine de table qui lui en faisait compliment. Je l'ai achetée peu de temps avant son départ et je m'en félicite. Son travail est de si bonne qualité que je pourrai encore la porter dans dix ans ! Ses vêtements sont inusables.

Il n'en fallut pas davantage pour que toutes les conversations tournent autour de Blanche.

— Je n'arrive toujours pas à comprendre ce qui a bien pu la pousser à partir aussi précipitamment. Elle avait un tel succès ! On parlait d'elle dans tous les magazines...

— Elle a amassé une vraie fortune, vous savez !

— Heureuse en argent, malheureuse en amour...

— Vous ne croyez pas si bien dire : les couturières qui travaillaient avec Blanche au magasin avaient justement l'impression qu'elle avait vécu une histoire d'amour qui se serait mal terminée. C'est pour ça qu'elle serait partie.

— *Une* histoire d'amour ? Vous plaisantez ! Elle en avait des dizaines !

— Non, non, à ce qu'il paraît, il y avait quelqu'un en particulier. Un homme marié dont elle était folle et qui n'a pas voulu divorcer pour elle.

— Pas possible ! Comme dans *Autant en emporte le vent*, le roman qui vient de sortir ?

— Exactement, ma chère ! Sauf qu'Ashley ne trompe pas sa Mélanie avec Scarlett...

— Parce que Madame Blanche, elle, aurait dévoyé ce mystérieux homme marié ? Comme c'est intéressant !

Les nerfs d'Adam étaient tendus à se rompre. Il mit brusquement un terme à la conversation en demandant à l'invité assis en face de lui si le New Deal allait permettre au président Roosevelt d'être réélu.

Deux jours plus tard, il s'arrangea pour croiser Reilly dans la rue. Si une personne à Chattahoochee était bien informée, c'était cette pipelette de Jim. Il commença par lui demander des nouvelles de sa dernière petite-fille, reçut des remerciements pour la somme qu'il avait mise à la banque pour le baptême du bébé, puis en vint au sujet qui l'intéressait.

— Énormément de rumeurs circulent sur Madame Blanche. J'ai été surpris d'en entendre l'autre soir, pendant le dîner.

— Il n'y a pas de quoi : les commérages fleurissent sur les lèvres des femmes comme la rosée sous les doigts de la nuit, énonça Reilly, d'humeur lyrique.

— Mais... concrètement ?

— Allez savoir, répondit-il en haussant les épaules.

Et ce fut tout. Le haussement d'épaules n'avait aucune signification. Reilly n'était au courant de rien, ni dans un sens ni dans l'autre – ce qui ne voulait pas dire qu'il ne se tramait rien...

Cette fois, c'était décidé. Adam laisserait passer Noël pour ne pas gâcher la fête des enfants, mais il parlerait à Emma avant la fin du mois. Pas question de commencer l'année nouvelle avec ce poids sur le cœur.

Mon Dieu, comment vais-je lui annoncer ça ? où et à quel moment ? s'interrogea Adam avec angoisse.

Pas à la maison, en tout cas. Pas question que les enfants, ou même Rudy et Rhéa, soient témoins de l'inévitable scène qui s'ensuivrait. Il essaya d'imaginer la réaction d'Emma. Sa stupeur tout d'abord, puis son incrédulité et... qu'est-ce qui viendrait ensuite ? La rage ou les larmes ? Une combinaison des deux, probablement, supposa-t-il avec un fatalisme résigné.

Peut-être près de la rivière, à l'endroit où le lit formait une boucle. Le lieu était très peu fréquenté, sauf par des foulques. Il se remémora ce lointain après-midi où Emma et lui s'étaient étendus dans l'herbe et où il s'était écarté de la jeune et trop jolie étudiante pendant qu'il en avait encore la force. Si seulement il en avait fait autant lors de ces deux maudites nuits à New York ! Dire qu'il avait tout gâché pour une femme qui ne lui inspirait pas la moindre attirance !

Le temps était doux quand ils montèrent en voiture. Luttant contre la tentation de repousser une fois encore sa confession, Adam avait proposé à Emma de mettre à profit l'une de ses rares journées de repos pour partir en excursion rien que tous les deux.

— On pourrait marcher un peu le long de la rivière, suggéra-t-il.

Les arbres et les buissons avaient perdu leurs feuilles, mais il devait y avoir des baies et des fruits parce qu'une multitude d'oiseaux étaient présents sur les lieux quand ils descendirent de voiture.

— Regarde, ce sont des geais bleus et des cardinaux. En ouvrant l'œil, nous devrions pouvoir apercevoir leurs nids. On essaie ?

Ils descendirent sur la rive main dans la main, scrutant les branches, mais pas le moindre nid en vue. Adam cherchait désespérément à gagner du temps, celui de trouver les mots justes, mais rien ne venait. Emma devait déjà se demander ce que cachait cette étrange promenade. Et bientôt elle s'enquit :

— Tu as l'air bizarre. Tu n'as quand même pas fait un détour pareil juste pour chercher des nids ? Écoute, il est tard, alors retournons sur nos pas, à moins que tu aies quelque chose à me confier. Est-ce le cas ? À ta mine, on dirait que oui.

Il baissa les yeux et contempla le sol, là où un petit scarabée escaladait le bout de son soulier vernis de fabrication anglaise.

Puis il ramena son regard sur Emma et soupira :

— J'ai un aveu à te faire.

— Ah, ah, je m'en doutais.

Adam la connaissait si bien qu'il s'attendait presque à cette réponse rieuse. La pauvre, gémit-il intérieurement. Elle ne se doutait pas un instant de ce qui l'attendait tant était aveugle sa confiance en lui...

— Alors, quelle bêtise as-tu commise ? Tu as encore fait des folies pour moi ou les enfants, comme le jour où tu m'as rapporté ce bracelet qui a dû coûter une fortune ?

— J'aurais bien aimé que ce soit une folie de ce genre. Mais en fait il s'agit d'une histoire sordide en rapport avec Léo, Blanche et...

Il marqua une pause imperceptible.

— ... et moi. Si je devais donner ma main droite pour t'éviter de souffrir, je n'hésiterais pas, mais...

Cherchant les mots adéquats, il attendit quelques secondes, puis se jeta à l'eau :

— Tu te rappelles cette grosse somme que j'ai donnée à Léo, il n'y a pas si longtemps ? Eh bien, ça ne s'est pas exactement passé comme je te l'ai raconté. En réalité, il s'est livré à un chantage et j'ai été obligé de lui remettre cet argent.

— Un *chantage* ?

— Oui. Il m'a menacé de venir à la maison et de te raconter quelque chose... quelque chose qui te ferait du mal. Et parce que c'est... enfin, en partie... un mensonge... j'ai bataillé avec moi-même et, finalement, j'ai résolu de te dire la vérité.

Maintenant qu'il était allé aussi loin, au bord du gouffre, il ne pouvait plus reculer. Il plongea donc la tête la première.

— Il est arrivé un... un incident pendant que j'étais à New York, il y a trois ans. Tu sais bien, à la place de Dan. Blanche s'y trouvait aussi, et elle avait une chambre dans le même hôtel que moi. Et alors... il s'est passé ce qui n'aurait jamais dû se produire. C'est insensé. J'en suis malade rien que d'y penser. Ce devait être le champagne, encore que je n'en aie pas bu tant que ça. Je ne suis pas un gros buveur, tu le sais. Il... il y avait une agrafe prise dans la dentelle de sa robe, et comme Blanche ne parvenait pas à l'enlever, elle m'a demandé de l'aider, et moi je ne voulais pas, mais comment refuser ? Alors je suis allé dans sa chambre et...

Il bafouillait lamentablement, tout pâle et tremblant sous le regard d'Emma.

— Adam, est-ce que tu es en train de me dire que... que tu as fait l'amour avec Blanche ?

— Non ! Ce n'était pas de l'amour, s'insurgea-t-il. Ça n'avait rien à voir avec de l'amour ! Mais c'est arrivé et... je ne me l'explique pas. Personne ne pourrait, je crois. C'est complètement fou...

Emma se détourna, vacilla, et serait tombée si Adam ne l'avait pas retenue.

— Ne me touche pas ! hurla-t-elle. Ne t'avise pas de poser les mains sur moi, espèce de salaud !

Elle s'arracha à ses bras et se mit à sangloter.

— Je n'arrive pas à le croire ! Toutes ces années... quatre enfants... et la moitié d'un mari. Oui, j'ai partagé mon époux avec une autre !

— Non, ça n'est arrivé qu'une seule fois, je te le jure !

— Tais-toi ! Tu n'es qu'un sale menteur ! Oh, tu me dégoûtes...

Elle s'appuya contre un arbre, les jambes flageolantes.

— Tout ce temps... dans mon dos ! Je l'ai vue, j'ai parlé avec elle, et je ne savais pas. Mais *elle*, elle savait !

— Pardonne-moi, je t'en supplie...

Elle pivota vers lui comme une furie :

— Où est-elle ? Où est cette garce ?

— À Paris. Je le tiens de Reilly.

— Ô mon Dieu, je voudrais être morte !

Emma se laissa tomber sur un rocher et enfouit son visage dans ses mains.

— À qui se fier ? Le soleil peut aussi bien oublier de se lever... puisque l'homme en qui j'avais une confiance absolue m'a trompée... Tout peut arriver. Oui, tout. Une femme comme elle... qui a tué ton frère ! Comment ai-je pu être aussi aveugle ? Et toi... et toi...

Des sanglots la secouèrent. Bouleversé, Adam tomba à ses pieds. Une scène passa devant ses yeux : cette même pierre plate, les bicyclettes couchées dans l'herbe, le regard d'Emma hardiment levé vers lui, illuminé par un amour sans faille et une foi totale en lui, en eux, en l'avenir...

Il voulut la prendre dans ses bras mais elle le repoussa.

— Lâche-moi, articula-t-elle avec un calme glacial. Ne t'avise plus de me toucher.

— Emma, je t'aime, je...

Elle se leva, le visage marbré de larmes.

— Tais-toi. Je veux rentrer à la maison. Ramène-moi.

De retour chez eux, elle monta directement dans sa chambre. Quelques minutes plus tard, quand Adam trouva le courage de la rejoindre, elle refermait l'armoire à linge, une couverture, un drap et un oreiller dans les bras.

— Qu'est-ce que tu fais ? demanda-t-il platement.

— Il n'est pas question que je dorme près de toi. Je m'installe dans la chambre d'amis.

Elle désigna d'un petit signe du menton la pièce où Simon avait couché, puis ajouta :

— Demain, je débarrasserai la penderie de mes affaires, je suis trop épuisée pour m'en occuper maintenant.

Regarde ce que tu as provoqué avec ta confession, songea Adam, atterré.

— Et quand les enfants vont rentrer, qu'est-ce que tu vas leur dire ? Et ce soir à table ?

— Je ne dînerai pas avec vous, mes paupières sont trop gonflées. Mais dès demain, je me comporterai d'une façon tout à fait normale et je donnerai mes cours, comme d'habitude. La seule différence, c'est que je ne partagerai pas le même lit que toi. Ça, ce serait au-dessus de mes forces.

Au matin, Adam trouva la porte de l'ancienne chambre de Pa fermée à double tour. Enveloppée dans une robe de chambre boutonnée jusqu'au menton, Emma ouvrit quand il frappa.

— Comment te sens-tu ce matin ? murmura-t-il. Tu as pu dormir un peu ?

— Je vais très bien, je te remercie. Mon cœur est brisé mais à part ça, tout va bien.

— Qu'est-ce que je peux faire ?

— Prévenir Rhéa que je suis en retard, mais que je vais descendre. Et veiller à ce que les garçons ne manquent pas leur bus pour le lycée. Et aussi déposer Eileen à la crèche. J'irai la chercher. D'ici là, j'aurai eu le temps de me ressaisir.

— Emma, je sais combien ça doit être difficile, mais...

— Tu ne sais absolument rien ! Qu'est-ce qu'un homme peut comprendre à la souffrance d'une femme ? Il n'y a encore pas si longtemps, vous ne nous jugiez même pas assez intelligentes pour voter ! Mais j'ai bien réfléchi. Je n'ai pas fermé l'œil de la nuit, et beaucoup de choses ont pris subitement tout leur sens. *Elle* avait presque toujours un prétexte pour ne pas venir quand on l'invitait ici. Et quand j'allais essayer l'une de ses robes honteusement chères, je sentais sa froideur. Elle était très polie avec moi, bien sûr, mais distante. Maintenant je sais pourquoi !

Il piqua du nez. Il le savait, lui aussi. Blanche le lui avait lancé au visage à leur dernière entrevue. Elle était jalouse d'Emma, de sa tante riche à millions, de ses voyages à Paris, à Londres, de son talent de pianiste, de sa maison, de ses enfants, de son mari...

— J'aurais dû deviner. Au fond, je suspectais probablement quelque chose sans oser me l'avouer. Après tout, je ne suis pas si naïve que j'en ai l'air.

— Emma, je t'ai dit la vérité. Il s'est agi d'un unique et lamentable épisode qui n'aurait jamais dû avoir lieu. Pardonne-moi, ajouta-t-il d'une voix étranglée.

Un joyeux chaos retentit au rez-de-chaussée : James et Andy disputaient un championnat de handball dans le salon, Rhéa leur criait d'arrêter immédiatement et Eileen couinait qu'elle voulait sa maman.

Emma referma la porte de la chambre au nez d'Adam et la verrouilla à nouveau de l'intérieur. Il descendit l'escalier pour ramener de l'ordre dans le chaos. Ensuite, il essaierait d'en remettre dans son propre chaos intérieur.

32

1937

Tous les soirs, Adam commençait le dîner par la question rituelle : « Alors, qu'est-ce que vous avez appris de beau à l'école aujourd'hui ? » Après que chacun avait fait son rapport, la conversation voguait généralement vers des sujets d'adultes : les nouvelles du monde, la politique, le magasin, le prochain départ à la retraite de Reilly et d'Archer, les amis, le dernier western de John Ford, la dernière comédie de Frank Capra, le dernier récital de piano d'Horowitz à Carnegie Hall, la facture du plombier, le diagnostic du vétérinaire au sujet des dents de Billy, le petit caniche blanc.

Depuis trois semaines, néanmoins, cette agréable et paisible routine avait changé. Les questions et les réponses circulaient bien d'un bout de la table à l'autre, mais sans jamais passer directement d'Emma à Adam.

Les garçons s'en étaient d'autant plus vite aperçus que leurs parents ne les avaient guère habitués à des disputes, encore moins à des conflits durables. Le nez dans leur assiette, ils échangeaient des regards en coin, consternés.

Ce soir-là, d'un coup de coude parfaitement synchronisé, James et Andy poussèrent Jonathan, désigné d'office parce qu'il venait d'avoir dix-huit ans, à poser carrément la question :

— Qu'est-ce qui ne va pas entre vous ? Vous ne vous adressez plus la parole.

— Mais si, tu vois bien, répondit Emma. Nous discutons tous ensemble.

— Papa, insista Jon en fronçant les sourcils, vous êtes fâchés, Maman et toi ?

— Je ne suis fâché avec personne, mais il y a des moments où on n'a pas forcément envie de parler.

Il lança un regard appuyé à Emma mais comme elle contemplait fixement la nappe, un silence pesant tomba dans la pièce.

Eileen les sauva de cette situation embarrassante :

— Moi, ze voudrais une autre poupée pour que Susie et elle puissent zouer ensemble ! décréta-t-elle en brandissant solennellement sa cuillère.

Son visage exprimait une telle gravité que ses frères ne purent s'empêcher de rire. Depuis quelque temps, la petite fille se lançait dans de grandes déclarations pendant les repas.

— T'as qu'à demander à Blanche. C'est elle qui t'a offert celle-là, lui conseilla Andy.

— Eh ben, la pauvre, elle est pas près de l'avoir : Blanche habite Paris, intervint James.

— Comment tu le sais, d'abord ?

— Je suis allé chez mon copain Paul pour le déjeuner, et j'ai entendu sa mère en parler.

— Qui c'est, Blanche ? demanda Eileen en fronçant les sourcils.

— Les enfants, finissez votre viande, intervint Adam d'un ton bref.

Emma s'était raidie. Jamais elle ne pourrait chasser l'image de son esprit : cette femme abominable avec Adam, sa robe en dentelle glissant sur le sol, ses bras nus s'enroulant autour du cou de son mari, ses mains à lui se posant sur sa peau pâle et elle... Et lui...

Soir après soir, elle s'asseyait bien droite à table et montrait un visage enjoué devant les enfants, mais jamais elle ne donnait l'impression de remarquer, par un mot ou un simple regard qu'Adam existait.

Deux autres semaines passèrent.

— Ça fait plus d'un mois..., commença Adam comme ils se croisaient dans l'escalier. Combien de temps encore vas-tu m'ignorer ? Il n'y a pas de place dans ton cœur pour le pardon ? Je vais rester puni jusqu'à la fin de mes jours pour une erreur ?

— Puni ? On s'occupe de toi, non ? Ta maison est en ordre et parfaitement tenue, tes repas sont servis à l'heure, tes vêtements lavés, repassés, tes enfants ont une mère aimante et attentive – tu n'as aucun motif de te plaindre, si ce n'est que je ne partage pas et ne partagerai plus ton lit.

Une fois dans la chambre où la photo de Simon était toujours exposée sur la commode, Emma s'assit sur le lit et contempla le visage ridé de son beau-père. Et s'il n'avait pas épousé la mère d'Adam tout simplement parce qu'il avait rencontré une autre femme ? Peut-être l'avait-il froidement abandonnée après l'avoir mise dans une situation « délicate », qui sait ? Depuis quelque temps, son esprit était sans cesse assailli par de pareils soupçons. Cela ne lui ressemblait pas de nourrir des pensées aussi déprimantes, mais impossible de se raisonner. Parfois, pourtant, lorsque le sommeil la fuyait et qu'elle se tournait et se retournait dans son lit, elle se surprenait à songer qu'Adam lui avait peut-être dit la vérité, que « ça » ne s'était peut-être produit qu'une seule fois et que les vrais coupables étaient le champagne, la perfidie de Blanche et l'incommensurable faiblesse du sexe dit fort... Quand bien même, la blessure resterait ineffaçable.

Le lendemain, Adam lui téléphona de son bureau sous prétexte de lui demander ce qu'ils devaient dire aux enfants pour justifier la disparition de Léo.

— Jon ne comprend pas le départ brutal de son oncle. Je lui ai expliqué qu'il était reparti vivre sur la côte Est, mais ça ne le satisfait pas. Il sent qu'il s'est passé quelque chose de grave.

— Alors, dis-lui la vérité. Que vous vous êtes disputés, définitivement brouillés, mais que c'est ton affaire, pas la sienne, et voilà tout.

— Il voit également que tu ne me parles plus. Et ils ne comprennent pas pourquoi tu fais chambre à part.

— Tu n'as qu'à inventer que je dormais mal dans mon ancien lit.

— Emma... même Andy n'est pas dupe une seconde. Ils sont inquiets, ils se demandent ce qui se passe.

— Et alors ? Tu ne vas quand même pas me raconter qu'ils risquent d'être traumatisés à vie parce que je ne dors plus avec toi ?

— Ma chérie, s'il te plaît... Pardonne-moi. Je suis désolé de t'avoir blessée.

— Il faut que j'aille chercher Eileen. Je raccroche.

Le téléphone cliqueta, puis une chape de plomb tomba sur la maison. On aurait pu se noyer dans un silence aussi profond. Emma entra dans la cuisine pour dire quelque chose à Rhéa, n'importe quoi, ne serait-ce que pour entendre le son d'une voix.

— Vous vous sentez mieux ce matin, madame ?

— Un peu, oui. Merci, Rhéa.

Elle sait. Bien évidemment, elle sait, se répéta-t-elle. Même si j'espère qu'elle ignore le fin mot de l'affaire. Sous peu, toute la communauté qui constitue notre petit univers, nos amis, les parents des amis de nos enfants, les Nouvelles Galeries... tout le monde saura que notre couple bat de l'aile. Eh bien, tant pis. Qu'ils cancanent ! Je n'ai pas honte. De toute façon, je n'ai rien à me reprocher.

C'était presque diabolique, néanmoins, de voir le sujet ressurgir sans cesse dans les conversations les plus innocentes. À une fête de l'école, un soir, une voisine décrivit la robe qu'elle porterait au mariage de sa sœur.

— Je l'ai achetée il y a quatre ans, presque jour pour jour. Mais c'est une « Madame Blanche » en soie brodée, tellement ravissante que j'ai l'intention de la porter encore au moins quarante ans ! Elle avait des doigts de fée !

Puis il y eut cette soirée chez Dan Cace à laquelle ils avaient été conviés. On ne pouvait décliner une invitation chez les Cace, à moins d'être à l'article de la mort. Cette fois, ce fut au beau milieu du dîner, et sans aucune raison apparente, qu'une invitée – une affreuse commère qui jacassait sans répit depuis le début du repas – fit jaillir le nom de Blanche dans la conversation avec une rare délicatesse :

— Gail McQueen, une de ses anciennes assistantes, si je me souviens bien, était aussi l'une de ses bonnes amies. Eh bien, Gail m'a laissé entendre que Blanche Berman avait le béguin pour votre mari, Emma. C'est comme je vous le dis ! Et à ce qu'il paraît, c'était un secret de Polichinelle aux Nouvelles Galeries... Remarquez, ça n'aurait rien d'étonnant : votre époux est toujours aussi bel homme...

— Ces ragots sont totalement ridicules, réagit sèchement Adam qui avait tout entendu. J'échangeais à peine dix mots par mois avec cette femme !

Plus tard, Emma et lui étaient rentrés à la maison dans un silence pesant, puis elle s'était dirigée tout droit vers le placard où ses plus belles toilettes étaient alignées, protégées par des housses. Elle les avait décrochées de leurs cintres : la blanche en soie brodée, la bleue en velours, celle en lin fleuri pour l'été... et jetées en tas sur le sol. Elle en ferait don à de bonnes œuvres. Et si les adultes n'en avaient pas l'usage, leurs enfants pourraient toujours les porter dans les rues pour Halloween !

Pendant les trois soirs suivants, prétextant un mauvais rhume contagieux, Emma ne se donna pas la peine de descendre dîner. Elle ne jouait plus une note de piano et n'aspirait qu'à une chose : dormir, même si son sommeil agité était impuissant à lui procurer l'apaisement.

Avant, aux jours heureux – et Emma y rangeait leurs vingt ans de mariage –, ils faisaient toujours une petite promenade main dans la main après le dîner. C'était l'un de leurs moments « réservés », quand les garçons travaillaient à leurs devoirs ou dormaient déjà. Ils en profitaient pour bavarder de tout, de rien, mais parfois aussi ils s'arrêtaient pour prêter l'oreille à la chorale des criquets, au ululement d'une chouette, ou tout simplement au bruissement du vent dans les arbres.

Adam disait qu'il aimait écouter le monde « réel ». Et elle comprenait ce qu'il entendait par là. La ville, le magasin, l'argent – tout aurait une fin un jour, mais les petits bruits de la nature continueraient à résonner en ces lieux bien après eux.

Par la fenêtre du salon, Emma le vit gravir la colline pour rentrer de son tour solitaire ; elle savait exactement quel chemin il avait emprunté. Buster vint se coucher à ses pieds tandis que son maître se retournait pour contempler une dernière fois la vue. Adam portait Billy dans ses bras et lui caressait distraitement la tête.

Elle lisait en lui comme à livre ouvert. Il était en train de songer que la vie était terriblement éphémère, celle de cet adorable chien comme celle de tous les êtres vivants. De tels moments étaient presque religieux. Ça ne lui arrivait pas très souvent, elle le savait, mais elle était la seule à connaître cet aspect de sa personnalité. Pour les autres, Adam Arnring était surtout l'homme solide et capable qui prenait les choses en main, l'homme rassurant qui savait toujours comment réagir.

Personne ne savait réellement qui il était, ce qu'il était – sauf elle, peut-être. Même sa propre mère, si elle avait vécu, n'aurait pu accumuler autant de détails qu'elle en avait appris sur lui depuis trente ans qu'ils se connaissaient, depuis vingt ans qu'ils vivaient ensemble. Par exemple qu'il ne supportait pas de voir quelqu'un lever la main sur un enfant, même pour une simple gifle, et qu'il fallait le retenir pour l'empêcher de s'en mêler. Qu'il n'aimait que les cravates à fines rayures, buvait son café tiède le matin, dormait sans pyjama et sans oreiller, pouvait réciter par cœur l'*Ecclésiaste*, rêvait aujourd'hui encore d'architecture, ou laissait toujours des pourboires trop généreux partout où il allait...

Elle sentit des larmes lui brûler les paupières et courut à l'étage se réfugier dans la chambre où elle avait élu domicile. Puis la fenêtre l'attira irrésistiblement et elle le chercha des yeux. Il était toujours là, le regard perdu dans le vide, caressant le chien – et à présent elle pleurait.

Des images se télescopèrent dans sa tête. Leur collision dans l'escalier du manoir, leur dîner en tête à tête dans le wagon-restaurant, leur premier vrai rendez-vous près de la rivière, leur premier baiser, leur chambre le soir de leurs noces, la naissance de Jon et de leurs trois autres enfants. Puis le temps présent s'imposa derechef, reléguant le passé loin, très loin, à sa place.

« Nous sommes les deux moitiés d'un tout », lui disait-il toujours.

La nuit était tombée depuis longtemps quand elle l'entendit gravir pesamment l'escalier. Au bruit qu'il faisait, elle comprit qu'il ouvrait la porte de chaque chambre pour s'assurer que les enfants dormaient et que la lumière était éteinte. Ensuite, il installerait la couverture des chiens dans le couloir... Elle l'entendit se diriger vers la chambre où il dormait seul depuis maintenant deux mois et fermer la porte.

La peur la fit trembler de la tête aux pieds. Comme quand on laisse tomber un objet précieux dans le noir et qu'on tâtonne désespérément pour le retrouver.

Elle se leva et frappa à la porte.

— Adam ? C'est moi. S'il te plaît, je voudrais entrer.

Dix mois plus tard, la famille réunie au grand complet se tenait pour la deuxième fois autour d'un berceau décoré de rubans roses, contemplant un nourrisson enveloppé dans une couverture blanche.

— Tant mieux que ce soit une fille, commenta Andy. Comme ça, elle jouera avec Eileen et on sera tranquilles !

Les deux aînés éclatèrent de rire. Adam se demanda ce qu'ils pouvaient bien penser. Peu de garçons de seize et bientôt dix-neuf ans se trouvaient en situation d'accueillir une nouvelle petite sœur. Mais tout le monde semblait content et très intéressé par l'événement.

— Je crois qu'elle aura les cheveux rouges comme

toi et moi, M'man, remarqua Andy. Tu as vu ce petit duvet sur sa tête ?

— L'important, dit Emma, c'est de savoir comment nous allons l'appeler. Papa et moi avons pensé que vous pourriez nous aider à lui trouver un prénom.

— Ze veux pas Susie, décréta Eileen, parce que c'est le nom de ma poupée. Vous n'avez pas le droit de le prendre !

— Non, bien sûr, la rassura Adam. À la place, qu'est-ce que vous diriez d'Anna ?

Les garçons jugèrent d'un commun accord que ça ressemblait trop à Emma.

— Pourquoi pas Virginia, comme la petite amie de Jon ? proposa perfidement James, provoquant le démenti farouche de l'intéressé.

— N'importe quoi ! Et d'ailleurs, je ne l'aime plus !

Andy pouffa.

— Pourquoi pas Kate, comme Kate Smith ? Tu adores les grosses dondons.

Les plaisanteries continuèrent à fuser jusqu'à ce que Jon se frappe le front.

— Et pourquoi pas le prénom de ta maman, M'man ? Eileen porte bien celui de la mère de P'pa, c'est ton tour !

— Va pour Mary, alors, improvisa Adam en catastrophe. C'est un prénom que nous aimons tous les deux, et si personne n'a d'objection, ce sera le sien. Mary Arnring, cela sonne bien. Maintenant, les garçons, vous avez deux petites sœurs sur lesquelles vous devrez veiller, et je suis sûr que vous le ferez.

— Ce seront peut-être elles qui mèneront leurs frères à la baguette, qui sait ? remarqua Emma en riant. Nous autres, femmes, sommes plus coriaces qu'il n'y paraît !

Adam n'aurait pas cru que cette innocente bravade

le bouleverserait à ce point. Mais, comme une flèche, elle s'était fichée dans son cœur, dans son esprit, là où les souvenirs ne s'effacent jamais.

Il y avait dix mois, Emma avait frappé un soir à la porte de leur chambre, et voilà ce que leur amour avait créé : une merveilleuse petite fille qui souriait à la vie...

Il y avait douze mois, il s'était surpris à prier le ciel que son frère ne revienne jamais. Voilà ce que sa haine avait fait de lui : un homme dur qui rêvait de mort...

« ... tu es une ordure. Tu me répugnes, tu pourris l'air que tu respires par ta puanteur. Va au diable ! »

Léo lui avait révélé une face de lui-même dont Adam ne soupçonnait pas même l'existence. Il avait éveillé en lui une haine corrosive dont il ne se serait jamais cru capable.

Il regarda ses garçons. Il leur restait encore un bon bout de chemin à parcourir avant de devenir des adultes responsables. Et pourtant... Jon et James lui rappelaient de plus en plus un autre jeune homme : son propre frère Jonathan, qui avait été si mature avant l'âge. Confiant, généreux, et humain.

Ce soir-là, Adam appela près de lui ses deux fils aînés.

— J'ai quelque chose à vous demander. Ça concerne votre oncle Léonard. Je veux que vous me fassiez la promesse de ne jamais ni chercher à le revoir, ni mentionner son nom devant qui que ce soit. C'est très sérieux. Pour moi, il n'existe plus et je veux qu'il en soit de même pour vous, aussi longtemps que vous vivrez. Est-ce que j'ai votre parole ?

Deux paires d'yeux stupéfaits croisèrent les siens. Leur expression attentive lui laissa entrevoir les hommes qu'ils deviendraient. Honnêtes et forts. À leur silence, il devina qu'ils comprenaient sa demande, qu'ils savaient, qu'ils avaient su depuis le début, qu'un événement très grave s'était produit dans leur famille, probablement une histoire avec une femme. Oui, à leur âge, les garçons savaient déjà tout de ces choses, sauf la souffrance qui en découlait.

— Promis, murmurèrent-ils d'une même voix et dans un même souffle.

33

1942

Les jours succédaient aux jours, les mois aux mois, les saisons aux saisons... Immobile devant la fenêtre de son bureau, Adam contemplait la neige qui tourbillonnait derrière les vitres embuées avec la sensation que le temps lui échappait.

C'était étrange. Plus les années passaient, plus il avait l'impression que la vie lui glissait entre les doigts comme du sable. À peine les bourgeons devenaient-ils des feuilles que leur couleur vert tendre virait au jaune, puis au brun, et qu'elles se détachaient de la branche qui les avait vues naître...

Et d'un seul coup, c'était une nouvelle année qui commençait. Puis une autre, et une autre encore... Rien ne semblait pouvoir freiner cette fuite en avant vers Dieu sait quoi.

— Si encore l'avenir était tout rose, soupira-t-il en se détournant de la fenêtre pour s'asseoir à son bureau. Mais depuis le 7 décembre dernier, j'ai l'impression de revivre le cauchemar de 1917. L'histoire n'est que répétition. Pas de doute, je vieillis !

— Tu parles tout seul ? fit la voix d'Emma depuis la chambre voisine.

— Mmm ? Dis, tu te souviens de ces versets qu'aimait tant citer Sabine ? « Tant que la terre durera... »

— « ... les semailles et les moissons... » ? c'est ça ?

— Oui. Tu sais où je peux les trouver dans la Bible ?

Emma passa le nez par la porte et le regarda avec une expression grondeuse.

— Je ne te le dirai pas, parce que je te trouve assez mélancolique comme ça en ce moment. C'est le départ de Reilly qui te met dans des états pareils ?

— Mais non, qu'est-ce que tu vas imaginer ? Je fais du rangement ; alors, forcément, de tomber sur tous ces vieux papiers, ces vieilles photos, ça ne me rajeunit pas... Tiens, regarde celle-ci. Elle a été prise en 1907. Ça ne te dit rien ?

Elle le rejoignit et se pencha tendrement sur son épaule pour contempler avec lui une photo sépia de la vitrine de l'ancien Comptoir de l'Élégance – Chez Aaron Rothirsch.

— C'est ici que je t'ai vue pour la première fois, et cette année-là, justement.

— Mon Dieu, ne raconte ça à personne, on va croire que nous avons cent ans...

— Ah, tu vois !

Elle éclata de rire devant sa mine accablée et le planta là avec ses souvenirs pour aller donner sa leçon de piano à Eileen.

Adam la suivit d'un regard rêveur. Incroyable. Cinquante ans, cinq enfants, et elle avait gardé une silhouette de jeune fille. Il avait beaucoup de chance, vraiment. Emma était le soleil de sa vie. Elle l'avait toujours été et le resterait jusqu'à la fin de ses jours.

Du fond de son tiroir, il tira un plan de Chattahoochee datant d'avant les grands travaux de modernisation des années vingt. C'était une bonne ville, et elle avait été particulièrement bienveillante à l'égard d'Adam Arnring, admit-il tout en songeant au chemin parcouru depuis son arrivée, un jour de novembre 1907.

Parfois, quand il contemplait ces cinq dernières années comme un capitaine de vaisseau contemple l'océan, il avait l'impression d'avoir vogué sur une mer d'huile, sans que la moindre houle soit venue perturber sa traversée. En dépit de la Grande Dépression qui avait si rudement secoué le pays et se faisait encore sentir, son entreprise avait toujours gardé le cap. Ses affaires étaient en excellente santé – comme ses enfants, qui pouvaient parfois lui causer du tracas, mais jamais rien de bien grave.

Il aurait été tentant de tenir ces bienfaits pour un dû, une sorte de récompense de son mérite. Mais la paix et l'abondance n'étaient pas le lot de tout le monde, et ceux qui avaient la chance d'en bénéficier se devaient de les partager avec leur prochain. Ainsi Emma donnait-elle gratuitement des cours de piano aux élèves les plus prometteurs, mais qui n'avaient pas les moyens de s'offrir des leçons. De son côté, Adam avait doté la ville d'un grand parc avec des aires de jeux pour les enfants. Ils avaient également financé les travaux destinés à transformer l'ancien cinéma en salle de concerts, invitant des artistes à venir s'y produire. Quant à la bourse d'études Arnring, elle permettait à des jeunes gens de suivre une formation professionnelle spécialisée, comme le petit-fils d'Archer qui souhaitait s'inscrire dans une grande école de cuisine de New York.

En rangeant la carte de Chattahoochee, Adam tomba sur une coupure de presse qui éteignit son sourire. Elle remontait à un mois exactement, puisqu'elle était datée du 8 décembre 1941, et titrait sous la plume indignée de Jeff Horace : UN JOUR À JAMAIS MARQUÉ PAR L'INFAMIE : LES JAPS COULENT LA PAIX À PEARL HARBOR !

La veille au matin, le dimanche 7 décembre 1941, juste avant huit heures, une nuée d'avions, torpilleurs, chasseurs et bombardiers nippons, avait attaqué par surprise et anéanti la flotte américaine du Pacifique, jetant les États-Unis dans un conflit désormais mondial.

Pétrifié devant le poste de radio, Adam avait entendu le président Roosevelt déclarer la guerre au Japon et à ses alliés : l'Italie fasciste et l'Allemagne hitlérienne.

Il ne pouvait s'empêcher de penser à son frère Jonathan qui était parti au front la fleur au fusil vingt-quatre ans plus tôt. Et à son fils Jonathan qui risquait à son tour d'être mobilisé. Ils avaient le même nom, le même âge... Une prière était montée en lui. Ô mon Dieu, faites qu'ils ne connaissent pas le même destin ! pria-t-il.

Au mois de mai 1942, le lendemain même du jour où il obtint son diplôme de droit des affaires, sans en informer ses parents ni attendre d'être éventuellement mobilisé, Jonathan s'enrôla dans l'armée de l'air.

Puis il se rendit à la mairie avec Elizabeth Daniels et ils se marièrent. Ensuite, ils se présentèrent main dans la main devant leurs familles respectives pour leur annoncer la nouvelle.

Que dire ? Comment réagir quand on est mis ainsi devant le fait accompli ? songea Adam. Leur fils de vingt-trois ans n'avait pas attendu d'être appelé, il s'était précipité pour servir son pays. Que peuvent faire un père et une mère, si ce n'est essayer de garder bonne figure et exprimer des félicitations tout en cachant leur peur ?

— Mariés ! s'exclama Emma en embrassant la jeune femme. Pour une surprise... Mais nous nous réjouissons que tu sois l'heureuse élue, Lizzie. Tu as dû entendre une bonne centaine de fois, j'en suis sûre, comment ta maman et moi avions l'habitude de pousser vos landaus côte à côte quand vous étiez bébés. Maintenant, racontez-nous vos projets.

— Je vais m'inscrire dans une école spécialisée, répondit Jon. Je veux devenir pilote de bombardier. Nous quittons la région pour le Sud la semaine prochaine, ainsi Lizzie sera à mes côtés jusqu'à ce que je parte en mission dans le Pacifique. Elle cherchera un travail pendant que je suivrai mon entraînement.

Il avait l'air si fier, si jeune, et si vulnérable aussi. Adam avala péniblement sa salive avant de parler.

— Nous devons nous réunir avec tes parents, Lizzie, et organiser un repas pour célébrer votre mariage.

— C'est aussi ce qu'ont dit Papa et Maman.

— En ce cas... il y aura deux soirées, déclara bravement Emma avec un sourire tremblant. Après tout, rien ne nous interdit de savourer deux dîners de fête dans la même semaine, n'est-ce pas ?

Sur le seuil de la maison, Emma et Adam regardèrent la voiture d'Elizabeth Arnring disparaître au bout de la route. Lorsqu'ils se tournèrent l'un vers l'autre, ils constatèrent qu'ils étaient impuissants à exprimer leur désarroi avec des mots, et retournèrent à leurs occupations, chacun s'efforçant d'épargner à l'autre ses angoisses.

Adam n'arrivait pas à écrire. Ma main tremble et j'en ai honte, admit-il. Des milliers de pères de famille voient leur fils partir au feu. Mais peut-être ont-ils la main qui tremble, eux aussi ? Je n'ai pas de mauvais pressentiment, non, c'est faux. Cela vient simplement de ce que je pense à mon frère. Un drame comme celui-là est amplement suffisant dans une famille. J'ai honte de mes craintes, moi qui n'ai cessé de répéter, ma vie durant, qu'il suffisait de garder la tête froide pour triompher des obstacles et venir à bout de n'importe quel problème. Ah, toutes mes belles certitudes se sont envolées... Je suis assis à mon bureau, dans cette pièce paisible, et d'ici quelques jours, quelques semaines, mon fils risque de s'écraser avec son avion dans un ciel en flammes.

Et si par malheur cette guerre s'éternise, alors James partira à son tour...

Adam se leva de son fauteuil, et sortit respirer dehors. Les oiseaux voletaient autour de la mangeoire et les premières roses s'épanouissaient au soleil de printemps.

Andy poussait Eileen sur la balançoire. C'était un gentil gamin, vraiment attachant et toujours serviable, mais il ne montrait aucune aptitude particulière pour les études. Contrairement à Jon et à James, il n'était pas voué à l'excellence. Ce qui ne l'empêchait pas de se débrouiller en toutes circonstances, et de jouir d'une grande popularité au lycée et ailleurs. Parfois, on avait l'impression que tout le monde en ville connaissait Andy Arnring – et réciproquement.

Grâce au ciel, il n'avait que quatorze ans. Cette horreur serait terminée avant qu'il soit amené à rejoindre ses frères par-delà les mers...

Adam resta là un long moment à regarder ses enfants en se demandant ce que l'avenir leur réserverait, et à quoi ressemblerait leur vie si la chance leur souriait.

Certains êtres possédaient des dons. Il y avait bien longtemps, un autre Jonathan avait décidé de faire sa médecine ; aujourd'hui, le jeune James semblait vouloir suivre ses traces. Jon junior, quant à lui, prendrait la succession de son père aux Nouvelles Galeries, c'était décidé de longue date. Les filles, bien sûr, se marieraient. Elles étaient mignonnes toutes les deux, et le seraient plus encore d'ici quelques années. Ni l'une ni l'autre n'aurait cependant le charme de leur mère – mais combien de femmes sur terre pouvaient rivaliser avec la beauté et les talents d'Emma ?

Le don musical, malheureusement, n'était pas héréditaire. Eileen – dix ans déjà ! – prenait des cours de piano depuis maintenant quatre ans, mais donnait des signes de rébellion. Elle était d'ailleurs la rebelle de la famille, admit Adam tout en observant sa fille qui poussait des cris d'enthousiasme chaque fois que la balançoire la propulsait très haut.

Il fronça les sourcils en apercevant, à quelques pas de là, Mary, quatre ans et demi, qui attendait sagement son tour. Ennuyeux, ça. La petite donnait constamment l'impression d'attendre son tour et de se résigner à ce qu'on le lui prenne. Elle était beaucoup trop timide et effacée... De qui tenait-elle ce trait de caractère ? Pas de ses parents, en tout cas. Peut-être de ma mère, songea Adam, ou de celle d'Emma. On ne le saura jamais.

Avoir des enfants et les aimer était à la portée du premier venu. Mais les élever correctement et assurer leur avenir, c'était autre chose. Étrange. Autrefois, les parents avaient sans doute moins de raisons de s'inquiéter. Simon Arnring n'avait sûrement pas passé de longues minutes à observer ses trois fils en s'angoissant pour leur avenir. Le moment venu, ils gagneraient leur vie. Point. En ces temps modernes, les choix de métier semblaient sans limites. N'importe qui pouvait faire n'importe quoi.

Il appela Andy.

— Les rosiers ont besoin d'eau. Va chercher l'arrosoir, Andy, je m'occupe de la balançoire. Et maintenant, Eileen, descends. C'est le tour de Mary.

— Je veux pas, c'est trop tôt ! Je viens à peine de commencer.

— Ne me raconte pas d'histoires, je te regarde depuis dix minutes. Descends, s'il te plaît.

— Mary est un bébé qui pleurniche en permanence, rétorqua la petite fille d'une voix boudeuse. Il faut toujours qu'on lui cède tout, sous prétexte qu'elle est la plus petite. C'est pas juste !

— Non, elle ne pleurniche pas et n'a rien demandé. Allez, viens, Mary. Installe-toi.

À certains moments, Eileen l'agaçait, avec ses manières de garçon manqué. Elle avait totalement abandonné ses poupées, préférant de loin jouer au football avec Andy et ses copains, au grand dam de ces derniers qui n'avaient aucune envie de voir une fille se mêler à leurs jeux. Adam s'efforçait néanmoins de ne pas trahir son impatience. Et il songea de nouveau à son père, qui n'avait jamais caché le fait que Léo l'exaspérait – sans qu'il y eût la moindre comparaison possible entre Léo et la pauvre Eileen, Dieu merci !

Léo... Il y avait bien longtemps qu'il n'avait pas pensé à lui. En ce qui le concernait, son frère pouvait aussi bien être mort. À quoi bon s'inquiéter de quelqu'un qui n'existe plus ? Et qui pouvait bien avoir la tête à se soucier du passé, à l'heure où une grande partie du monde était à feu et à sang ?

— Au moins, Jon a choisi pour épouse une jeune fille délicieuse, issue d'une bonne famille, dit Emma comme ils montaient se coucher, ce soir-là. Les parents de Lizzie sont charmants. Ce sera très agréable de partager nos petits-enfants avec eux.

Elle faisait de son mieux pour le réconforter, comme d'habitude, mais elle ne pouvait rien contre ses rêves. Et cette nuit-là, il eut un cauchemar horrible.

Il fait froid et brumeux. Le cimetière est gelé. Adam

se demande ce qu'il fait là, tout seul. Le croque-mort secoue la tête en lui indiquant un caveau. Adam se penche sur le marbre et lit : JONATHAN ARNRING, 1918-1942. Il pleure. Une voix lui explique que son fils s'est écrasé avec son avion en flammes. Soudain, Adam n'est plus seul, des gens très pâles – oh, si pâles ! – lui présentent leurs condoléances. C'est l'autre Jonathan, son frère, le front troué d'une balle. Il y a aussi Pa, qui soupire que parfois les gens se haïssent, comme ça... Puis apparaît le visage sinistre de Léo. *J'ai eu pour lui des paroles très dures, terribles. Même s'il les méritait, peut-être n'aurais-je pas dû*. D'autres visages. Sabine, Shipper, Lawrence... Encore des visages... Rien que des disparus.

Adam se dressa dans son lit, hagard, le front en sueur.

— Tu as fait un mauvais rêve ? s'inquiéta Emma avant de se rendormir.

Il pressa sa main fraîche contre sa joue. Son souffle s'apaisa. Dieu merci, ce n'était qu'un cauchemar. Pas un mauvais pressentiment. Et il enfouit avec un soupir son visage dans les longs cheveux dénoués de sa femme.

34

1946

C'est le Jour de l'an. Dehors, le soleil frileux décline déjà à l'horizon tandis qu'à l'intérieur, pour la première fois depuis bien longtemps, toutes les chaises autour de la table sont occupées. La maîtresse de maison est assise à une extrémité, le chef de famille à l'autre. Au milieu, un grand plat contenant les restes d'une énorme dinde aux marrons.

Emma et Adam se sourient sans prononcer un mot. À quoi bon ? les enfants sont de retour à la maison, sains et saufs. Tout est rentré dans l'ordre, la famille est au complet, comme autrefois.

Le feu crépite doucement dans la cheminée, les bougies pétillent sur la table et les souvenirs virevoltent dans la tête d'Adam : les lettres tant attendues qu'on ouvre fébrilement, une grosse boule au fond de la gorge ; les files d'attente pour donner son sang ; leurs petites filles apprenant à tricoter des chaussettes pour les soldats ; l'heure sacro-sainte des nouvelles du soir, l'oreille collée au poste de radio ; les actualités, au cinéma, montrant la bataille de Stalingrad, le débarquement des Américains en Normandie, la libération de Paris, l'entrée des Alliés à Berlin, l'effondrement du Troisième Reich, Hiroshima et la capitulation du Japon...

— Quand je pense que l'armée n'a pas voulu de moi à cause de ma myopie ! se révolte Andy pour la énième fois. Mes frères sont des héros, tandis que moi... « inapte au service ». Je suis la honte de la famille !

Jon et James échangent un bref regard avec leur père. Ils pensent comme lui à Léo, également réformé malgré lui. Mais, fidèles à leur promesse, ils se gardent bien d'évoquer celui dont il ne faut jamais parler.

Comme Andy se lamente encore, James le console :

— S'il n'y avait pas eu des gens comme toi pour travailler dans les usines d'armement, je ne serais sûrement pas là aujourd'hui. Parce que sans munitions, je ne me serais jamais tiré d'Omaha Beach.

James a la manière avec les gens. Pas étonnant qu'il veuille devenir médecin. Il en a toujours été ainsi. Ah, les vocations !

Ils reprennent tous du pudding aux fruits confits confectionné pour l'occasion par Rhéa, toujours aussi dévouée malgré son grand âge, lorsque Adam demande à son fils aîné quand il compte réintégrer la vie civile.

Jon lance un bref regard à Elizabeth.

— Oh, pas avant un bon bout de temps, Papa.

— Comment dois-je interpréter cette réponse ? Le major Arnring en impose tellement dans son bel uniforme qu'il ne veut plus l'enlever ?

Adam plaisante, bien sûr, mais Jon est réellement superbe avec son galon de feuilles de chêne dorées – il a été promu lieutenant-colonel dans l'US Air Force – et sa décoration pour bravoure au combat.

— Non. J'ai pris une grande résolution. J'ai décidé de rester dans l'armée. L'armée de l'air.

— Rester ? Tu... tu veux faire carrière dans l'armée ?

— Oui. J'adore cette vie. Et Elizabeth est d'accord. N'est-ce pas, Lizzie ?

Tous les visages se sont tournés, comme aimantés, vers Adam.

— Nous avions plus ou moins supposé que tu travaillerais avec moi au magasin, dit-il lentement.

— C'était bien mon intention, Papa. Mais ces trois dernières années sous les drapeaux ont été une révélation. Je sais maintenant que mon avenir est dans l'armée de l'air.

Chacun de ces mots est un coup de poignard pour Adam qui met un point d'honneur à ne pas laisser paraître sa déception. Il le prend bien, doivent se dire les enfants en se fiant à son demi-sourire de façade. Seule Emma, à l'autre bout de la table, le fixe avec inquiétude ; elle sait, elle, tous les espoirs qu'il avait placés en Jon et mesure sa désillusion.

Quelle catastrophe, songe-t-il, effondré. Il devait prendre ma succession, poursuivre l'ouvrage que j'ai édifié de mes mains, ou presque. Bien sûr, un père n'a pas le droit de disposer de l'avenir de son fils – j'ai abandonné Pa, moi aussi – mais il ne peut s'empêcher non plus d'espérer...

Il s'écoule un bon moment – un trop long moment – avant qu'il soit capable de répondre d'une voix ferme :

— Je suis terriblement déçu, Jon. Il est normal que tu mènes ta vie comme tu l'entends et je n'ai pas le droit de t'en faire le reproche. Mais je me dois d'être franc. Égoïste, mais franc.

— Je suis désolé, Papa. Sincèrement. Tu voulais que l'un de nous reprenne le flambeau, j'en suis conscient.

— Andy, raconte à tes frères et à Lizzie la bonne idée que tu as eue pour égayer notre façade, intervient Emma, afin de briser le silence qui menace de s'installer.

Andrew obéit au quart de tour. Le champagne coule à nouveau dans les coupes. Emma apporte un plateau de macarons et de truffes au chocolat. Le douloureux sujet, le sujet qui fâche, est abandonné.

Les lettres des garçons au cours des années de guerre étaient toujours restées volontairement très floues, pour ne pas inquiéter les parents. C'était seulement maintenant qu'ils découvraient que Jon était aux commandes de l'un des planeurs qui avaient traversé la Manche le jour J pour larguer des parachutistes sur le village de Sainte-Mère-Église. Ce même 6 juin 1944, à quelques kilomètres de là, James pataugeait dans l'eau entre les cadavres de ses camarades pour atteindre une plage de Normandie. À la fin de la même année, les deux frères combattraient sans le savoir dans la même bataille des Ardennes, l'ultime contre-offensive allemande.

Oui, ils avaient risqué leur vie, et rien que pour cela, ils avaient le droit d'en faire à présent ce qu'ils désiraient. Manifester de la déception parce que ni l'un ni l'autre ne voulait prendre sa suite à la tête de Cace-Arnring serait une marque d'ingratitude et d'égoïsme. Adam se trouvait dans ces dispositions d'esprit quand, le lendemain soir, on frappa à la porte de son bureau des Nouvelles Galeries.

Andy déboula dans la pièce, arborant un air faussement désinvolte.

— Je me disais que si un de tes fils devait travailler au magasin, ça pourrait aussi bien être moi. Qu'est-ce que tu en penses, P'pa ?

Adam fut tellement stupéfait qu'il ne sut pas quoi répondre.

À dix-huit ans, Andy n'était plus exactement un gamin, et pourtant il y avait en lui quelque chose qui rappelait irrésistiblement un gosse. Grands dieux, que viendrait-il faire chez Cace-Arnring, cette citadelle de la perfection, avec ses cheveux roux toujours en bataille, son nœud papillon perpétuellement de travers et cette petite moue insouciante avec laquelle il remettait systématiquement au surlendemain ce qui aurait dû être fait la veille ?

— Je ne crois pas que ce soit une bonne idée, répondit-il enfin. Tu n'aimerais pas du tout vendre des vêtements.

Jon, lui, se serait imposé tout naturellement dans le magasin. Il aurait accédé à l'étage de la direction et aurait continué à gravir les échelons un à un. Mais Andy...

Le garçon s'assit sur un coin du bureau et haussa les épaules, pas impressionné pour un sou par ce qui ressemblait pourtant fort à une fin de non-recevoir.

— Si je n'essaie pas, je ne saurai jamais si ça me plaît ou non.

Difficile d'argumenter face à une remarque d'une telle logique. Et ce sourire désarmant d'assurance...

— Allez, donne-moi une chance, P'pa. Si je ne fais pas l'affaire, tu n'auras qu'à me flanquer à la porte !

Adam ne put s'empêcher de sourire. C'était à peu de chose près ce qu'il avait rétorqué à Sabine Rothirsch il y avait de cela... Mon Dieu, oui : quarante ans ! calcula-t-il avec une stupeur incrédule.

— Prends-moi à l'essai, P'pa. Je travaillerai pour rien !

Adam se rappela brusquement une autre époque et un autre Arnring qu'il n'avait pas voulu embaucher au magasin. Mais Léo n'aurait jamais accepté de travailler pour lui, n'est-ce pas ?

— D'accord, acquiesça-t-il. Viens avec moi lundi, et je te trouverai un travail.

Le lundi en fin d'après-midi, Adam rejoignit son fils dans la réserve.

— Comment ça se passe, Andy ?

— Pas trop mal, je crois. J'ai compté les articles et je les ai rangés là où on me l'a demandé. Ce n'est pas sorcier.

Andy jeta un coup d'œil autour de lui et baissa la voix.

— Pour être franc, ce n'est pas non plus très folichon.

— Passionnant ou pas, il faut bien que ce travail soit fait, rétorqua Adam d'un ton un peu cassant.

— Je sais, je sais. Mais en m'activant, il m'est venu une idée. Ces sweaters en coton, là-bas, il paraît qu'ils sont là depuis un bon moment et qu'ils ne se vendent pas. C'est dommage parce qu'ils ne sont pas mal. Et ils pourraient rapporter de l'argent, c'est moi qui te le dis.

Il avait l'air si sérieux qu'Adam ne put s'empêcher de rire.

— Vraiment ? Et comment ça ?

— C'est tout simple. Il suffit de demander aux retoucheuses d'y broder l'inscription UCNM – Université de Chattahoochee, Nouveau-Mexique –, il y en a juste pour quelques secondes à la machine – et ils se vendront comme des petits pains. Les étudiants en seront fous !

— Tu crois ?

— C'est sûr ! Et tu pourrais varier le logo en fonction de la demande : pour les équipes de foot, de base-ball, et tutti quanti !

Il n'y avait pas de quoi crier au génie, mais Andy était si enthousiaste ; et il avait tellement envie de lire une lueur d'approbation dans les yeux de son père, qu'Adam n'eut pas le courage de le décevoir.

— D'accord. Je vais y réfléchir.

Au dîner, ce soir-là, Andy revint à la charge :

— Alors, tu as pris ta décision au sujet des sweaters ?

— Franchement, je n'ai pas eu le temps. Mais j'y penserai, sans faute.

— Promis ? Parce que j'ai encore plein d'autres idées, tu sais !

Adam vit le sourire d'Emma et lut dans ses pensées. *Il est trop mignon, notre fils. Et si enthousiaste.*

— Raconte-nous, chéri, dit-elle.

— Voilà. Je pensais à ce grand hall sous le toit en verrière. P'pa pourrait l'utiliser à des fins publicitaires, au lieu de s'en servir uniquement pour des réunions de gala. Tenez, par exemple : vous vous souvenez de l'exposition de modelages d'Eileen, Mary et leurs copines, l'année dernière ? Leur école avait loué un local trop petit et mal éclairé. Eh bien, les Nouvelles Galeries auraient pu mettre à leur disposition l'espace dont je parle. Primo, Cace-Arnring, c'est la classe ; y être exposé, c'est flatteur. Secundo, la lumière qui entre par la verrière est idéale pour une exposition. Tertio, tous les parents et grands-parents devraient traverser les rayons pour accéder aux œuvres des artistes en herbe. Et ça, ça veut dire plein d'achats ! Ce ne serait pas formidable ?

— Si, c'est même génial, Papa ! déclara Eileen. Tu te rends compte : tu pourrais exposer mes créations à la meilleure place, avec mon nom en plus grosses lettres parce que je suis la fille du patron !

— Ça, je ne sais pas, intervint Mary. Ce ne serait pas très juste, il me semble.

Eileen la rabroua aussi sec.

— Oh, toi, tu as toujours peur de ce que les gens vont penser. Quand vas-tu cesser de te comporter comme un bébé ?

Emma réprima un soupir. *Les voilà qui recommencent ! Quand arrêteront-elles de se chamailler ?*

— Il paraît que Jon va être transféré dans une base de Californie, annonça Andy. C'est James qui me l'a dit au téléphone.

C'était vraiment un amour. Chaque fois que ses deux sœurs se chamaillaient devant les parents, il s'arrangeait pour changer de conversation.

— Andy, mettons le magasin entre parenthèses jusqu'au week-end, décida Adam. Nous en discuterons tous les deux à tête reposée. Tu disais que Jon est muté en Californie ?

Le vendredi soir, à la maison, Adam ouvrit *L'Écho de Chattahoochee* et tomba sur la rubrique hebdomadaire de Jeff Horace qui titrait sur trois colonnes :

LA RELÈVE EST ASSURÉE AUX NOUVELLES GALERIES :
ARNRING DEUXIÈME GÉNÉRATION PRÉSENTE SES IDÉES.

Muet de stupeur, il parcourut l'article que le journaliste concluait sur cette perspective pour le moins inattendue :

> Ce magnifique espace ouvert sur le ciel pourrait également faire office d'auditorium où se produirait le quintette Emma Arnring, mais aussi de jeunes artistes venus des quatre coins des États-Unis, et qui donneraient ainsi leur premier concert ou récital aux Nouvelles Galeries Cace-Arnring. Saluons comme il se doit cette initiative qui prouve que commerce et art font bon ménage chez...

Adam en avait assez lu. Il referma le journal, furieux.

— Bon sang, Andrew, es-tu devenu fou ? Tu te rends compte de ce que tu as fait ? Tu as eu l'aplomb d'appeler Jeff Horace ?

— Je te jure que non, P'pa ! Je ne lui ai jamais demandé d'écrire cet article ! D'accord, j'ai traversé la rue pour le saluer en l'apercevant à la terrasse du café d'en face. Mais parce qu'il est l'un de tes meilleurs amis et que je ne pouvais pas ne pas lui dire bonjour. On a bavardé un petit moment devant une bière et c'est tout.

— Ne me prends pas pour un imbécile ! Tu voulais de la publicité !

— Euh... bon, j'avais peut-être une idée de ce genre derrière la tête... mais je n'ai jamais exigé trois colonnes !

— Tais-toi ! Tu t'es couvert de ridicule et tu m'as exposé aux railleries par la même occasion ! Comment vais-je expliquer ce dérapage à mes associés, au personnel, aux clients ? Bon sang, je pourrais tordre le cou à Jeff ! À son âge ! Ami ou pas, il va m'entendre.

— P'pa, je suis vraiment désolé. Je n'avais pas l'intention de te faire du tort, je te jure !

La scène se prolongea chez les Arnring pendant toute la soirée du vendredi, jusqu'à plus de minuit, quand les lumières s'éteignirent enfin.

Le samedi, des événements inattendus se produisirent aux Nouvelles Galeries. Le magasin se trouva pris d'assaut par des étudiants réclamant le fameux sweater frappé du logo de l'université, « comme annoncé dans le journal ». La demande ne pouvant être satisfaite, ils déposèrent leur commande avec l'assurance de l'obtenir sous dix jours.

Tout le rez-de-chaussée grouillait de jeunes gens,

filles et garçons, tous amis d'Andy, et surpris d'avoir appris par le journal qu'il travaillait là.

Il régnait une telle animation dans le magasin qu'Adam finit par descendre de son bureau pour voir de près ce qui se passait.

Une femme d'un certain âge en jupe de serge bleue et chemisier blanc à col montant l'aborda en souriant jusqu'aux oreilles.

— Oh, monsieur Arnring, j'ai lu dans le journal que vous pourriez accueillir ici une exposition d'œuvres de nos chères têtes blondes. Vous vous souvenez de moi ? Mlle Bratton ! J'ai eu Mary dans ma classe de cours élémentaire. Une enfant délicieuse, si douce. Je l'ai regrettée quand elle est passée en cours moyen. Vous allez vraiment mettre ce projet en œuvre ? Ce serait formidable, monsieur Arnring !

Adam ne se la rappelait pas, mais naturellement il affirma le contraire. Il n'avait pas la moindre idée de ce qu'il comptait faire ni de ce que ses associés décideraient au sujet de ces expositions, ces concerts et tout le reste. Mais maintenant il serait obligé d'y penser sérieusement. Sapristi, qu'est-ce qui était passé par la tête d'Andy ?

Six mois plus tard, des roses rouge orangé en pots s'épanouissaient sur les tout nouveaux présentoirs en fer forgé disséminés dans le magasin. Au cours du semestre écoulé, le chiffre d'affaires du magasin avait grimpé de trois pour cent – une croissance à laquelle n'était pas étranger le tout nouveau « chargé de clientèle » que l'on apercevait d'un bout à l'autre du magasin, revêtu d'un élégant blazer bleu marine, une cravate parfaitement nouée autour du cou, le visage éclairé par un large sourire communicatif.

En l'espace de quelques mois, « Monsieur Andy » avait réussi à gagner la sympathie des clients tout autant que celle des employés.

— ... et alors, Monsieur Andy lui a fait remarquer qu'il lui fallait aussi un sac à main assorti à ses nouvelles chaussures, racontait l'une des vendeuses à Adam. Il l'a accompagnée personnellement jusqu'à mon stand... et en définitive, la dame a acheté deux sacs !

— Monsieur Andy est si serviable, si souriant, tout le monde l'adore, surenchérit sa collègue. Et bien sûr, il a pour lui ses cheveux rouges. Les gens ne l'oublient pas !

Bien qu'à la retraite depuis cinq ans, Reilly continuait à hanter les allées du magasin « pour le plaisir », et il avait lui aussi son mot à dire :

— Ce gamin a le commerce dans le sang. Votre portrait tout craché, Adam. La même énergie, le même enthousiasme... exactement vous à votre arrivée ici !

— C'est étrange, dit Emma quand Adam lui répéta les propos de Reilly. De nos trois garçons, j'aurais juré que lui seul ne te ressemblait pas. Oui, c'est curieux, on pourrait penser qu'on connaît son propre enfant, et même là-dessus on se trompe...

35

1954

Les années avaient passé. Les trois garçons étaient mariés et pères de famille et, tous les ans, la famille continuait à se réunir pour Thanksgiving. Rien ne venait rompre la tradition, et personne n'aurait voulu qu'on y changeât quoi que ce soit – ni le service de table en porcelaine bleu et blanc, ni les bougeoirs en argent, ni le bouquet de chrysanthèmes jaune d'or au centre de la table.

Andy et sa charmante épouse, Violet, étaient accompagnés de leurs deux garçons, Tim et Doug. Elizabeth et Jon étaient également présents avec leurs deux aînés – des jumeaux – et les deux cadets – également des jumeaux, tous quatre très bien élevés, contrairement aux diablotins turbulents et chahuteurs d'Andy.

Près du colonel Jon Arnring étaient assis le docteur James Arnring, sa femme Sally et leurs deux rejetons, Ray et Susan.

Le tailleur bleu roi d'Eileen contrastait avec la petite robe rose de sa sœur Mary. Adam songeait qu'ils avaient eu un modèle à peu près semblable en vitrine la semaine précédente quand la voix claire de Mary domina le brouhaha général et les cris des enfants.

— Je crois que c'est le moment de vous annoncer la nouvelle : je vais me marier.

Après une seconde de silence suffoqué, un flot de questions jaillit de toutes les lèvres.

— Hein ? Quoi ? Quand ? Comment ça ? Avec qui ? Tu ne nous en as jamais rien dit...

Non, elle ne leur avait rien dit. Elle avait eu des flirts, des garçons sinistres et pas vraiment séduisants, étudiants comme elle en lettres classiques, mais rien de sérieux.

Pendant que Lizzie, Violet et Sally la bombardaient de questions, Adam tourna un regard atterré vers Emma, assise à l'autre bout de la table, et lut dans ses pensées. Mary avait puisé dans ses économies pour partir en Europe, l'été précédent, avec un groupe de jeunes filles. Inutile de chercher où et quand...

— Carlo et moi, nous...

— Un rital, c'est le bouquet ! tonna Jon, qui en voulait à tous les Italiens du monde d'avoir abattu l'avion d'un de ses meilleurs camarades de la 101e division aéroportée.

— Carlo est brésilien, rectifia paisiblement Mary. Nous nous sommes rencontrés sur le bateau et nous sommes tombés amoureux, voilà. Je sais que ça peut paraître fou.

Venant de la timide et prudente Mary, oui.

— Nous avons passé quelques jours ensemble à Paris et à Rome. Carlo a modifié ses plans pour que nous puissions rentrer en Amérique à bord du même paquebot. Papa, Maman, c'est un jeune homme très sérieux, vous n'avez pas à vous inquiéter. D'ailleurs, il compte venir ici le mois prochain pour vous rencontrer.

Adam réfléchissait à toute vitesse. Mary était si naïve ! Que savait-elle des mensonges dont sont capables certains pour séduire une innocente jeune fille ? La petite n'avait quasiment jamais quitté Chattahoochee !

— Où habite-t-il ? demanda Emma.

— À Rio de Janeiro.

— Tu es complètement folle, décréta Jon, résumant l'opinion générale.

— Je ne crois pas. Il te plaira quand tu le verras.

Avec un calme qui força l'admiration d'Adam, Emma la questionna sur son fiancé. Son âge, son métier...

— Il a vingt-cinq ans et travaille dans la banque de son père. Je ne peux pas dire exactement ce qu'il fait, je n'y entends pas grand-chose.

Le sourire confiant de Mary brisa le cœur d'Adam. Seigneur, songea-t-il avec consternation. Son ignorance ne se limitait pas au domaine bancaire !

Il prit une profonde inspiration.

— En somme, tu ne sais rien sur lui – ou presque.

— Je sais qu'il m'aime et que je l'aime aussi, répondit-elle avec une assurance confondante. Et attends, Maman, Carlo est un passionné de musique. Un vrai mélomane ! Il ne joue pas d'un instrument, mais il va régulièrement au concert et à l'opéra. Alors, forcément, depuis que je lui ai parlé de toi, il rêve de t'entendre au piano. Euh... voilà, je crois je vous ai tout dit. Il ne vous reste plus qu'à le rencontrer.

Jonathan la foudroya des yeux.

— Tu ne nous as rien dit du tout ! Et je te signale que tu n'as que seize ans !

— Dix-sept, dans un mois.

— C'est pareil : tu ne peux pas te marier sans l'autorisation de nos parents.

— Quand ils auront vu comme nous nous aimons, ils me la donneront tout de suite. Pas vrai, Papa ? Maman !

— Comme si c'était une gloire d'aliéner sa liberté en tombant sous la coupe d'un mari, lâcha Eileen d'un ton dédaigneux en toisant sa sœur avec commisération.

— Du calme, intervint James de son ton le plus apaisant. Mary nous a dit que l'élu de son cœur allait venir le mois prochain. Alors attendons, nous verrons bien...

Adam plia sa serviette et la posa sur la nappe, signe que la conversation était terminée.

— James a raison. Je suggère que nous prenions le café et que nous sortions nous promener. C'est une si belle journée ! se força-t-il à ajouter.

Une journée gâchée, surtout. Trop de questions restaient sans réponse.

— Qu'est-ce que tu penses de ça ? demanda Adam à Emma lorsqu'ils furent seuls, ce soir-là. Notre benjamine de seize ans nous annonce tranquillement qu'elle va se marier et vivre à des milliers de kilomètres !

— Et encore, tu ne sais pas tout, murmura Emma d'une voix tremblante. Eileen m'a confié qu'elle s'était rendue il y a trois mois dans une clinique spécialisée dans la technique de l'insémination artificielle. Elle leur a décrit le genre de père qu'elle voulait pour son enfant et... ça s'est fait il y a dix jours.

— *Quoi ?* Mais... pourquoi ? balbutia Adam, complètement dépassé.

— À l'entendre, elle est beaucoup trop occupée par son travail dans ce magazine de défense des droits de la femme pour « s'encombrer d'un mari ». Tu arrives à croire une chose pareille, toi ?

Elle lui tournait le dos, occupée à se brosser les cheveux, mais dans le miroir de sa coiffeuse, il surprit ses traits défaits et ses lèvres tremblantes. L'espace d'un instant, il eut l'impression de voir la vieille dame qu'elle serait un jour. Emma était malheureuse et cette idée le mit très, très en colère.

Il prit sa femme dans ses bras et la berça doucement.

Stupides gamines qui leur causaient tant de soucis ! Ces deux écervelées étaient en train de gâcher leur vie et ils ne pouvaient rien faire pour empêcher ce désastre. À croire qu'elles prenaient un malin plaisir à détruire ce qu'ils avaient patiemment édifié autour d'elles pendant toutes ces années à force de tendresse et d'amour.

— Dieu merci, nos garçons ont la tête sur les épaules, soupira-t-il comme Emma tirait les rideaux et repliait le couvre-lit. Ils ont des femmes adorables, des enfants merveilleux et un solide bon sens, eux ! Ils forment le noyau dur de notre petite famille. J'aime ces réunions où toutes les générations se retrouvent autour de la même table. La couvée au grand complet !

— Pas tout à fait au complet, rectifia Emma.

— Que veux-tu dire ?

— Tu as un frère.

— Encore ?

Adam lui lança un regard amer.

— Une à deux fois par an, en général pour Thanksgiving, Léo semble jaillir dans ta tête comme un diable de sa boîte ! Pourquoi ?

— Parce que c'est un jour particulier, où il fait bon être entouré de l'amour des siens. Tu ne te demandes jamais avec qui Léo passe la journée, ou même s'il a quelqu'un avec qui partager son repas ?

— Je ne mets pas souvent en colère contre toi, Emma, n'est-ce pas ?

— Non.

— Alors, je t'en prie, ne me parle pas de Léo. Je lui ai donné de l'argent pour refaire sa vie, le reste... c'est son problème. Si tu tiens absolument à te faire du souci pour quelqu'un, tu as de quoi t'occuper avec Mary et Eileen ! Elles en valent la peine, *elles*.

Trop énervé pour trouver le sommeil, Adam se glissa tout doucement hors du lit pour ne pas réveiller Emma, sortit de la chambre sur la pointe des pieds et se rendit dans son bureau.

Le front collé à la fenêtre, il resta un long moment à regarder le ciel de novembre. Il se remémorait ce soir d'hiver, à la fois proche et lointain, où ils avaient contemplé les étoiles, Pa, Emma et lui. Comprendre l'univers... Grands dieux, il se serait satisfait de comprendre ses filles !

Il secoua la tête avec un soupir, s'assit à son bureau, hésita, puis ouvrit le dernier tiroir. Là, s'entassaient des carnets reliés de cuir suffisamment épais pour contenir les notes de toute une vie. Des cadeaux accumulés au fil des ans, trop luxueux pour être jetés mais qu'il n'avait jamais utilisés.

Maintenant que les événements se bousculaient et que le cercle familial ne cessait de s'agrandir, il pourrait en faire bon usage... Pourquoi ne pas commencer tout de suite ?

Il alluma sa lampe, prit le premier carnet de la pile, hésita quelques secondes, puis traça les premiers mots :

Jeudi 25 novembre 1954

Ce soir, nous étions tous réunis pour fêter Thanksgiving quand Mary a lancé une bombe...

Mercredi 29 décembre 1954

Ainsi donc, nous avons finalement fait la connaissance de Carlo ! Le jour des dix-sept ans de Mary, ce qui fait que nous l'avons reçu au milieu des cadeaux. Je dois reconnaître que c'est un jeune homme tout à fait remarquable. Il a ce que les Français appellent du « savoir-vivre ». Emma est sous le charme !

Compte tenu du très jeune âge de Mary et de nos craintes légitimes à l'égard de ce mariage précipité, il s'est présenté devant nous avec une mallette contenant des photos de ses parents, de ses grands-parents, de son appartement en ville, de sa maison de campagne, ainsi que ses relevés de banque. Plus (nous n'en revenions pas !) des lettres de recommandation de plusieurs personnages importants, dont un évêque !

En bon Brésilien, Carlo est catholique, et il espère que Mary se convertira – ce qu'elle va faire, d'ailleurs. Emma et moi n'y voyons aucune objection (de toute façon, cela ne regarde qu'elle). Le seul problème, c'est que Mary va habiter terriblement loin de nous. Je me console en pensant à Pa et Rachel, et à tous ceux qui, avant eux, ont quitté leur pays natal sans espoir de retour. De nos jours, au moins, il y a les avions et nous verrons notre petite Mary très souvent, je l'espère. Il faut regarder les choses du bon côté.

Samedi 19 novembre 1955

Quel magnifique mariage ! Mary était non seulement belle à couper le souffle, mais rayonnante de bonheur. Il ne nous reste plus qu'à prier pour que cela dure très, très longtemps. Mais comment le saurons-nous, si ce n'est pas le cas ? Elle est si jeune, si vulnérable ! J'aurais aimé qu'elle ait un peu de la combativité de sa sœur. Nous avons eu bien du mal à retenir nos larmes quand elle est partie en limousine pour l'aéroport avec son mari, sous une pluie de riz.

Emma m'a chuchoté, tout émue : « C'est le genre de noces dont Tante Sabine rêvait pour nous. » J'ai serré sa main dans la mienne. Elle avait raison. Et tout comme ce jour-là – il y a de cela trente-huit ans ! –, mes trois fidèles mousquetaires, Jim, Ray et Jeff étaient présents. Nous avions envoyé une invitation à Carolyne Lawrence mais elle ne se déplace plus guère depuis qu'elle s'est installée à Los Angeles à la mort de son mari. Pareil pour Rhéa et Rudy qui coulent des jours heureux à la campagne avec une confortable retraite. Après trente ans au service des Rothirsch et vingt ans au nôtre, ils ont bien mérité de se reposer un peu !

Je viens de prendre conscience que tous mes amis sont à présent à la retraite. Il n'y a que moi qui m'obstine... Jeff Horace continue de temps en temps à écrire des articles sur des sujets qui l'inspirent – aucun doute que la classe et l'élégance de la famille de Carlo l'inciteront à reprendre la plume ! Jim Reilly, à qui Andy et moi avons alloué une pension substantielle en remerciement des services rendus, m'a semblé bien vieux et bien fatigué, mais son visage est toujours jovial et son œil aussi vif. Quant à Archer (qui bénéficie de la même pension), ses éternelles bacchantes sont blanches comme neige, mais il paraît galvanisé ! C'est triste à dire, mais il n'a jamais paru plus heureux que depuis la disparition de sa femme ! Elle devait vraiment être invivable...

Dimanche 20 novembre 1955

Lendemain du mariage. Au petit déjeuner, Eileen nous a montré des photos de son Danny. On devine souvent si un enfant sera beau, même à trois mois, et celui-ci l'est, pas de doute là-dessus ! On pourrait croire que c'est très dur pour une femme de ne pas savoir qui est le père de son bébé, mais apparemment ça ne perturbe pas du tout notre Eileen... Quelle époque !

Je ne sais plus qui lui a demandé si le prochain mariage serait le sien, mais elle a éclaté de rire. « Plutôt mourir ! » – voilà ce qu'elle a répondu. Et comme l'autre insistait : « Je suis très bien comme je suis, et tranquille. Pourquoi irais-je me préoccuper de rendre un homme heureux et fidèle ? » À la réflexion, son indépendance me navre. J'ai du mal à comprendre comment, après avoir été élevée dans notre famille, elle peut avoir une aussi piètre vision du couple et du mariage ! Enfin... si elle y trouve son bonheur, je m'incline.

J'allais oublier de noter qu'hier, le témoin de Carlo était son frère, Léonardo. C'est idiot, mais ça m'a mis mal à l'aise. Je me sens nerveux dès que j'entends ce prénom. Je ne puis m'empêcher de penser que, contrairement à ce que j'ai dit à Emma, je devrais essayer de prendre de ses nouvelles. Mais comment savoir ce qu'il est devenu ? Je culpabilise, et puis soudain, je me rappelle qu'il aurait pu briser ma vie et celle d'Emma, et je chasse cette idée de mon esprit.

Samedi 19 mai 1957

C'est bien connu, quand la petite dernière s'envole du nid, le temps s'accélère d'un seul coup. Un an et demi que nous n'avions pas vu Mary ! En débarquant au Brésil, Emma et moi avons eu l'impression qu'on nous l'avait changée. La petite fille timide et hésitante d'autrefois a cédé la place à une jeune femme sûre d'elle, totalement épanouie dans son rôle de maîtresse de maison et pas le moins du monde paniquée d'avoir sous ses ordres un impressionnant personnel. Il faut dire qu'elle vit dans une immense propriété, à côté de laquelle notre cottage a l'air d'une maison de poupée.

Elle attend des jumeaux, ce qui pourrait bien être une habitude dans la famille, puisque Jonathan est également papa de jumeaux par deux fois. Emma s'est mis en tête que ce caractère génétique venait de son côté (ce qui est probable) et qu'elle avait une jumelle quelque part dans le monde (il y a peu de chances, mais cette idée a réveillé en elle une vieille blessure).

Mary a organisé un somptueux dîner en notre honneur et Carlo, resplendissant dans son smoking blanc, est très fier de la façon dont elle assume son rôle d'hôtesse lors des nombreuses soirées qu'ils donnent pour son travail. Malgré toutes ces responsabilités, elle ne délaisse pas ses propres activités et espère devenir un jour directrice d'une école pour aveugles où les élèves pourront recevoir une éducation de premier ordre. Là, nous reconnaissons bien notre petite Mary.

La famille Dos Santos est si gigantesque, avec tellement de tantes, d'oncles et de cousins au premier et au deuxième degré qu'Emma et moi en sommes presque jaloux. Ils vivent tous les uns près des autres, et se rendent constamment visite. Carlo est particulièrement proche de son frère... Léo. Je fais une telle tête chaque fois que j'ai dû admettre devant Emma que la simple mention de ce prénom me rendait malade. Selon elle, ça n'a rien de surprenant : elle est absolument convaincue que notre brouille me ronge intérieurement, que son absence me mine et que mon subconscient me dicte de faire la paix avec lui !

Ce qui me mine vraiment, c'est son obstination à vouloir que nous nous réconciliions avant qu'il ne soit trop tard et que j'apprenne par un télégramme (mais envoyé par qui, mon Dieu ?) la mort de mon frère. Oh, je pourrais engager un détective pour le retrouver, bien sûr, mais cela prendrait probablement des mois, ou même des années ; il suffit de voir tous les crimes qui ne sont pas élucidés ! D'ailleurs, Léo n'a aucune envie d'être retrouvé. Il me l'a clairement signifié. Alors, autant qu'il reste là où il est. Je ne me suis jamais mis en travers d'une destinée... Nous sommes parfaitement heureux avec nos enfants et nos petits-enfants, je ne demande rien de plus.

36

1960

Un jour, ils trouvèrent un message de Jon sur le répondeur téléphonique. Il ne laissait pas de numéro, expliquant simplement qu'il rappellerait plus tard.

Dieu seul savait où il avait été encore muté ! grogna Adam. Lizzie et Jon restaient rarement plus de huit mois au même endroit. Par certains côtés, c'était un style de vie très inconfortable, même s'il avait ses avantages : ils voyageaient dans le monde entier, on mettait un beau pavillon à leur disposition à chaque affectation, et les études des quatre enfants étaient entièrement prises en charge par l'armée.

Au cours des dernières années, le colonel Jonathan Arnring et sa famille avaient ainsi vécu en Allemagne, en Arabie Saoudite, en Inde, en Italie puis, finalement, en Caroline du Nord. À quarante-deux ans, Jon estimait le moment venu de demander son affectation au sol en attendant, pourquoi pas, d'accéder en fin de carrière au grade de général de corps aérien.

Ma foi, il avait bien mérité un peu de repos, songea Adam. Jon avait traversé une époque mouvementée, riche en péripéties – la Seconde Guerre mondiale, la guerre de Corée, la guerre froide...

Le téléphone sonna, l'arrachant à ses réflexions.
— Comment vas-tu, Papa ? demanda Jon.
— Très bien. Et toi ? Tu as fini par obtenir ton affectation au sol ?
— Pas encore, non. Ces choses-là prennent du temps. Papa... Lizzie m'a quitté.
Les mots restèrent suspendus dans le silence, comme figés. Le cerveau refuse parfois d'assimiler des informations qu'il juge impossibles ou tout simplement inacceptables. Ce fut le cas. Les mots « Lizzie m'a quitté » ne pénétrèrent pas immédiatement l'entendement d'Adam.
— Quitté ? répéta-t-il platement.
— Elle est amoureuse d'un autre.
— C'est absurde, réussit-il à articuler.
— Pas tellement, non.
— Qui est-ce ?
— Quelle importance ? Il vit en Europe et elle va le rejoindre là-bas.
Jon. Lizzie et Jon. Depuis dix-huit ans qu'ils s'étaient mariés à la sauvette, en pleine guerre, ils étaient inséparables dans son esprit, comme les deux moitiés d'un même tout. Que dire ? Quelles paroles de réconfort offrir à quelqu'un qui vient de subir une amputation ? Lui ne se serait jamais relevé du départ d'Emma.
— Et les enfants ? Que vont-ils devenir ?
— Tu oublies que ce ne sont plus des bébés, Papa. Ils ont déjà onze et treize ans. Je suppose qu'ils choisiront de vivre avec leur mère...
La voix de Jon se brisa.
— Où es-tu en ce moment, mon petit ? reprit doucement Adam.
— À la base.
— Tu veux que nous allions te rejoindre là-bas,

Maman et moi, ou tu préfères venir ici ? Il y a certainement moyen d'arranger les choses. En discutant à tête reposée...

— Ça ne peut pas s'arranger. C'est trop tard. J'essaie depuis des mois, presque un an.

— Mais nous pourrions parler à Lizzie, *nous*. Tenter de la raisonner...

— Elle est amoureuse, Papa. Elle m'a avoué qu'elle aime cet homme depuis trois ans. Nous ne nous entendions plus comme avant, mais de là à me douter... Je veux dire... je croyais qu'elle était simplement fatiguée de ces déménagements perpétuels. Moi, je lui répétais d'être patiente, que j'allais demander un poste fixe, que nous aurions enfin une maison bien à nous... j'ignorais qu'il y avait une autre raison.

— Je ne sais pas quoi répondre. Mais je persiste à penser que nous devrions nous réunir, tous les quatre. Ta mère pourrait discuter avec Lizzie – elles ont toujours été si proches. Elle ne va jamais vouloir le croire !

— Tout le monde va tomber des nues. On nous prenait pour le couple parfait...

— Mon petit, il faut vraiment qu'on se voie.

— Bientôt, Papa. Je te le promets. Je dois raccrocher, maintenant.

Adam s'assit à côté du téléphone, en état de choc, pendant qu'une image s'imposait à son esprit : celle des deux jeunes mariés de vingt-trois ans, triomphants, tout étourdis de bonheur, innocents, sur le seuil de la maison. Qui aurait pu croire que l'histoire s'achèverait ainsi ?

Au bout d'un moment, il se leva avec effort et monta au premier annoncer la nouvelle à sa femme.

— J'appelle tout de suite les parents de Lizzie, déclara aussitôt Emma. Nous nous sommes perdus de vue depuis qu'ils sont partis s'installer dans le Sud, mais nous nous entendions bien. Peut-être nous en diront-ils davantage...

Pendant qu'elle téléphonait au salon, Adam ouvrit la porte et sortit faire quelques pas dans le jardin. Il avait un cœur de jeune homme, un cœur à vivre centenaire, affirmait le médecin qu'il avait consulté, en cachette d'Emma pour ne pas l'affoler. Ces crises de tachycardie ? cette douleur récurrente dans la poitrine ? un problème nerveux, rien de bien méchant. « Évitez les contrariétés », avait conclu le cardiologue. Facile à dire. Dans ces moments-là, seule la nature – le ciel, l'espace, les arbres... – parvenait à calmer les battements désordonnés de son cœur.

Au loin, face à lui, un nuage d'étourneaux tourbillonna en direction du sud, frôla la cime des ormes, puis disparut derrière l'horizon. Leur vie était si élémentaire ! Pourquoi n'en allait-il pas de même pour les hommes et les femmes ? S'aimer, se marier, donner la vie à des enfants, et vieillir ensemble jusqu'à ce que la mort les sépare... Un chemin si simple en apparence et si ardu en réalité.

Toujours et encore ces conflits qui vous empoisonnaient l'existence... Celle de Lizzie et de Jon, un couple indissoluble... en apparence ! Mais aussi – et Adam s'aperçut qu'il serrait les poings – Emma et ses parents inconnus, sa propre mère si vite oubliée et remplacée et toujours, toujours, les accusations de Léo dans la cuisine : *« Bâtard ! Bâtard ! »* Et la cruauté de ses propres mots en retour. *« Tu me répugnes, tu pourris l'air que tu respires par ta puanteur. Disparais, Léo. Va au diable, et restes-y ! »*

— J'ai parlé à la mère de Lizzie, annonça Emma en le rejoignant. Elle s'est montrée très chaleureuse et très philosophe. Selon elle, toute histoire a deux versants.

Adam soupira. Oui, la vie serait tellement plus facile si tout était blanc ou noir. Mais tout un chacun était les deux à la fois et ça donnait du gris, un monde irrémédiablement gris.

— Oui. La version de Jon et celle de Lizzie. Mais il y en a également une troisième : la vérité. Et bien malin qui la saura jamais.

Tous les jours à l'hôpital, leur écrivit James, *je croise la maladie, la mort, la souffrance. Pas besoin d'être grand clerc pour comprendre que le meilleur remède contre le chagrin et le découragement, c'est encore le travail. Dieu merci, entre le piano et le magasin, vous avez de quoi faire, tous les deux, je le sais.*

Vous vous souvenez de ce conte de Voltaire, Candide, *que vous m'aviez offert pour mes treize ans ? Nous avions parlé ensemble de la morale finale : « Il faut cultiver notre jardin »... C'est bien plus profond qu'il n'y paraît. Mon jardin, je le cultive à l'hôpital du matin au soir ; vous aussi, continuez à cultiver le vôtre, chaque jour que Dieu fait – et si vous êtes fatigués en vous couchant, vous n'en dormirez que mieux.*

Ainsi donc, Emma donnait toujours ses leçons de piano. Ainsi donc, Adam se rendait toujours au magasin. Il montait dans son bureau, étudiait des rapports – ce n'était pas ce qui manquait – puis attendait la visite quotidienne d'Andy à qui il avait remis les clefs du royaume. Andy, lui, continuait à demander des conseils à son père et à recueillir son avis sur tel ou tel point, même s'ils savaient l'un et l'autre qu'il n'en avait nul besoin. C'était un bon fils, tout simplement.

Plusieurs mois plus tard, Adam sortait des Nouvelles Galeries à midi quand il aperçut Jim Reilly qui contemplait la collection d'été dans la vitrine.

— Eh bien, monsieur Reilly, dit-il en souriant. Encore en retard au travail ?

— Vous n'allez peut-être pas le croire, mais j'aimerais bien rempiler. J'étais encore un gamin quand j'ai commencé à travailler pour le vieux Rothirsch. Ce magasin, c'est toute ma vie.

Adam vit des larmes d'émotion briller dans les yeux de son vieil ami. Il lui tapota affectueusement l'épaule.

— Venez, Jim. Je vous invite à déjeuner.

— D'accord, mais pas dans un endroit trop cher.

— Eh, j'ai les moyens : le patron m'a augmenté ! lança Adam d'un ton léger.

C'était l'éternelle plaisanterie, et ils se mirent à rire.

— On va aller dans ce restaurant à côté du palais de justice. C'est toujours la meilleure table de la ville, à ce qu'il paraît.

Une fois installés, ils étudièrent le menu.

— Prenez le homard, lui conseilla Adam.

— C'est beaucoup trop cher !

— Ne discutez pas. Deux homards grillés, ajouta-t-il à l'intention du serveur. Avec votre risotto au safran. Et une bouteille de pouilly fumé.

Puis il demanda à Jim s'il se rappelait le jour où il l'avait empêché de venir déjeuner ici avec Mlle Emma Rothirsch.

— Si je m'en souviens ? Je vous ai sauvé la vie ! Sabre-de-bois vous aurait coupé en rondelles, je crois bien ! Paix à son âme.

Il joua machinalement avec son porte-couteau tout en exhalant un soupir à fendre l'âme.

— Ah, malheur de malheur... Tout le monde est mort, ou presque, aujourd'hui. Mme Rothirsch, votre père, Me Lawrence, et même Archer, ce vieux brigand. Il me rendait fou, mais c'est le meilleur ami que j'aie jamais eu. Avec vous, Adam.

Il dodelinait de la tête et tapotait la table de sa main d'un geste mécanique. Reilly était devenu à son tour un grand vieillard, réalisa Adam avec un pincement au cœur tandis que le serveur déposait les homards grillés devant eux. Son visage jovial était creusé de rides, ses cheveux blanchis et clairsemés. Seuls ses yeux bruns, sous ses sourcils grisonnants, étaient toujours aussi vifs et chaleureux.

— Alors, comment va votre petite famille, Jim ? s'enquit Adam en servant le vin.

— Bien, grâce au ciel. Mes petits-enfants sont tous mariés et ont des enfants. Vous vous souvenez de Tom, qui venait m'attendre en patins à roulettes devant le magasin ? Eh bien, il a ouvert sa propre boutique de matériel de bureau à Milltown. Ça marche bien, apparemment. Vous le croiseriez dans la rue, vous ne le reconnaîtriez pas ! Mais je suppose que je ne reconnaîtrais pas davantage votre James.

— James n'a pas changé. Mais il travaille trop. Son fils fait des étincelles au lycée : dans quelques années, Ray commencera sa médecine. Il veut devenir neurochirurgien. Ça me fait penser à mon frère Jonathan, dont je vous ai souvent parlé. S'il avait vécu, il serait sans doute parti pour l'Inde, ou pour l'Afrique, soigner les plus démunis.

— Peut-être que oui, peut-être que non. Qui peut prédire l'avenir ? philosopha Reilly tout en s'escrimant avec la grosse pince de son homard.

— Je suppose que vous avez raison. Prenez ma fille, Mary. Vous vous souvenez combien elle était timide et effacée ? C'est à peine si on pouvait lui arracher un mot quand elle venait au magasin. Eh bien, c'est le jour et la nuit, à présent. Je vous ressers du vin ? Et notre Eileen, un vrai garçon manqué celle-là, une féministe qui ne voulait pas entendre parler de mariage... Je vous ai raconté sa dernière ?

— Je ne crois pas, non.

— C'est presque comique. Son fils Danny – un sacré petit diable, soit dit en passant, qui adore sa maman et la mène par le bout du nez – bref, Danny a une camarade à la maternelle qui est exactement le contraire de tout ce que revendique Eileen : le genre petite fille modèle, vous voyez ? avec des petits nœuds roses dans les cheveux...

— Mmm, marmonna Reilly en sirotant son vin blanc. Et votre fille a fait des réflexions aux parents, c'est ça ?

— Au père, oui. Il est veuf. Elle lui a dit sa façon de penser, et il est tombé fou amoureux d'elle. Pour l'instant, mademoiselle fait de la résistance, mais il semblerait que la perspective d'aliéner sa liberté aux servitudes du mariage ne lui soit plus aussi insupportable, et ils convoleraient avant la fin de l'année que je n'en serais pas autrement étonné. Qu'est-ce que vous dites de ça ?

— C'est bien la preuve qu'on ne peut jamais prévoir ce qui arrivera.

Ils hochèrent la tête d'un même air pénétré et trinquèrent à ces belles paroles.

— À propos, enchaîna Reilly, vous avez eu des nouvelles de Théo Brown ?

Adam éprouva l'impression bizarre de voir subitement un fantôme. Théo Brown ! Il n'avait pas entendu ce nom depuis... une éternité.

— Mon Dieu, non ! Il n'avait pas quitté la ville pour ouvrir un cabinet du côté de... je ne sais même plus où !

— Dallas. Mais vous remontez au déluge. Ça n'a pas marché comme il l'espérait. Ni à Los Angeles où il a tenté sa chance par la suite, ni à San Francisco. En fait, plus rien n'a jamais marché pour lui. Hier soir, j'ai incidemment appris qu'il vit – si on peut appeler ça vivre... – dans une maison de retraite, complètement ruiné. À tel point qu'il ne peut plus payer ses frais de séjour et qu'ils vont le flanquer dehors.

— Il est très malade ?

Reilly esquissa un sourire résigné.

— Il est très vieux, Adam. Lui et moi avons exactement le même âge. Mais c'est vrai : en plus, Théo Brown est condamné. À ce qu'il paraît, il n'en a plus que pour quelques mois.

En voilà un qui aura raté sa sortie, songea Adam en revoyant le visage souriant du comptable au temps de leur belle amitié. L'appât du gain lui avait fait commettre une trahison dont l'homme honnête et droit que je connaissais a dû avoir honte... Aujourd'hui, seul et mourant, il doit repenser à tant de choses et nourrir tant de regrets...

— Combien coûte-t-elle, sa maison de retraite ?

— Aucune idée. Sûrement très cher. Il a toujours eu des goûts de luxe.

— Essayez d'obtenir l'adresse. Je passerai un coup de fil là-bas pour leur demander de m'envoyer discrètement les factures et de laisser Théo en paix.

— Quoi ? Après ce qu'il vous a fait ?

Adam haussa les épaules.

— Le passé est le passé. Mais pas un mot de ceci à qui que ce soit, Jim. D'accord ?

Reilly acquiesça, puis hésita.

— Il y a autre chose dont je voulais vous parler. Je prenais un verre dans un café à côté de la bibliothèque municipale, l'autre jour, quand j'ai entendu un homme qui interrogeait le patron sur un petit chauve du genre teigneux qui habitait autrefois le quartier et qui avait filé sans laisser d'adresse. Un certain Arnring, à ce qu'il disait. J'ai cru avoir mal entendu, mais il a ajouté : « Le même nom que le propriétaire du grand magasin. » Le type se demandait ce qu'il était devenu. Je lui ai répondu que je n'en savais rien, mais que si c'était bien le Arnring auquel je pensais, il y avait au moins un siècle qu'il avait quitté la ville.

— Et... c'est tout ?

— C'est tout. Le type avait l'air déçu. Il a jeté une pièce sur le comptoir et il est parti sans un mot.

Que savait au juste Reilly ? songea Adam. Il avait forcément compris qu'il s'était passé quelque chose de grave entre les deux frères. Peut-être même avait-il entendu certaines couturières cancaner sur Blanche et lui. Le contraire serait étonnant.

Reilly adorait les potins, il les collectionnait, il les enjolivait. Mais pas au point d'inventer cette histoire de A à Z. S'il avait abordé le sujet parce qu'il était curieux de nature, il en serait pour ses frais : Adam dévia la conversation et le déjeuner s'acheva sur une note plus légère, accompagnée d'une invitation à venir goûter à la maison un jour prochain.

Après avoir quitté Reilly, Adam ne regagna pas directement le magasin. Les paroles de son vieil ami lui trottaient dans la tête, obsédantes. Si Léo était revenu en ville, il l'aurait su, n'est-ce pas ? Il s'aperçut que ses pas l'avaient conduit près de la banque, et il s'arrêta à l'angle de la rue où il avait vu Léo pour la dernière fois. C'était ici que son frère avait disparu comme un voleur sous les rires moqueurs d'un groupe de dactylos. Ici qu'on perdait toute trace de lui.

Si tu es capable de pardonner à Théo, pourquoi pas à Léo ? songea-t-il en fermant les yeux. La vie est si courte. Et tu as vu à quelle vitesse, parfois, les choses peuvent changer. Pense à Jonathan... Si une brouille nous avait séparés avant son départ à la guerre, si nous n'avions pas eu le temps de nous réconcilier avant sa mort, ne serais-tu pas dévoré de regrets, aujourd'hui ?

Le visage souriant de Jonathan flotta devant lui, ses yeux affectueux et tendres. L'image se brouilla, chassée par celle de Léo recroquevillé comme un insecte nuisible dans le fauteuil de son bureau, son sourire fielleux, son expression triomphante quand il lui avait crié sa haine et sa jubilation.

Adam eut l'impression d'entendre sa voix aiguë lui susurrer son mépris à l'oreille et rouvrit les yeux, la poitrine comprimée dans un étau. Léo n'était pas Jonathan. La réponse était non. Il ne pourrait jamais lui pardonner.

37

1972

Samedi 5 février 1972

De mon bureau, j'entends carillonner toutes les deux minutes à la porte d'entrée. Elle s'ouvre chaque fois dans un grand concert d'exclamations rieuses ou attendries et ne s'est pas plus tôt refermée qu'elle se rouvre pour de nouvelles embrassades à n'en plus finir. Le joyeux brouhaha des conversations monte jusqu'à moi. Il y a déjà quatorze invités en bas, je les ai vus arriver par la fenêtre. Voici justement les trois derniers : Ray et Karen qui tiennent chacun la main de leur petite Emma, l'autre reine de la fête.

Car aujourd'hui est un grand jour pour la famille ! Nous célébrons un double événement : les quatre-vingts ans de mon Emma et le baptême de notre première arrière-petite-fille, une jeune Emma de trois ans.

J'entends mon nom revenir comme un refrain dans cette musique du bonheur. « Où est Papa ? » « Et Grand-Pa, qu'est-ce qu'il fabrique ? » Il arrive. Je prends juste le temps de griffonner ces quelques notes. Ainsi, Emma les a tous rien que pour elle quelques minutes encore, et moi je mets le délai à profit pour essayer de calmer ce maudit cœur qui s'emballe pour un oui ou pour un non.

James a raison : ces crises sont purement nerveuses, car j'ai rarement été aussi heureux. C'est plutôt l'excitation d'avoir organisé cette surprise pour Emma, en cachette, avec les enfants. Évidemment, elle s'attendait bien à avoir de la visite pour un pareil anniversaire... mais demain dimanche, et pas avec autant de monde !

Elle doit être complètement affolée à l'idée du repas, mais Violet et Sally ont tout prévu : dans un quart d'heure à peine, le meilleur traiteur de la ville va apporter un festin comme on n'en a jamais vu à Chattahoochee !

Jon, Andy et James (surtout les deux premiers, car le pauvre James est toujours aussi pris par son travail à l'hôpital – je lui trouve une mine épouvantable, d'ailleurs. Combien de fois faudra-t-il lui répéter de se reposer !) ont tout organisé pour le concert qui suivra sous la verrière des Nouvelles Galeries.

Les élèves préférés d'Emma ont répondu à l'appel des garçons, même ceux qu'elle a perdus de vue depuis des années et des années ; ils viendront jouer un morceau pour elle et l'entourer pendant que ses amis de l'université donneront un récital en son honneur. Je sens qu'il va être difficile de ne pas céder à l'émotion... et plus encore en fin d'après-midi, quand le pasteur viendra célébrer le baptême d'Emma, notre arrière-petite-fille. Si tout se déroule comme prévu, et je croise les doigts, cette journée sera parfaite. Digne de figurer en lettres d'or dans les annales de la famille Arnring !

Il ne manque que Susan, la fille de James, qui attend un heureux événement, et les jumeaux de Jon, qui vivent toujours avec leur mère en Suisse. Mais Mary a fait le voyage du Brésil avec ses jumelles, Lucia et Jacinta (déjà des jeunes filles de quinze ans, ravissantes), et son petit dernier, Gustavo. Lui n'a que sept ans, mais il joue du violon comme un ange, d'après Emma qui a entendu un enregistrement. Un futur Menuhin dans la famille ?

Mary a réussi à se libérer pour sa mère, malgré un emploi du temps mondain digne d'une ambassadrice ! Depuis que son mari est seul à la tête de la banque familiale, les réceptions s'enchaînent dans leur propriété. Nous nous demandons tous comment elle arrive à mener de front ces activités et la direction de l'école pour enfants non-voyants qu'elle assure avec autant de passion que de compétence. Dans le jardin, tout à l'heure, j'ai vu mes deux filles tomber dans les bras l'une de l'autre, près de la vieille balançoire, là où elles se chamaillaient si souvent quand elles étaient petites. Elles s'adorent à présent, pour la plus grande joie de tous. Eileen la Rebelle nage dans le bonheur. Cette ennemie jurée du mariage est venue au bras de son mari, Mortimer, un gentleman de belle prestance qui élève des chevaux loin de New York (qu'elle s'était pourtant juré de ne jamais quitter !). Danny les accompagnait. C'est un beau garçon de seize ans, à présent, très vif, qui doit probablement ses cheveux blond viking à son père anonyme. Quant à Tim et Doug...

J'arrête d'écrire parce que j'entends Ray qui monte me chercher avec mon arrière-petite-fille.

Heureusement, ma crise de tachycardie est passée : elle n'aurait pas échappé à l'œil de lynx de mon petit-fils préféré, qui vient d'obtenir son diplôme de neurochirurgien. Je referme vite mon journal de bord pour rejoindre ceux que j'aime.

Lundi 15 mai 1972

Ce matin, Emma m'a fait un cadeau merveilleux. Partie du côté du Gros Caillou, avec son panier sous le bras, cueillir des fleurs des champs, elle est revenue avec un chien !

Nos deux caniches, Billy et Buster, sont morts depuis déjà bien longtemps, mais il y a eu tant d'événements dans notre vie que nous ne les avons jamais remplacés. Et pourtant, maintenant que les enfants sont tous partis, la maison semble bien vide...

En arrivant au carrefour du Gros Caillou, donc, Emma a croisé un couple qui emmenait un chiot à la fourrière et, Emma étant Emma, elle s'est intéressée à cette pauvre petite boule de poils. Sa maîtresse s'était tuée en voiture la semaine précédente, lui a-t-on expliqué, et personne de la famille n'avait voulu le recueillir. C'est d'autant plus incroyable qu'il s'agit d'un setter irlandais probablement croisé avec un épagneul, bref, un adorable bâtard. Alors Emma l'a ramené à la maison. Nous l'avons appelé Caillou.

Elle ne peut pas le savoir – ce souvenir remonte à mon enfance –, mais ce pataud aux doux yeux bruns me rappelle mon Arthur.

Oui, je crois que je n'ai jamais reçu un cadeau qui m'ait autant comblé et ému.

L'arrivée de Caillou dans la maison et le fait qu'Adam n'assurait plus qu'une présence symbolique au magasin modifièrent le rythme et les occupations de ses journées. Emma, de son côté, n'avait presque plus d'élèves, de sorte qu'ils avaient tous leurs après-midi pour faire de grandes promenades avec leur chien.

Quelquefois, comme aujourd'hui, ils emmenaient promener Caillou jusqu'à cette boucle près de la rivière, cette petite crique qu'ils considéraient depuis bien longtemps comme la leur.

— Tu te rappelles notre premier rendez-vous ? demanda Emma d'une voix joyeuse comme ils marchaient main dans la main sur la rive.

Il se souvenait, bien sûr. De tout. Même des foulques qui continuaient à s'ébattre dans l'eau, exactement comme si le monde n'avait pas changé depuis ce beau jour de l'automne 1915.

Il se souvenait aussi qu'Emma avait voulu qu'ils fassent l'amour ici, et qu'il avait eu peur de commettre une grosse bêtise avec la nièce de Sabine Rothirsch. Elle rit comme la jeune fille d'autrefois quand il lui rappela la scène. Il contempla son doux visage et, comme autrefois aussi, son cœur battit plus vite à sa vue. Un voile gris avait recouvert ses merveilleux cheveux couleur de flamme, mais le temps impitoyable s'était montré clément avec elle comme avec lui. Il se pencha et l'embrassa tendrement.

Ils s'assirent côte à côte sur un tronc d'arbre, puis Emma posa la joue sur son épaule, comme jadis.

Insensible à la magie de l'instant, Caillou pataugeait bruyamment dans l'eau. Il s'ébroua et vint se coucher à leurs pieds pour ronger un os qu'ils avaient apporté tout exprès.

— J'ai appris quelque chose de troublant au club de reliure, cette semaine, dit Emma. Mlle Peake, la bibliothécaire, revient de Paris, où elle a découvert incidemment ce qui est arrivé à Blanche.

— *Blanche ?* répéta Adam sur un ton indéfinissable.

Il regarda Emma d'un drôle d'air. C'était bien la première fois que l'un d'eux prononçait son nom depuis... oh, depuis près de quarante ans.

— Apparemment, elle a mené la grande vie pendant les Années folles. Elle a d'abord habité un somptueux appartement donnant sur le jardin du Luxembourg, puis un hôtel particulier dans le Marais. C'est là que la Gestapo est venue l'arrêter en 1944. On ne l'a jamais revue.

La Gestapo... mon Dieu, quelle horreur, songea Adam, sous le choc. Blanche Berman... elle était juive bien sûr, mais jamais il n'aurait imaginé qu'elle ait pu être déportée et finir sa vie dans un camp, peut-être. En fait, il l'avait purement et simplement effacée de sa mémoire. À présent, il la revoyait très nettement, tel un fantôme surgi du passé – ses yeux sombres et moqueurs, ses cheveux noirs coupés court.

Dieu sait qu'il l'avait maudite à une époque de sa vie, mais Blanche ne méritait pas une fin aussi tragique. Ni elle, ni personne.

— Comment ta Mlle Peake l'a-t-elle appris ? demanda-t-il d'une voix sourde.

— Elle le tient d'une très vieille dame qui travaillait avec Blanche. Et qui le tenait elle-même de la voisine de Blanche, place des Vosges. C'est horrible, n'est-ce pas ?

— Oui. Et je ne sais pas si c'est l'âge, mais je supporte de moins en moins bien les histoires qui finissent mal.

Emma lança une pomme de pin à Caillou qui l'attrapa au vol. Pendant qu'il la lui rapportait fièrement, elle tourna vers Adam un visage chagriné.

— Alors, qu'est-ce que tu attends pour me dire que tu regrettes ?

Il redressa la tête, surpris. Elle ne parlait tout de même pas de sa brève liaison avec Blanche ? Il y avait prescription, non ?

— De quoi parles-tu ?

— De *qui* ? De ton frère Léo, bien sûr.

Oh, bon sang ! Cesserait-on un jour de brandir Léo dans la conversation comme un épouvantail ? Quand ce n'était pas Reilly, c'était Emma !

— Je ne t'ai jamais vu te dérober devant l'obstacle. Alors pourquoi ne règles-tu pas ton conflit avec Léo avant qu'il ne soit trop tard ? Qui sait combien de temps il nous reste à vivre ?

— J'aimerais que tu cesses de me rebattre les oreilles avec cette histoire, Emma. Je ne comprends pas pourquoi tu t'obstines ainsi.

— Peut-être parce que je crois au pardon ?

— Je pense qu'il y a prescription. Je ne souhaite aucun mal à Léo. Franchement. Mais je ne veux plus avoir de contact avec lui.

— Je n'ai pas de conseils à te donner, Adam, mais je n'arrive pas à admettre qu'un homme aussi intelligent que toi puisse se montrer aussi borné. Tourne la page une bonne fois !

— *Borné ?* J'ai beaucoup de défauts, mais s'il y a une chose qu'on ne peut me dénier, c'est mon ouverture d'esprit. Rien que dans notre famille, nous – toi *et moi* – avons aimé et accepté tout le monde, sans réserve ni à priori...

— Ça n'a rien à voir. Je te dis seulement que...

— Nos petits-fils Tim et Doug sont juifs par leur mère, scanda Adam sans tenir compte de son interruption, la femme de James est protestante, notre fille Mary a épousé un catholique, Eileen est avec un méthodiste et le mari de Susan est mormon ! Qu'est-ce qu'il te faut de plus ? Depuis un demi-siècle, j'ai engagé dans mon magasin je ne sais plus combien de Noirs et de Latinos – et à une époque où ce n'était pas forcément facile. Alors je trouve curieux que tu viennes aujourd'hui me reprocher mon...

— Mais est-ce que tu vas te taire une minute ? Tu fais peur à Caillou avec ta grosse voix ! Tu vois comme tu es ? Il suffit qu'on parle de Léo pour que tu te mettes en colère et que tu te fermes à toute discussion.

Il se sentit d'autant plus stupide qu'elle avait raison et se pencha pour caresser le chien, les lèvres serrées. Emma observa son profil figé puis glissa son bras sous le sien avec un mélange de tendresse et de résignation.

— Je voudrais juste que tu ouvres ton cœur au pardon, reprit-elle doucement. Tu te sentirais mieux, crois-moi. Et Léo cesserait enfin de te hanter. Tu l'as fait pour d'autres. Prends Théo Brown, par exemple...

— Ce n'était pas mon frère.

Emma marqua un temps et secoua tristement la tête.

— Pauvre homme. Il t'a cruellement blessé, n'est-ce pas ?

— Qui appelles-tu « pauvre homme » ? Léo ou moi ?

— Tous les deux, soupira-t-elle.

Ce soir-là, Emma se coucha avec de la fièvre et des frissons. Au matin, comme elle ne se sentait pas mieux, Adam appela vite leur vieil ami, le Dr Bassett, qui lui prescrivit un antibiotique. Le troisième jour, son état n'était ni meilleur ni pire. Et le cinquième jour...

Le cinquième jour, elle s'éteignit.

Dans un état second, Adam entendait comme à travers un épais brouillard des mots qui ne signifiaient rien pour lui. « Endocardite »... « attaque »... « insuffisance respiratoire »... quelle différence pouvaient bien faire ces explications, ces voix douces et compatissantes ?

Écroulé dans le fauteuil du salon, il eut vaguement conscience que, à l'autre bout de la pièce, Andy était au téléphone.

— Maman nous a quittés il y a une heure..., disait-il, sans doute à son frère James. Une endocardite. Oui, le Dr Bassett. Non... Très calme. Il n'a probablement pas encore bien pris conscience... Violet et moi, nous allons rester ici cette nuit. Oui, bien sûr. Tu peux compter sur nous. Oh ? Quand ça ? Une fille ? Trois kilos ? Susan va bien ? Je lui annoncerai la nouvelle tout à l'heure, c'est promis. Demain ? À quelle heure ? Non, non, j'irai vous chercher à l'aéroport.

Et voilà. Un être s'en va, un autre vient au monde... Quand Adam se leva péniblement et sortit sous le porche, Caillou le suivit. Ses bons yeux étaient fixés anxieusement sur lui, comme s'il comprenait et partageait sa douleur. Mais était-ce vraiment de la douleur ? En réalité, il ne ressentait rien. Rien du tout. Juste un vide infini et une impression de froid glacial.

Le soleil de sa vie s'était éteint, son univers avait cessé de tourner – mais cela n'avait aucune importance parce que le ciel si noir au-dessus de sa tête était criblé d'étoiles et que la petite planète Terre n'était qu'une poussière au milieu de cette immensité.

Au bout d'un moment, il rentra et trouva Andy et Violet assis au salon. À la façon dont ils le regardèrent, il comprit qu'ils cherchaient comment l'aider. Mais il passa devant eux sans s'arrêter, monta dans son bureau et sortit son journal du tiroir.

Adam avait le sentiment qu'il aurait dû marquer cette nuit funèbre par un poème, une pensée, ou une prière. Mais il ne parvenait pas à assembler deux idées, aussi écrivit-il simplement la date, suivie de ces cinq petits mots si lourds de contenu : *Emma est morte ce soir.*

Puis il appuya son front sur l'agenda et ferma les yeux. Elle était partie la première. Elle l'avait laissé seul en ce monde.

Il était assis à la même place, le cœur cognant à toute volée dans sa poitrine, quand Andy vint le chercher pour le conduire à l'étage.

— Je ne sais pas pourquoi je m'éternise sur cette terre. J'ai fait mon temps..., déclara Adam deux mois plus tard.

— Ne dis pas ça, Papa, protesta Andy. Qu'est-ce que nous deviendrions sans toi ?

— Vous seriez plus tranquilles. Je redoute d'affronter l'hiver et les fêtes de fin d'année sans Emma.

Violet le gronda gentiment.

— Elle ne voudrait pas que vous parliez de cette façon, ou que vous broyiez du noir. Emma savait bien que tout a une fin et elle l'acceptait.

— C'est vrai. Mais sans elle, cette maison est insupportable. Le silence est insupportable. Il faut que je parte d'ici.

— Et où voudrais-tu aller ? demanda gentiment Andy.

— Je ne sais pas. Quelque part en ville, peut-être. Je pourrais m'installer dans un appartement, un deux pièces près du magasin, comme au début. Un studio me suffirait. Du moment que j'emporte mes souvenirs...

Andy sourit.

— Caillou serait malheureux dans un cagibi, Pa. Alors tu es aussi bien ici.

— Je suis sérieux. Vendez votre logement et venez

vivre ici, tous les deux. Je vous donne la maison et tout ce qu'elle contient.

— Caillou inclus ?

— Je ne plaisante pas. Alors, c'est oui ou c'est non ?

Violet jeta un bref regard à son mari, puis posa la main sur celle de son beau-père :

— Si Andy est d'accord, je le suis aussi, affirma-t-elle d'une voix douce. Mais à une condition : vous restez ici, avec nous.

— Je ne suis pas sûr que Pa tiendra le choc, rétorqua Andy en secouant la tête. C'est que, dans nos bagages, on apporte deux gaillards de vingt et vingt-deux ans, plus leurs copains de fac, sans parler des copines... Le bruit va le rendre fou !

— C'est le silence qui lui pèse, chéri. Je suis sûre qu'il accueillera avec plaisir le... dynamisme de ses petits-fils.

Ce fut ainsi que la vie d'Adam Arnring entra dans une nouvelle phase – une phase qu'il n'aurait jamais imaginée.

38

1980

Un jour, en remettant de l'ordre dans son bureau, Adam tomba sur son journal de bord, enfoui au fond du premier tiroir. Il n'y avait pas touché depuis des années, depuis... Il l'ouvrit et tomba sur les derniers mots qu'il avait tracés : *Emma est morte ce soir.*

Il resta assis à les regarder, puis brusquement, envahi par un besoin irrépressible de laisser un témoignage de la femme merveilleuse qu'avait été Emma, il saisit son stylo et se mit à écrire.

Il prit l'habitude d'écrire tous les jours un peu, puis de plus en plus longtemps, au fur et à mesure que le passé reprenait vie sous sa plume. Simplement, il ne mettait plus de dates. Pour quoi faire ? Il était comme Emma : hors du temps. Au bout de quelques semaines, ce fut comme s'il conversait avec sa femme...

> *Tu serais heureuse de voir comment Andy et sa femme s'occupent de la maison. Violet soigne avec amour les rosiers que tu aimais tant. Elle fait venir tous les ans un accordeur de piano, de sorte que la sonorité de ton vieux Steinway de concert est toujours aussi parfaite. Billy, le fils*

de Tim – ton arrière-petit-fils, mon amour –, prend des leçons, mais malgré ses efforts, j'entends bien qu'il n'a pas hérité de ton don ! Peu importe, le gamin aime la musique et c'est finalement l'essentiel.

Il en va tout autrement du fils de Mary, Gustavo. Tu avais été la première à remarquer ses prédispositions quand il avait commencé le violon. Eh bien, c'est plus que confirmé : il a quinze ans aujourd'hui et ses professeurs parlent de lui comme d'un jeune prodige ! Il a déjà joué en solo au Teatro Municipal de Rio de Janeiro et à São Paulo. Des concertos de Beethoven et de Brahms. Rien que ça ! Et les deux fois, il paraît que tout l'orchestre s'est levé pour l'acclamer à la fin ! Un de ces jours, il viendra se produire aux États-Unis. Peut-être même à l'Opera House de Santa Fe que tu aimais tant... Écoute, si Dieu me prête vie, je te promets d'aller l'applaudir, et je te raconterai tout.

Mon plus grand regret actuellement, c'est de n'avoir quasiment plus aucune nouvelle des enfants de Jon, si ce n'est une carte de vœux assez formelle envoyée tous les ans de Suisse. Leur mère doit leur avoir raconté pis que pendre à notre sujet. Je ne cesse de me poser la même question : est-il possible que Jon soit responsable de ce divorce et que ce soit son comportement qui ait poussé Lizzie dans les bras d'un autre ? Nous ne le saurons probablement jamais et ce n'est peut-être pas plus mal.

En revanche, nous recevons régulièrement des lettres et des coups de téléphone de New York : Ray commence à devenir un grand nom de la neurochirurgie. Il enseigne désormais dans l'une des plus éminentes facultés de médecine de la ville. Mais le plus important, peut-être, c'est qu'il a des enfants merveilleux, en particulier la petite Emma, qui va sur ses onze ans. Elle ne te ressemble pas physiquement, et pourtant, je ne saurais dire pourquoi, elle me fait penser à toi : vive, sûre d'elle, pétillante et douce.

Adam écrivait fébrilement, poussé par une force qu'il ne s'expliquait pas et par la volonté de tout noter, sans rien omettre de ses joies et de ses peines.

Accablé de chagrin, il évoqua sa détresse et sa révolte lorsque James mourut d'une crise cardiaque à cinquante-neuf ans. L'un de ses fils était parti dans la force de l'âge, alors que lui était toujours là, solide comme un roc, droit comme un *i*, avec juste quelques touches de gris dans sa crinière blanche.

Enthousiaste, il raconta son voyage à New York en compagnie d'Andy et de Violet, leur visite impromptue au haras d'Eileen et Mortimer. Il évoquait son impatience de fêter une nouvelle fois Thanksgiving en famille et de revoir Ray cet été avec sa famille, en particulier la petite Emma. Bien sûr, il tâchait de ne pas le montrer, mais elle était son arrière-petite-fille préférée. Sa chouchoute.

— Alors, tu n'as pas voulu accompagner ton papa et ta maman à l'hôpital ? demanda Adam.

Emma fit la moue.

— J'aime pas les hôpitaux ! C'est trop plein de gens tristes ! Et puis d'abord, ça sent l'éther : j'ai horreur de ça.

— Si ça sent l'éther, alors !

— La vérité, c'est que j'avais envie d'être ici. C'est si différent de New York. J'aime bien la nature, les fleurs, les arbres – et toi.

— Bon, je ne sens pas l'éther, alors ?

— T'es bête. Et puis j'adore ton chien. À la maison, on en a pas, parce que Maman a peur qu'il salisse la moquette. Tu parles si je m'en fiche de la moquette ! Moi, je rêve d'avoir un toutou comme Caillou.

— Il ne serait pas heureux dans un appartement, tu sais. Un chien, ça a besoin de beaucoup d'espace pour courir.

Et Dieu sait qu'ici Caillou n'en manquait pas, songea Adam en contemplant la colline et les champs qui s'étendaient à perte de vue.

Il était assis dans son grand fauteuil, Caillou couché à ses pieds, Emma assise en tailleur sur l'herbe, son menton entre les mains.

— J'aimerais tant habiter tout le temps ici, soupira-t-elle. C'est pour ça que je suis contente de venir chaque été.

— Moi qui croyais que tu venais pour moi...

— Oh, mais ce que tu es bêta aujourd'hui ! Tu sais bien que je t'adore, mon Grand-Grand-Pa à moi !

Adam fondait de tendresse à chacun de ses mots, mais il fallait défendre ses parents.

— Écoute, ton père est un grand médecin à New York, il est normal que tu vives là-bas.

— Je sais. Mais chaque fois qu'on va quelque part, il veut absolument aller visiter l'hôpital du coin. Et c'est pas marrant !

— C'est normal, voyons, c'est son métier.

— Il dit qu'il ne comprend pas pourquoi tu as refusé qu'on donne ton nom à l'hôpital de Chattahoochee pour te remercier de ta donation. Mais moi je sais bien pourquoi tu as pas voulu.

— Ah ?

— Oui, c'est parce que tu détestes qu'on te dise merci et qu'on te remarque.

— Onze ans, et mon arrière-petite-fille sait déjà lire dans les pensées de son arrière-grand-père !

Il riait de bon cœur.

Repapy était magnifique quand il rigolait comme ça. On n'aurait jamais cru qu'il était aussi vieux ! Il était super cool pour ses quatre-vingt-treize ans. Waouh ! Il avait dû être drôlement beau quand il était jeune. Sur les photos, en tout cas, on aurait juré un acteur de Hollywood.

Emma aimait bien être avec lui, mais en même temps, il l'impressionnait un peu. D'abord parce qu'il était son bisaïeul et qu'elle ne connaissait personne qui en ait un. Pas une seule de ses copines de classe ! La deuxième raison, c'était qu'il ne vivrait quand même pas toujours et qu'il fallait qu'elle en profite pour s'en souvenir toute sa vie.

Comme le silence se prolongeait, elle se sentit obligée de le rompre.

— Dis, Repapy...

Il adorait quand elle l'appelait par ce petit nom.

— Mmm ?

— Tu avais un chien quand tu étais petit ?

— Oh oui ! Il était noir avec le bout des pattes blanc, comme des chaussettes. Il s'appelait Arthur.

— Arthur ? C'est un drôle de nom pour un chien !

— C'était celui d'un président des États-Unis, Chester Arthur.

— C'est pas terrible, ton histoire !

— Attends, tu vas voir. Un jour, il y a très, très longtemps, mon père a trouvé une portée de chiots dans un fossé. Ils mouraient de froid et de faim. Il les a emportés dans une ferme où une très, très jolie jeune fille l'a aidé à les réchauffer et à les soigner. Par la suite, eux deux se sont revus et...

Emma redressa la tête, les yeux brillants.

— Je sais ! Il est tombé amoureux parce que c'était ta maman, et ils se sont mariés et après ils ont été très heureux ! J'ai gagné ?

Il hocha lentement la tête.

— Bravo.

— Tu sais quoi ? Tu ressembles à ton papa sur les photos que j'ai vues. Surtout celle où il est assis dans son fauteuil, entre tes deux copains du magasin, le gros et puis celui qui a ces drôles de moustaches. Tu vois qui je veux dire ?

— Oui, je vois.

Emma regarda autour d'elle et rit gaiement.

— C'est marrant, la photo a été prise exactement là où on se trouve en ce moment. Mais je n'en ai vu qu'une seule de ta maman.

— Parce qu'il n'y en a pas d'autre, mon poussin. C'est l'unique chose qui me reste d'elle. Oh, tu penses bien que mon père en avait tout un album, s'entendit-il inventer. Il aimait tellement ma maman ! Mais quand il a déménagé pour venir habiter ici avec nous, elles ont toutes été perdues, sauf celle que tu as vue.

— Comment elle s'appelait, déjà ?

— Eileen. Comme ma fille. Ta retaty, si tu préfères, ajouta-t-il avec un sourire.

— Non, taty c'est taty ; les re-, c'est que pour mon Repapy ! En tout cas, ta maman était super jolie, même avec son grand chapeau démodé. Elle devait plaire aux garçons, non ?

— Oh, Emma, tu me poses de ces questions ! J'étais tout petit quand elle est morte. C'était il y a quatre-vingt-dix ans ! Comment veux-tu que je m'en souvienne ?

— Et alors ? Moi je me rappelle un tas de trucs qui datent de quand j'étais pas plus haute que... qu'un cageot de pommes !

— Tu ne crois pas que trois pommes suffiront ?

— Écoute-moi une minute, au lieu de te moquer. Je te donne un exemple : je me souviens que Papa fumait la pipe en suivant *Les Envahisseurs* à la télé (ça, je m'en souviens très bien, parce qu'ils me faisaient peur avec leur petit doigt), et que Maman jouait au canard avec moi quand je prenais mon bain. Même qu'il s'appelait Coin-Coin et qu'il était ni jaune ni vert, mais rose comme de la barbe à papa ! Ha ! Alors, tu vois que tu as forcément aussi des souvenirs de ta maman à toi, même si tu n'as pas eu de Coin-Coin !

— Tu ne m'as pas dit si tu avais aimé ton voyage au Grand Canyon ? demanda-t-il en se penchant pour gratter Caillou derrière les oreilles. Ton arrière-grand-mère et moi y avons emmené tous nos petits-enfants et, avant eux, tous nos enfants.

Il avait fait exprès de changer de sujet, comprit Emma. C'était chaque fois pareil. Grand-Grand-Pa ne voulait pas parler de sa maman, alors qu'on ne pouvait plus l'arrêter quand il se lançait sur l'épicerie de son papa, ou son frère mort à la guerre.

— C'était chouette, oui. Je veux retourner dans l'Ouest pour voir Yosemite Valley et la réserve des Hopis. Je m'intéresse aux Amérindiens depuis que le prof nous a montré un documentaire sur eux.

— Les Indiens, tu veux dire ?

— Oh là là ! on ne les nomme plus comme ça, tu sais. C'est comme les Esquimaux : on dit les Inuits, à présent !

— Désolé. Maintenant que tu me le rappelles, il me semble bien avoir lu quelque chose là-dessus, acquiesça-t-il en appuyant la tête contre le dossier du fauteuil, les yeux fermés. À propos, tu as fini *Le Dernier des Mohicans* ?

— Qu'est-ce que tu crois, Repapy ? Mes copains de

classe racontent que ce n'est pas un livre pour les filles, n'empêche que j'ai trouvé ça rudement bien !

— Ma foi, poussin, tu es la deuxième Emma à être de cet avis. La première fois que j'ai parlé à ton arrière-grand-mère, elle était justement en train de le lire. Dieu, qu'elle était belle ! Je m'en souviens comme si c'était hier...

Emma hocha la tête d'un air pénétré.

— Je vois ce que tu veux dire. Moi aussi, j'ai l'impression que c'était hier que j'étais à la petite école.

Le vieil homme sourit.

— Tu es à croquer. Je donnerais n'importe quoi pour que mon Emma à moi puisse t'entendre.

Elle leva les yeux vers lui.

— Tu étais drôlement amoureux d'elle, hein ?

— Tu ne peux pas savoir ! Et je le suis toujours.

— Alors vous n'avez jamais eu envie de divorcer ?

— Grands dieux, non ! Quelle question bizarre !

— On voit que tu n'es plus dans le coup ! soupira-t-elle en fronçant les sourcils. La plupart des gens divorcent, tu sais. La moitié de mes copines d'école ont des parents séparés et remariés chacun de leur côté.

Adam secoua la tête.

— Le mariage n'est pas une entreprise facile. Il faut se montrer patient, tolérant, accepter de pardonner et ne pas laisser la colère...

Il s'interrompit, et son visage devint terriblement grave – presque comme s'il allait se mettre à pleurer, comprit la gamine. Elle se mordit la lèvre, affreusement mal à l'aise. Pourvu qu'il ne fonde pas en larmes, ce serait horrible ! Mais non, ouf ! il souriait à nouveau.

— Regarde autour de toi, Emma. Contemple la beauté de la nature. Toi qui aimes les livres, tu tomberas certainement sur ces lignes un jour : « Passons...

passons... puisque tout passe... Mais retournons-nous souvent ! » Pour moi, ces mots sont les plus beaux qu'on ait écrits. Et alors, quand tu seras devenue une belle et grande jeune femme, et que tu te retourneras sur le passé, tu repenseras à nous deux – non, à nous trois : toi, moi et Caillou. Je t'aime très, très fort, ma petite Emma, souviens-toi de ça, toujours.

C'était un peu embarrassant, mais tellement gentil pour un arrière-grand-père de dire ça. D'une certaine façon, ça faisait partie de la magie de la journée, comme les bons yeux bruns de Caillou fixés sur eux, ou les nuages blancs qui voguaient dans le ciel.

La maisonnée était endormie, mais Adam allait d'une pièce à l'autre comme s'il cherchait quelque chose, sans pouvoir se rappeler quoi.

Il finit par sortir sous le porche. C'était une de ces nuits claires, quand la pleine lune étend son rayonnement dans le ciel et éclipse les étoiles. Au loin, là où autrefois s'étiraient des champs à perte de vue, ponctués ici et là par des ranches, se dressait aujourd'hui une petite forêt d'immeubles. Le monde évoluait. Il changeait d'un millier de façons. Les jeunes gens vivaient ensemble hors des liens du mariage ; les couples mariés, avec ou sans enfants, divorçaient à tout-va, se remariaient, pour divorcer encore. Les hommes et même les femmes restaient de plus en plus seuls sans que ça leur cause apparemment le moindre problème. Oui, le monde avait changé et les gens ne tournaient pas rond – du moins pour un vieux bonhomme presque centenaire.

Il songea à la petite Emma, déjà si sage du haut de... son cageot de pommes ! Quel numéro ! Onze ans ! Si elle vivait aussi longtemps que lui, à quoi ressemblerait le monde quand elle aurait son âge ?

Au loin, l'aboiement d'un chien leur parvint dans le silence. Caillou dressa les oreilles et lui répondit.

— Chuuut, bandit ! lui dit Adam. Tu veux réveiller tout le monde ?

Les fenêtres du deuxième étage étaient obscures. Dans la chambre principale, Andy dormait aux côtés de Violet. Adam était heureux qu'ils aient choisi de vivre ici. Il aimait tant cette maison. Jamais il n'aurait imaginé qu'on puisse s'attacher à ce point à des poutres et des pierres.

Il recula de quelques pas pour avoir une meilleure vue sur la façade paisible, nichée au milieu des ormes. C'est drôle, songea-t-il. Ils avaient voulu quelque chose de très sobre, ils l'avaient obtenu... et ça n'empêchait pas leur propriété de passer aujourd'hui pour l'une des demeures les plus élégantes de la région. Emma n'aurait pas manqué de rire si elle l'avait su.

Il rentra, se dirigea vers le salon de musique et contempla le vieux piano à queue pendant un long moment. Puis il se rendit dans son bureau et ouvrit le tiroir du bas, où étaient rangés tous ses carnets de notes. Il les feuilleta pensivement. Des années et des années, toute une vie – celle d'Emma, la sienne – retracée sur des pages et des pages, de son écriture ferme et régulière.

Quelle était l'utilité de ces notes ? Elles évoquaient des moments d'émotion, des sourires, des larmes, des confidences parfois amusées, parfois douloureuses. Mais, lui disparu, elles n'auraient plus aucun sens et ne serviraient à rien – sauf peut-être à satisfaire ou éveiller la curiosité de celui ou celle qui les découvrirait. D'un geste décidé, Adam souleva la lourde pile, l'emporta dans la cuisine et la jeta sur la table.

Ouvrant les placards, il sortit une bouteille de vinaigre et entreprit d'en frotter grossièrement les pages afin de les rendre illisibles. Il acheva le travail en les passant sous le robinet de l'évier, puis il jeta les carnets détrempés dans la benne à ordures, dehors, avant de rentrer nettoyer le désordre.

Subitement très las, il traversa l'entrée pour monter dans sa chambre et s'arrêta devant les photographies accrochées au mur, en bas de l'escalier. Elles étaient là depuis si longtemps qu'il ne les remarquait même plus. C'était Emma qui avait tenu à les mettre sous verre, parce qu'elle les aimait, tout simplement, et elles y étaient restées. Violet se serait sûrement volontiers passée de ces vieux cadres mais, par respect pour son beau-père, elle n'y avait pas touché.

Adam s'approcha lentement des clichés sépia. Simon posait fièrement devant l'attelage avec lequel il faisait jadis ses livraisons. On le retrouvait ensuite en jeune père, aux côtés d'Adam, dix ans, et de Léo, sept ans. L'aîné regardait son père en souriant tandis que le cadet arborait son habituelle expression renfrognée. Puis à nouveau Léo, photographié cette fois avec toute sa classe de sixième – le seul gosse à détourner la tête quand tous les autres regardaient fixement l'objectif...

Adam fut subitement frappé par quelque chose qui lui avait jusqu'alors échappé. Il l'avait vu, bien sûr – depuis le temps ! – mais pas avec les yeux d'aujourd'hui. Pourquoi ? il n'aurait su le dire... Il savait seulement qu'en cet instant, tout lui paraissait subitement limpide.

Il resta là un long moment à regarder les photographies jaunies de Léo, pendant que ressurgissaient du fond de sa mémoire deux vers qu'il avait lus un jour, il ne se rappelait plus dans quoi :

Et l'on crut voir dans sa laideur la marque du
[démon,
Quand c'était celle du Créateur qu'il fallait
[contempler.

Pa, lui-même et tout le monde avaient reproché à Léo sa vie durant de ne pas être ce qu'ils auraient voulu qu'il soit. « Bon sang, mais regardez-moi ! », se révoltait-il sans qu'on l'écoute, sans qu'on entende ce cri de souffrance. Parce que nous lui en voulions inconsciemment de ne pas être comme nous, se dit soudain Adam. Mais était-ce sa faute à lui, si la nature lui avait joué un mauvais tour ?

Léo en voulait à la terre entière (Pa le lui répétait pourtant assez souvent : « Toi, tu es contre tout, tu n'aimes personne ! ») que parce qu'il était difforme et que personne ne pouvait le regarder sans être gêné. Il ne faisait que se défendre... Comment n'ai-je pas compris cela plus tôt ? se dit douloureusement Adam.

Son souffle était oppressé, sa poitrine douloureuse. Il appela Caillou et gravit péniblement l'escalier. La destruction de ses carnets de notes l'avait épuisé. Mais il était content de l'avoir fait. Beaucoup moins de découvrir qu'il était complètement passé à côté de son frère.

Il lui sembla que la nuit était peuplée de cris d'oiseaux. Il n'était pas rare que l'un d'eux se réveille pendant la nuit et se mette à chanter, mais on entendait rarement cette joyeuse cacophonie avant l'aube. Se pouvait-il que le jour se lève déjà ? Il n'en avait pas la moindre idée, et ça lui était égal. Il n'aurait eu qu'à tourner la tête pour regarder le réveil, mais il était fatigué, si fatigué...

Ses pensées vagabondèrent. Simon Arnring était mort dans ce même lit. Pauvre Pa. Lui non plus n'avait pas eu une vie facile. Mais au moins il avait eu Rachel à ses côtés. La seule femme qu'il ait jamais vraiment aimée... Oh, sans doute avait-il aimé également Eileen, à sa façon. Pauvre Maman, toute frêle sous son chapeau trop grand. Elle n'avait jamais été légalement sa femme. Et lui, le fruit de leur péché, n'avait jamais eu de certificat de naissance. Cela voulait-il dire qu'en réalité il n'avait jamais existé ?

Quand on n'a pas de certificat de naissance, on n'existe pas vraiment. Même un enfant abandonné à sa naissance, comme Emma, avait eu une identité légale. L'état civil lui avait donné un acte de naissance, et ensuite Sabine avait pris soin d'elle. Sabine. Une drôle de bonne femme. Sabre de bois !

Des ombres et des lumières virevoltent sur le plafond de la chambre. Tous les visages du passé et du présent passent devant ses yeux. Ils apparaissent puis disparaissent dans une sarabande sans fin. Andy. James. Jon... Les vivants et les morts. Jonathan. Emma. Pa. Léo est assis à côté de lui dans la cuisine. Non, pas à côté : en face, à l'autre bout de la table. Pauvre garçon effrayé et laid. Le vilain petit canard... Si effrayé d'être si laid ! Ah, Léo, je ne t'en veux pas, mon vieux. Plus maintenant. Je t'aime bien, au fond... Crois-moi, je vais tout faire pour te retrouver... avant qu'il ne soit trop tard. Quand je saurai où tu te caches, je t'écrirai une lettre. *A mon cher frère...* une longue lettre qui te dira tout, enfin. Demain... Tu avais raison, Emma. J'ai trop attendu... mais je vais réparer mon erreur ! Demain, c'est juré. Je serai en paix avec Léo et tu seras fière de moi, Emma ! Emma, mon amour...

Quand Andy et Sally vinrent chercher Adam ce matin-là, il était mort.

Il s'était éteint paisiblement pendant son sommeil, sans souffrir et sans lutter, leur dit le médecin.

— Son vieux cœur s'est simplement arrêté de battre. Son heure était venue.

La mairie de Chattahoochee tint à organiser de grandes funérailles en l'honneur d'un « bienfaiteur de la cité ». Le gouverneur en personne fit le déplacement. Il ne restait plus personne de la génération d'Adam, mais la moitié de la ville se rendit au cimetière et le défilé des condoléances n'en finissait plus.

C'était la première fois qu'Emma était confrontée à la mort. Son bon sens lui avait dit que ça devait arriver parce que son repapy était vraiment très, très vieux. Elle ne devait donc pas être triste, même si elle avait une grosse boule au fond de la gorge. Les gens présents au cimetière ne pleuraient pas, d'ailleurs, ils répétaient seulement que Grand-Grand-Pa resterait longtemps dans les mémoires.

— C'était un homme paisible, dit quelqu'un, et pas fier. On n'aurait jamais pu deviner qu'il avait amassé une telle fortune !

— On s'était habitué à l'idée qu'il était éternel, murmura quelqu'un d'autre. J'ai toujours l'impression que je vais le retrouver demain, assis comme à son habitude sur un banc du parc.

Le maire prononça un discours dans lequel il louait la générosité dont ce concitoyen exemplaire avait toujours fait preuve à l'égard de la ville qui l'avait accueilli au début du siècle.

Puis il laissa la parole au gouverneur qui redit la même chose, en plus long et plus grandiose. Il cita les donations publiques et privées dont Adam Arnring avait gratifié les gens de toutes races et de toutes confessions. Il évoqua les espaces verts, les établissements de soins, les bâtiments de l'université, la bibliothèque de prêt, le service d'ambulances privé qu'il avait financés, ainsi que l'école de puériculture, les crèches gratuites pour les moins favorisés et, dernièrement encore, le conservatoire Emma-Arnring.

— ... Adam Arnring était un citoyen américain hors du commun, un authentique philanthrope dont cette ville gardera à jamais un souvenir ému, martela le gouverneur dans son envolée finale.

Le maire reprit la parole, le temps de la donner au président-directeur général des Galeries Modernes, Andrew Arnring – et Emma ouvrit grandes ses oreilles.

— ... Mon père était un homme solide et pondéré, déclara oncle Andy en guise de conclusion. En cinquante ans, je ne l'ai pas vu une seule fois pris au dépourvu. Il ne se laissait pas submerger par ses émotions. Sa vie fut à l'image de sa personnalité : droite, foncièrement honnête, sans la moindre zone d'ombre, limpide comme le cristal...

Ça, je ne sais pas, songea Emma qui n'écoutait plus. Repapy doit quand même avoir eu des secrets ! Tout le monde en a. Quant aux émotions, c'est pas vrai qu'il les montrait jamais. Moi, je l'ai bien vu, l'autre jour, quand il m'a parlé de mon arrière-grand-mère. Ou simplement quand il me regardait et qu'il caressait le pauvre Caillou. Je crois que tu te trompes complètement, Oncle Andy.

Elle en était même archisûre. Mais quand une petite fille va seulement sur ses douze ans et qu'elle est bien élevée, elle ne contredit pas les adultes. Et puis, quelle importance ? Elle savait la vérité, elle, et elle n'était pas près de l'oublier !

Le message de son arrière-grand-père était gravé dans sa mémoire. *« Passons... passons, puisque tout passe... Mais retournons-nous souvent ! »* Elle se rappellerait toute sa vie qu'il fallait aller de l'avant, toujours, mais aussi savoir se retourner, de temps à autre.

ÉPILOGUE

2000

Un halo rosé enveloppait les forêts qui environnaient la superbe propriété où Emma et son mari, Charles, avaient été invités à dîner chez leurs anciens professeurs des Beaux-Arts, les Longford. Confortablement installés sur les chaises du salon de jardin en rotin, les dames devant une liqueur d'abricot, les messieurs devant une eau-de-vie de poire, ils savouraient tous les quatre la douceur de cette belle fin de soirée d'été en admirant la beauté spectaculaire du paysage du New Hampshire.

— Cette maison était autrefois l'annexe de la grande demeure en pierre que vous apercevez là-bas, expliquait Janice. Oh, tout a bien changé, malheureusement, depuis que nos voisins sont morts. Les Snow étaient si charmants, un couple adorable, vraiment. Ils nous manquent terriblement. Elle était belle, j'ai rarement vu une femme aussi belle. La pauvre était aveugle, mais son mari était merveilleux avec elle.

— Un homme remarquable, ajouta son mari, Greg. Il parlait cinq langues – l'allemand, le japonais, le russe, et je ne sais plus quoi encore, j'ai oublié depuis le temps.

— C'est si vieux que ça ? demanda Charles.

— Eh oui, hélas ! Il y a vingt ans. Elle est partie la première et après... il n'a plus été que l'ombre de lui-même. Il n'avait plus envie de vivre. Il faut dire qu'il n'avait pas loin de quatre-vingt-dix ans, même s'il avait encore toute sa tête.

— Comme mon arrière-grand-père, intervint Emma. Lui aussi est mort vers cet âge-là, et il ne s'était pas remis de la disparition de sa femme. J'ai gardé l'image d'un grand et beau vieillard droit comme un *i*. Un vrai patriarche de l'Ancien Testament... enfin, tels qu'on les imagine.

— Je vois ce que vous voulez dire.

Leur hôte fit rouler en souriant son verre à dégustation entre ses paumes.

— Mais aucun rapport avec notre voisin ! N'est-ce pas, Janice ?

— Oh non, le pauvre. On ne peut pas dire qu'il ait été gâté par la nature...

— Ça, « il abusait de la permission qu'ont les hommes d'être laids » ! Ce n'est pas de moi, mais de Mme de Sévigné, précisa Greg en se levant.

Il disparut dans le salon pendant que son épouse enchaînait :

— C'était néanmoins un homme très doux, très gentil, et d'une intelligence rare. L'une des personnes les plus cultivées qu'il m'ait été donné de rencontrer.

Greg revint avec un châle en laine qu'il posa sur les épaules de sa femme. Elle le remercia d'un sourire et reprit :

— Pendant toute la Seconde Guerre mondiale, il a travaillé pour les services de renseignements de l'armée, il déchiffrait des codes. Plus tard, quand l'État a voulu le décorer, il a refusé en disant qu'il avait fait ça parce qu'il avait « un vieux compte à régler avec les boches » ! Textuellement. Pourtant, je sais par sa femme qu'il n'avait pas fait la guerre de 14 à cause de sa petite taille, justement... Il venait d'une vieille famille très distinguée de Nouvelle-Angleterre. Oui, un homme brillant, extrêmement cultivé, répéta-t-elle en hochant la tête. Et passionné d'histoire. Il a écrit plusieurs ouvrages sur l'Amérique et la conquête de l'Ouest, tous des best-sellers traduits en plusieurs langues.

Greg Longford proposa un cigare à Charles, qui refusa. Ce Snow était vraiment un personnage, songeait-il. D'une compagnie très agréable, mais un peu snob. Il aimait évoluer dans la haute société. Et en même temps, il éprouvait une grande compassion pour les faibles et les opprimés.

Il se tourna vers sa femme.

— Tu te souviens du jour où il est entré dans une rage épouvantable en entendant des garçons se moquer d'une jeune fille qui avait les oreilles décollées ? Je ne l'avais jamais vu dans un état pareil. Ça cadrait tellement peu avec sa personnalité...

— Je n'en suis pas si sûre. Il avait dû énormément souffrir de sa propre disgrâce dans sa jeunesse.

— Non, tu crois ? Bah, quand on a de l'argent, tout est tellement plus facile. Mais nous ennuyons nos amis avec ces histoires...

— Pas du tout, protesta Emma. C'est très intéressant, au contraire. Ce monsieur a toujours été riche ?

— Mmm. Sûrement. Sa famille roulait sur l'or. Ils dirigeaient une chaîne de grands magasins, je crois.

— Les magasins Snow ? Ça ne me dit rien, remarqua Charles.

— Parce que Snow était un pseudonyme, celui sous lequel il publiait ses ouvrages. Tu te souviens de son vrai nom, ma chérie ?

— Ma foi... ça ne me revient pas. Je me demande même si nous l'avons jamais su. Raconte plutôt à Charles l'histoire du sulky pendant que je vais préparer une tisane. Emma, ça vous ennuie de m'aider à emporter tout ça à la cuisine ?

La jeune femme se précipita pour débarrasser la petite table des verres à digestif et suivit Janice dans la maison.

— Un sulky ? Qu'est-ce que c'est ? demanda Charles.

— Une carriole à une place tirée par un cheval et, à l'époque où Snow était jeune, c'était un luxe d'en posséder un, expliqua le vieux professeur. C'est son père, le premier directeur du grand magasin, qui le lui avait offert. Et un jour, alors qu'il se promenait à la campagne dans son sulky – j'ai dans l'idée qu'il ne devait pas être très bon élève à l'école et abominablement gâté par ses parents, passons –, Snow a trouvé une portée de chiots abandonnés dans un fossé. Il les a tous ramenés chez lui et a baptisé son préféré Arthur à cause du président Chester Arthur ! Ce pauvre Snow nous a souvent raconté cette anecdote, ne me demandez pas pourquoi.

Les femmes revenaient déjà de la cuisine avec un plateau, papotant comme des amies d'enfance malgré leur différence d'âge.

— Pour en finir avec Snow, le plus incroyable, je dirais même le plus mystérieux, c'est encore sa mort, continua Greg. Figurez-vous qu'il était en train de rédiger une lettre quand une crise cardiaque l'a foudroyé et...

— Mon Dieu, tu en es encore là ? soupira Janice en lui lançant un regard agacé. Charles ne reviendra plus nous voir si tu continues à le saouler avec tes histoires !

— Je ne le saoule pas ! grommela Greg en fronçant

les sourcils. Je vous saoule, Charles ? ajouta-t-il en pivotant vers le jeune homme.

— Pas du tout, affirma ce dernier en réprimant un sourire.

— De toute façon, j'ai terminé dans deux secondes. Donc...

Sa femme poussa un soupir et servit la tisane.

— Incorrigible, souffla-t-elle à l'adresse d'Emma.

— Donc, Snow était en train d'écrire une lettre la nuit où... Il disait quelque chose comme... bon, je vous le restitue dans les grandes lignes, évidemment : « Mon cher frère, nous sommes toi et moi très âgés aujourd'hui et il est bien tard pour revenir sur le passé. On ne peut défaire ce qui a été fait, ni effacer certaines blessures. J'ai contemplé ma vie, et je me suis vu tel que j'étais autrefois. Avant qu'il ne soit trop tard, je veux absolument que tu saches combien j'ai honte de mon attitude à ton égard et de la façon dont je t'ai cruellement blessé ce jour-là, il y a si longtemps... »

— C'est tout ? demanda Charles comme son hôte s'interrompait.

Greg hocha la tête.

— C'est tout. La lettre s'arrêtait là. Snow n'a pas eu le temps d'écrire la fin.

— J'avoue que je ne comprends pas. Qu'est-ce que ça a de mystérieux ? Des milliers de gens meurent d'une crise cardiaque.

Janice lui tendit une tasse avec un petit rire.

— Je ne vous le fais pas dire. Mais Greg a l'art de raconter les histoires dans le désordre.

— Pas du tout ! Si tu ne m'interrompais pas sans cesse, j'aurais dit à Charles que Snow n'avait jamais eu de frère !

— Pardon ?

Charles posa sur le couple un regard stupéfait.

— Vous êtes en train de nous dire qu'il est mort en écrivant à un frère... qui n'a jamais existé ?

— Oui, c'est une histoire assez bizarre, admit Janice en s'asseyant dans son fauteuil en rotin. La police a bien fait quelques recherches, qui n'ont rien donné. Et d'ailleurs, il n'y avait personne à son enterrement, à part nous deux. Snow avait dû s'inventer un frère pour combler sa solitude...

— C'est très bizarre.

— Et surtout très triste, murmura Emma.

— Oui. Avez-vous visité cette exposition de peinture, à Concord ?

— Pas encore, mais Emma et moi avons bien l'intention de nous y rendre prochainement. Il paraît que c'est une merveille.

La conversation avait dévié, mais Emma n'y prêtait plus qu'une attention distraite. Dieu sait pourquoi, l'histoire de ce vieux monsieur mort en emportant son secret dans la tombe l'avait beaucoup impressionnée.

Que savons-nous réellement des êtres que nous côtoyons, même les plus proches ? songea-t-elle, et elle leva les yeux vers les premières étoiles qui s'allumaient dans le ciel de plus en plus sombre. Comment sonder le cœur des gens et prétendre connaître ce qu'ils cachent au fond de leur âme ?

Un jour, dans un roman de Joseph Conrad, elle avait lu quelques lignes et s'était promis de les retenir :

« C'est lorsqu'on est confronté à la réalité de l'Autre dans ses plus petites exigences qu'on découvre à quel point il est difficile de cerner celles et ceux qui vivent à nos côtés sous la lumière du soleil et le regard des étoiles... »

Photocomposition Nord Compo
59650 Villeneuve-d'Ascq

Impression réalisée sur Presse Offset par

BRODARD & TAUPIN

GROUPE CPI

32677 – La Flèche (Sarthe), le 01-02-2006
Dépôt légal : février 2006

POCKET – 12, avenue d'Italie - 75627 Paris cedex 13
Tél. : 01.44.16.05.00

Imprimé en France